그들 앞에 서면
내 영혼에 불이 켜진다

국립중앙도서관 출판시도서목록(CIP)

그들의 무덤 앞에 서면 내 영혼에 불이 켜진다 : 영혼
의 순례, 52명의 작가 묘지기행. 2 / 맹난자 지음. --
전주 : 신아출판사, 2011
    p. ;   cm

ISBN 978-89-5925-959-5 04810 : ₩16000
ISBN 978-89-5925-957-1(세트) 04810

문학 평론[文學評論]

809-KDC5
809-DDC21   CIP2012000293

그들 앞에 서면
내 영혼에 불이 켜진다

맹난자 에세이

수필과비평사

생사(生死)는 그대의 것이 아니다

몽테뉴를 읽다가 책장을 덮고 집 근처의 공원으로 나갔다. '죽음은 살아 있을 때나, 죽었을 때나 그대에게 관여치 않는다니… 왜냐하면 둘다 그대의 것이 아니기 때문'이라는 여운을 안고 늘 가던 자리에 가서 앉았다. 오늘따라 풍성한 숲 그늘이 보기 좋다. 쓰르라미란 놈이 세차게 울어댄다.

'인생은 쓰라려 쓰라려 쓰라려'

그렇게 들은 일본 시인 이싸一茶가 생각난다. 목청 찢어지게 울 수 있는, 고작 며칠이 전부인 삶을, 쓰라리고 쓰라린 우리네 삶을 돌아보게 한다. 미생물의 왕성한 번식, 감각의 확산에도 불구하고 여름은 내게 생명의 계절이 아니라 언제나 죽음의 계절로 기억되는 것은 우리 가족뿐만 아니라 내가 좋아하는 작가들의 대부분도 여름에 죽었기 때문이다.

누군가 여름을 환각(幻覺)이라고 말했다는데 보들레르야말로 환각의 여름만을 살다 간 생애가 아닌가 한다. 봄, 가을도 없이 작열하는 태양 아래 숨막히는 폭염의 인생만을 살다 간 듯해서 그를 찾아가는 내내 마음이 편치 않았다. '나에게는 하루하루가 만년(晚年)이었다.'는 다자이 오사무(太宰治)도 여름을 넘기지 못하고 집 앞에 있는 다마카와 상류로 뛰어들었다. 그의 시신이 발견된 것은 6월 19일 생일날 아침이었다. 헤밍웨이가 방아쇠를 당겨 캐첨 산자락을 뒤흔들던 것은 7월 2일 새벽이었다. 7월 24일 아쿠타가와 류노스케의 음독자살, 이 날은 우리 어머니의 기일이기도 하다. 반 고흐의 총성 일 발이 울린 것은 7월 29일. 푸른 보리밭 앞에서 놀란 까마귀 떼가 흩어지던 하늘을 보고 돌아온 것도 하마 10여 년 전의 일이다. 어렵게 자살을 선택한 반 고흐, 다자이 오사무와 아쿠타가와의 나이는 눈부신 30대였다.

정신병원에서 숨진 모파상, 보들레르 그리고 슈만도 여름을 벗어나지는 못했다. 이들은 모두 40대였다. 어떤 기운이 나를 그쪽으로 내몰았던 것일까. 내 발길이 닿는 곳은 보들레르가 숨진 돔가 1번지의 정신병원, 모파상이 숨진 블랑쉬 박사의 병원, 시인 네르발이 목을 맨 파리의 비에유 랑떼른느의 골목길이거나 관 속의 시신이 비틀린 고골의 무덤, 가와바타 야스나리가 가스 자살한 마리나 맨션, 다자이가 뛰어내린 미타가의 다마카와 상류. 아쿠타가와가 자살한 현장을 찾아 그가 살던 다바다 촌을 헤매 돌며 그들의 시간 속으로 가고 있었다.

오랫동안 나는 죽음이라는 문제에 붙잡혀 있었다. 6·25 피란 중 산골 뒷방에서 본 다섯 살짜리 여동생의 시신, 미명 속에 꼼짝 않고 앉아계시던 어머니와 그 앞에 흰 천으로 덮여 있는 작은 물체가 보였다. 주검과의 첫 대면이었다. 그로부터 10여 년 뒤 중학생이던 남동생을 잃었다. 자유당 정권의 탄압으로 일찍 옷을 벗어야 했던 아버지의 분노, 실직. 집안의 기둥이던 장남의 급사, 어머니가 정신줄을 놓기 시작하던 무더운 여름, 나는 방문을 닫아걸고 거미줄 같은 원고지 칸에 매달렸다. 고등학교 2학년 때였다. 미8군에서 주는 약을 한 주먹씩 먹으면서 미아리 공동묘지에 누운 동생의 무덤을 어머니 모르게 찾아다녔다. 허난설헌의 〈곡자(哭子)〉를 그 애에게 읽어주며 오누이의 정을 다지기도 했다. 아무에게도 방해받지 않는 사자(死者)의 공간. 그곳에 가면 이상하게 마음이 편안했다. 푸른 하늘과 흘러가는 구름과 바람과 햇볕과 고요 그리고 푹신한 잔디. 동생의 등에 기댄 듯 무덤에 기대어 한나절씩 책을 읽다 돌아오곤 했다.

그 후 택지개발로 쓸려나간 동생의 무덤, 이장 공고를 통보받고도 시간을 놓쳐버린 그 잘못을 어디에다 빌랴. 지금도 묘지 찾아다니는 버릇은 그때 잃어버린 무덤에 대한 어떤 보상심리가 뒤따른 것인지도 모른다. 무연고자들의 화장처리를 떠올리며 홍제동 뒷산에 올라, 굴뚝에서 피어나는 누런 연기를 보며 황망히 서 있기도 했다. 바람결에 와 닿는 누린내 속에서 동생의 실체를 느껴보려고 애썼다. 그것이 죽음의 냄새인가 똑똑히 기억하고 싶었다. 우리의 삶과 죽음을 구름에 비교하며 구름은 본래 실체가 없는 것이니 그것마저 놓아야 한다지만 말처럼 쉽게 받아들여지지 않았다. 그것을 화두처럼 50년이나 품고 지냈다.

"죽음이란 원래 없는 것이오. 영혼의 불멸성을 인정한다면 부스럼 딱지와도 같은 시신은 아무렇게나 해도 무방하지 않은가?" 이런 선사의 말씀으로 한 가닥 위안을 삼기도 하고 "흙으로 돌아간 나는 결국은 흙이 되어 없어져 아무것도 없는 공(空)으로 화하고…." 도연명의 〈자제문(自祭文)〉을 읽으면서 마음을 달래기도 했다.

죽음이 알고 싶었다. 죽음에 관한 기록이면 무엇이든지간에 밑줄을 긋고 가위로 오려서 스크랩해 온 지 20여 년, 그것들은 몇 권의 책으로 묶여져 나오기도 했다.

　작가 묘지기행을 다룬 졸저 ≪인생은 아름다워라≫에서 29명의 작가
를 만난 바 있으나, 아무래도 못다 한 사연이 있는 것 같아 도중에서
봉을 뜯는 나그네처럼 여기에 다시 첨언한 내용과 23명의 작가를 포함해
이번 책에서는 두 권 분량의 52명 작가를 선보인다. 그들이 죽음에 이르
는 최후의 모습은 어떠했으며 작품 속에 나타난 사생관은 무엇인지 궁금
했다. 특히 〈밤으로의 긴 여로〉를 쓰는 내내 울어서 눈이 빨개져 서재에
서 나왔다는 유진 오닐의 고통, 아쿠타가와 류노스케가 겪은 유전의 공
포를 생각하며 딴 세계에 갇혀있는 그들의 가엾은 어머니를 생각하면서
나는 내 아픔을 씻어 내렸다. 작가의 고통에 동참하는 일은 단순한 위안
을 넘어 영혼을 정화시키는 씻김굿과도 같은 의식이 아닐까 생각한다.

　세상에서 유일하게 남긴 재산은 '때로 눈물을 흘렸다는 것뿐'이라던
알프레드 뮈세, 기이한 추악미를 예찬했던 보들레르, '슬픔과 아름다움
은 하나'라던 안톤 체호프, '예술이 삶을 주도해야 한다.'던 오스카 와일
드, 슬픔과 아름다움에 유달리 민감했던 그 작가들을 나는 사랑한다.

　스스로 천형(天刑)에 처해진 시인 보들레르, 스스로 저주의 시인이 된
폴 베를렌느, 또한 베를렌느처럼 동성애로 불행하게 된 오스카 와일드.
스스로 인간 실격자가 된 다자이 오사무, 에드거 앨런 포, 모파상, 랭보,
뮈세 등은 관능적 쾌락에 탐닉하며 마약과 알코올 중독, 혹은 자살 기도,
매독과 정신착란을 겪으면서도 작품에서만은 완벽함을 추구하는 까다
로움을 보였다. 그들은 진짜 작가였다.

　혼신의 힘을 다해 영혼에 불을 지피고 자신의 감성에서 뽑아낼 수 있는
한, 선율을 뽑아내고는 애처롭게 그들은 지상에 엎어지고 말았다. 그들의
생애는 온몸을 도구로 삼은 예술가로서의 처절한 한판 결투였다. '아름다
움'에 바쳐진 순교에 다름 아니었다. 우국충절로 민족혼이 된 노신이나

굴원, 빅토르 위고, 인도와 바꾸지 않겠다던 셰익스피어. 그리고 '죽음 앞에서 최고의 순간을 누린다.'는 괴테, '죄를 거쳐 예수로'라고 DH 로렌스에게 칭송된 도스토옙스키. '이 사람은 하느님을 닮았구나.' 하고 막심 고리키는 톨스토이를 추앙했다. 여기까지 도달한 이들과 빅토르 위고, 예이츠, 임어당같이 대기만성한 작가들의 죽음만 훌륭한 것이 아니었다. 모든 작가들의 죽음은 존엄하다. 피 흘려 몸으로 쓴 전기요, 작중 인물과 부합된 그들의 실제 죽음은 이슬에 매달린 안타까운 광휘였다.

베를렌느가 죽어나간, 카페가 된 그의 집에 앉아 있었다. 벽면에 새겨진 시구 〈하늘은 지붕 위로〉를 보고 있자니 그의 음성이 들려오는 듯했다.

> '오, 그곳의 너, 무엇을 하였기에
> 끊임없이 울고만 있느냐…
> 너의 젊은 날을 어떻게 보냈더냐?

'어떻게 보냈더냐?' 그의 물음은 어느새 나를 향해 있었다. 문학에 대한 열망을 잠재우고 나 또한 여름만을 지낸 듯 살다가 퇴직한 남편을 따라 겨우 파리에 온 것은 나이 육십. 그리고도 이제 십 년의 세월이 더 보태졌다. 그렇게 알고자 했던 죽음은 이제 더 이상 타자의 죽음이 아닌, 지금은 내 등짝에 바짝 붙어 그와 동거 중이다. 여러 증세를 겪으며 몸으로 죽음을 학습하는 중이다. 오온(五蘊 : 몸의 구성요소)의 그 해체를 짚어보게 된다. 몸이 무거운 날은 그대로 땅 속에 묻히는 심정으로 드러눕는다. 그러면 얼마 지나서 나는 한 줌 흙으로 화하겠지. '무덤에는 봉토도 안 할 것이며 비석도 세우지 않은 채로 세월과 더불어 스러지게 하리라.'던 도연명의 심정이 된다. '세월과 더불어 스러지겠다.' 여기에 생각이 멎자 온몸이 모래바람을 일으키며 사방으로 흩어지는 게 느껴진다. 상상 속에서 내 몸은 산화된다. 결국은 한 줌 바람이다.

'인생은 어차피 허깨비(幻), 끝내는 공(空)과 무(無)로 돌아가리라.'던 도연명의 '귀무공(歸無空)'을 요즘 좌우명으로 삼고 지낸다. 그걸 외우면 마음이 매인 데 없이 넉넉해진다. 몸속에 이상 징후가 느껴지면 이내 소동파를 떠올리며 '내게 아직 조물주가 부여해주신 육신이 있으니 운명이 명하는 대로 영고성쇠의 끝없는 순환을 겪게 내버려둘 따름이라'는 그걸 내게 적용시킨다. 가급적 몸에서 마음을 떼려고 노력한다. 천연덕스럽게 자신의 이름을 부르며 "낙천(樂天)아 낙천아! 병들면 죽고, 죽으면 쉬도록 하여라."라고 하던 백거이의 탄성이 나를 겨냥해 크게 울린다. '그래 그렇게 누워 쉬자.'고 생각하니 누워있는 심신이 말할 수 없이 편안해진다. 죽음이 이런 거라면 나쁘지 않다는 생각이다. 나는 밤마다 릴케의 '완전한 죽음을 끌어안고 깊은 잠에 드는 것뿐'이라는 그 깊은 잠을 꿈꾼다.

인사동 거리를 지나다 '참! 그들은 죽었지.'란 생각이 문득 들 때, 아직 살아있는 내 자신이 신기하게 느껴지며 진공상태에 떠있는 존재처럼 여겨질 때가 많다.

엘미러의 우들론 공동묘지를 찾아가 마크 트웨인의 무덤 앞에 섰을 때도 같은 심정이었다. 덩그러니 큰 집에 혼자 남겨져 천착한 것은 오직 죽음뿐. 그의 유고집 ≪불가사의한 이방인 NO. 44≫에서 그의 사생관을 엿볼 수 있다.

이방인이 시계를 거꾸로 돌리자 이미 치렀던 장례식을 다시 치르고 영구차와 장례 행렬은 엄숙한 분위기로 후진하고…. 파라오, 다윗과 골리앗 등 셀 수 없이 많은 왕들이 지나갔다. 죽은 자들이 떼를 지어 지나는 데는 몇 시간이나 걸렸다. '그들의 뼈에서 나는 덜커덕 소리 때문에 얼마나 귀가 멍해졌던지, 우리는 자신의 생각마저도 거의 할 수가 없었다. 그때 NO. 44가 손을 한 번 휘젓자 우리는 어느새 텅 비고 소리도 없는 세계에 서 있었다.'고 마크 트웨인은 말한다.

나는 바위에 걸터앉아 이 장면을 떠올리며 잠시 눈을 감았다가 떴다. 일념(一念)이 무량겁인 듯했다. 텅 비고 소리도 없는 세계에 잠겨 있었다. 그리고 무량겁도 한 순간인 듯했다. 그 때 NO. 44가 인쇄소 직공인 아우구스트에게 일러준 말이 떠올랐다.

> 인생 그 자체는 하나의 환상적이고 한바탕 꿈일 뿐이야
> 존재하는 것은 아무것도 없어. 모든 것은 꿈이지.
> 하느님과 인간, 이 세상, 태양과 달, 수많은 별들.
> 이 모든 것들이 하나의 꿈이야. 꿈이고말고. 그것들은 존재하지 않아.
> 텅 빈 공간과 너를 제외하고는 존재하는 것은 아무것도 없어.

마크 트웨인이 설파한 '인생' 그것은 '아무것도 없는 텅 빈 공간'.

거기에 막이 오르면 사무엘 베케트의 극중 인물이 나타나 '고도'를 기다린다. 그는 언제 오는가? 〈고도를 기다리며〉에서처럼 인간의 기다림이란 텅 비어있는 무대의 시간뿐. '아무도 이곳에 온 일이 없고, 아무도 여기를 떠나지 않았으며 아무런 일도 일어나지 않았다.'고 작가는 말한다. 왜냐하면 와도 온 바가 없고, 간다고 해도 갈 바가 없기 때문이다. 일찍이 태어난 적도 없고 죽은 적도 없다는 것을 예이츠는 그의 시집 ≪탑≫에서 '죽음과 삶은 본래 존재하지 않았다.'고 말한다. 무덤이 즐비한 사자(死者)들의 공간, 텅 비어있는 무대의 시간뿐, 그들을 생각하며 나는 잠시 내 존재를 생각했다.

'인생은 어차피 환(幻), 끝내는 공과 무로 돌아가리.'라던 도연명의 얼

굴이 다시 여기에 겹쳐왔다. 이들의 무덤 앞에 서면 내 영혼에 불이 켜진 듯 눈앞이 환해졌다. 태어나지도 죽지도 않았다는 불생불멸(不生不滅)의 도리를 소동파는 〈적벽부〉에서 좀더 쉽고 간명한 언어로 풀이한다.

그대는 저 물과 달을 아는가?
흘러가는 것은 이와 같다지만 그러나 일찍이 가는 것만이 아닌 것을, 차고 기움이(盈虛) 저와 같으나, 마침내 소장(消長)할 수 없음이라.

물은 흐르되 다 흘러가버린 적이 없고, 달은 만월이 되거나 기울어 초승달이 되어도 달은 끝내 없어지거나 사라지지 않는다. 영허소장은 현상계의 작용일 뿐, 본체는 변하지 않는다는 것. 우리의 생사 또한 이와 같아서 생로병사라는 현상계의 작용을 거칠 뿐, 그 본체는 변하거나 없어지지 않는다는 설리(說理)로써 그는 우리를 위로한다. '소동파 기념관'에서 〈적벽부〉를 다시 볼 수 있었던 것도 큰 기쁨이었다.

릴케는 '현상과 본체'를 다른 말로 표현한다.
"존재하라. 그리고 동시에 비존재의 조건을 알라."
존재와 비존재, 그것은 현상과 본체의 다른 이름이며 ≪반야심경≫의 물질이 공이며(色卽是空) 공(空)이 물질인 것과 다르지 않다.
"비존재의 조건을 알 때, 인간은 자유로워진다. 그것은 성숙한 존재가 되었기 때문이다."
≪두이노의 비가≫에서 릴케가 죽음을 묘사한 대목이다.
"성숙한 인간은 무르익은 과일이 나무에서 떨어지듯, 죽음에 대한 원한이 없다. 죽음은 완전한 죽음을 끌어안고 깊은 잠에 드는 것뿐이다."
죽음은 인간 밖에 있는 것이 아니라 인간 안에 있으며, 인간 삶의 핵심이며 진주처럼 인생을 빛나게 하는 것 역시 죽음이라고 말한다.

때가 되면 무르익은 과일이 나무에서 떨어지듯 그렇게 죽음을 수용하기란 사실 쉽지 않다. 릴케도 '성숙한 인간'에 한정하고 있다. 릴케보다 두 해 늦게 태어난 헤세도 존재와 비존재를 터득한 때문인지 만년에 그의 죽음도 평안했다.

"사랑하는 형제인 죽음이여! 오라. 나는 여기에 있다.
와서 나를 잡아라. 나는 너의 것이다."

헤밍웨이 또한 헤세처럼 죽음더러 어서 오라고 손짓한다.

고기 한 마리 잡지 못하고 84일을 바다에서 헤매는 늙은 어부, 산티아고는 밤과 낮이 바뀌는 동안 삶과 죽음의 투쟁을 계속한다.

'네가 날 죽이고 있구나. 고기야.'라고 노인은 생각했다. 하지만 너는 나를 죽일 권리가 있어. 난 여태까지 너처럼 거대하고 아름답고, 태연하고 고결한 존재를 보지 못했단다.

"내 형제야. 이리 와서 날 죽이렴. 누가 죽이고 누가 죽든 난 상관하지 않으마."

그는 바다에서 혼자 하늘과 바다와 대화를 나누며 자연과 하나가 되는 합일을 경험한다. 자연의 요구에 몰두하지 않는다면 결국은 '삶을 속이게 되는 것'이라던 헤세의 말이 떠오른다.

"우리가 사는 것은 죽음을 두려워하다가 끝내는 죽음을 사랑하게 되기 위해서"라던 그의 말을 이따금씩 반추하게 된다. 어떻게 하면 헤세처럼 죽음을 사랑하게 될 수 있을까.

중국인답게 순천관(順天觀)을 가진 임어당은 "인생에는 선(善)도 없고

악(惡)도 없다. 계절에 따르면 모두 다 선(善)이다. 자연(사계절)에 순응하며 살아간다면 '인생은 한 편의 시'처럼 살 수 있다."는 것이다. 이런 의미에서 그는 셰익스피어를 '대자연과도 같은 이'라고 극찬해 마지않았다.

"셰익스피어는 인생을 널리 있는 그대로 보았다. 그는 대자연 그 자체와 같았다. 그는 그저 살았고 인생을 보았고 그리고 죽은 것에 지나지 않았다."

여기에다 임어당을 대입해 본다. 그리고 그가 좋아하던 소동파와 도연명도 대입해 본다. 그들은 하나같이 모두 대자연 그 자체와 같았던 사람들이다. 그들은 그저 살았고 인생을 널리, 있는 대로 바라보았으며 그리고 죽은 것에 지나지 않았다. 그리하여 그들의 삶과 죽음은 일출과 일몰처럼 다만 보통 있는 일에 지나지 않았던 것이다. 달관의 경지가 아니고서는 어찌 흉내라도 내겠는가.

몽테뉴도 자연을 따르라고 충고한다.

"당신이 이 세상에 들어온 것같이 이 세상을 빠져나가라. 당신이 생각도 두려움도 없이 죽음에서 삶으로 건너온 것과 동일하게 이번에는 삶에서 죽음으로 건너가라. 당신의 죽음은 우주 질서의 여러 부품 중 하나다. 이 세상의 생명의 한 부분이다."라고 일러준다. 철저하게 죽음에 대비하자던 스토아 철학에 경도되었던 몽테뉴가 죽음과 고통 따위는 자연에 맡기고 즐겁게 살자는 에피큐리언이 된다. 그는 감각적 쾌락에서조차 정신을 개입시켜 쾌락이 전인적(全人的)인 것이 되기를 바랐다. 현재를 즐기되 집착 없는 이 경지를 몽테뉴는 '완성'이라는 말로 표현했고 예이츠는 그것을 '존재의 통일'로 표현했다.

보르도의 '아키텐 박물관'에 있는 몽테뉴의 묘소를 찾았다. 침상 위에 토기로 빚은 키 작은 한 남자가 누워있었다.

"죽음은 그대가 살아 있을 때나 죽었을 때나 그대에게 관여하지 않는다. 살아 있을 때는 그대들 생존해 있으므로. 죽었을 때에는 벌써 세상에 없으므로. 그대가 남겨놓고 가는 시간은 그대가 출생하기 전과 마찬가지로 본래 그대의 것이 아니었다. 그 둘 다 그대의 것이 아니다."

동양의 현자와도 같은 이 사람의 무덤 앞에 서니 또 내 영혼에 불이 켜진다. '둘 다 그대의 것이 아니기 때문'을 낮게 그러나 힘주어 되뇌고 있었다.

이들의 정신이 도달한 마지막 정점을 향해 내 눈높이를 따라가는 행위는 바로 그들의 영혼과 만나 내 영혼에 불을 켜는 일에 다름 아니었다.

태어날 때, 성현(聖賢)의 언행을 본받고 하늘에다 지식을 쌓는다는 산천대축(山天大畜) 괘를 본괘로 그리고 일시(日時)에 귀문(鬼門)관살을 타고 났기 때문일까. 좀더 가까이 무덤 앞에 다가가 그들의 체취를 느껴보고 싶었고 그들의 사생관을 알고 싶었다. 그리고 데인 상처처럼 쓰라린 약자의 인생을 다룬 문학 말고는 다른 것에는 관심이 덜했다.

인생은 쓸데없는 노고(勞苦)라는 허무의식과 도로(徒勞)라는 생각을 내게 일찍이 심어주었던 가와바타 야스나리를 찾아가는 날은 종일 비가 내렸다.

"죽음의 직접적인 원인을 볼 수 있는 죽음은 싫다. 그러나 죽음의 원인이라는 것은 그 사람의 전생애라고도 할 수 있다."라는 가와바타 야스나리. 가마쿠라 묘지를 찾아가던 날의 암울하던 심정, 온 산에 까마귀 떼가 시야를 어지럽혔다. 그의 작중 인물도 대부분 자살로 끝난다. 가와바타는 '작품 쓰는 일은 자기 내부에서 허무의식이라고 하는 독을 제거하는 것'이라고 말했다. 그러나 그는 허무를 짚고 그것을 넘어서지는 못했다.

'…허무야. 너는 너 자체를 깨물어 죽여라!'

공초 오상순은 〈허무 혼의 선언〉에서 이같이 선언한다. 동인지 ≪폐허≫를 창간하며 '허무'와 대결한다. 온갖 유위(有爲) 무위(無爲)의 차별상을 적멸의 세계에 넣고 그 일체상(一切相)을 무(無)로 환원시킨다. 끝내는 허무가 허무 자체를 교살(絞殺)하는 절대 허무의 세계와 만난다. 참구하던 의심은 타파되고 실체 없음을 깨달아 마친 공초(空超) 선생.

육신이란 연기(緣起)에 의한 환형(幻形), 그 공(空)을 아셨기에 그분은 어디에도 머무르지 아니하고 다만 '흐름 위에 보금자리 친 나의 혼'이었다.

세월의 풍화로 무덤의 형태조차도 애매한 그분의 묘소 앞에 섰다.

"자유가 나의 일생을 구속하였구나!"

그분의 마지막 육성이 들려왔다. 무소유, 무정처(無定處)로 평생을 그토록 구가하던 자유가 당신의 일생을 구속하였다니? 실로 마지막 순간까지 계속된 자기 점검(點檢)의 확인 같은 게 아니었을까?

본래 무아(無我)인데 어느 자리에 속박과 자유가 따라붙겠는가? 넌지시 그걸 우리에게 알리기 위해 던진 한 마디의 의미 있는 물음으로 되돌아왔다. 추색이 완연한 선생의 유택 앞에 서니 그분의 낮은 음성이 내 가슴 위로 울려왔다.

"나는 밤마다 죽음의 세계를 향하는 마음으로 자리를 깐다. 다음 날 다시 눈을 뜨면 나의 생은 온통 기쁨과 감사, 감격으로 가득하다."

그때 까닭 모를 감사와 감격의 물결이 좁은 내 가슴속 골을 타고 뜨겁게 흘러내렸다. 주야와 생사(生死)가 번갈아 갈마드는데 다시 눈을 뜨면 그것으로 '너의 생은 감격일지니 그렇게 살아라.' 하는 말씀으로 들려왔다. 나는 두 손을 모으고 밀레의 그림 속 풍경이 되었다. 해는 지려 하는데 움직이려고 하지 않는 말처럼 그런 육신을 이끌고 예까지 왔다. 이제 여름이 종언을 향해 서서히 눈을 감듯, 나도 그렇게 쉬고 싶다.

'삶과 죽음에 싸늘한 시선을 던져라. 말 탄 자여, 지나가라'던 예이츠. '하늘을 본받고 나를 버린다.'는 나쓰메 소세키의 '칙천거사(則天去私)'를 내 가슴에 담는다. 이들 위대한 영혼과의 만남, 이것만으로도 고단한 내 이번 삶은 충분히 의미 있었다.

여행길에 동행이 되어 묘지를 찾아주던 남편과 원고 정리를 도와준 정해경님에게 고마운 마음을 전한다. 아울러 이 책을 출판해 주신 ≪수필과비평사≫ 서정환 사장님께도 깊은 감사를 드린다.

2011년 여름이 저무는 7월 그믐
觀如齋에서 孟蘭子

2. 말 탄 자여 지나가라

3. 아무런 희망의 시를 새기지 않은 묘비

4. 바람이 분다 살려고 애써야 한다

1.
죽음과 경쟁할
필요는 없다

나쓰메 소세키
셰익스피어
괴테
톨스토이
도스토예프스키
마크 트웨인

하늘을 본받고 나를 버린다
– 나쓰메 소세키

일본으로 가는 비행기 안에서 나는 천 엔권의 지폐를 꺼내 나쓰메 소세키의 얼굴을 찬찬히 들여다본다. 무언가를 골똘히 생각하는 중년남자의 얼굴에는 엷은 우수와 쓸쓸한 음영 같은 게 배어있다. 목까지 올려세운 흰 와이셔츠에 타이를 눌러 맨 정장차림을 한 이 신사의 표정은 매우 신중하기만 하다.

양단간의 결정 앞에서 늘 이중적인 잣대로 자아를 깊이 성찰하던 그의 사려 깊음 때문일까. 웃음기 걷힌, 도통 웃음이라고는 모를 것 같은 굳어진 그의 표정이 생의 어느 한 부분을 드러내 주는 것 같아 찌릿한 연민마저 들게 한다. 혹자는 너무 주관적인 감상이라고 할지 모르겠으나 적어도 내게는 그렇게 보인다. 너무나도 인간적인 사람, 불우한 성장기와 그에 관련된 탐탁치 못한 주변 인물들로 인한 인간 혐오증에도 불구하고 인간의 위선과 에고이즘을 타자의 몫으로 돌리지 않고 철저한 자기 검증으로까지 확대해 보는 오성적 태도와 인간 규명을 위해 애쓰는 작가적인 노력과 근면한 그의 생애가 나를 그에게 다가서게 했던 것이다.

2004년 12월 13일, 신주쿠에 도착한 것은 오후 3시가 조금 넘어서였다. 지는 해가 벌써 신주쿠 도청 청사를 붉게 물들이고 있었다. 서창(西窓)을 타고 건너가는 일모의 발걸음이 나그네의 객수(客愁)와 맞물린다. 보도에 쌓인 떡갈나무 잎들을 자루에 쓸어 담는 청소부들. 낯선 거리의 늦가을 정취가 싫지 않았다. 뉴씨티 호텔에 짐을 풀었다. 작정하고 온 터라 일주일 동안 찾아보아야 할 일본 작가들의 명단과 지명을 남편에게 건네주고 둘이서 머리를 맞대고 일정을 짜나갔다. 지도를 펼쳐 놓고 밤새 지하철 노선과 지명을 익히느라 애쓰는 그를 보니 고맙기도 하고 미안하기도 했다. 이런 일에 관해서라면 우리는 이미 다년간의 경력자다. 남의 나라 무덤길에 동행이 되어주고 사진을 찍어주며, 때로는 작가에 대한 토론을 함께 하면서 보디가드가 되어 준 남편에게 큰 빚을 지고 있다.

그동안 소세키란 작가에 대해 나는 잘 알지 못했다.

언젠가(1964년쯤 된다.) 소설가 오영수 선생님께 어느 작가를 첫손에 꼽으시냐고 물었더니 서슴없이 그분은 "일본의 나쓰메 소세키지."라고 하셨다. 그때 왜 나쓰메 소세키(夏目漱石, 1867-1916)를 좋아하느냐고 여쭙지도 않았다. 당시 소세키의 작품 번역이 원활치 않아서 겨우 책 제목이나 알 뿐인 때였다.

가끔 그분의 말씀이 떠올라 나쓰메 소세키를 읽어야겠다고 벼르다가 김정숙 씨의 번역본으로 ≪유리문 안에서≫를 읽었다. 그 후 친근감이 부쩍 더해졌다. 더구나 이 작품은 그가 죽기 바로 1년 전에 쓴 자전적 수필집이라 심적 나상(心的裸像)을 그대로 보여주는 내면의 풍경화라서 좋았다. 소세키는 4년째 위궤양의 재발과 감기에 걸려 거의 바깥출입을 하지 못한 채 자신의 서재인 '소세키 산방' 유리문 안에 갇혀 어릴 적 유년기의 회상이라든지 요양 중 집안에서 보고 느낀 신변잡기 등을 기록하고 있다. 49세를 맞이한 새해의 연하장에 "자신이 죽을지도 모른다."고 쓴 것으로 보아 죽음을 가까이 예감하고 있었기에 그에 대한 성찰들이 깊다.

> 불유쾌함으로 가득 찬 인생을 터벅터벅 걷고 있는 나는 자신이 언젠가 반드시 도착하지 않으면 안 되는 죽음이라는 경지에 대해서 항상 생각하고 있다. 그리고 그 죽음이라는 것을 삶보다는 더 편한 것이라고 믿고 있다. 어느 때는 그것을 인간으로서 도달할 수 있는 가장 지고(至高)한 상태라고 여길 때조차 있다.
> '죽음은 삶보다 고귀하다.'

이렇게 평소 삶보다 죽음이 고귀하다고 믿고 있던 그에게 어느 날 연하의 청년과 연애에 빠져 그 청년을 자살시킨 과거를 가진 여자가 찾아왔다. 그녀는 자살할 시기를 기다리고 있노라고 자신의 심정을 고백했다. 평소 죽음이 삶보다 고귀하다고 믿고 있던 그가 여자에게 불쑥 한 말은 "죽지 말고 살아 달라."는 것이었다. 그런 자신을 소세키는 이렇게 돌아다본다.

> 평소 죽음이 삶보다 고귀하다고 믿고 있던 나의 희망과 조언은 결국 이 불유쾌로 가득 찬 삶이라는 것을 초월할 수 없었다. 게다가 나에게는 그것이 실제 실행에 있어서 스스로 자신을 범용할 자연주의자로 증거게 한 것처럼 여겨지기까지 했다. 나는 지금도 반신반의 눈으로 물끄러미 자신의 마음을 바라보고 있다. 나는 지금 그런 두 마음을 생각하고 있다.

≪유리문 안에서≫ 제 8장의 글이다.

흑백논리에 쉽사리 떨어지지 않는, 흑백의 어느 쪽도 다 고려해 보는 수용적인 그의 태도야말로 성숙한 인간의 모습이 아닐까 싶다. 고양이의 피부병과 자신의 병을 연결해서 바라보는 마음이라든지, 불행한 유년의 기억, 위로 두 형의 폐결핵 사망, 아내의 자살미수 사건과 본인의 신경쇠약 등 극도의 허무주의에도 불구하고 그의 문학은 굳건하게 발을 땅에 딛고서 삶이 아무리 고통스럽다고 해도 그대로 받아들여 인간적인 각오와 결의에 의해 살 가치가 있는 것으로 만들어야 한다는 것이 그의 철학이며 삶의 방식인 것 같았다.

이른 조반을 뜨고 도쿄 한복판에 있는 조시가야의 묘역부터 찾았다. 와세다 지하철역에서 도뎅 아라카와센(都電荒川線)을 타고 7분 정도 지나 조시가야역에서 내렸다. 바로 오른쪽에 조시가야 공원묘지가 있었다. 장례식에는 그의 제자 아쿠타가와 류노스케가 접수를 보고, 모리 오가이 등이 조문했다는 것과 아쿠타가와가 썼던 글을 떠올리며 묘역 안으로 들어섰다.

오전 8시 40분. 관리소 직원은 우리가 첫 손님이라고 묘지지도를 무료로 내주었다. 지도를 들고 중앙통로를 따라 숫자 1–14를 눈으로 쫓았다. 우뚝하게 선 4단 석비. 세 번째 층계에 커다란 글씨 '나쓰메(夏目)'가 보였다. 의자에 안치된 위패처럼 생긴 묘비에는 '文獻院古道漱石居士'라고 쓰여 있다. 양쪽화병에는 국화꽃이 꽂혀 있었다.

소세키의 묘

아무도 없는 이른 아침 조시가야 묘역에서 나는 비교적 긴 묵념의 시간을 가졌다. 무슨 할말이라도 있는지 까마귀가 까악 까악 이따금씩 적막을 흩트려 놓는다.

그분은 지금쯤 태평할까 하는 의구심이 들었다. 작품 ≪나는 고양이다≫에서 사람들이 먹다 남긴 맥주를 마시고 물독에 빠져 혼자 죽어가면서 지껄이던 고양이의 말이 떠올라서였다.

"고양이는 죽는다. 죽어서 태평을 얻는다. 태평은 죽지 않으면 얻을 수 없다. 나무아미타불, 나무아미타불, 고마운지고, 고마운지고." 나무아미타불을 외치던 소세키 거사는 알고 있었다. 죽지 않으면 태평을 얻을 수 없다는 것을, 그러면서도 그는 참으로 열심히 살았다.

39세의 비교적 늦은 나이에 등단한 소세키는 대학교수를 사직하고 아사히 신문 전속 작가로서 위궤양으로 영면할 때까지 10여 년 동안 일본 근대문학사에 획을 긋는 수많은 걸작품을 남겼다. 연보를 보면 알 수 있듯이 서거 직전까지 일 년에 평균 한 편 이상의 장편을 써냈다. 풍부한 지성, 풍자와 유머, 유려한 문장, 행간에 담긴 원숙한 사상이 백여 년이라는 시간을 거슬러 아직도 오늘의 독자들을 사로잡고 있으며 일본 근대문학의 아버지로 자리 매김하게 하였다. 작품은 주로 아사히신문에 발표했다. 초기 3부작으로 알려진 ≪산시로≫ ≪그 이후≫ ≪문≫을 비롯하여 ≪행인≫ ≪마음≫ ≪미치쿠사≫ ≪명암≫에 이르기까지 그는 고뇌에 찬 인물들의 실존과 불안심리를 세밀화로 그려냈다는 평가를 받고 있다. ≪명암≫은 연재 도중 188회로 중단되고 말았다. 지병이던 위궤양의 출혈로 위독한 상태에 이르게 되었기 때문이다. 나쓰메 소세키는 "죽으면 곤란하다."며 죽기 싫다고 소리쳤다. 아사히신문에 연재 중이던 ≪명암≫에 대한 책임의식도 있었을 테고 '사환 따위나 돼서는 큰일 난다.'고 말했던 강박관념과 글 쓰는 일에 중독된 습관도 있었을 것이다. 가슴을 풀어

헤치고 "여기에 물 좀 부어 줘."라고 외쳐대며 그는 의식을 잃었다. 1916
년 12월 9일이었다. 날이 저물자 6시경 숨을 거두니 그의 나이 50세였다.

죽기 6년 전, 그는 슈젠지(修善寺) 요양처에서 죽음을 경험했다. 다량의
피를 쏟고 인사불성 상태가 되어 각처에 위독함을 알리는 전보를 낼 정
도였다. 대환(大患)을 치른 뒤의 심경을 그는 ≪생각나는 일≫에서 이렇
게 적고 있다.

> '오른 쪽으로 돌아누우려 했을 때의 나와 머리맡의 양동이에 가득 고인
> 선혈을 본 나와는 일분의 차이도 없이 연속하고 있다고만 믿고 있었다. 그
> 사이에는 머리카락 하나 끼일 여지조차 없는 자신의 자각이 있었다고만 알
> 고 있었다. 그러나 그 사이에 끼인 죽음은 기억으로서는 전혀 나에게 존재하
> 지 않았다.'

그는 죽음을 의식하지 못했던 자신의 체험의 의미를 집요하게 분석한
다. 그가 거기에서 말하고 싶었던 것은 생사를 헤맨 위독 상태가 아니라
자신의 의식으로는 도저히 '생각나지 않는' 저 위독 상태의 공백에 대한
안타까움이라고 했다. 명석한 의식가인 그에게 이 경험은 충격이었을
것이다. 결국 죽음이란 의식, 그 자체마저도 무화(無化)시키는, 관념으로
서는 풀리지 않는 수수께끼임을 그는 천명한다. 의식의 무화(無化)까지도
규명하려고 애썼던 나쓰메 소세키. 나는 지금 그 앞에 서 있다.

'인간'에 관한한 나는 어느 작가보다도 그를 대선배격으로 꼽고 있다.
그의 묘비를 대하고 있자니 별안간 양동이에 피를 쏟고 누운 그분의 얼
굴이 떠올랐다. 가슴을 풀어헤치고 '물 좀 부어달라'고 긴박하게 외치던
마지막 말과 뜨겁게 끓고 있던 가슴, 고통 속에서도 돈과 글, 책임, 글에
대한 강박관념… 그런 것을 생각하다가 '고양이는 죽는다. 죽어서 태평
을 얻는다.'고 외치던 것처럼 부디 그렇게 태평하시라고 두 손을 모아

예를 올렸다.

이른 아침 초겨울의 냉기, 그 을씨년스러운 곳을 마치 인생의 뒤안길 다녀 나오듯 그렇게 돌아 나왔다. '나무아미타불 죽어서 태평을 얻는다'가 계속 내 뒤를 따라왔다.

그의 무덤을 찾기 일 년 전, 나는 구마모토에 잠깐 들른 적이 있었다. 시매부의 회갑기념을 겸한 사촌형제들의 규슈 여행길이었다. 벳푸에서 운젠과 나가사키를 거쳐 구마모토 성(城)을 둘러보고 후쿠오카에서 비행기를 타는 일정이었는데 무엇보다 반가웠던 것은 구마모토 성 근처에 나쓰메 소세키의 문학관이 있다는 사실이었다.

버스가 구마모토 성에 닿기 전, 나는 일행과 떨어져 나와 다음 행선지인 선착장에서 만나기로 약속하고 급히 택시를 탔다. 구마모토대학의 방문목적을 말했더니 기사 아주머니는 반색을 하며 학교 입구에 차를 대주었다.

나쓰메 소세키가 마쓰야마 중학교를 사직하고 이 구마모토 제5고등학교 강사로 취임한 것은 1896년 4월, 서른 살 때였다. 그해 6월 귀족원 서기관장의 딸 쿄코와 자택에서 결혼식을 올렸고, 한 달 뒤인 7월에 교수로 승진되었다. 이 무렵 그는 교사를 그만두고 문학에 전념하고 싶다는 편지를 마사오카 시키에게 보내고 문학가로서의 길을 다짐하고 있을 때였다. 학생들에게 하이쿠를 지도하며 근대 하이쿠의 모임을 결성하기도 했다.

교정에 들어서니 나쓰메 소세키 동상과 그 옆에 그의 하이쿠 비가 서 있다. 커다란 나무를 배경으로 얼굴을 오른손에 괸 채, 깊은 상념에 잠겨 있는 소세키의 사진을 한 장 남겨왔다. 정장을 갖춰 입은 사진 속의 모습은 언제나처럼 진지하고 침착해 보였다.

1900년 5월 그는 문부성으로부터 "영어 연구를 위해 만 2년 간 영국으로 유학을 명 한다"는 사령장을 받게 되어 유학을 떠나게 되기까지 약 4년 3개월을 구마모토에서 살았다.

구마모토성을 끼고 왼쪽으로 흐르는 실개천을 따라 가다가 돌다리(明
篤橋)를 건넜다. 우측으로 돌아드니 바로 그의 집이 있었다. 문패는 긴노
스케(金之助). 그것은 그의 본명이다. 나쓰메 소세키는 작가이기 전에 영
문학자 · 문학평론가 · 언론인으로 뿐만 아니라 한시와 그림에도 조예가
깊었다. 대문 옆에 부착된 안내판에는 개관시간과 입장료를 적고 그 밑
에 이런 글귀를 덧붙였다.

문호, 나쓰메 소세키는 5교 교사로서 구마모토에서 4년 3개월 간 여섯
번 이사를 했다. 이 집은 소세키 부처가 제일 마음에 들어 했던 집으로 명치
31년 7월에서 33년 3월까지 살았다.

현관 입구에서 표를 끊고 마루에 올랐다. 전형적인 일본식 목조 건물
이다. 도코노마가 있고 그곳엔 꽃꽂이와 족자가 어김없이 걸려 있다. 큰
다다미방에 들어서니 그의 서재인 듯 나쓰메 소세키의 인물 모형이 탁자
앞에서 원고를 쓰고 있고, 그 옆에 고양이 한 마리가 앉아있다. 원고의
제목은 ≪구사 마쿠라(草枕)≫다. 전시실에는 그의 육필 원고와 소세키
5교 시대의 사진과 ≪구사 마쿠라≫ 장면 그림이 여러 장 붙어 있다.
이곳에서의 체험이 ≪구사 마쿠라≫나 ≪이백십 일≫이라는 작품으로
이어졌다고 한다.

수필가 데라다 도라히코가 찾아와 머물고 큰딸 후데코가 태어난 곳.
434평 대지에 잘 다듬어진 정원수와 큰딸이 태어날 때 썼다는 우물 옆에
는 표지판이 붙어 있다. 정원을 바라보며 글이 저절로 써질 것 같은 서재

만년을 지낸 소세키 산방. 우측 동판의 '칙천거사'와 그뒤 고양이탑이 보이다.

에 무연히 앉아 있자니 그의 심정이 된 듯, ≪구사 마쿠라≫의 첫 줄이
떠올랐다.

　　'산길을 오르면서, 이렇게 생각했다.
　　이지적으로 행동하면 모가 난다. 인정을 앞세우면 그 정에 빠져 버린다.
　　고집을 내세우면 거북스럽다. 이래저래 세상은 살기 힘들다. 살기 힘든 일
　　이 많아지면, 그것이 적은 곳으로 이사하고 싶어진다. 어디로 이사를 가도
　　살기 힘들다는 것을 깨달았을 때, 시(詩)가 생겨나고 그림이 그려진다.
　　이 세상을 만든 것은 신도 아니며 귀신도 아니고, 역시 앞뒷집에서 흔히
　　볼 수 있는 보통 사람이다. 보통 사람이 만든 이 세상이 살기 힘들다고 해도
　　이사할 나라는 없다. 있다면 비인간 사회에 갈 뿐이다. 비인간적인 나라는
　　이 세상보다 더욱 살기 힘들겠지.'

　어디에도 치우치지 않은 그의 원만한 성품은 이런 성찰 뒤에 가능한
것이 아니었을까 싶다. 서재에 걸린 그의 달필 '칙천거사' 앞에 한참 서

구마모토의 문학기념 안에 있는 그의 친필 '칙천거사'

있었다. 나를 버리고 자연의 대도(大道)와 합일한다는 뜻이 아닌가, 문득 그의 삶과 문학의 현장을 직접 찾아보고 싶다는 욕구가 강하게 일었다.

음습한 묘지의 찬 공기를 가르며 남편과 나는 그가 태어났다는 나쓰메 자카를 목적지로 삼았다. 와세다 대학 교정을 지나 문학부 쪽 출구로 빠져나와 택시를 탔다. 거리는 거기서 거긴데도 기사는 뱅뱅 돌기만 했다. 야트막한 오르막길에 '나쓰메 소세키 탄생지'라는 기념비가 보였다. 도쿄 신주쿠구에서 세웠다는 비석 뒤의 안내판엔 이런 글귀가 써있었다.

■ 문호 나쓰메 소세키(1867~1916)는 나쓰메 코헤나오카쓰(夏目小兵衛直克)와 치에(千枝) 부처의 5남 3녀의 막내둥이로 이 땅에 태어났다. 나쓰메 집안은 그 당시 우시고메바바시타(牛込馬場下)라고 불리던 요코마치(橫町)주변의 11개 마을을 다스리는 나누시(名主 : 에도 시대의 마을의 장)로서 그 세력은 컸다. 또한 나쓰메자카(夏目坂 : 나쓰메 고갯길)는 소세키의 부친 나오카

쓰(直克)가 이름을 지어 붙인 길이라고 한다.

나쓰메 소세키는 생후 곧바로 요츠야(四谷) 고물상에 수양아들로 보내졌지만, 곧 생가로 되돌아 왔고, 두 살 때 11월에는 재차 시오바라 쇼노스케(塩原昌之助)의 양자가 되어, 22세때에 소세키 집안에 복적되었다.

더욱이 이 고장에서의 어린 시절에 대한 것은 1915년(大正 4)에 쓰여진 수필 ≪가라스도노우치(硝子戸の中 : 유리문 안에서)≫에 상세하게 기술되어져 있다.

그가 태어난 것은 일본이 전근대에서 근대로 전환하는 메이지 유신이 일어나기 한 해 전인 1867년이었다. 앞서 말한 대로 본명은 긴노스케. 양친은 고령인데다 자녀가 많아 그의 탄생은 축복받지 못한 듯 태어나자마자 가난한 고물상점에 양자로 보내졌다. 작은 바구니에 담겨져 가게 앞에 뉘여 있는 걸 보고 누나가 차마 지나치지 못해 생가로 데려왔다.

이런 '불필요한' 존재로서의 자기 인식과 차가운 밤거리 속에 뉘어져 있었던 아이로서의 막막한 기억은, 이후 어두운 원초적 기억으로서 소세키의 의식 속에 자리 잡게 된다. 소세키는 만 세 살이 되기 전에 또다시 다른 집에 양자로 보내지게 되었고, 양부모의 싸움 소리로 매일 밤잠을 깨야 하는 환경 속에서 자라야 했다. 이러한 어두운 환경으로부터 소세키가 다시 본가로 돌아온 것은 아홉 살 때였다.

그는 자신이 태어난 키쿠이초(喜久井町) 동네를 어른이 되어서도 쉽사리 떠나지 못했다. 영국 유학에서 돌아와 살던 집도 이 근처요, 만년에 임종을 거둔 소세키 산방(山房)으로 알려진 집도 이 근처에 있었다. 그는 왜 이곳에 고착되었던 것일까? 나는 고물가게의 잡동사니와 함께 작은 광주리 속에 뉘어져 매일 밤, 요츠야 야시장 노점에 밤바람을 맞으며 놓여져 있었던 그 아기를 떠올리면서, 그것이 한 작가의 내면에 미쳤을 영향과 무의식을 짚어 보면서 그 거리를 천천히 빠져나왔다. 이번에는

그가 살았던 센다기(千駄木) 쪽으로 걸음을
옮겼다. 네즈신사(根津神社)를 끼고 올라가
다가 우측 골목으로 접어드니 동경의과대
학 건물이 있고 그 맞은편에 '나쓰메 소세키
옛집 유적지'라는 기념비가 있었다. 집은
없고 그 터에 비만 서 있었다. 잘생긴 석비
하단의 제자(題字)는 ≪설국≫의 작가 가와
바타 야스나리가 썼고, 비문은 가마쿠라 소
세키회에서 만들었다고 적혀 있다.

영국에서 돌아온 소세키는 이곳에서 약 4
년을 살았다. 처녀작 ≪나는 고양이다≫를
비롯해 ≪런던탑≫, ≪봇짱≫, ≪구사마쿠

나쓰메 소세키의 탄생기념비

라≫ 등의 작품을 발표하여 작가로서 확고한 지반을 굳혔다. 안내판에는
모리 오가이(森鷗外)가 일 년 넘게 살았던 집으로 2대 문호의 거주지요,
나쓰메 소세키 문학의 발상지로서 근대 문학사상 중요한 사적이라고 적
혀 있다. 비문이 서 있는 뒷 담벼락에 고양이(조각상) 한 마리가 우리를
내려다본다. 소세키는 이 집에서 동경제대가 있는 홍고(本鄕)까지 걸어서
출근했다고 한다. ≪미치쿠사≫에도 이곳 센다기 집에서 동경제국대학
이 있는 홍고까지의 거리 풍경을 가깝게 묘사하고 있다. 유일한 그의
자전 소설 ≪미치쿠사≫는 소세키의 생애 중 가장 어두웠던 시기에 해당
한다고 볼 수 있다. 그를 일곱 살까지 키워준 양부 시마다가 갑자기 나타
나 14년 전에 겐조(필자 자신)가 쓴 증서를 갖고 찾아와 복적의 대가로
금품을 집요하게 요구한다. 뿐만 아니라 약간 철딱서니 없는 열 살 아래
인 아내와의 잦은 마찰, 걸핏하면 손을 내미는 형제들, 몰락한 장인 등,
이들은 겐조의 일상을 끊임없이 괴롭히며 그의 자존심에 상처를 입힌다.

소세키는 죽음에 다다라 어두웠던 때의 모습을 ≪미치쿠사≫에서 숨김없이 쏟아냈다. 아픔을 털어냄으로써 그것을 극복하고 그것으로부터 자유롭고 싶어서일까? 죽기 얼마 전 ≪밤으로의 긴 여로≫를 쓰는 동안 눈이 빨갛게 충혈되어 서재에서 나오곤 했다는 유진 오닐의 모습이 겹쳐 왔다. 자전적인 이야기를 쓰는 동안 작가는 맨살에 생채기를 내는 아픔을 겪게 되고야 말리라.

소세키를 대신한 겐조는 ≪미치쿠사≫제91장에서 자신의 아픔을 이렇게 토로한다.

아이들이 많았던 친아버지는 조금도 겐조를 싸안을 생각이 없었다. 나중에 덕을 보겠다는 계산도 없었으므로 돈 드는 일이라면 한 푼에도 벌벌 떨었다. 부자 관계라는 인연 하나로 할 수 없이 거둔 셈치고 세 끼 밥 외에 무엇을 보살펴 준다는 건 손해라고 느낄 뿐이었다. 게다가 문제의 본인이 생가로 돌아와서도 호적은 그전대로였다. 아무리 생가에서 정성껏 키운다 해도 여차할 경우 저쪽에서 데리고 가버리면 그만인 것이다.

"먹는 것만은 어쩔 수 없으니까 먹여 준다. 하지만 그 외는 이쪽 소관이 아냐. 저쪽에서 당연히 해야 돼."

아버지의 이론은 이러했다.

양부 시마다는 시마다대로 또 자기 형편 좋은 쪽으로만 일을 관망하고 있었다.

"뭐, 생가에 맡겨 두었으니까 어쨌든 어떻게 되겠지. 그 사이 겐조가 커서 슬슬 일할 나이쯤 되면 그땐 소송을 해서라도 뺏어오면 돼."

겐조는 바다에서도 살 수 없었고 산에서도 살 수 없는 형편이었다. 양쪽에서 조리질을 당한 채 그 사이에서 우왕좌왕했다. 동시에 바다에 있는 것도 먹고 살고, 산에 있는 것에도 손을 내밀었다.

친아버지에게도 양아버지에게도 그는 인간이 아니라 오히려 물건이었다. 단 친아버지가 그를 허드레 물건으로 취급한 데 비해 양아버지는 당장 무슨 도움을 받으려는 이용물일 뿐이었다.

"이젠 이쪽으로 데리고 와서 사환이든 뭐든 시킬 테니까 그리 알아라."

어느 날 겐조가 양부 집에 찾아왔을 때 시마다는 무슨 말 끝에 이런 말을 했다. 겐조는 놀라서 집으로 도망쳤다. 어린 마음에도 박정하다는 느낌이 어렴풋한 두려움을 안겨 주었다. 그가 몇 살이었는지 기억은 못하나 어쨌든 무엇인가를 오래 갈고 닦아 훌륭한 사람이 되어 세상과 맞서야겠다는 욕망은 이미 충분히 눈떠 있을 무렵이었다.

'사환 따위나 돼서는 큰일 나.'

그는 마음속으로 이 말을 수없이 되풀이했다.

그래서일까? 연보를 보면 알 수 있듯이 그는 서거 직전까지 위궤양으로 토혈하면서 집필에 매달렸다. 아무래도 그것은 문학의 순사(殉死)로 보아야 할 것 같다. 사실 그는 죽기를 결심하고 작품을 썼던 것이다. ≪미치쿠사≫에도 그것이 잘 나타나 있다.

점점 몸이 약해진다는 께름칙한 사실을 알면서도, 그는 전혀 건강을 돌보지 않은 채 열심히 일했다. 마치 스스로 자기 육체에 반항이라도 하듯, 자신을 학대하기라도 하듯, 또 스스로 자기 병에 원수를 갚기라도 하듯.

예정된 분량을 다 썼을 때, 그는 붓을 던지고 방바닥에 쓰러졌다.

"아아, 아아!"

그는 야수처럼 신음소리를 질렀다.

쓴 게 돈으로 바꿔지는 데는 별 어려움이 없었다. 문제는 어떤 순서를 거쳐 그것을 시마다에게 전하는가, 하는 것이었다.

언제나 친정아버지를 표준으로 삼고 남편을 마음속으로 인정해 주지 않는 아내, 치사한 방법으로 집요하게 돈을 요구하는 양부 시마다 등을 역지사지하듯 입장을 바꾸어 상대를 자기화해 보며 이들을 마음속으로 끌어안는 데에 소세키의 성숙한 작가적 면모를 엿볼 수 있다고 하겠다.

나쓰메 소세키 옛집 유적지

"그가 자신의 분신인 겐조의 눈을 통해 혐오하는 그 노인, 예전의 양부(養父)는 물론 자신마저 '신의 눈'으로 물었을 때 거기에는 자신도 양부와 같은 존재가 아닐까? 그리고 만약 그 신의 눈으로 자신의 일생을 통해 본다면 이 욕심 덩어리 노인의 일생과 별로 다르지 않으리라는 느낌이 강하게 들었다."라고 제48장에서 쓰고 있다.

그는 늘 자기를 객관화하고, 타자를 자기화해 보는 엄중한 두 개의 눈을 가슴에 지니고 있었다. 이것이 소세키를 소세키이게 하는 점이 아닐까 한다.

'인생은 하나의 이론으로 정리될 수 없는 것이고, 소설은 하나의 이론을 암시함에 불과한 이상, 사인 코사인을 사용해서 삼각형의 높이를 재는 것과 일반이다.' 나는 이러한 그의 말을 떠올리면서 소세키 산방을 찾아가고 있었다.

그러나 '우리들 마음속에는 밑변 없는 삼각형이 있다. 이변 병행하는 삼각형이 있음을 어떻게 하면 좋을까?'라고 묻는 그에게 나는 다가가 손이라도 잡고 싶었다.

밑변 없는 삼각형과 이변 병행하는 삼각형.

그 위에 그는 이렇게 덧붙인다.

'만약 시인, 소설가가 기재하는 인생이 인생의 전부라고 한다면 인생은 매우 편리하고 인간은 대단히 훌륭하다. 그러나 불측(不測)의 변(變)이 외계

에서 일어나고 뜻밖의 마음이 마음속에서 나온다. 또한 난폭하게 나온다.'

이보다 인간의 마음을 어떻게 더 잘 설명할 수 있겠는가.

≪나는 고양이다≫에서도 냉소적이고 우유부단한 구샤미 영어선생과 주변 인물들. 현실을 무시한 채 정신적 자유를 구가하며 세상을 달관한 척 떠들어대지만 왠지 서글픔을 감추지 못하고 있는 그들에게 인간적인 연민을 느끼지 않을 수 없게 되던 것이다.

한가해 보이는 사람들도 마음속을 두드려보면 어딘가 슬픈 소리가 난다. 깨달은 것 같아도 도쿠센의 발은 역시 땅바닥 말고는 밟지 않는다.

평화롭게 보이는 사람의 마음속에도 슬픈 소리가 들어있다는 고(苦)라는 인간존재의 규명. 그럼에도 그는 갈등과 모순의 현실을 외면하지 않았다. 실생활에 뿌리를 둔 채 성실하게 사는 그의 인생관을 알게 하는 대목이기도 하다. 발밑을 살피라던 어느 선사(禪師)의 '조고각하(照顧脚下)'를 떠올리게 한다. 인생의 어느 경지를 뛰어 넘어도 현실을 해결하지 않고는 존재할 수 없는 그 사이의 거리를 그는 이렇게 짚었던 것이다.

소세키 산방(山房)은 그의 탄생지인 나쓰메 자카에서 빠르지 않는 내 걸음으로 15분 정도 걸렸다. 정확한 주소는 신주쿠(新宿區) 와세다(早稻田) 미나미초(南町) 7번지. 그러나 주소 같은 것은 필요도 없었다. 와세다 공원을 지나자 소학교가 나오고 그 길을 따라 들어서니 한눈에도 알아볼 수 있는 나쓰메 소세키의 동상이 마당 한가운데 자리 잡고 있었다. 당시의 건물은 소실되었고 현재는 소세키 공원으로 되어 있다. 동상과 석탑이 보였다. 이중 석판 기조 위에 청동으로 조각된 그의 모습은 엄정하고도 단아했다. 나쓰메 소세키(夏目漱石)라고 씌어진 명패, 우측 하단에 '則天去私'가 새겨져 있고, 동상 뒤쪽에는 네코쓰카(猫塚)라는 석탑이 보였다. 바로 그 뒤 소나무 앞에 '나쓰메 소세키 종언의 땅'이라는 안내판이 있었다. 날씨는 쾌청하고 하늘은 높았다. 공원엔 우리 두 사람뿐, 일부러 나는 소리 높여 그것을 읽어나갔다.

'이 소세키 공원 일대는 문호 나쓰메 소세키가 만년의 명치 40년 9월 29일부터 대정5년 12월 9일에 서거할 때까지 살았던 곳으로 '소세키 산방'이라고 불린다. 나쓰메는 여기에서 《갱부》, 《산시로》, 《그리고 나서》, 《문》 등 대표작을 발표하고 《명암》 집필의 반쯤을 세상에 남겼다. 소세키 서거 당일의 모습은 우치다 학켕의 《나쓰메 소세키 임종기》에 기술되어 있다. 또 소세키 산방의 모습은 소세키의 〈문사의 생활〉이나 아쿠타가와 류노스케의 〈소세키 산방의 가을〉, 〈소세키 산방의 겨울〉 등에 자세히 써져 있다.

그의 문하생인 기쿠치 간, 아쿠타가와 류노스케, 모리타 소헤이, 구메 마사오, 테라다 도라히코, 시가 나오야, 철학자 아베 요시시게, 아베 지로, 수필가로 잘 알려진 우치다 하켕 등 일본 문단을 대표할 만한 사람들이 이 산방을 드나들었다. 이들은 목요일 오후 3시면 어김없이 이곳에 모였다. '목요회'라 이름 짓고 1916년 아쿠타 가와의 작품 〈코〉를 극찬했으며 나쓰메는 목요회에서 자신의 만년사상으로 불리는 칙천거사(則天去私)에 대해 언급했다. 자신의 갈등에서 빠져나갈 길로 즉 소아(小我)를 버리고 천명(天命)에 따른다는 순천관(順天觀)을 보여준다.

"나는 쉰이 되어 비로소 내가 향해야 할 길이 무엇인가를 알아차린 어리석은 자입니다."

이것은 《명암》을 연재하는 동안 어느 승려에게 써 보낸 편지의 일부다. 죽기 얼마 전의 일이다. 나이 쉰에 그는 무엇을 알아차렸다는 것일까?

죽음 앞에 다다라 어리석음에서 벗어날 수 있게 한 지향점은, '하늘을 본받고 나를 버린다'는 '칙천거사'였던 것이다. 그 앞에 나쓰메 소세키를 배치시켜 놓는다. 그러나 나를 버린다고 하는 것이 또한 얼마나 지난한 일인가. 철저한 자기부정과 무아(無我)를 통해 이기심을 극복하려고 했던 그의 순수의지와 심정이 가슴에 와 닿는다. 집행이 유예된 사형수들의 아집을 다룬 작품 ≪명암≫에 와서 비로소 그는 아집에 찬 인간들을 허락하고 자기 자신에 사로잡히지 않은, 절대 하늘의 길인 '칙천거사'의 경지에 서려고 했던 것이다.

유약한 지식인을 조소하던 고양이가 '죽어서 태평을 얻는다. 태평은 죽지 않으면 얻을 수 없다'라고 외치던 그가 ≪런던탑≫에서는 강도 높게 '살아야 한다.'를 외쳤다. 그런 두 마음을 나도 수긍한다. 우리는 두 발로 생사(生死)의 양쪽을 딛고 선 존재가 아닌가.

태어난 이상은 살아야만 한다. 결코 죽음이 두렵다는 말 따위는 하지 말고 오로지 일념으로 살아가지 않으면 안 된다. (생략) 어떤 논리도 필요치 않다. 오로지 살고 싶으니까 살아야만 하는 것이다. (생략) 일단 이 방에 들어온 자는 반드시 죽는다. 살아 청천하늘을 다시 우러른 이는 천명에 한 사람 있을까 말까 한다. 그들은 빠르든 늦든 죽어야 한다. 하지만 고금에 걸친 대진리는 그들의 영혼을 일깨워 살라고 가르친다. 살아라, 어디까지나 살아라.

– ≪런던탑≫에서

죽음은 삶보다 고귀 하다던 그가 이렇게 살라고 외친다. "인간이 살아가는 데 있어 가장 중요한 것은 아무리 괴롭고 아무리 추하더라도 우리들의 삶은 모두 그 위에 놓여 있다고 보는 것이 마땅할 테니까."라던 그의 말을 이따금씩 반추해 보며 나 또한 남루한 여생을 껴안게 되는 것이다.

　그가 머물러 숨쉬고 고뇌하던 창작의 산실을 찾아 그의 인생과 문학의 마지막 도달점을 짚어 보며 나는 텅 빈 소세키 산방에 서 있었다. 그의 이름에 나붙는 '국민적 작가'라는 무게와 칙천거사의 '하늘을 본받고 나를 버린다.'는 의미가 한 덩어리가 되어 가슴에 벅차게 다가왔다. 나쓰메 소세키와 기라성 같은 그의 제자들의 열띤 토론현장을 상상하면서, 벅차오르는 흥분과 문학에 대한 열망을 지그시 누르고 서서 90여 년 전, 그 시간 속으로 나는 빠져들고 있었다.

침묵은 휴식이다
- 셰익스피어

1. 햄릿성을 찾아서

전세 버스를 타고 북구의 노르웨이에서 스웨덴의 스톡홀름을 거쳐 덴마크의 엘시노어에 닿았다. 사운드 해협을 사이에 두고 스웨덴의 헬싱보르와 덴마크의 엘시노어는 서로 마주보는 가까운 거리에 있었다. 여객선으로는 20분 거리라고 한다.

1996년 7월 4일, 부슬비가 내리는 오전, 버스는 크론보그 성 앞에 멈추었다. 햄릿성이다.

To be or not to be. that is the problem(사느냐 죽느냐, 이것이 문제로다).

대학 시절 멋도 모르고 외웠던 명대사의 무대, 셰익스피어(Shakespeare)의 ≪햄릿≫에 나오는 그 유명한 햄릿성이 바로 여기다. 극중 인물 햄릿은 덴마크의 왕자다. 영국의 셰익스피어를 덴마크에 와서 만나다니. 나는 뜻밖에도 우수와 고뇌, 번민의 대명사 같은 햄릿의 배경을 여기서 만난다. 여행의 즐거움이란 이렇듯 예상 밖의 장소에서 만나게 되는 감흥이 아닐까.

중학생이던 우리들은 대한극장에서 단체 관람으로 영화 〈햄릿〉을 보았다. 햄릿으로 분하고 열연한, 긴 다리에 꼭 달라붙는 타이즈를 입은 로렌스 올리비에의 얼굴이 겹쳐졌다.

우산을 쓰고 햄릿성에 도착했다. 성은 수구를 따라 빙 둘러싸여 있었다. 붉은 석벽 위에 육중한 회색빛 고성. 직사각형의 몸체에다 양쪽으로 둥글게 감아 올린 뾰족 지붕의 빛깔은 초록색이다. 극중 무대 그대로 중세적 신비감을 자아낸다. 게다가 촉촉이 내리는 빗줄기, 흐린 하늘, 발틱해의 바닷물로 에워싸인 이 고성의 다리를 건널 때는 이상한 마음이 들었다. 입구에서 마주치게 된 글귀 때문이었을까. "이 성은 1574년에서부터 1585년 사이에 프레데릭 2세 왕에 의해 건축되었다."라고 적혀 있다.

축축한 습기와 이끼가 고색창연함을 더해 주는 성문을 지나 광장으로 들어섰다. 날씨 탓인지 음울한 회벽이 차갑게 느껴진다. 영화 속에서 햄릿이 엘시노어 궁성 망루에 나타난 망부의 혼령과 대화하는 장면은 지금도 눈에 선하다.

"난 네 아비의 혼령으로 밤에는 일정 기간 나다니고 낮에는 불에 갇혀 굶어야 할 운명에 처해 있다. (…) 자 햄릿, 들어봐라. 정원에서 자는데 독사가 날 물었다고 발표됐다. 그래서 덴마크 전체가 조작된 내 사망 경위로 까맣게 속고 있다. 그러나 귀한 애야 알아둬라. 네 아비의 목숨을 앗아간 독사가 지금 왕관을 쓰고 있음을. (…) 그리하여 난 자다가 동생 손에 의해 생명, 왕관, 왕비를 한꺼번에 빼앗기고 한창 죄업을 쌓고 있는 중에 잘렸으니, 성체 받고 기름 바르는 고해성사도 없이, 죄를 청산하지 못하고 온갖 결함을 내 머리에 인 채 심판대로 보내졌다. 아, 무섭다! 아, 무섭다! 정말

무섭다! 네게 효성이 있다면 참고 있지 말아라. 덴마크 왕의 침실이 음욕과 저주를 부르는 상피 붙은 잠자리가 되지 않게 하여라."

아버지의 망령에 의해 햄릿은 죽음의 비밀을 알게 되고 복수의 사명을 다지게 되는데 도덕적이며 내성적인 그는 몇 번이나 회의와 번민으로 몸부림치면서 결행을 주저한다.

"그래 난 얼마나 못난 자냐! 살해당한 아버지의 아들인 내가 하늘과 지옥으로부터 복수하라는 교시를 받았음에도 창녀처럼 말로만 마음의 짐을 풀어놓고 바로 매춘부처럼 저주의 말을 뇌까리면서도 늆다니, 참 장하기도 하다. 부엌데기 같은 놈!"

햄릿이 심한 자책감에 빠져 이렇게 읊조리던 장소는 어디쯤일까? 나는 여기저기를 기웃거려 보았다. 이처럼 햄릿이 주저하고 갈등하는 것을 놓고 괴테는 햄릿이 극단적인 도덕적 감수성에 기인한 그의 감상벽 때문에 복수를 결행하지 못하는 것이라고 말했다. 괴테는 햄릿을 하나의 수려하고 순수하고 고상하고 몹시 도덕적인 존재로 보았다. 그러나 햄릿이 왕비의 침실 휘장 뒤에 숨어 있는 오필리어의 아버지, 폴로니우스를 찔러 죽인 것을 보면 그렇게 나약한 인물만은 아닌 것 같다.

이 가련하고 경망되고 끼어들기 잘하는 바보. 잘 가오! 그대는 그대의 상전을 잘못 생각했소. 운명을 받아들이시오. 쓸데없이 끼어드는 것이 좀 위험함을 이제 알았을 거요.

폴로니우스가 칼을 맞고 쓰러진 자리는 어디쯤일까?
영화 속 장면을 떠올려 본다. 미친 증세를 나타내기 시작한 햄릿 왕자.

셰익스피어   셰익스피어의 침실

그에게 살해당한 오필리어의 아버지, 이러한 충격을 이겨내지 못하고 실성한 오필리어가 버들가지를 손에 들고 노래를 부르며 물에 휩쓸려 떠내려가는 애처로운 모습, 거기에 진 시몬스의 청순한 얼굴이 떠올랐다. 괴테는 한때 셰익스피어에 심취했었다.

> "그의 첫 페이지를 읽고 나는 평생 동안 그의 것이 되었다. 첫 번째 작품을 다 읽고 났을 때, 나는 마치 선천적인 장님이 기적의 손에 의해 시각을 찾은 것 같은 느낌이었다."

스물두 살의 괴테는 이렇게 열광했다.

괴테의 사극 〈괴츠 폰 베를리힝겐〉, 〈파우스트〉, 〈빌헬름 마이스터〉는 셰익스피어의 영향을 받은 것이었다. 괴테는 빌헬름을 통해 셰익스피어의 극들에 대해 이렇게 말한다.

"그것들은 시가 아니다. 사람들은 자기 앞에 운명의 거대한 책이 펼쳐져 있다고 생각한다. 여기서는 가장 격동하는 삶의 폭풍이 윙윙거리며 책장을 이리저리 넘기고 있다."

괴테는 자기 집에서 셰익스피어 제(祭)를 베풀었다. 그리고 그 자리에서 '셰익스피어의 날에'라는 주제로 친구들과 동생 친구들에게 강연을 했다. 이것은 당시 독일에서는 아직 알려지지 않았던 ≪햄릿≫의 작자 셰익스피어에 대하여 자신이 느낀 감명을 토로한 것으로, 당시 괴테가 셰익스피어에게 얼마나 열광했는가를 증명하는 귀중한 에피소드이기도 하다.

천재가 천재를 알아보는 모양이다. 그러나 괴테와는 달리 셰익스피어는 초등학교 학력밖에 없었다. 태어날 당시의 가정환경은 좋은 편이었으나 아버지의 사업 실패로 급격히 가세가 기울자 어린 나이에도 학교에 가지 못하고 집안일을 도와야 했다. 장갑 제조업에 종사하느라고 장기 결석으로 퇴학을 당하는 아픔을 겪어야 했다. 찰스 램이나 마크 트웨인, 오 헨리도 가정 형편으로 교육의 혜택을 받지 못했다. 대학을 가지 않은 헤밍웨이는 이렇게 말했다.

'문학이란 배워서 되는 게 아니다.'라고.

그러니 셰익스피어도 얼마나 많은 독서와 생의 노고를 지불하고 숱한 체험을 필요로 하였겠는가. 셰익스피어는 밑바닥 생활부터 인생을 시작했다. 마을 극장에 들어가 허드렛일을 하기 시작했고, 시골 학교 보조교사를 지냈다. 가리지 않고 닥치는 대로 온갖 잡일을 했다. 22세 때 고향을 떠나 런던으로 상경했다. 그가 극장 문 앞에서 말을 관리하는 말지기로, 때로는 콜보이로, 프롬프터로, 온갖 잡역을 가리지 않으면서 극장 주변을 떠나지 못한 것은 연극 무대에 대한 애착과 각본을 쓰고 싶은 욕망 때문이었다고 문학사가들은 말한다.

한번은 여왕 소속 퀸 극단의 배우 한 사람이 결투로 목숨을 잃었는데, 그때 그는 대타로 잠시 무대에 올랐다. 꿈에 그리던 무대에 설 기회를 얻은 그는 비로소 자신에게도 연극배우로서의 재능이 있음을 깨닫는다. 얼마 뒤 셰익스피어는 헨리 로트슬리 백작의 호의로 궁정에 출입하게 되었고 운 좋게도 그는 여왕 엘리자베스 1세의 후대를 받았다. 이어 왕궁 극장에서 중요한 배역을 맡는 배우로 출연해 이때부터 상연용 각본에 가필하는 전속 작가가 되었으며, 배우 겸 극작가로 활약하면서 희곡 창작에 손대기 시작했다.

왕궁에서는 끊임없이 공연이 이어졌다. 1594년 이후, 셰익스피어 극단은 여왕의 사랑을 받아 매년 어전 공연을 했다. 이 정기 공연은 1603년 여왕이 서거할 때까지 계속되었다. 셰익스피어의 작품 〈사랑의 헛수고〉, 〈실수 연발〉, 〈베니스의 상인〉, 〈헨리 4세〉, 〈헨리 5세〉, 〈헛소동〉 등이 어전 앞에서 공연되었으며, 〈윈저의 명랑한 아낙네들〉은 여왕의 요청으로 완성된 것으로 전해진다.

엘리자베스 여왕의 극단에 대한 애정은 제임스 왕에 의해 계승되었다. 스튜어드 가문의 군주답게 제임스 왕은 예술을 사랑했고, 연극을 지원했다. 1603년 5월 제임스 왕이 런던에 도착하자마자 행한 중요한 일 가운데 하나는 쳄벌린즈 맨(Chamberlains Men)극단을 킹즈 맨(Kings men) 극단으로 개편해서 왕 스스로 극단의 후원자가 된 일이다. 극단 단원들에게는 연봉이 지급되고, 왕실 전속 극단답게 왕실 가문의 문장이 수 놓아진 보랏빛 의상과 모자를 착용하도록 했다. 뿐만 아니라 제임스 왕은 셰익스피어와 그 일행들에게 그룹즈 오브 더 체임버(Grooms of the Chambers)라는 명예로운 계급을 수여하기도 했다. 그러나 인생의 항해란 순풍만 계속되지 않는 법인가 보다. 페스트 같은 질병이 창궐하여 그의 극장은 자주 문을 닫았고 두 해에 연이어 동생 둘이 잇달아 세상을 떠나 8남매 중 누이동생 조앤과 자신만이 남게 되었다. 그리고 그해 애써 장만한 극장이 화재로 소실되고 마는 불운을 당하기도 했다.

1590년 초 연극계에 진출한 셰익스피어는 약 10년 간 사극과 희극에

중점을 두어 창작 활동을 해 왔는데, 1600년(36세)을 경계로 셰익스피어의 희곡 세계는 일대 전환점을 마련한다. 어두운 인생의 뒤안길과 인간의 고뇌, 절망, 죽음 등의 주제를 주로 다루는 비극 시대로 돌입하게 된 것이다.

셰익스피어의 건강도 나빠지기 시작했다. 그는 자신의 은퇴를 예고하는 듯한 〈겨울 이야기〉(1610), 〈템페스트〉(1611) 등을 잇달아 발표한다. 1613년, 〈헨리 8세〉를 끝으로 그의 창작 생활은 마침표를 찍는다. 그리고 가정생활의 고뇌로 피로에 지친 셰익스피어는 1613년 3월 25일, 변호사 프랜시스 콜린스를 시켜 유언장의 내용을 확정지었다. 그는 지난날의 가난을 잊을 수 없었다. 고향에서 토머스 루시 경의 사슴을 훔쳐 곤욕을 치렀던 일과 무위도식으로 청춘을 허송하던 때의 절망을 어찌 잊을 수 있었겠는가.

> "사람들이 누구나 싫어하는 페스트와도 같은 가난의 병을 짊어지고,
> 치욕의 화신인 양 홀로 걷고 계십니다."

〈아테네의 타이먼〉에서 볼 수 있는 대사다.

셰익스피어는 아버지가 겪은 치욕을 생각하며 그간의 불명예를, 자신의 가문에서 지워 버리기라도 하듯, 믿을 수 없을 정도의 필사적인 노력을 기울여 상당한 부와 명예를 일구어 냈다. 그는 무대에서 번 돈으로 고향 땅 스트랫퍼드에서 두 번째로 큰 저택을 사들였고, 넓은 땅을 소유한 지주가 되었으며, 하급 귀족으로 인정받는 데 성공했다. 그는 소네트에서 이렇게 말한다.

> 노쇠한 아버지가 자기의 씩씩한 아들이
> 팔팔하게 활동하는 모습을 보고 기뻐하는구나.

그는 극작과 시작에 전념하여 명성도 얻었고 두 개의 극장을 운영하는 대주주로서도 상당한 성공을 거두었다. 1611년에는 문장(紋章) 사용을 허가받아 젠틀맨—여기서 젠틀맨이라는 뜻은 옷에 문장을 새기고, 일정 규모의 토지를 가진 사람—이 되었는데, 그의 문장에는 검은 바탕에 황금 밭이 펼쳐지고 멋진 창이 대각선을 그리며 위쪽으로 날아가 은을 향하도록 되어 있다. 그 위에 날개를 활짝 편 매가 앉아 있다. 그리고 거기에는 '자격 없이 얻어지지 않는다'라는 표어가 새겨져 있다. 자격의 대가란 본인만이 알 터이다.

셰익스피어는 1582년 11월 27일, 여덟 살 연상의 앤 하서웨이와 결혼하여 장녀 수잔나와 쌍둥남매인 햄릿과 주디스를 낳았는데 어렸을 때 잃고 만다. 셰익스피어는 땀과 노력을 들여 얻은 것을 가족을 위해 계약과 상속으로 확실히 해두고 싶어 했다. 마치 그것을 위해 살아온 사람 같았다. 둘째 딸 주디스가 낳은 세 아들이 있었으나 모두 자식을 남기지 못하고 죽었다. 큰딸 수잔나는 딸 엘리자베스를 두었다. 그녀도 결국엔 자손 없이 죽었다. 셰익스피어의 가문은 이렇게 해서 완전히 대가 끊어지고 말았다. 그는 인간의 뜻과 운명이 어긋나는 것을 일찌감치 터득한 사람같이 〈햄릿〉의 극중에 이런 대사를 남겼다.

"인간의 뜻과 운명은 정반대로 진행되어 인간의 의도는 언제나 무너지고, 인간의 생각은 인간 자신의 것이지만 그것의 결과는 인간의 것이 아니다."

그는 만년에 고향으로 돌아와 친구들과 어울리며 편안한 노후를 보냈다. 과음하여 거기서 얻은 열병으로 사망했다고 전해진다. 1616년 4월 23일, 나이는 53세였다.

세익스피어 생가

그는 1564년 4월 23일에 태어나서 세례를 받은 홀리트리니티, 바로 그 교회 안쪽에 묻혔다. 인도와 바꾸지 않겠다던 셰익스피어. 지구촌에서는 그의 작품이 하루라도 공연되지 않는 날이 없고 영화나 오페라로 만나게 되는 그의 뛰어난 걸작들, 비극으로 꼽히는 〈햄릿〉, 〈오델로〉, 〈맥베스〉, 〈리어왕〉, 〈로미오와 주리엣〉 그리고 희극으로 평가되는 〈베니스의 상인〉, 〈한여름 밤의 꿈〉, 〈뜻대로 하세요.〉, 〈말괄량이 길들이기〉의 주인공들은 우리에게 얼마나 친숙하던가.

인류에게 공헌한 값진 그의 선물에 진실로 경의를 표하면서 우리 문우들은 그가 태어난 스트랫퍼드 어폰 에이본으로 향했다.

2. 셰익스피어의 마을을 찾아서

2008년 4월 14일 오후 4시 우리는 400여 년이라는 시공을 가로질러 셰익스피어 마을에 도착했다. 숨을 크게 한 번 쉬어 공기를 호흡하고,

눈은 카메라가 되어 연신 사방을 훑는다. 조용한 동네였다. 이곳을 찾는 방문객의 수는 1년에 50만 명 정도, 그래서인지 거리의 양쪽은 대부분 상가였다. 수공예품과 스웨터 가게가 즐비했다. 제일 먼저 들른 곳은 현대식 건물로 지어진 셰익스피어 기념관이다. 붉은 벽돌집에 조각품이 부착된 이 센타는 셰익스피어 탄생 400주년을 기념하여 1964년에 준공되었다고 한다. 이 마을에서 제일 큰 건물이다. 입장권을 받아들고 그의 사진 옆에 셰익스피어의 집과 정원, '태어난 곳과 전시'라는 글자를 확인했다. 그가 살던 생가는 에이본 강이 흐르는 마을 중심, 헨리 스트리트 거리에 닿아 있었다. 16세기 농가답게 복원되어 소박한 정취를 안고 있었으며 당시 두 번째로 큰 집을 사들였다고 하듯이 대단한 규모였다. 가로로 길게 이어진 2층 집, 삼각형으로 치솟은 다락방 창문이 세 군데나 정면을 향해 있다. 셰익스피어의 생활상을 짐작하게 하는 서재며 부엌, 태어난 방의 가구들은 당시의 상황을 엿보게 하는 좋은 자료로 남아있었다. 햇볕 드는 창가에 셰익스피어(모형)가 앉아 있다. 그 앞에 원고를 쓰던 책상, 촛대, 책꽂이, 모자 등 생활용품이 전시되어 있고 벽면에는 이곳을 다녀간 작가들의 서명이 보였다.

존 키츠, 월터 스콧트, 토마스 칼라일, 찰스 디킨스, 알프레드 테니슨, 허먼 멜빌, 롱 펠로, 마크 트웨인, 토마스 하디 등이었다. 건물을 돌아보고 쪽문을 통해 뒷마당으로 나오니 예쁘게 가꾼 화단이 발길을 멎게 한다. 노란 수선화가 한창이고 튤립이 곱게 피어있었다. 떠나기가 아쉬운지 모두들 사진을 찍은 뒤 근처 기념품 가게에 들렀다. 다음 목적지는 그의 무덤, 내 발걸음은 어느때 보다도 앞서가고 있었다.

3. 셰익스피어의 무덤에서

홀리 트리니티 교회로 들어가는 길옆에는 드문드문 비석들이 서 있고 잠깐 서서 바라보니 교회는 간소한 듯하나 높은 첨탑이 인상적이었다. 교회 안은 어둑했지만 스테인드글라스를 통해 햇빛이 들어오는 창 쪽에 그의 무덤이 있었다. 계단식으로 된 본당은 칸막이가 설치되었고 오석에 새겨진 '극작가이며 시인인 윌리엄 셰익스피어 1564-1616' 라는 묘표가 눈에 들어왔다. 노란 수선화가 꽂힌, 꽃병이 놓인 자리가 바로 그가 누운 곳이다. 머리맡에는 그가 직접 써두었다는 묘비명이 있었다.

홀리 트리니트 교회 안에 있는 셰익스피어의 묘지

> 선량한 친구여, 제발 삼가주오.
> 이 속에 들어있는 시체를 파내는 것을,
> 이 묘석을 그대로 두는 자에게는 복이 있고
> 내 뼈를 움직이는 자에게는 저주가 있으리.

묘비명 계단 위는 성상안치소다. 그 위에 새겨진 정교한 조각품과 군데군데 놓인 촛대와 꽃병. 특별히 그가 성상안치소에 묻히게 된 것은 1605년 셰익스피어가 평신도 교구 목사로 봉해진 데에 기인한다고 한다. 그의 아내 앤은 남편과의 합장을 원했으나 유언 때문에 뜻을 이룰 수 없었고 대신 가까운 곳에 묻혔다. 그는 아내조차도 옆에 들이지 못하게 했다. 당시에는 새로 생긴 시체들을 위해서 매장된 지 오래된 시체들을 파 버리거나 옮겨 묻는 관행이 있었는데, 이러한 묘비 때문에 그의 시신은 완전하게 보존되었다.

북쪽 벽면에 새겨진 셰익스피어의 흉상은 작가답게, 왼손엔 종이, 오른손엔 깃털 펜을 쥐고 있었다. 그는 작품 속에서 햄릿에게 이런 독백을

시킨다. 셰익스피어는 엘시노어의 한 묘지에서 인부들이 삽과 곡괭이로
해골 하나를 파내자

> "저것이 법률가의 해골이 아니라고 할 수도 없지. 그의 궤변들, 그 세밀한
> 구별들, 소송 사건들, 부동산 소유권, 그의 술책들은 다 어디 있느냐? 어째서
> 그는 이 무례한 친구가 머리를 두들겨도 가만 있으며 구타 소송을 제기하겠
> 다는 말을 아니하는가?
> 　또 23년 된 국왕의 어릿광대 요릭크의 해골이 쳐들려지자 햄릿은 깜짝
> 놀란다.
> 　아! 가련한 요릭크! 난 이 사람을 알고 있네. 호레이쇼. 무궁무진한 익살
> 의 사람이며 굉장한 상상력의 인간이야. 그는 나를 수천 번이나 업어 주었다
> 네. (…) 좌중을 웃음바다로 만들어 놓던 그대의 농담, 익살, 노래, 번쩍이던
> 환담들은 다 어디 있느냐. (…) 턱이 아주 떨어져 나갔군!
> 　제 아무리 1인치 정도로 두텁게 화장(분단장)을 한다고 하여도 이 같은
> 모양이 되어 버린단 말이야."

거기에 누워서도 그는 우리에게 일침을 가한다. 그의 익살 속에 들어
있는 독침. 우리를 각성케 한다. 나는 셰익스피어의 사생관을 〈햄릿〉에
서 찾아 본다.

오필리어의 오빠인 레어티즈가 불타는 복수심에서 햄릿에게 펜싱 경
기를 요청해 왔을 때, 햄릿은 불길한 예감이 든다고 말한다. 그러자 친구
인 호레이쇼가 시합을 만류했지만 햄릿은 단호히 거절하면서 이렇게 말
한다.

> "천만에. 나는 예감을 무시하네. 참새 한 마리 떨어지는 데에도 특별하신
> 섭리가 있다네. 죽음이 지금 오면 장래에는 오지 않을 것이네. 지금 오지
> 않는다면 장래에 올 것이네. 그것이 안 온다고 해도 장래에는 꼭 올 것이네.

준비가 제일 중요한 것이라네."

준비가 되어 있었던 것일까. 셰익스피어는 햄릿처럼 죽음 앞에서 머뭇대지 않았다.

중국의 임어당은 셰익스피어가 인생을 있는 그대로 바라보았으며 대자연 그 자체와 같았다고 찬탄하였다. 그리고 그는 그저 살았고, 인생을 보았고, 그리고 죽은 것에 지나지 않았다고 말했다. 그러나 그는 그저 산 게 아니었다. 힘껏 살았고 최선을 다해 살았으며 인생의 허망함과 무의미함을 보았고, 그리고 모든 것을 수용한 채 담담하게 죽어 갔다고 해야 옳을 것 같다. 그는 과연 인생을 아는 극작가였다.

나는 아직도 〈햄릿〉의 마지막 대사를 물음표로 남겨두고 있다.

레어티즈는 왕과 공모한 뒤 검술 경기를 벌이고 독이 묻은 칼로 햄릿을 죽이려고 하지만 두 사람 모두 상처를 입게 된다. 만약 레어티즈가 실패할 경우를 대비하여, 두 번째 방법으로 계책한, 햄릿을 독살하려고 준비했던 잔을 거트루드 왕비가 실수로 마셨고, 마침내 레어티즈와 거트루드 왕비가 죽게 된다. 햄릿은 클로디어스를 죽인 다음 호레이쇼의 팔에 안겨 죽는데 영국의 소식을 듣지 못하고 죽게 되어 유감이라고 하면서 덴마크의 왕위가 포틴브래스 왕자에게 돌아가도록 그를 왕위에 지명 추천한 다음 '나머지는 침묵이다.'라며 서서히 눈을 감고 만다.

'The rest is silence.'를 어떻게 해석해야 옳을까?

나머지는 침묵이다.

'나머지는 다 말할 수 없다'는 해석보다 나는 '침묵(죽음)은 곧 휴식'이란 뜻으로 해석하고 싶다. 53년이란 그의 힘든 인생을 생각하면서, 죽음이야말로 그에게 진정한 휴식이 아니었을까? 하는 생각이 드는 것이다.

대지(大地)가 우리를 쉬게 하니 고단한 사람에게 있어 죽음은 때로 축

복인 것도 같다. 그의 극중 인물들을 통해 만나게 되는 셰익스피어의 분신들. 그가 창조해낸 거대한 운명. 오텔로, 맥베스, 햄릿, 리어왕, 등 나는 임어당의 말대로 모든 것에 통달한 그가 이미 대자연 그 자체와도 같았던 사람이 아닐까 하는 생각이 문득 들었다. 노련한 생의 달관자, 그 앞에 낮은 마음으로 긴 묵념을 바쳤다.

나는 지금 최고의 순간을 누린다

- 괴테

프랑크푸르트로 향하는 비행기 안에서 나는 새삼스럽게 왜 괴테 (Johann Wolfgang von Goethe 1749-1832)의 이름 앞에는 늘 문호(文豪)라는 호칭이 붙는지를 생각해 보고 있었다.

사전적 의미로 '문호'란 세계적으로 문장이나 문학이 뛰어난 대가를 가리킨다. 괴테는 문학뿐 아니라 미술, 연극, 색채, 광물, 지리, 식물학에도 뛰어났다. 괴테, 그는 훌륭하고 위대한 인간일 뿐 아니라 하나의 문화였다고 말한 사람은 바로 니체였다. 바이란트도 괴테가 위대한 것은 그가 인간다운 인간 중에서도 가장 위대했기 때문이라고 말했다.

무엇을 위대하다고 하는 것일까? 사실 그의 문학이 위대하다는 점은 괴테라는 인간이 위대하다는 것과 다르지 않다. 그의 위대한 작품 ≪파우스트≫는 바로 괴테 영혼의 성장 기록표일 테니 말이다. 한마디로 심오하고 드넓은 괴테라는 하나의 문화를 이해하기란 쉽지 않았다. 온갖 인간적인 요소를 지닌 사람, 그리고 83년에 걸친 다방면의 끊임없는 탐구와 실험, 사랑, 방황을 통해 산봉우리에 다다른 사람. 그를 이해하기에는 턱없이 부족한 나 이지만 그래도 그의 집을 찾아간다는 일은 가슴 설렜다.

2000년 4월 30일, 프랑크푸르트 국제공항에 닿았다. 독일의 맨해튼으로 불리는 이 도시는 중세 신성 로마제국 황제의 대관식이 거행되던 도시라는 설명보다는 18세기의 세계적인 문호 괴테가 태어난 도시라는 설명이 더 친근하고 반가웠다.

괴테의 생가는 프랑크푸르트 한복판에 자리 잡고 있다. 히르슈그라벤 거리. 분홍색을 칠한 복고풍의 4층집 앞에서 서둘러 사진부터 한 장 찍었다. 괴테하우스의 문을 들어서니 오른쪽에 입장권을 판매하는 별도의 건물이 있다. 괴테의 자료가 보관되어 있는 박물관이다. 생가와 박물관은 구분되어 있었다. 생가는 박물관 복도를 따라 왼쪽으로 나가서 마당을 통과한 곳에 있는 건물이었다. 1층 부엌과 식당을 둘러보고, 꽃무늬의 중국식 벽지가 고운 2층 거실에서 괴테 가족의 초상화를 보았다. 3층 복도에서 위용을 자랑하는 천문 시계와 만나고 바로 그 앞의 방으로 들어가니 낯익은 괴테의 초상화가 걸려 있다. 평생을 질풍노도로 살아온 이의 노년의 모습이다. 나는 괴테가 태어난 방에서 자꾸만 머뭇거려졌다. 좀 더 오래 있고 싶어서였다. 관광객이 한 무리 돌아 나가고 다른 무리가 들어올 때까지.

1749년 8월 28일 정오, 이 방에서 집 뒤편의 교회 종소리를 들으면서 한 사내아이가 고고의 소리를 터뜨리며 태어났다. 요한 볼프강 폰 괴테. 아버지 요한 파스칼은 35세, 어머니 카타리나 엘리자베스의 나이는 18세였다. 아버지는 덕망 높은 법률가요, 어머니는 프랑크푸르트 시장의 딸이었다.

　괴테 하우스의 서재는 퍽 장중한 인상을 준다. 그리고 4층, 시인의 방은 괴테가 소년 시절부터 청년기의 일부를 보냈던 방이라고 한다. 흰 레이스 커튼 사이로 은은한 햇살이 어른대는 창문 왼편 가까이에 오래된 서랍식 책상이 열려 있고 그 위에 놓인 육필 원고, 방금 앉았다가 일어난 자리처럼 약간 벌어진 의자, 괴테가 금방이라도 돌아와 다시 앉을 것만 같다. 이곳에서 그는 ≪젊은 베르테르의 슬픔≫을 비롯하여 ≪괴츠 폰 베를리힝겐≫ ≪파우스트≫ 초고를 썼다. 라이프치히 대학 법과 재학 중 각혈을 하는 중병을 얻어 집으로 돌아온 것은 스무 살 때, 그는 이 방에서 18개월 간 투병 생활을 하며 긴 회복 기간 동안에 자아 성찰과 종교적 신비주의에 몰두했고, 연금술과 점성술에 도취됐는데 이러한 영향은 훗날 그의 대작 ≪파우스트≫로 이어진 듯하다.

　1771년 8월 법학석사 학위를 받고 프랑크푸르트에 다시 돌아온 괴테는 베츨라르 제국대법원의 시보로 법률 사무 실습을 받는다. 이 무렵 그는 샤를 롯테 부프(애칭 롯테)를 알게 된다. 그녀는 이미 약혼한 몸으로 돌아가신 어머니를 대신해서 12명이나 되는 동생들과 아버지의 시중을 들며 바쁘게 지내고 있었다. 어느새 괴테와 그녀는 서로 신뢰하는 사이가 되어 성안의 샘터, 란베르크, 슈토펠베르크의 구릉지대를 산책하기도 하고, 마을 근교에서 열리는 무도회에 참석하여 즐거운 시간을 갖기도 했다. 그러는 사이에 두 사람의 가슴에는 자연스레 사랑이 싹텄다. 괴테는 그녀의 사진을 항상 왼쪽 가슴의 호주머니 속에 넣고 다니다가, 밤에는 침대 옆의 벽에 붙여 두곤 했다. 아침에 일어나자마자 그녀의 얼굴을 맨 먼저 보고 싶어서였다. 그는 그녀의 약혼자 케스트너에 대한 질투로 늘 고통스러워했다. 그러는 동안, 괴테는 권총을 손에 들고 그늘로만 숨어 다니는 음울하고 말없는 남자로 변해 갔다. 이때의 심정을 훗날 다음과 같이 적고 있다.

　　나는 항상 잘 갈아진 단검을 침대 옆에 놓아두고는 불을 끄기 전에, 그 날카로운 칼끝으로 자신의 가슴을 과연 찌를 수 있는가의 여부를 시험해 보았다. 그렇지만, 도저히 그 일을 잘 해낼 것 같지는 않았다. 그 때문에, 나는 내 자신을 비웃었다. 그리고는 우울증과 같은 행위를 내던져 버리고 시인으로서 성실히 살아가기로 마음을 정했다.

　그해 가을 괴테는 더 이상 무슨 일이 일어나기 전에 스스로 그녀 곁을 떠나기로 결심한다. 9월 어느 날, 그는 권총을 란 강에 던져 버리고 아무에게도 알리지 않고 혼자서 조용히 베츨라르를 훌쩍 떠나 버렸다(하지만 이후에도 1,500통이나 되는 열정적인 편지를 롯테에게 보냈다).

　이 무렵 괴테는 한 친구가 친구의 부인을 사랑하다가 그만 자살해 버렸다는 소식을 듣게 된다. 괴테는 마음 아픈 이 사건과 자신의 베츨라르 체험을 결부시켜 써 보기로 결심하고 작업에 들어갔다. 그리하여 불과 4주 만에 탈고한 작품이 ≪젊은 베르테르의 슬픔≫이다. 나폴레옹이 일곱 번이나 읽고 이집트 원정 때도 지니고 다니면서 애독했다는 그 작품이다.

　　롯테! 죽음의 술을 마셔 버리려고 차갑고 무서운 잔을 손에 들고, 나는 조금도 떨지 않고 있습니다. 당신이 내주신 잔이거든요, 어찌 망설일 수가 있겠습니까. 이것으로 나의 생애의 소원과 희망의 전부가 충족되는 것입니다. 이렇게도 태연하게 이렇게도 의젓하게, 죽음의 황동문을 두드리려 하고 있습니다. 이렇게 죽더라도 될 수만 있으면 당신을 위해 죽는다는 행복을 지니고 싶습니다. 롯테! 당신을 위해 이 몸을 버린다면, 생활의 안정과 기쁨을 다시 당신에게 되돌려 주는 것이라면, 나는 기꺼이 용감하게 죽어 가겠습니다.(……)

베르테르는 롯테에게 최후의 편지를 쓴 뒤, 그녀의 약혼자인 알베르트에게서 빌려 온 권총으로 자살해 버린다. 겨우 반년 동안의 짧고도 아름다운 사랑이었다. 시인의 방 낭하 쪽 왼편에 롯테의 실루엣 그림이 걸려 있다. 고향으로 돌아와서도 괴테의 마음속에는 롯테의 모습이 떠나지 않아 자기 방에 롯테의 그림을 걸어 놓고 아침저녁으로 대화를 나누었을 정도라고 한다.

"이 그림은 내가 죽을 때까지 간직할 것이다."

낭하에 걸린 이 그림이 바로 그 그림인지 알 수는 없지만 롯테는 괴테의 가슴속에, 또 ≪젊은 베르테르의 슬픔≫ 속에 영원히 살아 있는 인물이다. 그리고 우리의 가슴에도.

≪젊은 베르테르의 슬픔≫으로 26세의 괴테는 세계적인 작가로 급부상했다. 1774년 책이 출판되자 이상한 흥분과 경탄을 불러일으켜 전 유럽의 젊은이들 중에는 베르테르의 복장을 하고 권총으로 자살하는 사례가 유행처럼 늘어나 책의 판매가 금지될 정도에 이르렀다. 그의 책을 부도덕하다고 비난했던 영국의 프리스톨 경에게 괴테는 " ≪젊은 베르테르의 슬픔≫을 젊었을 때 읽어 보고, 자신을 위해서 쓰여진 것이라고 느끼지 못하는 그런 사람은 불행하다."라며 답장을 보냈다.

과연 괴테의 연애 경력은 작품 경력만큼이나 화려했다. 사랑하고 이별할 때마다 그는 매번 시를 남겼다. 그의 말대로 시의 내용은 그대로 작가의 생활 내용이었다.

괴테는 14세 때 그레트헨이라는 연상의 소녀를 사랑하고, 17세 때는 식당 주인의 딸 안나 카타리나를, 21세 때는 미술 선생의 딸인 프리테리케 외저를, 22세 때는 제젠하임의 목사 딸이자 친구의 약혼녀인 샤를롯테 부프를, 27세 때는 10세 연하의 소녀 릴리 쇠네만을, 40세 때부터는 아내로 맞이한 크리스티아네 불피우스를, 60세 때는 19세 소녀 민헨 헤르츨리베라는 소녀를, 66세 때는 은행가의 부인 마리아네 폰 빌레머를, 그리고 75세 때는 55세 연하의 처녀 울리케 폰 레베초를 열애했다. 이 체험과 사랑과 고뇌를 바탕으로 그는 ≪파우스트≫ ≪젊은 베르테르의 슬픔≫ ≪릴리의 노래≫ ≪나그네의 밤 노래≫ ≪로마의 비가≫ ≪친화력≫ ≪정복적인 동경≫ ≪마리엔 바트의 비가≫ 등을 집필했다.

어느덧 75세의 노인이 된 괴테는 1823년 초가을을 마리엔 바트 온천에서 보내고 있었다. 그가 묵고 있던 집의 손녀인 울리케 폰 레베초라는 발랄한 아가씨와 사귄 지 불과 5주 만에 선뜻 구혼을 청했다. ≪정열 3부곡≫에서 괴테는 이렇게 고백한다.

"인간에게 생기를 주는 것이 사랑이라고 한다면, 나야말로 멋있는 증거가 아닌가!"

그는 "더 이상 사랑하지도 않고 방황하지도 않는 자는 차라리 죽어 매장되는 편이 낫다."라고 말했다. 하지만 그녀 어머니의 반대 못지않게 울리케 자신의 주저하는 태도 때문에 결국 이 사랑은 포기할 수밖에 없었다. 사랑의 좌절과 체념은 자기 자신의 존재 속에 존재하는 것과 사라진 것에 시선을 돌리게 했으며, 끝내는 그녀를 위한 〈마리엔 바트의 비가〉를 쓰도록 하였다.

지금 다시 만난 날에 내 무엇을 원하리.
이날에도 아직 피지 않은 봉오리 꽃이여.
그대가 피울 그 꽃은 천국인가 지옥인가
아직도 그걸 몰라 내 마음은 흔들린다네.
낮은 낮대로 내 마음을 괴롭히고
밤엔 등불에도 위안이 깃들지 않네.

내게 남은 단 하나의 즐거움은 다만
부드러운 그대 모습을
영원히 새롭게 생각하는 것이라네.

하루는 괴테가 의사에게 이렇게 물었다.

"늙은 나이에 결혼하면 몸에 독이 됩니까?"

그러자 의사는 의아한 표정을 지으며 답변했다.

"걱정할 게 없습니다."

이에 자신감을 회복한 그는 사람을 보내 울리케에게 구혼을 청했던 것이다. 하지만 수녀가 되기로 결심한 울리케는 거절의 뜻을 전해 왔다. 비록 울리케는 괴테의 청혼을 거절했지만, 청년 시절 괴테의 연인인 프리데리케 브리온과 마찬가지로 평생을 독신으로 지내며 첫사랑을 고이 간직한 채 순결하게 생을 마쳤다.

괴테는 목사의 딸이던 프리데리케 브리온에게 영원한 사랑을 맹세하고 그녀에게 〈오월의 노래〉, 〈들장미〉, 〈환영과 이별〉 등의 많은 시를 바쳤다. 〈환영과 이별〉이란 시의 마지막 구절은 다음과 같다.

사랑받는다는 건 얼마나 행복한 일입니까!
그리고 하느님이시여,
사랑한다는 건 또 얼마나 기쁜 일입니까!

그녀도 그와 결혼하기를 진심으로 원했다. 그러나 괴테는 한참 망설이다가 결국에는 그녀 곁을 떠나기로 했다. 헤어질 때 괴테는 말 위에서 손을 내밀었으나, 그녀는 하염없이 울기만 했다.

"나는 처음으로 죄를 지었습니다. 가장 아름다운 마음의 가장 깊숙한 곳까지 상처를 입혔습니다."

　이러한 괴테의 참회의식은 《파우스트》의 종결 부분에도 나타난다. 그는 82년이란 긴 생애를 녹여서 쇳물에 쏟아 붓고 《파우스트》라는 작품으로 다시 주조해 내었다. 《파우스트》는 그의 인생의 결정체였다. 곧 자기 자신이었다. 대학자 파우스트 박사는 모든 지적 탐구가 내심의 욕구를 충족시키지 못하는 것에 절망하여 결국 악마 메피스토펠레스와 계약을 맺는다. 천지의 진리를 가르쳐 주는 대신 영혼을 가져가게 하겠다는 계약이었다. 악마 메피스토펠레스는 파우스트에게 그의 의지가 꺾이는 날, 영혼을 악마가 차지해도 좋으냐고 묻는다. 파우스트는 자기의 의지가 좌절되는 순간 자기의 영혼을 가져가도 좋다고 대답한다. 만일 내가 늘어지게 긴 의자에 팔다리를 내뻗는다면 그것은 나의 끝장일 것이다. 만일 네가 나를 달콤한 말로 속여서 나 자신이 아주 우쭐해진다면 그때도 나는 끝장이다. 그대가 나를 향락으로 몰아넣어 나를 속일 수가 있다면 그날이 내가 죽는 날이 되어도 괜찮다. 자, 걸 테면 걸어라.
　이러한 계약으로 파우스트는 미남자 청년이 되어 아름다운 처녀 마르가레테(그렌트헨)의 사랑과 마음과 육체를 독차지하게 되지만, 이 때문에 결국 그녀는 영아 살인죄로 처형당하고 제1부가 끝이 난다. 인생의 단맛, 쓴맛을 고루 맛보고 애욕의 무의미함을 체험하고 난 뒤, 파우스트는 최후에 인생을 긍정하게 된다. 그것은 인생의 의미는 돈이나 명예나 쾌락에서 구할 수 있는 것이 아니고, 노력해서 힘껏 살아가는 그 고생 속에 숨어 있다는 사실을 깨닫게 한다. 제5막에서 파우스트는 황제의 총사령관으로 중요한 역할을 이행한 후, 제국의 해변을 봉토로 받는다. 그 넓은 해변의 습지를 매립해서 사람들에게 나누어 줄 낙토로 만들려고 노력한다. 언젠가 이 땅에 살게 될 민중들의 보람찬 미래를 상상하면서.

　　나는 몇 백만 명을 위해 토지를 개척해서 안전치는 않으나 일하며 자유롭게 살도록 해주려 한다. (……) 밖에서는 조수가 그 강까지 덮쳐들더라도, 그리고 조수가 억세게 침입하려고 기를 쓰더라도 모두가 힘을 합쳐 몰려와 구멍을 막는다. 그렇다! 그 생각에 나는 복종한다. 지혜의 마지막 결론은 이렇다. 자유도 생명도 그것을 매일매일 싸워 얻는 자만이 누릴 자격이 있는 것. 그러므로 여기서는 위험에 둘러싸여 어린이나, 어른이나, 노인이나, 보람 있는 나날을 보낸다. 나도 그런 사람들을 보고, 자유로운 백성들과 함께 서고 싶다. 그때는 순간을 향해 이렇게 외쳐도 좋은 것이다. 멈추어라. 너는 실로 아름답다!고.
　　나의 지상의 날 뒤에는, 영겁 멸망할 날은 오지 않는다. 그와 같은 커다란 행복을 예감하면서 나는 지금 최고의 순간을 누린다.

이 말을 끝내자 백 살이 된 파우스트는 쓰러진다. 사령(死靈) 레무르들이 그를 안아 땅에 눕힌다. 천사들이 높은 공중을 떠돌면서 파우스트의 불멸의 영혼을 안고 나타난다.

　　"영(靈)의 세계에서 거룩한 한 사람이 악의 손에서 구원되었도다. 언제나 노력하며 애쓰는 자를 우리는 구할 수가 있다."

괴테 자신도 이 말 속에 파우스트의 구원에 대한 열쇠가 숨겨져 있다고 나중에 〈괴테와의 대화〉를 쓴 에커만에게 말했다.

언제나 노력하며 애쓰는 자 괴테. 그는 하늘이 내려 준 재질은 말할 나위도 없거니와 유복한 환경이 베푼 것, 또한 많은 공부를 통해서 습득한 것, 이 모든 것을 자기의 생에 모두 쏟아 부었다. 그의 생활 원칙은 자기의 생을 완전히 살아 버린다는 주의였다. 그는 에커만에게 자신의 흉금을 털어놓는다.

나는 늘 운이 좋은 사람으로 치부되어 왔다. 그러니 내 인생 행로를 불평하거나 탓하지는 않겠다. 그러나 내 인생에는 노력과 근심만이 있었을 뿐이다. 일흔넷의 인생을 돌아볼 때, 정말 안락을 구가했던 기간이라곤 단 한 달도 되지 않는다. 끊임없이 구르는 돌과 같은 인생이었다. 나는 계속하여 돌을 굴리지 않으면 안 되었다.

노년에 접어들수록 괴테는 더욱 외로워졌다. 쉴러가 떠나고 1828년 반세기에 걸쳐 형제와도 같았던 아우구스트 대공이 죽고 1828년, 같은 해에 외아들 아우구스트가 죽었다. 괴테는 아들의 비보에 각혈을 하면서도 의자를 당겨 앉는다. '의무라는 관념만이 나를 지탱케 해준다. 정신이 갈망하는 것은 육체가 완수해야 한다.'라고 말하며 ≪파우스트≫에 심혈을 기울였다.

"사람이 죽음에 다다라 자기 자신이 아니고는 이 세상에 아무도 못할 일이 남아 있노라고 확신한다면, 그때 죽음 보고 물러가라고 하라. 그러면 죽음도 물러가리라."

이런 의지로 괴테는 81세 때 다량의 피를 쏟고도 ≪파우스트≫ 제2부를 쓰기까지의 말미를 얻어낼 수 있었다고 에커만에게 털어 놓았다.
그는 1774년 바이마르의 칼 아우구스트 공작과 만나 국정에 참여하면서 재무국 장관, 도서관과 화폐 진열실 감독, 예나대학 자연과학연구소 소장, 바이마르 궁정 극장 총감독으로 쉴러의 작품을 무대에 올리고 그와 함께 질풍노도 운동을 주관했으며 ≪괴테 전집≫ 40권을 출간하였다. 대단히 근면한 생애였다. 그가 20세부터 구상하여 22세에 쓰기 시작한

≪파우스트≫가 82세가 되는 1831년에 완성되었다고 하니 그는 60년의 세월을 거기에 매달려 있었던 것이다.

'중요한 일은 끝났다. 내 금후의 생활은 완전히 선물과 같은 기분'이라고 말하며 원고에 봉인을 했으나 그 이듬해 1월, 노시인은 아직도 무언가가 미진한지 원고의 봉인을 뜯고 다시 결말 부분에 손을 대었다.

영원히 여성적인 것만이 우리를 천상으로 인도한다.

≪파우스트≫의 결미다.

그에게 신은 사랑이요 사랑은 곧 신이었다. 그리고 이 신적인 사랑을 그는 여성에게서 체험했던 것이다. 마지막 부분에서 말하고 있는 영원히 여성적인 것이란 파우스트의 남성적인 능동 정신이 폭주하지 않도록 그것을 균형과 조화로 꽃피우게 한 중도(中道) 사상으로 이해된다. 그 그늘에는 ≪파우스트≫의 그레트헨의 사랑도 숨어 있다. 그레트헨 모티프가 파우스트의 구원을 가능하게 하고, 악마 메피스토펠레스를 분노하게 하면서, 애인의 영혼을 천상으로 이끌어 올리는 데 결정적인 역할을 한 것이다.

무한을 향해 초인적인 노력을 경주하던 파우스트, 아니 괴테는 1831년 8월 28일, 82회의 마지막 생일을 맞았다. 그는 바이마르를 떠나 일메나우로 갔다. 튀링겐 숲 속을 거닐다가 키켈한 산에 있는 사냥꾼의 오두막집을 찾았다. 그리고 32세 때 자신이 벽에다 적어 놓은 시구와 마주섰다. 〈나그네의 밤 노래〉라는 시였다.

모든 산봉우리마다에 휴식이 있어라
나뭇가지엔 산들바람조차 느껴지지 않고,

숲 속의 새들도 침묵하고 있구나.
기다려라, 이윽고 그대도 쉬게 되리니.

이 시구를 읽어 보고 그는 눈물을 흘렸다. 상의에서 손수건을 꺼내 눈물을 닦으며 슬픈 어조로 말했다.

"그래, 기다려라. 나도 곧 쉬게 될 테니!"

나는 이 시를 20대 시절에 읽고 이날 이때껏 잊지 않았다. 특히 '모든 산봉우리마다에 휴식이 있어라.'라는 대목은 내가 좌절하고 무너질 때마다 얼마나 큰 용기와 위안을 주었는지 모른다고 했다.

괴테는 이듬해 감기에 걸려 3월 16일, 자리에 눕게 되었다. 3월 22일에는 자신의 죽음을 예감한 듯 주변을 단정하게 정돈해 놓고는 침상에 반듯이 누웠다. 그리고는 잠들듯이 영면에 들었다. 1832년 3월 22일 오전 11시 반이었다.

파우스트처럼 백 살을 채우지는 않았지만 적지 않은 나이 83세였다.

요한 페터 에커만은 그의 임종 모습을 '괴테는 몸을 쭉 펴고 누워서 마치 잠자는 사람처럼 영면했다. 그의 고상하고 고귀한 얼굴에는 깊은 평화와 확고부동함이 감돌고 있었다. 그의 훤칠한 이마는 아직도 뭔가 계속 생각하고 있는 듯이 보였다.'라고 기록했다.

올리브 나뭇잎으로 만든 관이 머리 위에 씌워진 괴테의 장례식 사진을 보면서 나는 문득 이런 생각이 들었다. 월계관을 쓴 승리자의 고귀한 영혼이 천사들의 들림을 받는 순간이 이렇지 않을까? 그리고 그는 지금 이런 생각을 하고 있지나 않았을까?

나는 지금 최고의 순간을 누린다.

언감생심 이러한 경지는 그만두고서라도 "이 순간이여 멈추어라. 너

참으로 아름답구나!"라고 외치던 파우스트처럼 이런 순간에 죽음이 와 주면 얼마나 좋을까 하는 욕심은 부려 보고 싶다. 죽는다는 것, 그것이야 말로 삶의 가장 위대한 결말인 것임을 괴테는 보여 주었다. 그가 마지막 남긴 말은 "좀 더 빛을!"이었다.

모파상이 마지막 남긴 말은, "어두워, 어두워, 어두워"였다. 모두 빛을 부르는 소리였다. 과연 죽음의 통로는 어두운 것일까?

괴테의 시신은 그리스 신전 모양의 석조 건물로 지어진 바이마르 공국의 역대 대공들이 잠들어 있는 역사(歷史) 묘지로 운구되었다. 이 영묘실의 지하에는 빨간 참나무 재목으로 만든 두 개의 관이 나란히 놓여 있다. 왼쪽이 실러, 오른쪽이 괴테의 목관이다. 다만 이름만 적혀 있을 뿐이다. 쉴러는 1805년에 죽어 다른 묘지에 묻혔다가 1827년 이곳으로 이장되었다. 쉴러와 나란히 묻히기를 원했던 괴테의 소망 때문이었다.

바이마르는 그들에게 특별한 땅이었다. 바이마르에 도착한 쉴러는 친구에게 괴테에 대해 이렇게 써 보냈었다.

> 괴테는 헤르더와 그 밖의 많은 사람들로부터 숭배를 받고 있다. 그리고 문인으로서보다도 인간으로서 더욱 칭찬을 받고 있다. 명철하고 광범한 오성(悟性)과 진실하고 진심에서 우러나오는 감정과 심정의 최대한의 순수성을 그가 가졌다고 헤르더는 말한다. 그는 그가 행하는 모든 일에서 완전하다. 그는 율리우스 시저처럼 동시에 여러 사람일 수가 있다.

쉴러의 말대로 괴테, 그는 그가 행하는 모든 일에서 완전하였다. 드물게, 한 사람의 생의 완성자였다. 그러나 그것은 자신의 천재성에만 의존한 것이 아니었다. 부단한 자기 연마와 끊임없는 방황.

그를 인도하는 천사들의 합창 소리가 들려올 듯하다.

"방황하는 자는 우리가 구원할 수 있느니."

이것이 그가 우리에게 던진 마지막 메시지다. 죽음이야말로 정말 한 번 뛰어들어 볼 만한 생의 마지막 단계라는 생각을 하면서 나는 괴테의 묘소를 빠져나왔다. 잠시 거인의 품에 들었다가 나온 듯한 나의 걸음은 무겁기만 했다. 괴테는 거기 그렇게 누워 있었다. 아주 행복하게.

삶의 마지막 날들을 고독과 평화 속에서
- 톨스토이

러시아의 가장 위대한 작가, 톨스토이(Lev Nikolaevich Tolstoi 1828-1910)는 야스나야 폴리야나에서 태어나 그곳에서 80평생 중 50년 이상을 보냈다. 작품도 대부분 그곳에서 잉태되고 집필되었다. 〈전쟁과 평화〉의 무대 또한 바로 야스나야 폴리야나이다.

톨스토이는 야스나야 폴리야나 없이는 러시아와 러시아에 대한 나의 느낌을 표현할 수가 없다고 스스로 말할 정도였으니 야스나야 폴리야나는 대문호 톨스토이의 요람이라 할 만하다. 야스나야 폴리야나는 19세기 말과 20세기 초에 걸쳐 러시아 문화의 중심지라 할 수 있다. 세계의 석학, 지성인, 예술가들이 그를 만나러 왔다. 릴케와 루 살로메도 두 차례나 톨스토이를 찾아왔다. 어떤 작가는 '지구의 정신적 자오선은 야스나야 폴리야나를 지나간다'고 말했다. 인자(仁者)가 머물면 그 아래 길이 만들어진다더니 과연 야스나야 폴리야나가 그랬다.

톨스토이의 이름 앞에는 흔히 러시아의 문호, 혹은 위대한 작가, 인생의 교사라는 수식어가 붙는데 심지어 성자로 지칭하는 사람도 있었다. 막심 고리키는 "이 사람은 하느님을 닮았구나."라고 감탄해 마지않았던 것이다.

그가 쓴 참회록이나 딸 타티야나가 쓴 〈딸이 본 톨스토이〉를 보면 과연 하느님을 닮았구나, 라고 외치던 고리키의 말이 과장이 아님을 알게 된다. 그런데 한편 이런 생각도 든다. 만약 그가 82년의 생애를 살지 못하고 모파상이나 오스카 와일드처럼 40대에 인생을 마감했다면 어떻게 되었을까? 과연 자기의 소신과 이상을 모두 펼쳐 보일 수 있었을까? 아니다. 톨스토이는 자기 마음속의 선(善)을 실천하게 되기까지에는, 즉 신(神)을 닮아 가는 데는 이 82년의 생애가 모두 필요했던 것이다. 그의 인생 40년이 인간적인 본문을 만드는 기간이었다면 나머지 40년은 그것을 개선해 나가는 데 바쳐진 삶이라고 할 수 있기 때문이다.

병이 깊어야 약의 효험을 알 수 있듯이 그의 영혼도 병들어 방탕과 도박, 간음과 성병, 낙제, 허영심, 자만으로 가득 차 있었다. 그러나 그는 훌륭한 약 처방전을 갖고 있었다. 비틀거리는 자신을 냉엄하게 들여다볼 수 있는 자기 성찰의 거울, 여기에 투영된 못난 자신을 직시하며 일으켜 세우자고 재삼 다짐하며 쓰는 일기가 그것이었다. 그의 인간적 완성은 일기 쓰기에서부터였다고 말하고 싶다. 어느 날 톨스토이는 일기장에 자신의 과오를 우유부단, 자기기만, 성급함, 거짓, 수치심, 신경질, 혼란, 모방심, 변덕스러운 마음, 경솔함 등으로 면밀히 분석해 적었다.

그러나 너무 지나친 자기 분석은 좋지 않았다. 그를 아무것도 할 수 없는 상태로 몰아간 것이다. 그는 기도하는 것도 교회에 나가는 것도 그만두어 버렸다. 다니던 카잔대학도 갑작스레 중퇴해 버렸다. 대학 2년이 학력의 전부였다. 야스나야 폴리야나의 집으로 돌아온 뒤 그는 자신만의 생활 규칙을 세워 놓고 새로운 생활을 다짐한다. 야스나야는 그에게 그런 곳이었다.

> 모든 것을 배우고 규명하자. 시골에서 농업, 법률, 수학, 어학, 의학, 역사, 지리, 음악, 미술 등 무엇이든 열심히 해 최고의 완성에 이르도록 하자. 가족 구성원 중에서 낙오자가 되지 않기 위해 더욱더 노력하자. 그리고 농노들을 최선을 다해 도와주자. 마차를 팔아서 그 돈을 가난한 사람들에게 나눠 주자. 재산의 10분의 1을 그들을 위해 쓰도록 하자. 심부름꾼 없이 지내자.

톨스토이의 훌륭한 인생 설계도는 열아홉 살 때 벌써 그 틀이 짜여졌다. 그러나 설계도가 완성되는 데에는 82년이란 시간을 모두 필요로 했다. 스물한 살 때 그는 모스크바와 상트 페테르부르크를 오가며 방탕한 생활을 멈추지 못하고 있었다.

카샤라는 청순한 하녀를 유혹하여 정욕을 채운 뒤 (이 장면은 〈부활〉에서 네플류도프 공작이 친척뻘 되는 하녀 카튜샤를 농락하는 대목과 연결된다) 이렇게 반문한다.

'내가 한 짓이 잘한 것인가, 아니면 벌을 받을 만큼 두려운 것인가?'

언제나 그는 거울 앞에서 반문했다. 22세 때 자신의 방탕한 생활을 뉘우치고 다시 고향으로 돌아가 직장도 잡았지만 솟구치는 충동을 이기지 못하고 다시 모스크바로 돌아간다. 어설픈 귀족티를 내며 노름판에 뛰어든다. 모스크바와 야스나야 폴리야나를 오가며 반복되던 생활이었다. 1851년 4월, 고향으로 돌아오니 카프카스에서 휴가 나온 형 니콜라이가 기다리고 있었다. 형과 대화를 나누던 중 톨스토이는 군에 입대할 결심을 굳힌다. 그날의 일기다.

> 나는 대체 누구인가? 한 예비역 장교의 4형제 중 한 명이고, 열 살 때

고아가 되어 여인들과 타인의 보호에 맡겨졌으며, 사회적인 교육도 학문적인 교육도 받지 못한 채 18세 때부터 별다른 재산도, 사회적인 지위도, 그리고 이렇다 할 원칙도 없이 스스로 모든 일을 알아서 처리해야 했다. 하는 일마다 최악의 상태로 몰고 가며, 젊은 시절을 목표나 즐거움도 없이 헛되이 탕진해 버리고, 채무로부터 도망치기 위해 스스로 카프카스로 유형을 떠난 그런 사람이 바로 나다! 나는 못생겼고 절도가 없으며, 사회생활에 걸맞은 교양을 쌓지도 못했다. 나는 쉽게 흥분을 하며, 다른 사람들을 귀찮게 굴고, 겸손할 줄 모르며, 참을성 없고, 꼬맹이처럼 수줍어한다. 나는 거의 무학자다. 내가 알고 있는 것은 어떤 종류의 것이든 단편적으로 관련성 없이 체계없이 스스로 배운 것이고, 그다지 가치가 없는 것들이다. 나는 순결하지 못하며, 결단성이 없고, 지속적이지 못하며, 대개의 특징이 없는 사람들이 그러하듯이 쓸데없이 자만하고 격정에 사로잡히곤 한다. 나는 용감하지 못하며, 생활이 조직적이지 못하다. 그리고 게으르다.

누가 이처럼 자신을 적나라하게 비판할 수 있겠는가. 그는 타성과 자기기만에 주저앉지 않았다. 반성과 질책으로 자신을 개선해 나갔다. 톨스토이는 새로운 시도를 하기 위해 맏형 니콜라이를 따라 카프카스로 향했다.

내가 그의 일기를 굳이 소개하는 것은 어떤 긴 이야기보다 함축적이고 예시적이기 때문이다. 6월 9일자의 일기다. 또 12월 29일에는 다음과 같은 결심을 적어 놓고 있다.

나는 모든 목표를 포기했다. 내 힘의 막바지에 와 있음을 느낀다. 내일은 아침 일찍 일어나 오후 2시까지는 아무도 만나지 말자. 내일은 공부만 하자. 그런 다음 피아노를 치든가 음악을 공부하리라. 저녁엔 다음 스케줄을 기안하고, 그리고 집시들을 방문해야겠다.

하루는 자기 자신을 괴롭히는 세 가지 악마에 대해서도 이렇게 분석했다.

1. 도박열: 가능한 싸움. 2. 성욕: 매우 곤란한 싸움. 3. 허영심: 가장 무서운 싸움

그는 매우 곤란한 싸움인 '성욕' 때문에 고심했던 것 같다.

원래 건강을 타고난 톨스토이의 정력은 남다른 데가 있었다. 농노의 아내인 악시냐라는 여성을 통해 성적 만족을 느꼈다고 한다. 둘 사이에서 낳은 아이는 부인 소피아가 자녀들의 마부가 되게 했다.

'이제 나에게는 단지 성행위의 육체적 욕구와 인생 동반자에 대한 이성적인 욕구만이 존재할 뿐이다.'라고 선언한 톨스토이는 어느 날 옛 친구이자 궁정 의사인 안드레이 베르스의 둘째 딸 소피아에게 청혼한다. 그리하여 톨스토이의 문학을 사랑하고 작품을 애독하던 소피아는 그의 아내가 된다. 그녀는 남편의 일기장에서 악시냐와의 관계를 알고 난 후 몹시 괴로워하고 신혼 초부터 자주 언쟁을 벌였다. 남편의 정열과 정욕은 그녀가 상상했던 것보다 훨씬 거셌다고 그녀는 일기에 다음과 같이 적고 있다.

사랑의 육체적인 면은 남편에게 매우 많은 것을 의미했다. 이건 끔찍한 일이다. 왜냐하면, 나는 그와 정반대이기 때문이다.

톨스토이의 과도한 정욕은 청교도적인 여러 제어 장치에도 불구하고 세 번의 유산을 포함하여 16번이나 소피아를 임신시켰다. 그럼에도 그녀는 묵묵히 남편을 돕고, 영지의 수입을 차츰 늘려 갔으며 남편이 쓴 작품을 충실히 베껴 나갔다. 톨스토이가 ≪전쟁과 평화≫를 쓰고 있을 때, 그녀의 손도 잠시 쉴 틈이 없을 정도였다. 무려 7번이나 그 작품을 정서

해 주어야 했기 때문이다.

톨스토이에게는 잘 억제되지 않는 두 가지가 있었다. 성적 욕망과 도박에 대한 버릇이다. 마침내 야스나야 폴리야나의 집마저 노름빚으로 남의 손에 넘겨야 했다. 36개의 방이 딸린 이 집은 어린 시절 형들과의 추억이 서려 있으며, 유산 분배 때 무엇보다 자신의 소유로 고집했을 정도로 소중히 생각해 온 집이었다. 객지에서 떠돌다가 문득 자신을 돌아보면 되돌아오고 싶은 그런 고향집이었다. 야스나야 폴리야나의 집은 그에게 단순한 집이 아니었다. 후일 그가 하느님을 닮은 구도자적인 작가가 되는 계기도 이 야스나야 폴리야나와 깊이 연관된다. 그런 땅을 노름빚으로 날려 버린 것이다. 저택의 측면 건물까지 처분하고 나서 그는 참담한 심정으로 인생의 목표를 다시 세워 나간다.

> "나는 위대한 이념의 실현에 전생을 바칠 수 있다고 믿는다. 그 이념이란 새로운 종교 창설이다. 기독교이긴 하나 교리나 신비성으로부터 순화된 종교이다. 양심에 부끄럽지 않게 행동하고 종교에 의해서 인간을 화합시키는 것이 나의 인생 소망이요 계획이다."

그 무렵의 일기에는 이런 구절도 보인다.

> 나의 인생은 글쓰기에 달려 있다. 쓰고 또 쓰리라. 내일부터 나는 일생 동안 작업해 나갈 것이며, 그렇지 못할 경우엔 생활 수칙이며, 종교며, 예의범절 등 모든 것을 내던져 버릴 것이다.

그는 소년 시절부터 저술에 손을 대었지만 그의 문명(文名)은 조금 늦게 완성된다. 톨스토이의 3부작으로 손꼽히는 〈전쟁과 평화〉〈안나 카레니나〉〈부활〉은 우리나라에 영화로 소개된 바 있다.

톨스토이 박물관

　〈전쟁과 평화〉는 볼콘스키 공작과 로스토프 백작, 그리고 피에르라는 세 귀족의 사생활을 다룬 작품이다. 사리사욕을 채우는 데 몰두한 귀족들과 소박하게 살아가는 민중들을 대비시키면서 이야기가 전개된다. 작가는 러시아의 '조국 전쟁'을 승리로 이끌기 위해 나폴레옹과 싸워 러시아를 구해 낸 것은 황제도, 정부도, 사령관도 아닌 민중이라고 말하고 싶은 것이다. 톨스토이는 이 작품에서 무서운 저력을 가진 근원적인 존재인 민중을 부각시키고자 했다. 〈안나 카레리나〉도 출판되자마자 도스토예프스키는 '작품으로서 완벽하며 현대 유럽 문학에서 이에 비견할 만한 소설을 찾아볼 수 없다'고까지 격찬했다. 독일의 토마스 만도 '조그마한 군더더기도 없고 전체의 구도나 세부의 마무리도 하나 흠잡을 데가 없는 작품'이라고 격찬을 아끼지 않았다. 이 소설은 귀족 카레닌의 아내인 안나와 핸섬한 청년 장교 브론스키 사이의 불륜을 다룬 이야기다. 당시 러시아 상류 사회에 만연한 한 단면이기도 하다.

안나는 남편과 자식을 버리고 세상의 평판을 외면한 채 브론스키와의 사랑 속에서만 살려고 한다. 그러나 고뇌에 찬 브론스키와 안나는 끝까지 잘 이루어지지 않는다. 안나의 커플 외에 다른 한 쌍인 레빈과 키티는 축복을 받으며 결혼하기에 이른다. 귀족 지주인 레빈은 농민에 대한 연민과 신의 문제에 천착하는 젊은이다. 그는 무엇 때문에 사는가? 신은 있는가? 라는 문제를 가지고 오랜 정신적 방황 끝에 해답을 구해 낸다. '결국 신을 아는 것과 산다는 것은 같은 것이다. 인간의 구원은 자아를 버리고 스스로를 희생시키며 신의 말씀에 따르는 데 있다.'고 깨닫는다. 톨스토이는 쾌락에 뿌리박은 안나의 이기적인 육체적 사랑과 신의 뜻을 따라 살아가려는 레빈의 자기 희생적인 사랑을 대치시킴으로써 참다운 인간으로서 살아가는 길이 무엇인지를 보여 주고자 했던 것이다. 레빈은 바로 톨스토이의 분신이라고 보아도 틀리지 않을 것 같다.

톨스토이가 〈부활〉을 쓴 것은 72세 때였다. 하지만 이 작품의 정신적 배경은 50세에 쓰기 시작한 〈참회록〉에 그 연원을 둔다. 그는 젊은 시절 사교계에서 술과 여자와 도박에 빠져 인생을 낭비했던 방탕한 생활을 통렬하게 반성하고 회의하며 부정했다. 그리고 새롭게 찾은 진리대로 자기를 희생하며 남에게 사랑을 주는 것을 삶의 지표로 삼아 살아가겠다고 선언한 자기 비판의 글을 이 〈참회록〉에 담았다. 〈참회록〉은 러시아 사회와 문학계에 커다란 충격을 주었다. 〈참회록〉에 나타난 사상을 문학적으로 형상화한 것이 〈부활〉이 아닌가 한다. 죄수들과 함께 시베리아로 끌려가는 카츄샤, 그 뒤를 따르는 네플류도프 공작. 그들은 참다운 사랑을 깨달아 마침내 큰 고통을 넘어 과거를 극복하고 부활한다는, 즉 정신의 부활을 다룬 작품이다.

그러나 독일 작가 슈테판 츠바이크는 예술가로서의 톨스토이 작품은 찬미했지만 광신적 설교자로서의 작품은 강하게 비판했다.

"톨스토이가 예술을 교리적 관점에서 형상화하는 그 순간, 그의 인물들의 기본적 감각은 그 즉시 생기가 없어지고 창백해진다. (…) 목적론적이고 도덕적인 책들은 졸작으로 남아 있을 뿐이다."

그렇다면 그의 작품 중 예술과 종교의 전향점을 어디로부터 삼아야 할까?

톨스토이의 숭고한 19세의 맹세는 형이 죽기 이전의 시기에 해당된다. 그렇다면 츠바이크가 예술 작품으로 평가하는 〈전쟁과 평화〉나 〈안나 카레니나〉에는 종교적인 색채나 박애 사상이 포함되지 않았다고 보는 것일까? 한편 전향기 이후에 쓰여진 부활은 또한 목적론적이고 도덕적인 졸작이란 말인가? 하는 의문이 남게 된다.

여기서 〈안나 카레니나〉를 어떻게 읽어야 할까라는 문제가 제기될 수 있다. 남편과 자식을 저버린 아내, 자신의 쾌락에 노예가 된 안나의 이기적인 사랑을 과연 누가 벌할 것인가? 이 작품에 도덕과 윤리가 배제되어야 옳은가. 그렇다면 종교적 진리에 대한 깊은 탐구, 노동의 찬미, 자기희생적인 사랑을 실천하려는 레빈은 종교적인 인물이 아니고 무엇이겠는가. 그럼에도 〈안나 카레니나〉는 예술로 평가되고 〈부활〉은 목적론적인 졸작으로 평가 절하해서 보는 관점은 온당하다고 할 수 있을까? 나는 스스로 이런 변호를 해본다.

문학이란 인간의 정신 영역이 어디까지 확장되고 고양될 수 있는가를 다루는 장르이다. 따라서 인간이란 얼마나 형편없는 존재이며 때로는 얼마나 위대한 영혼인가를 탐색하는 것이 문학의 영역이 아니겠는가.

〈참회록〉이나 〈나의 신앙〉은 제목이 암시하는 대로 문학작품의 범주에서 제외되어야 한다고 생각되지만, 나는 츠바이크의 성급한 비평에는 동의할 수 없다. 〈부활〉이 국교인 그리스 정교를 비판했다는 이유로

1901년 차르 정부는 종무원(宗務院)으로 하여금 작가를 파면 처분케 했다. 그가 〈부활〉을 탈고했을 당시의 나이는 72세였다. 러시아 아카데미의 명예 회원이 되고, 노벨상 수상이 결정되었지만 대중과 함께 받을 수 없는 상을 혼자만 받을 수 없다고 하면서 그는 상마저 거절해 버렸다. 많은 사람들이 그를 추종했고 때로는 성자처럼 떠받들었다.

나는 성인이 아닙니다. 성인인 척한 일도 없습니다. 나는 질질 끌려가기가 일쑤요(……), 나는 정말 약한 한 인간으로서 악덕의 습관을 가지고 있으며 진리의 신을 섬기려 하면서 언제나 비틀거리고 있습니다. 만일 나를 잘못한 일이 없는 인간이라고 생각한다면 내가 저지른 과실은 모두 거짓이나 위선으로 보인 것임에 틀림없습니다. 나를 약한 인간이라고 생각해 준다면 그것이 사실 나의 본 모습입니다.

오만과 불손은 하늘(天道)도 싫어해서 가득찬 것을 덜어 부족한 곳에 채운다고 한다. 주역의 겸(謙)괘를 나는 톨스토이에게서 본다. 그리고 방탕한 그의 영혼을 이렇듯 변화시킨 하느님이라면 영접해도 좋을 것 같다는 생각마저 든다.

죽기 열흘 전인 1910년 10월 28일 새벽 어스름을 타고 틈타 톨스토이는 야스나야 폴랴냐의 집을 나섰다. 자기가 태어나고, 또 평생의 대부분을 보낸 집이었다. 가출의 동기는 그를 이해하지 못하는 아내, 괴로운 생활을 강요하는 아내로부터 도망쳐 나왔다고 말하면 간단할 것이다. 아니면 가족의 비교적 사치스런 생활을 견디지 못하여, 세상을 떠나 농부와 노동자들 틈에서 소박한 생활을 하고 싶었기 때문이었다라고 해도 될 것이다. 이것은 그의 딸 타티야나가 쓴 〈딸이 본 톨스토이〉라는 책에 기록된 내용이다.

…나는 사치스런 삶을 살 수 없기 때문에, 내 나이의 늙은이들이 했던 방식으로 행하는 것 뿐이오. 즉, 삶의 마지막 날들을 고독과 평화 속에서 보내기 위해 세속의 삶을 떠나는 것이라오.

아내에게 이런 편지를 남기고 그는 작업복 차림에 망토를 걸치고 집을 나섰다. 가진 것이라곤 평생 써 온 펜과 종이가 전부였다. 정부로부터 받은 백작 작위, 세계적인 명성, 훌륭한 저택, 막대한 재산, 이런 것들은 그와 상관이 없었다. 소피아는 28일 아침, 남편의 쪽지를 보자마자 밖으로 뛰쳐나가 연못에 몸을 던졌다. 즉시 구출되기는 했으나, 전에도 몇 번 자살 소동을 벌인 일이 있으므로 가족들이 단단히 감시하자 이번에는 굶어서 죽어 버리겠다고 소란을 피웠다.

톨스토이는 우선 오프타 수도원으로 가서 하룻밤을 묵었다. 다음날 샤미루디노 수도원으로 갔다. 거기서 수녀가 된 여동생 마리아를 만났다. 그는 마지막이 될 것임을 말하고 동생의 간곡한 만류를 뿌리친 채, 우랄 산맥을 넘어가는 3등 객차에 몸을 실었다. 목적지도 없는 여행길이었다. 10월 하순의 날씨는 음울하고도 몹시 추웠다. 추운 객차 안에서 톨스토이의 몸은 감기로 불덩어리가 되었다. 기차가 멈추어 선 곳은 아스타포브의 작은 역이었다. 빈사 상태에 빠진 톨스토이는 조그마한 역사 안으로 옮겨졌다. 역장의 침대에 누워 떨리는 손으로 그는 또 마지막 일기를 쓴다.

바로 이것이 내가 바라던 것이다. 이것은 선(善)을 위한 전부이고, 타인을 위해서가 아니라 바로 나 자신을 위한 것이다.

이렇게 그는 고독과 평화 속에서 최후를 맞이하고 싶었던 것이다. 그는 며칠 동안 깊은 혼수 상태에 빠졌다. 처음부터 동행한 막내딸 알렉산

드라와 의사인 친구 듀산이 서둘러 집에 연락을 취하고 강심제를 놓는 등 많은 애를 써서 응급한 상황을 돌려놓았다. 전보를 받고 가족들이 그곳으로 달려왔다. 톨스토이는 그것도 모르고 야스나야에 전보를 쳐서 아내가 이곳에 오지 못하도록 막아 달라고 하였다.

"너희들은 생각해야 할 일이 있다. 이 세상에는 레프 톨스토이 말고도 많은 사람이 있다. 그런데 지금 너희들은 레프 한 사람만을 돌보고 있어."

11월 6일, 숨지기 전날 밤 그는 곁에 있던 세료자를 불렀다.

"나는 진리를 사랑한다… 대단히… 진리를 사랑한다."

이것이 그의 마지막 말이었다. 그는 곧 깊은 혼수상태에 빠져들었다. 11월 7일, 새벽이 되자 약하던 맥박이 갑자기 거칠게 뛰었다. 숨을 한 번 크게 몰아쉬더니 그것으로 끝이었다. 시간은 오전 6시 5분. 추운 겨울 비록 초라한 시골역 관사에서 쓸쓸한 최후를 맞았으나 그는 행복의 땅에 묻혔다. 초록색 지팡이가 있는 참피나무 숲 속, 그의 형 니콜라이가 잠들어 있는 그 옆에 가서 묻혔다.

그는 나이 여든 살이 되던 어느 날, 일기에 이렇게 쓴 일이 있다.

나는 얼마 더 오래 살지 못하고 죽을 것이다. 죽기 전에 나의 소원을 여기에 적어 둔다. (……) 내 시체를 땅에 묻을 때에는 의식(장례식)을 하지 말라. 다만 바라고 싶은 것은, 나무로 만든 관에 내 시체를 넣어 야스나야 폴리야나 숲 속의 녹색 지팡이가 있는 곳에 묻어 주었으면 좋겠다.

모스크바 근처 뚜라시의 야스나야 폴리야나에서 태어난 톨스토이는 어린 형제들, 즉 니콜라이, 세르게이, 드미트리와 함께 숲 속에서 신나게 놀고 있었다. 그때 큰형 니콜라이가 물었다.

"얘들아, 이 세상의 모든 사람들이 싸우지 않고 행복하게 지내려면 어떻게 하면 되겠니?"

세 사람은 서로 얼굴만 쳐다보며 고개를 갸우뚱거렸다.

"이건 비밀인데 말이야. 사실은 녹색의 지팡이에다 주문을 써서 숲 속에 파묻었거든. 누구든지 그 녹색 지팡이를 찾아내면 돼. 그 지팡이를 발견한 사람은 그 소유자가 되고 모든 사람들을 행복하게 할 수가 있단다."

아이들은 녹색 지팡이를 찾으려고 날이 저물 때까지 숲 속을 뛰어다니면서 정신없이 헤맸다. 톨스토이는 죽을 때까지 이날의 일을 잊지 않고 살았다.

모든 사람들을 행복하게 할 수 있다는 그 구원의 녹색 지팡이. 그것은 바로 레프 톨스토이 자신이 아니었을까. 그에게는 결국 신을 아는 것과 산다는 것은 같은 것이었다.

모든 사람들은 모든 사람들 앞에서 죄를 졌다
- 도스토예프스키

도스토예프스키(Fyodor Mikhailovich Dostoevskii 1821－1881)가 일생을 마감할 때까지 시베리아 유형 생활과 두 번의 유럽 여행 기간을 제외하고는 절대로 떠나지 않았다는 페테르부르크. 내게 페테르부르크 하면 도스토예프스키가 먼저 떠오른다. 그가 이곳에서 34년간 옮겨 다닌 집들은 작품 속에 묘사되어 있으며 대부분의 건물은 현재까지 남아 있다. 소설

1881년 1월 28일 영면에 든 도스토예프스키의 옆모습

≪죄와 벌≫ 한 권과 페테르부르크 지도 한 장만 손에 들고 나서면 작품의 줄거리를 따라 현장에 닿을 수 있다고 말한다. 라스콜리니코프의 행적을 따라 나도 한 번 걷고 싶었지만 여행사 일정 때문에 그런 시간은 아쉽게도 주어지지 않았고 대신 그의 무덤 앞에서 도스토예프스

키를 만날 수 있었다.

에르미따쥬 미술관 관람도, 러시아 발레를 제 고장에서 보는 것도 좋았지만 내게는 도스토예프스키를 만나는 일이 몇 배나 더 가치 있는 일이었다. 우리는 알렉산드르 네프스키 수도원의 묘지를 향해 가고 있었다. 한국인의 명예를 빛낸 재일교포 작가 유미리 씨가 학교를 들락날락하면서도 소설 공부를 위해 도스토예프스키의 작품 ≪죄와 벌≫을 손으로 베껴 썼다는 일화는 내게 인상 깊은 충격이었다. 도스토예프스키는 적어도 문학을 공부하는 사람이라면 반드시 넘어야 할 거대한 산맥이다. 특히 나는 그의 간질병에 대해서, 그가 겪은 특이한 체험에 대해 관심이 많았다. 그는 숱한 인생의 질곡과 자신의 지병(폐병과 간질)으로 흐린 날이 많았던 생애를 보냈다.

그의 무덤은 수도원 묘지의 입구 쪽에서 얼마 떨어지지 않은 곳에 있었다. 도스토예프스키의 무덤임을 한눈에 알아보게 하는 낯익은 그의 얼굴이 십자가가 조각된 우뚝한 탑 모양의 석조 앞에 청동으로 부조되어 있었다. 그 아래 작가의 이력이 금글씨로 쓰여 있었다. 나는 도스토예프스키와 마주 섰다. 언젠가 그의 전기에서 읽었던 그런 얼굴은 아니었다.

"도스토예프스키의 얼굴은 언뜻 농부의 모습과 흡사하다. 진한 흙색을 띤, 움푹 들어간 뺨은 지저분하리만큼 주름져 있다. 수년간 통증으로 골이 패기도 하고, 잘 트는 살갗은 여기저기 갈라져 그을려 있다. 그 모양은 이십 년간의 숙환이라는 흡혈귀가 피와 혈색을 빼앗아가 버렸기 때문이다. 얼굴 양 볼엔 러시아인다운 억센 광대뼈가 툭 불거져 나와 있고 텁수룩한 수염이 꽉 다문 입과 약한 아래턱 언저리를 덮고 있다. 흙, 바위 그리고 숲이 그려내는 비극의 원시 풍경, 바로 이것이 도스토예

알렉산드르 네프스키 사원의
도스토예프스키의 묘지

프스키의 얼굴이 지닌 깊이다."

전기의 이 기록은 아마도 60세를 전후하여 죽기 전 고통에 신음하던 때의 얼굴인 듯싶다. 그러나 이곳 묘소에 조각된 얼굴은 방금 세수하고 나온 것처럼 정갈하며 경건한 모습이었다. 지성에 빛나는 넓은 이마하며 사색으로 깊게 패인 두 눈. 가지런하게 잘 쓸어 담은 수염. 정색을 하고 사람을 마주 바라보는 듯한 성실성이 느껴지는 그런 모습이었다. 위대한 영혼과 나는 지금 마주 서 있다.

2년간 나는 서대문 형무소를 드나들었던 적이 있다. 1980년 무렵이었다. 교도소의 굳게 닫힌 정문, 왼쪽 초소에 신분증을 맡기고 찾아온 목적을 말하면 정복 차림의 젊은이가 구내 전화로 교무과와 통화를 한다. 그쪽에서 사람이 나와 나를 데리고 음산한 복도를 지나 교무과 사무실로 안내한다. 수인사가 끝나면 교무과 직원이 나를 데리고 또 긴 복도를 빠져 나와 마당을 가로질러 여자 죄수들이 있는 여사(女舍)로 데리고 간다. 오후 2시, 따가운 햇살은 남자들의 맨머리 위로 쏟아지고, 파란 줄무 늬 수의(囚衣)를 입은 그 행렬은 내 앞을 가로질러 행진한다. 그들은 작업 장인지 어딘지를 향해 가고 있는 중인데 힐끗 여전히 돌아다보는 남자들 의 시선은 모두 내게 와 꽂힌다. 어떤 비릿함과 야비함이 스쳐 지나갔다. 짐짓 태평한 채 하지만 속은 언제나 편치 못했다.

여사 앞에 다다르자 교무과 직원이 벨을 누른다. 철커덕 자물쇠 소리 와 함께 문이 열리면 나는 경찰복 차림의 여자 교도관에게 인도된다. 여자 교도관은 종교 집회실로 안내한다. 70여 명의 여자들이 긴 장의자 에 앉아 나를 기다리고 있었다. 일주일 전부터 무언가 유익한 이야기를 해주려고 원고를 준비해 가지만 언제나 흡족하지 못한 느낌이 늘 가슴에 남았다.

그곳을 빠져 나오면 철문 앞에서 나도 모르게 하늘을 올려다보는 버릇 이 있었다. 유난히 파아란 하늘. 말로는 어떻게 형언할 수 없는 그 파란 색의 벅차오름과 충격이 자유 같기도 하고 혹은 전율스러운, 때로는 통 증 같은 섬광으로 내 가슴 위를 긋고 지나갔다. 방향 감각을 잃고 정문 앞에서 한참 동안 멍하니 그 자리에서 서 있을 때도 있었다.

가을 햇볕이 따사로운 어느 날이었다. 그새 조금 친해진 교도관이 사 형 집행실로 가는 길을 내게 가르쳐 주었다. 땅을 내려다보며 무겁게 걸어갔을 수많은 원령(怨靈)들의 발자국에 내 발걸음이 포개지는 것은 아닌가 하다가 갑자기 귀가 멍해지면서 현기증이 일었다. 머리를 들어 하늘을 보면 눈이 시리도록 투명한 가을 하늘, 그것을 배경으로 그때 도스토예프스키의 '5분간'이란 단어가 떠올랐다. 집행 직전에 주어지는 그 '5분간'이 만일 내게 해당된다면, 나는 그 긴박한 죽음 앞에서 과연 무엇을 생각할 수 있을 것인가? 진공 같은 내 머릿속에서는 아무 생각도 떠오르지 않았다.

도스토예프스키는 12월 22일 정확히 오전 9시. 영하 22도의 추위 속에서 끌려 나와 세묘노프 광장에 마련된 처형대 앞에 세워졌다. 사형 선고문이 낭독되고 사제는 십자가를 들고 마지막 참회를 말하라고 했다. 아홉 명의 죄수들은 두 줄로 나란히 세워졌다. 앞의 세 사람은 기둥에 묶여 사격대를 향해 서 있었다. 손발은 말뚝에 묶이고 두 눈은 가리워졌다. 그때의 체험을 도스토예프스키는 ≪백치≫에서 이렇게 말한다.

> 이제 이 세상에서 숨쉴 수 있는 시간은 5분뿐이다. 2분은 동지들과의 결별에. 다음 2분은 세상을 하직하는 순간의 자신의 일을 위해, 그리고 최후의 1분은 이 세상을 마지막으로 봐 두기 위해 주위를 돌아보는 데 쓰기로 했다.
> — ≪백치≫ 제1부 5장

그러나 처형 직전 5분 전에 황제의 특사가 나타나, 손을 높이 쳐들며 흰 손수건을 흔들어댔다. 극적으로 사형을 면하게 된 것이다. 이 장면은 그에게 씻을 수 없는 인상을 남겼다. 도스토예프스키는 ≪백치≫의 주인공 뮈쉬킨의 입을 통해 그때의 심정을 이렇게 역설했다.

> 살인자를 처형한다는 것은 범죄 자체보다 비교할 수 없이 가공할 만한 처벌이다. 처형된다는 것은 강도에 의해 살해되는 것보다 훨씬 두려운 것이다. 강도에 의해 죽게 될 사람, 이를테면 밤에 숲 속에서 그의 목을 잘리게 될 사람도 마지막 순간까지 죽음을 면할 수 있다는 희망을 버리지 않는다. (…) 그러나 사형의 경우, 죽음을 10배나 쉽게 만드는 마지막 희망은 사라지고 명확성만이 남는다. 명확한 선고가 있고 도망칠 수 없다는 확신으로 온통 두렵기 만한 고통이 깃든다. 이보다 더 큰 고통이란 세상에 없다. (…) 사형 선고가 낭독되고 이 고통을 맛보게 한 뒤 '자, 너는 사면되었다'고 말하는 자가 있다. 그렇게 당해 본 자는 아마 알 것이다. 이러한 고통, 이러한 공포에 대해서 그리스도는 말했다. '인간을 그렇게 취급한다는 것은 위법이다'라고.

그의 죄목은 반정부 운동인 페트라셰프스키 사건에의 연루였다. 왕좌가 흔들리고 있음을 느낀 니콜라이 1세가 이들에게 비밀 감시의 철퇴를 내렸던 것이다. 그는 8개월 동안 감금되었다. 최초의 4개월은 심문위원회의 조사에 허비되었는데 이 조사에서 몇몇은 석방되고(친형 미하일도 이때 석방되었음), 다른 혐의자가 체포되기도 해서 결국엔 23명이 군법회의 재판에 회부되었다. 그 동안 도스토예프스키는 진술서를 쓰고 대여섯 번 위원회의 심문을 받았다. 이 시련들이 ≪죄와 벌≫의 유명한 대목인 라스콜리니코프와 탐정 조시모프와의 긴 대결에 암시를 주었던 것임은 의심할 나위가 없다. 도스토예프스키의 대표작으로 꼽히는 ≪죄와 벌≫은 그래서 최고의 법률 소설로 평가되고 있다.

도스토예프스키가 임종한 집

　나폴레옹의 영웅주의에 사로잡혀 있던 한 법학도 라스콜리니코프가 인류의 행복을 위해서는 사회의 도덕률을 짓밟을 수 있는 권리를 갖는다는 이론을 펼치면서 살 가치가 없는, 해로운 인간일 뿐이라고 생각되는 한 전당포 노파를 살해한다. 예심 판사의 직책을 맡고 있는 표르피리간과의 대결은 지극히 합법적인 상황에서 벌어지는 고도의 심리전으로 오도된 천재, 라스콜리니코프의 패배로 결말이 나고 만다. 라스콜리니코프는 우연히 알게 된 창녀 소냐의 자기희생으로 일관된 생활 방식에 큰 감명을 받게 되고 한편 정욕을 절대화하는 배은자 스비도리가이로프에게서 자신의 이론에 대한 추악한 투영을 본 뒤 그는 자수를 결심하게 된다. 〈죄와 벌〉의 주인공 역시 이 책의 작가처럼 시베리아로 유형을 떠난다.

도스토예프스키는 극적으로 사형을 면하게 된 대신 시베리아의 옴스크 감옥을 향해 떠나야 했다. 우랄 산맥을 넘을 때는 눈사태로 영하 40도의 추위 속에 몸을 떨면서 몇 시간을 기다려야 했다. 옷가지가 변변찮은 그는 눈물을 흘리며 심장까지 얼어붙는 것 같다고 말했다. 그곳에서의 생활은 삶이 아니라 죽음이었다고 형에게 써 보낼 정도로 고통스러웠다. 옴스크 감옥에서 보낸 4년간의 체험은 〈죽음의 집의 기록〉에 잘 나타나 있다. 수인(囚人)의 생활을 공개하면서 한편 "그 시절이 자신의 영혼 구제를 위해서는 중요하면서도 유익한 시기였다."라고 덧붙이는 것을 잊지 않았다. 잃는 것이 있으면 얻는 것도 있게 마련이다. "슬픔이 있는 곳에 성지(聖地)가 있다."라고 오스카 와일드가 말한 것도 감옥에 있을 때였다. 슬픔은 때로 우리를 성자로 만든다. 그리하여 우리의 영혼은 고통과 어둠 속에 있을 때라야 빛을 발하는 발광체를 안에 품고 있는 듯하다.

그의 대표작 ≪카라마조프의 형제들≫을 잠시 살펴보는 것도 의의가 있겠다.

이 작품은 물욕과 방탕의 화신인 아버지 표도르와 카라마조프 가의 세 형제. 즉 야성적인 정열과 러시아인다운 순수성을 갖춘 장남 드미트리와 무신론자이며 허무적인 지식인인 차남 이반, 그리고 교회에서 사랑의 가르침을 설교하고 있는 조시마 장로에게 경도된 순진무구한 3남 아료샤와 거기에다 아버지가 백치 여인에게서 얻은 막내아들 스메르쟈코프를 중심 인물로 하여 형제간의 우애와 갈등, 부친 살해의 심리적 사상적 배경을 추구하는 것이 표면적인 줄거리로 되어 있다. 그러나 작가의 의중 인물인 아료사를 에워싸고 이반과 조시마 장로 사이에 전개되는 사상의 투쟁이 또한 내면적인 줄거리를 이룬다. 그의 작품에는 범죄 사실, 특히 살인 사건이 중요한 구성 요건을 이룬다. 그가 어릴 때 목격한 끔찍한 사건, 농노들에 의해 살해되는 아버지의 죽음 장면과 자신의 특수한 죽음 경험이 모두 이와 관련되어진 것이 아닌가 생각된다. ≪카라마조프의 형제들≫에서 죄 없이 저주받은 드미트리는 양손에 수갑을 차고 충만된 힘으로 이렇게 환호한다.

> "'나는 존재한다.'라고 나 자신에게 말할 수 있도록 모든 고통을 극복하겠다. 내가 고문대에서 몸을 굽힐 때면 나는 내가 존재한다는 사실을 알게 된다. 갤리선에서 쇠사슬에 묶였어도, 나는 살아 있으며 태양이 떠 있음을 알고 있다."

힘찬 그의 목소리에서 생명의 선언이 들리는 듯하다. 도스토예프스키는 작중 인물들에게 진흙에 숨을 불어넣듯이 생명의 입김을 불어넣고 있다. 특히 ≪백치≫의 주인공, 무쉬킨 공작은 날 때부터 간질을 앓고 있었으나 남다른 직관력과 투시력을 지닌 선량한 인물로 설정되어 있다. 작가의 분신임은 두 말할 나위도 없다. 그는 자신의 간질 체험을 이렇게 밝힌 적이 있다.

> 이승과의 단절, 그것은 저승의 시작인 듯하다.
> 발작 직전, 바로 그 찰나에 더할 나위 없는 황홀감이 간질병 환자를 어떻게 사로잡는지 여러분들은 모를 거요. 마호메트가 짧은 기간 동안 천국에 있었다고 말했듯이 나도 그처럼 발작이 일어나는 동안에 천국에 있었소.
> 이쪽에서 보면 한없이 무서운 고통이, 저쪽에서 보면 한없는 기쁨으로 넘치오.

그는 생의 한가운데서 무수한 죽음을 체험하며 그때마다 고통과 기쁨을 죽음의 양면으로 보았던 것이다. 천재들의 특수성을 본인의 지병과 연관 지어 설명한 케르너 박사는 도스토예프스키의 문학도 그를 괴롭혀 온 간질과의 상관관계로 설명하려 했다. 입에 거품을 물고 온몸을 파르르 떨며 사지를 축 늘어뜨린 채 죽음의 상태를 수없이 반복하게 하였던 그 간질이 한계 상황에서의 직관력을 배양해 주었다는 것이다. 이 신성한 영혼의 병, 간질이 발작하면서 겪게 되는 심묘경(心妙境)의 체험. 발작 직전의 육체적 심리적 한계 상황에서 야기되는 직관력과 예언적 통찰력이 그의 작품에 커다란 영향을 끼쳤다고 언급했던 것이다. 그의 작중 인물인 ≪백치≫의 뮈쉬킨, ≪카라마조프의 형제들≫의 스메치코프, ≪악령≫의 키킬로프의 언행을 통해서 그는 그러한 심묘경을 그대로 반영하였다. 도스토예프스키는 ≪악령≫을 집필하는 동안 발작이 일어나 창작 중이던 얘기의 모든 사건을 더 이상 의식하지 못하고, 심지어 주인공들의 이름조차 잊어버려 공포감에 사로잡힐 때도 있었다고 한다. 이런 죽음과 광기라는 위기에 직면해, 그의 창작 열기는 분명 몽유병자같이 본능적으로 더욱 높아져만 갔다. 그리고 이러한 상습적인 죽음의 체험을 통해 이 영원한 부활자에게는 더욱 더 큰 마력이 생겨났다. 즉 삶을 꽉 움켜쥠으로써 지고의 힘과 정열을 우려내는 그런 마법적인 힘 말이다.

도스토예프스키의 천재성은 바로 그의 마적(魔的) 운명인, 간질 덕택이라는 것이다. 간질은 평범한 감각으로는 있을 수 없는, 지극히 농밀한 감정 상태에 이르도록 그를 도왔다. 그리고 감정의 지하 세계 및 영혼의 중간 세계를 꿰뚫어 볼 수 있는 신비스런 통찰력을 부여하였다. 오랫동안 이곳저곳을 떠돌며, 명부(冥府)의 사자이기도 했던 오디세우스처럼, 도스토예프스키도 어둠과 불꽃의 나라에서 유독 혼자 깨어나 귀환한 사람이었고, 필설로 표현할 수 없을 만큼 큰 고통을 짊어진 사람이었다.

때때로 입가에 이는 싸늘한 경련과 피로써 생사의 갈림길에 서 있는, 전혀 예기치 못한 상태의 인간을 그는 직접 온몸으로 증명해 보였다.

만년의 몇 년 간을 제외하고 그의 생은 불우하였다. 나이 오십에 수천 년의 고통을 몸소 체험했다고 말할 수 있을 정도였다. 그는 아버지가 의사로 일하던 모스크바의 어느 빈민 구제원에서 1821년에 태어났다. 이 병원은 현재 폐결핵 연구소를 겸한 결핵 병원으로 남아 있다. 그가 15세 되던 해, 어머니는 폐결핵으로 세상을 떠났고 그의 첫 번째 아내 마리아도 폐병으로 죽었다. 도스토예프스키 역시 폐암으로 죽었다. 그는 누이동생들과 유산 문제를 놓고 다투던 날 밤, 지병이던 폐동맥이 터져 각혈을 하기 시작했다. 그는 펜을 들어 카트코프에게 ≪카라마조프의 형제들≫의 나머지 원고료를 요청하는 편지를 썼다. 그리고 신부를 불러 고해를 하고 종부성사를 받았다. 다음날 아침 7시, 그는 두 번째 아내인 안나를 불러 오늘 내가 죽을 것을 확실히 알 수 있다고 말하며, 촛불과 성경을 가져오게 하였다. 시베리아 감옥에서부터 늘 갖고 다니던 바로 그 성경책이었다. 안나가 무심코 편 곳은 마태복음 3장 15절이다.

이제 허락하라. 우리가 이와 같이 하여 모든 의를 이루는 것이 합당하니라.

도스토예프스키는 "허락하라. 그 말은 내 죽음을 말하는 거야. 됐어. 더 이상 읽을 필요가 없다"고 손으로 제지했다. 그리고 도스토예프스키는 자녀들을 불러 작별 인사를 고하고 아들에게 손때 묻은 성경책을 건네주었다. 1881년 1월 31일 밤 8시30분. 입에서 피를 흘리며 그는 숨을 거두고 말았다. 60살이었다.

장례식 날 약 3만 명의 조문객이 와서 애도를 했으며 추도사가 낭송될 때마다 무덤 위에 꽃다발이 하나씩 놓였는데 그 숫자는 무려 74개나 되었다고 한다. 아침 10시에 시작한 영결식은 오후 4시가 되어서야 끝이 났다. 나는 푸른 적막 속에서 그날의 일을 상상하며 묘비 주위를 혼자 서성거렸다. 옆으로 몇 사람의 여행객이 조용히 지나갈 뿐, 이쪽에는 별로 관심을 두지 않는 것 같다. 새들의 지저귐 속에서 문득 도스토예프스키의 이런 말들이 떠올랐다.

모든 사람은 모든 사람들 앞에서 죄를 졌다.

≪악령≫에서 스테판이 임종 직전에 한 말이다. ≪카라마조프의 형제들≫에서 조시마는 죽어 가는 형에게 '모든 사람은 모든 사람들 앞에서 죄를 졌다'라는 똑같은 말을 되뇌고 있다. 어쩌면 이것이 진짜 도스토예프스키가 마지막으로 하고 싶었던 말이었을지도 모른다. 갑자기 왜 그 말이 거기서 생각났는지 모르겠다. 가슴이 고동을 친다.

D. H. 로렌스는 도스토예프스키의 이론을 '죄를 거쳐 예수로'라고 단적으로 요약했다.

도스토예프스키는 마지막까지 집필 중이던 ≪작가일기≫에서도 '우리들이 저 사람과 똑같은 입장에 놓인다면 아마도 우리는 저 사람보다 더 나쁜 짓을 했을 것이다.—그러니 무죄로 해주어야겠어.'라고 말한다.

나는 여기에서 또 한 사람의 성자를 만난 듯했다. 어눌한 그의 목소리가 내 가슴 속을 왈칵 뜨겁게 했다.

"모두가 서로를 용서하고 무죄로 판결했다. …그것은 아무도 죄가 없음을 밝히는 것이다." 그리하여 ≪죄와 벌≫의 라스콜리니코프나 ≪카라마조프의 형제들≫의 드미트리 같은 인물은 자신의 죄를 통해, 또 그 죄를 속죄하기 위해 받아들인 엄청난 그 고통을 통해 스스로 구원의 면류관을 획득해 나갔던 것은 아닐까.

결국엔 모든 인간은 무죄다. 나는 도스토예프스키의 무죄(無罪)를 마음속으로 되뇌며 그 자리를 쉽게 떠나지 못했다. '죄를 거쳐 예수로'. D. H. 로렌스의 말대로 그는 거기까지 도달한 사람이었다.

나는 서대문 교도소 밖에 나와 늘 하늘을 올려다보았던 것처럼 러시아의 하늘을 올려다보았다. 도스토예프스키가 사형 직전, 최후의 1분을 세상을 마지막으로 보아 두기 위해 주위를 돌아보는 데 쓰기로 했다는 것처럼 그렇게 하늘을 올려다보았다. 페테르부르크의 하늘도 역시 눈이 시리도록 티 없이 맑고 투명했다. 그 파란 하늘에서 내 앞으로 이런 글자들이 주루룩 쏟아져 내려왔다. 자유, 무죄, 행복, 용서, 인간.

나는 가슴 벅차게 도스토예프스키와 이렇게 만나고 있었다.

죽음과 경쟁할 건 없다
- 마크 트웨인

마크 트웨인(Mark Twain, 1835~1910)이 누워 있는 엘미러의 우들론 공동묘지를 향해서 차를 몰았다. 그를 찾아가기로 한 것은 어느 날 우연히 그에 관한 책을 읽다가 가슴에 들어와 박힌 한마디의 말 때문이었다.

  "죽음과 경쟁할 건 없어요. 이제 그만."

그는 미소를 지으며 주사를 놓아주려는 간호사의 손을 만류했다. 마치 내가 그 간호원이었던 것처럼 이제 그만! 하던 그의 얼굴이 자꾸 내 눈앞에 어른거렸고 삶이 끝나 가는 마지막 순간에 했다는 그 한마디 말이 화두처럼 나를 붙잡고 놓아주지 않았다. 나도 그 순간에 그런 말을 할 수가 있을까? 죽음을 받아들이는 그의 초연한 모습에 나를 대비시켜 보곤 했다. 사람은 누구나 죽는다. 마지막 죽음의 자리는 자신의 인생을 결산하는 자리다. 그래서 누군가는 인생을 아무렇게나 살아온 사람에겐 죽음이 큰 문제가 되고, 인생을 진지하게 살아온 사람에게는 죽음은 아무런 문제가 되지 않는다고 말했는지 모른다.

동서고금의 작가와 시인들은 죽음에 대한 관심을 삶 못지않게 기울여 왔다. 누구나 마지막까지 살고 싶어 하는 것은 인간의 본능이다. 그러므로 죽음 앞에서 집착 없이 훌훌 털고 간다는 것은 보통 사람들에겐 아득한 일이나 다름없다. 종당에 가서는 그렇게 하지 못하고 마는 것이 대부분의 경우이기 때문이다. 그런데 마크 트웨인은 그렇지 않았다. 죽음에 대한 그의 이처럼 초연한 태도는 어디에서 나온 것일까.

언젠가 뉴욕 타임스 사설에서 "오늘 가을 잎이 중앙역 광장에 떨어졌다."고 썼던 그런 가을에 나는 뉴욕 맨해튼에 있는 마크 트웨인의 집을 찾았다. 바로 뉴욕 도서관 뒤에 있었다. 아치형 대문 왼쪽 상단에 붙은 동판, 거기에 큰 글씨로 "톰소여의 모험을 쓴 작가 마크 트웨인(Samuel Langhorne Clemens)이 살던 집"이라고 적혀 있다. 언필칭 톰소여는 그의 대명사이다. 마크 트웨인 하면 얼른 개구쟁이 소년 톰소여가 떠오른다. 그의 친구 허클베리 핀도 따라온다. 방학 때가 되면 연극 〈톰소여의 모험〉을 관람하기 위해 극장 앞에 줄지어 선 어린이들을 만나 보기는 그리 어렵지 않았다. 톰소여는 그만큼 어린이들의 꿈이며, 환호며, 우상이었다. 톰은 미시시피 강변 해니벌에서 자란 작가 자신이기도 하다. 그래서 그런지 머리가 허연 마크 트웨인의 사진에서 톰이나 허크의 모습을 찾아내려 하게 된다.

마크 트웨인은 미주리 주의 한촌 플로리다에서 태어났으나 네 살 되던 해, 미시시피 강변의 해니벌로 이사 왔다. 이 마을은 마크 트웨인이 작가로 성장하는 데 중요한 정서적 배경이 된 곳이다.

그의 소설 〈미시시피 강의 삶〉은 〈톰소여의 모험〉, 〈허클베리 핀의 모험〉과 함께 미시시피 강을 배경으로 한 3부작으로 손꼽힌다. 강촌 해니벌은 톰소여의 고장이 되었다. 해니벌에서는 아예 7월 4일을 '톰소여의 날'로 정해 놓고 일주일 동안 내내 각종 행사를 벌인다. 체커 장기 시합에 개구리 뜀뛰기 대회, 뗏목 경주 외에도 '판자 울타리에 흰 페인트 칠하기 전국 선수권 대회'도 열린다. 마크 트웨인이 어릴 때, 실제로 페인트칠하는 벌을 받은 적이 있었는데, 작중 인물 톰소여도 폴리 아주머니로부터 판자 울타리에 흰 페인트를 칠해야 하는 벌을 받았다. 톰소여는 다른 친구들에게 무슨 재미나는 일인 것처럼 꾸며 보상까지 받고 페인트칠하는 일을 다른 애들에게 떠맡겨 버린다. 〈허클베리 핀의 모험〉에서 허크는 "구하라 그러면 얻을 것이다"라는 말을 믿고 낚시 바늘을 구하기 위해 기도드리고, "낡은 등잔을 문지르면 요정이 나타날 것"이라는 말을 믿고 낡은 등잔을 문지르기 시작한다. 유머와 풍자로 이어지는 〈짐 스마일리와 그의 뜀뛰는 개구리〉 그리고 특히 〈시골뜨기 해외 여행기〉 덕에 그는 웃기는 철학자로 불리게 되었다.

그러나 나는 그가 유머 작가였다고 해서 낙관론자로는 보지 않는다. 왜냐하면 그의 호방하고 활달한 성격이 빚어내는 거침없는 언행에 내재된 어린 시절의 가난, 그리고 동생의 죽음, 좌절, 사업의 실패, 욕구불만 등은 결코 그를 생에 대해 낙관론자로 만들 수 없었을 것이기 때문이다. 때때로 술을 먹으면 그는 주정을 심하게 부렸다. 그것 때문에 감옥에 감금되기도 하고, 걸핏하면 신문에 남을 비난하는 기사를 써서 결투 신청을 받게 되고, 그 때문에 야반도주를 한 사건도 있었다. 어찌 그것이 모두 그만의 탓이겠는가. 순탄치 못한 삶을 돌이켜 볼 때, 부모의 여건이 자녀의 인생에 미치는 영향을 새삼 돌아보게 된다.

보스턴에서 휘티어 70세 축하회에 참석한 마크 트웨인은 에머슨·롱펠로·홈스 등과 자리를 함께한 동부 문학계의 인사들을 겨냥하여 빈정대는 연설을 하는 바람에 또 한 번 물의를 일으켰다. 반향이 너무나 큰데 놀란 그는 하는 수 없이 다음날 세 사람에게 각각 사과의 편지를 보내야만 했다. 그의 내면에 깊게 잠재한 욕구 불만, 그리고 불행에 대한 두려움은 어린 소년 허클베리를 통해서도 알 수 있다.

그는 불행의 조짐에 남달리 민감했다. 그만큼 불안증이 깊었다. 어느 날 허크는 우연히 거미를 죽이게 되고 이것으로 불행이 닥칠 것이라며 불안해한다. 이번에는 식사 도중 실수로 소금을 쏟았는데 그가 쏟아진 소금을 습관적으로 왼쪽 어깨 너머로 던지려고 하자 왓슨 여사가 만류했다. 그러자 허크는 어깨 너머로 소금을 던지지 못하면 불운이 닥칠 것이라며 또 불안해한다.

사실 마크 트웨인의 유년기는 불행했다. 12세 때 부친을 잃고 가계를 돕기 위해 학업을 중단해야만 했다. 형을 따라 그 고장의 신문사 견습 식자공으로 들어가 인쇄공을 거치면서 식자를 통해 글을 읽었고, 배의 조타수 일을 하면서 틈틈이 글을 써서 발표하여 작가로 성장하게 되었다. 그는 어려서의 꿈이 되살아나 파일럿(뱃길 안내인) 면허를 취득, 미시시피강에서 4년 동안 키잡이 생활을 했다.

그의 필명 마크 트웨인도 키잡이들이 쓰는 전문 용어로 '수심 두 길', 즉 측선수(測船手)가 수심을 표현할 때 쓰는 말로 "두 길(12피트의 깊이)"이라는 뜻이다. 마크 트웨인은 화물선의 수로 안내인 노릇을 하는 동안 아우 헨리를 미시시피 강을 오르내리는 한 기선에 취직시켰다. 트웨인은 마침 키잡이 책임자와 말다툼 끝에 쫓겨나서 다음 배를 타게 되었지만, 증기선이 폭발한 배에는 동생 헨리가 타고 있었다. 그 기선 폭발 사고와 부상 치료 중 몰핀의 과다 복용으로 헨리가 사망하게 된다. 마크 트웨인은 평생 이 일을 두고 얼마나 자책했는지 모른다. 동생에게 승객들을 잘 구조하라고 당부한 일과 병원에서 몰핀을 과다 투여했던 일을 두고두고 후회했다. 마크 트웨인은 정신 이상이 될 정도였다고 한다. 가족 때문에 그가 치른 마음고생은 너무나 컸다. 나는 그런 그에게서 애민의 정을 뗄 수가 없었다.

마크 트웨인은 생계를 위해 세인트루이스에서 석공장(石工長) 자격도 취득했다. 살기 위해서 무엇이든 닥치는 대로 일했다. 그러나 그의 재능은 따로 있었다. 뉴욕의 새터데이 프레스 지에 보낸 〈짐 스마일리와 그의 뜀뛰는 개구리〉가 일약 그를 작가로 급부상하게 만들었다. 그는 알타 캘리포니아와 계약을 맺고 퀘이크시티 호를 타고 뉴욕을 향해 출발했다. 뉴욕의 트리뷴 지에도 기사를 써서 호평을 받았다.

장장 5개월에 걸친 여행 기간 중 그의 열렬한 팬이 된 찰스 랭던한테서 상아에 새겨진 올리비아(랭던의 누이)의 작은 초상화를 받고 거기에서 이상적인 여성상을 발견한다. 마크 트웨인은 뉴욕의 엘미러에 사는 랭던 가를 방문하여 올리비아에 대한 사랑을 확인하고 이를 찰스 랭던에게 털어놓았다. 찰스는 당황해 하며 그를 돌아가게 했다. 이때 돌아가려고 탄 마차가 문을 닫기도 전에 달리는 바람에 마차에서 떨어져, 랭던 집 안에 오래 묵게 되었다. 결혼 전에 장인이 될 저비스 랭던은 트웨인을 만나 부모의 동의가 있어야 결혼할 수 있으니 추천해 줄 사람들을 말하라고 했다. 트웨인은 캘리포니아에서 알던 몇 사람의 이름을 거명했다. 랭던은 편지를 내어 트웨인의 성격과 과거의 생활을 물었다. 추천자들의 답변은 한결같이 부정적이었다. 심지어 어떤 사람은 그가 주정뱅이에 불과하다고 말하기도 했다. 랭던은 트웨인에게 "도대체 이 세상에 자네 친구는 있는가?" 라고 물었다. 트웨인은 "없습니다."라고 대답했다. 그가 난감해 하자 랭던은 다음과 같이 말했다.

"내가 자네의 친구가 되도록 하지. 내 딸을 데려 가게나. 내가 그들보다는
자네를 더 잘 알고 있다네."

35세가 된 마크 트웨인은 엘미러에 있는 랭던의 집에서 올리비아와
결혼식을 올렸다. 결혼 직후 트웨인은 신문 잡지에 관심을 쏟게 되고
버펄로 익스프레스 지의 편집장의 일을 맡았다. 그가 버펄로에 도착했을
때 장인은 몰래 그들이 살 집을 마련해 두었다.(뉴욕 주의 끝에 있는 엘미러
를 찾았을 때 몇 발자국 건너 마크 트웨인의 표지판을 볼 수 있었다. 그는 엘미러
를 대표하는 인물이 되었다).

1870년, 첫 아들 랭던 클레멘스를 낳았으나 그 아이는 마크 트웨인과
함께 여행을 하고 돌아온 후 디프테리아에 걸려 사망하게 된다. 자신의
불찰로 모피 담요가 벗겨진 것을 모른 채 마차 여행을 해서 아이가 죽게
되었다며 평생 죄의식에 시달렸다. 이태 후 첫딸 올리비아 수전이 태어
나고 뒤를 이어 두 딸 클라라와 진이 출생했다. 그러나 가족들은 마크
트웨인을 이 세상에 혼자 남겨 놓고 모두 총총히 떠나가기에 바빴다.
큰딸 수전은 뇌막염으로 25세 때 사망하고, 평상시 병약했던 부인은 반
신불수의 상태로 오랜 병고에 시달리다가 이탈리아에서 사망했다. 셋째
딸 진은 간질로 버뮤다 섬에서 급사했다. 유일하게 남은 혈육인 클라라
는 러시아의 피아니스트와 결혼하여 유럽으로 떠나 버렸다.

어느새 75세가 된 마크 트웨인은 코네티컷 주 레딩에 지은 스톰필드라
고 명명한 집에 혼자 남아 〈인간이란 무엇인가〉, 〈나의 인생의 전환점〉
같은 책을 집필했다. 마크 트웨인은 죽음을 앞두고 이렇게 썼다.

유일하게 불멸의 것인 죽음은 우리들 모두를 차별 없이 대해 준다. 죽음
이 가져다주는 평온과 위로는 만인의 것이다. 깨끗한 사람이나 때가 많이

묻은 사람이나 부자나 가난뱅이나 사랑을 받은 사람이거나 받지 못한 사람이거나.

우리 모두를 차별 없이 대해주는 죽음, 죽음이 가져다주는 평온과 위로는 만인의 것이라니… 죽음을 위로로 받아들이는 마크 트웨인의 인생 또한 얼마나 고달팠던 것일까. 이제 그에게도 위로가 필요한 시기가 되었다. 1910년 4월 20일, 밤하늘에 핼리 혜성이 나타났다. 이 혜성과 함께 태어난 마크 트웨인은 이 별과 함께 떠나고 싶다고 말했는데 실제로 그는 이 별을 보지는 못하고 그 이튿날인 21일에 유명을 달리했다. 유럽에서 급히 달려온 둘째 딸 클라라가 지켜보는 가운데 스톰필드에서 영면에 들었다.

이들 가족이 잠들어 있는 엘미러의 우들론(Woodlawn) 공동묘지를 찾은 것은 2001년 8월 24일 오후였다. 인심 좋은 장인 랭던의 묘비가 탑처럼 우뚝 솟은 둘레에 처가 식구들이 양옆으로 누워 있고 바로 뒤편에 마크 트웨인의 가족들이 누워 있었다. 소나무 그늘 아래 시계 기둥같이 서 있는 단아한 하얀 비석. 두 사람의 얼굴이 8각면체 안에 부조로 조각되어 있다. 첫 번째 얼굴은 낯익은 마크 트웨인, 그 아래 얼굴은 클라라의 남편인 가브릴로다. 묘비 하단 부분에 쓰여진 내용은 딸 클라라가 아버지와 남편을 기리며 1937년에 세운 것이라고 적혀 있다. 기념비 오른쪽에 나란한 네 개의 무덤은 피아노의 음계처럼 크기가 조금씩 높아지고 있는데 안에서부터 제일 작은 무덤은 간질로 급사한 셋째 딸 진의 무덤이고 그 다음이 큰딸 수전, 그들의 어머니인 올리비아, 맨 마지막 무덤이 마크 트웨인의 무덤이다. 들어와 묻힌 순서대로다. 뒷줄에 클라라와 사위의 무덤이 있다. 반지에 이니셜을 새긴 것처럼 묘비의 머리

마크 트웨인의 가족묘, 우측이 마크 트웨인

부분에 고인의 이름과 출생 및 사망 연도가 쓰여져 있다.

마크 트웨인의 묘비는 밤하늘의 핼리 혜성을 고려한 듯 그의 이름과 생몰 연도가 하늘을 향해 있었다. 별과의 접선을 위한 사인 같다. 이 공원에는 크기가 서로 다른 각양각색의 묘석들이 즐비하다. 개중에는 반쯤 빠진 치아처럼 비스듬히 누운 것도 있고, 멀리 보이는 흰 묘석들은 마치 초등학생의 앞가슴에 단 이름표 같기도 했다. 여기에 누운 사람들은 대체 어떠한 궤적을 밟았으며, 과연 어느 시대의 인물들일까? 궁금하기는 마크 트웨인도 마찬가지였나 보다. 마크 트웨인은 그의 유고인 〈불가사의한 이방인 No. 44〉에서 나와 같은 생각들을 펼쳐 보였다.

"데엥… 데엥."

불가사의한 이방인 No.44는 시계를 거꾸로 돌렸다. 사람들은 이전에 나누었던 대화를 다시 거꾸로 하고, 도시마다 전에 이미 치렀던 장례식을 다시 치르고 영구차와 장례 행렬은 엄숙한 분위기로 후진하고 있다.

(…) 주위는 흐릿한 황혼으로 물들었다. 황혼에 잠긴 채 수천 개의 해골들이 가느다랗고 희미한 형상을 하고서 걸어가고 있었다. 그 광경에 놀라서 나는 숨을 죽였다. No.44는 그 많은, 불쌍한 해골들이 지나갈 때마다 하나하나씩 이름을 붙였다. No.44는 마력을 사용하여 각각의 해골에 이름과 연대, 그리고 해골에 대한 모든 인적사항을 적은 꼬리표를 붙여놓았다. 파라오, 다윗과 골리앗, 아담과 이브, 시저, 클레오파트라, 샤를마뉴 대제, 다고베르트르, 그리고 셀 수 없이 많은 왕들―그들 대부분은 수많은 세기를 거슬러 올라가는 시기의 왕들이었다. 이윽고 아더왕이 기사들을 거느리고 나타났다. 녹이 슬고 여기저기 미늘이 빠진 낡은 갑옷차림이긴 했지만 매우 당당한 모습이었다. 빠진 미늘 틈으로 그들의 뼈가 보였다. 비록 해골이었지만 서로 이야기를 나누고 있었는데 그럴 때마다 갈라진 투구 틈으로 그들의 턱뼈가 오르락내리락했다. 그들은 아더왕의 마지막 전투에 대한 이야기를 마치 어제 있었던 일처럼 말하고 있었다. 그것으로 보건대 무덤 속의 사자(死者)들에게 있어서 천 년은 하룻밤의 잠에 불과할 뿐, 아무것도 아닌 모양이었다.(…)

죽은 자들이 떼를 지어 지나가는 데는 몇 시간이나 걸렸다. 그들의 뼈에서 나는 덜거덕 소리 때문에 얼마나 귀가 멍해졌던지, 우리는 자신의 생각마저도 거의 할 수가 없었다. 그때 No.44가 손을 한 번 휘젓자, 우리는 어느새 텅 비고 소리도 없는 세계에 서 있었다고 한다.

나는 바위에 걸터앉아 이 장면을 떠올리며 잠시 눈을 감았다가 떴다. 일념(一念)이 무량겁인 듯했다. 텅 비고 소리도 없는 세계에 잠겨 있었다. 그리고 무량겁도 한순간인 듯했다.

마크 트웨인의 작품 속에서 No.44와 아우구스트의 대화는 아직 끝나지 않고 있다. 무일푼의 인쇄소 직공인 아우구스트는 No.44의 도움을 받아 정신적으로 이미 높은 단계에 이르렀는데 그 불가사의한 이방인 No.44는 다시 그에게 말한다.

> 인생 그 자체는 하나의 환상적이고 한바탕 꿈일 뿐이야.
> 존재하는 것은 아무것도 없어. 모든 것은 하나의 꿈이지. 하느님과 인간, 이 세상, 태양과 달, 수많은 별들 이 모든 것들이 하나의 꿈이야. 꿈이고 말고. 그것들은 존재하지 않아. 텅 빈 공간과 너를 제외하고는 존재하는 것은 아무것도 없어.

나는 No.44를 통해 마크 트웨인의 진심을 전해 듣는다.

"인생 그 자체는 하나의 꿈"이며 "존재하는 것은 아무것도 없는 텅 빈 공간"이라고.

이 구절은 시간을 가로질러 동양의 현자 도연명을 또한 생각나게 했다.

"인생은 어차피 허깨비. 끝내는 공(空)과 무(無)에 돌아가리."라던 그의 시구와 겹쳐졌다.

마크 트웨인은 죽기 2년 전, 홀로 남겨진 텅 빈 집에서 인간의 영혼과 본성 그리고 도덕심 같은 문제에 골똘하고 있었다. 인간 존재에 대한 총체적 조망이었다.

'무(無)라, 무라' 외치던 효봉 스님의 숨소리가 멎고 손에 쥔 굵은 염주 알 하나가 방바닥에 데구르르 굴렀다는 장면이 눈앞에 나타나면서 갑자기 '무(無)라, 무라'가 내 마음 가운데에 떠올랐다.

'존재하는 것은 아무것도 없어' 그의 속내를 되짚으며 우들론 공동묘지를 뒤로 하고, 나는 엘미러 대학으로 향했다. 녹음이 짙게 깔린 대나무와 대학 부속 건물들이 조화를 이룬 아름다운 캠퍼스였다. 마크 트웨인이 《허클베리 핀의 모험》을 손질했다는 그 서재는 바로 버드나무가 그림자를 드리우고 선 연못 근처에 있었다. 오리가 잔잔한 수면에 떠 있는 풍경 때문인지 몹시 평화스러워 보였다. 연못가에 앉아서 헤밍웨이가 모든 미국 현대문학은 마크 트웨인의 〈허클베리 핀의 모험〉에서 출발했다고 한 바로 그 작품을 떠올려 본다.

〈허클베리 핀의 모험〉의 주인공은 어린이지만 그것은 성인을 대상으로 한 사회 풍자 소설이다. 백인 소년 허크와 도망친 흑인 노예 짐이 수색대를 피해 뗏목을 타고 미시시피 강 하류를 따라 내려간다. 강 연안 마을에서 그들은 여러 가지 사건을 목격하게 된다. 트웨인은 어린 소년 허크의 눈을 통해 당시 남부 사회의 위선과 독선, 편견과 부패를 날카롭게 풍자한다. 항해의 난관을 함께 겪으면서 허크와 짐 사이에는 진정한 우정이 싹트기 시작한다. 도망친 노예를 고발해야 하는 사회적 윤리 규범과 짐에 대한 우정 사이에서 갈등을 겪는 허크는 왓슨 여사에게 짐의 행방을 알리는 편지를 썼다가 그 편지를 다시 찢어 버리고 만다. 그리고 허크는 스스로에게 말한다.

"좋아. 그렇다면 난 지옥엘 가겠어."

흑백의 관계를 넘어 인간적인 조화를 이루어 낸 허크와 짐.

평론가 윌리엄 하워스는 마크 트웨인을 가리켜, '미국 문학사의 링컨 같은 존재'라고 평가했다. 노예 제도에 대해 긍정적이지 못한 마크 트웨인의 시선을 바꾸어 놓은 것은 그의 어머니 제인 램턴의 영향이다. 켄터키 출신으로 인정 많고 유머와 재치가 넘치는 그의 어머니는 어린 노예 소년 샌디를 집에 데리고 있었다. 샌디는 일하면서 노래하고 휘파람 불며 잠시라도 입을 쉬지 않았다. 마크 트웨인은 어머니에게 그의 입을 다물게 해달라고 부탁하자 어머니는 그를 이렇게 타일렀다.

"그애가 노래를 부르고 있으면 과거를 생각하지 않는 것이니 내 마음이 편하단다. 반대로 그애가 조용히 있으면 무언가 생각하고 있을까 봐 걱정스럽고 내 마음이 아프단다. 그 애는 어머니를 다시 만나지 못할 것이다. 그애가 노래를 부르기만 한다면 나는 막지 않을 것이며 도리어 감사하게 여길 것이다. 네가 나이가 들면 나를 이해 할 수 있을 거야. 그때가 되면 외로운 그 아이의 노래 소리가 너를 기쁘게 만들 것이란다."

'그렇다면 지옥엘 가겠어'라고 외치던 허크를 창조해낸 따뜻한 그의 인간애는 어머니로부터 비롯된 것이었다.

팔각정 돌기둥에 쓰인 글자가 눈에 들어왔다. 〈The Mark Twain Study 1874.〉

열두 살 이후, 학력이 전무했던 마크 트웨인. 그러나 엘미러 대학 캠퍼스에 그의 이름이 새겨지고 동상이 세워졌다. 예일대학교와 미주리 대학교에서는 그에게 명예 문학박사 학위를 수여하고 옥스퍼드 대학에서도 명예 문학박사 학위를 수여하였다. 영국에서는 그에게 국빈에 준하는 대우를 하였다. 나는 생각만으로도 그만 코끝이 찡해 왔다. 턱없이 부족한 학력, 제대로 성장하지 못한 작은 키. 고달프기만 했던 마크 트웨인의 생존 방식과 가족들의 죽음과 불행을 떠올리자 가슴 한쪽이 찡해 왔다.

팔각정 서재 안에서 기념 책자와 엽서를 샀다. 아주머니가 거스름돈을 건네주며 방명록에 사인을 하라고 권한다. 주소를 다 쓰고 나서 나는 'KOREA'란 글자에 힘을 주었다.

연못 앞에 나와 서니 화창한 날씨가 더할 나위 없이 좋다. 눈이 부시다. 수면에 드리워진 버드나무 그림자. 한 폭의 그림 같은 캠퍼스 안에서 평화로운 시간을 보냈다. 연못에서 건너다보이는 마크 트웨인의 동상이 자꾸 나를 부르는 듯해서 다가가 그 앞에 섰다. 올려 빗은 곱슬머리, 익살스럽게 입술을 덮은 콧수염. 특히 거친 세월의 흔적이 담긴 듯한 주름진 얼굴은 러시아의 작가 막심 고리키와 닮은 것도 같고, 엽서에 찍힌 흰 모자와 나비 넥타이 차림은 아인슈타인과도 비슷했다. 크지 않은 키에 그러나 호방한 기개와 세상의 온갖 풍상을 겪은 한 달관자로서의 여유 같은 것이 느껴지는 그런 모습이었다.

마치 흰 벌통을 포개 놓은 듯한 8각형 제단이 4층으로 쌓아 올려진 기단 위에 그는 양손을 주머니에 찌른 채, 먼 데를 바라보며 청동 조각상으로 서 있었다. 무엇을 바라보며 무슨 생각을 하는 중일까?

잠시 그와 마주 서서 지난 날 내 자신에게 다짐했던 '이제 그만'을 슬며시 되뇌어 본다. "죽음과 경쟁할 건 없어요."

이 한마디가 나를 지금 그의 앞에 서게 했던 것이다. 죽음을 온전히 받아들인 생의 달관자, 마크 트웨인의 동상 아래에서 나는, 죽음이 피할 수 없는 것일진대 그이처럼 받아들여야겠다고 생각했다.

마크 트웨인. 그는 '12피트의 깊이' 생(生)의 수심을 재고 그 깊이를 썼던 작가다.

생의 한복판으로 걸어 나가는 나의 발걸음은 이 순간 무척이나 진지해진다. 마치 내 삶의 깊이를 재보기라도 할 것처럼, 보폭을 크게 떼어 본다.

2.

말 탄 자여 지나가라

그는 또 하나의 나
– 보부아르와 장 폴 사르트르

런던에서 떼제베를 타고 파리의 북역에 닿은 것은 2000년 5월 초순이 었다. 마로니에 나무에 수많은 촛불이 켜진 듯, 캔들 모양의 꽃이 곱게 피어 있었다. 이마를 가벼이 스쳐 지나가는 훈풍도 싫지 않았다. 라데팡 스에서부터 콩코드 광장까지 확 트인 샹젤리제 거리에서 일렬로 늘어선 불빛 아래 잠시 에트랑제로 서 있었다. 이곳에서는 스커트 정장 차림의 나이 든 부인들도 걸음이 활기차다. 당당한 발걸음이 일으키는 바람 속 에 자유의 기상 같은 게 느껴진다. 펄럭이는 프랑스의 깃발처럼.

그때, 영국은 제국이고 독일은 민족이며 프랑스는 개인이라던 말이 떠올랐다. 개인이 존중되는 나라. 자유가 보장되고 예술이 대접받는 나 라 프랑스. 그래서 고국을 등지고 이 땅에 귀화한 수많은 예술가들이 이곳에 뼈를 묻었는가 보다. 오스카 와일드, 사무엘 베케트, 하이네, 모 딜리아니, 고흐, 살바도르 달리, 쇼팽, 롯시니, 아폴리네르 등의 이름을 되뇌어 본다. 그러므로 프랑스는 내게 있어 예술과 동의어로 환치된다. 그리워하던 파리였다. 파리를 찾게 된 것은 남편이 퇴직한 후에 이루어졌으나 마음만은 그대로 20대였다. 왜냐하면 파리에 대한 나의 정서는 1960년대에 머물러 있었기 때문이다.

인간은 자신이 행동하는 바에 의해 규정된다는 사르트르의 말은 당시 교복을 막 벗어 던진 내게 자유의 선언문처럼 들렸다. 그리고 성인으로서의 책임감과 자긍심을 동시에 느끼게 해준, 내가 어른임을 선고받는 판결문 같기도 했다. 1960년대는 실존주의와 카뮈의 부조리 문학이 한창 풍미하던 시대다. 더구나 1960년 카뮈의 갑작스런 교통사고 소식과 1964년 사르트르의 노벨문학상 수상 거부는 새로운 충격으로 세계인의 이목을 집중시키고도 남는 큰 뉴스였다. 그들 활동의 본거지이던 몽파르나스, 당연히 내 관심은 몽파르나스로 모아졌다. 몽파르나스 네거리에는 사르트르가 실존주의를 일으켰던 카페 돔(Le Dome)이 있고, 그 건너편 라 통드(La Rotonde) 건물 2층에는 시몬느 보부아르가 태어난 방이 있다. 카페 돔과 셀렉트는 헤밍웨이와 헨리 밀러, 피츠제럴드의 발걸음이 이어지고 불운한 화가 모딜리아니가 5프랑을 위해 초상화를 그렸던 카페로도 유명하다.

이탈리아, 영국, 독일 등 유럽의 몇 나라를 돌고 여행의 마지막 일정인 파리 투어를 끝내고 다시 일행과 떨어져 나와 짐을 푼 것은 몽파르나스에서 그리 멀지 않은 보지라르라는 곳이었다. 지하철로는 네 정거장째. 다음날 아침 차창 밖의 'Montparnasse'란 글자와 눈이 마주치자 가슴은 쿵쿵 뛰기 시작했다. 지하철역에서 빠져나와 에드가 키네 대로로 접어드니 왼편으로 넓게 펼쳐진 숲이 보였다. 몽파르나스 묘지다. 180여 년의 역사를 갖고 있는 이 묘지는 그 수령에 어울림 직한 아름드리나무들이 빽빽이 들어차 있고, 군데군데 배치된 조각들과 벤치가 알맞게 놓여 있

JEAN PAUL SARTRE
1905 - 1980

SIMONE DE BEAUVOIR
1908 - 1986

CAHEN

5년 전과 달라진 사르트르와 보부아르의 무덤

어 묘지라기보다는 차라리 공원 같았다. 어린 새잎들이 햇볕에 반짝이며 엷은 그늘을 드리우고 있다. 그 아래 무료한 듯 혼자 신문의 퍼즐 칸을 메우고 있는 남자, 그저 말없이 의자에 앉아 있는 노부부들의 모습은 모딜리아니의 그림 속 인물 같기도 하다. 정지된 시간 속의 인물들처럼 혹은 죽음을 기다리는 대기자들 같아 보인다. 이곳 묘소들은 바둑판처럼 구획이 잘 정리되어 있다. 질서정연하게 누운 석관 위에 희미한 알파벳 글자는 눕기도 하고 더러는 서 있기도 했다. 나는 정문의 입구 오른쪽에 있다는 사르트르와 보부아르의 무덤부터 찾기 시작했다. 지도를 펼쳐 들었다. 글자가 마모되어 이름은 얼른 눈에 들어오지 않았다.

입구에서부터 열한 번째, 담 밑 가까이 누운 회색 대리석의 직사각형 무덤 앞에서 그들의 이름과 만났다.

JEAN PAUL SARTRE(1905~1980)
SIMONE DE BEAUVOIR(1908~1986)

프랑스의 소설가요, 극작가요, 실존주의 철학자, 반전(反戰)반체제 활동가라는 따위의 수식어는 붙어 있지 않았다. 로미오와 줄리엣처럼 두 사람의 이름은 늘 한 쌍을 이룬다. 보부아르와 사르트르는 프랑스의 명문교인 소르본느의 고등사범학교에서 만났다. 둘 다 철학을 전공했다. 교수자격 시험에서 사르트르가 1위, 보부아르가 2위로 합격해 이후 보름 간 실시되는 구술 시험 기간 동안 이 두 사람은 늘 함께 붙어 다녔다.

보부아르는 사르트르가 소중하게 느껴지기 시작했고 '그는 또 하나의 나'라고 생각하기에 이른다. 이때 사르트르는 생쟈크 가에 있는 외가에 살고 있어서, 두 사람은 보부아르 집 가까이에 있는 뤽상부르그 공원에서 자주 만났다. 산책을 겸한 토론의 장이 이어졌다. 뤽상부르 공원은 생 제르맹에서 멀지 않았다.

생 제르맹 데프레의 지하철역 계단을 빠져나오니 시원한 공기가 먼저 가슴에 와 닿고 표지판의 낯익은 글자가 그 다음으로 눈에 들어온다. 사르트르와 보부아르의 이름을 나란히 적은 흰 표지판이 자랑스럽게 대로변 양쪽에 세워져 있다. 생제르맹 데 프레는 그만큼 그들과 관계가 깊은 곳이다. 역에서 빠져 나와 거리로 올라오면 파리에서 제일 오래된 생제르맹 데 프레 교회가 우뚝 서 있고, 교회 광장 코너에 카페 되 마고 (Cafe Deux Magot)가 있다. 위로 조금 더 올라가면 생브느와 대로 사이에 카페 드 플로르(Cafe De Flore), 대로를 끼고 맞은편 쪽에 브라스리 리프 (Brasserie Lipp)가 있다. 이 카페들은 사르트르나 보부아르 등 실존주의자들의 본거지이기도 했으며, 화가, 작가, 배우, 그리고 영화인들의 아지트이기도 했다. 특히 카페 드 플로르는 아침에 문을 열기가 바쁘게 보부아르가 들어와 자리를 잡고 앉았다. 사르트르가 미국에 머물면서 알베르 카뮈에게 소식을 보내 오면, 그때마다 카뮈는 플로르에 들러 보부아르에게 소식을 전하곤 했다. 사르트르가 카뮈와 우정을 나눈 곳도 플로르였다. 그들은 둘 다 실존주의 잡지 ≪현대≫의 편집위원이었다. 사르트르가 노벨상 수상자로 선정되었다는 기쁜 소식을 처음 들은 것도 이 카페에서였다고 한다. 그의 대표작 〈존재와 무〉는 거의 카페 드 플로르에서 쓰여졌다. 가끔씩 이곳에 얼굴을 나타낸 장 콕토는 이들 커플을 싫어했기 때문에 멀찍이 떨어진 자리에 앉아 이 두 사람을 주시했다고 한다. 시와 그림과 영화감독을 겸했던 장 콕토, 그리고 〈도둑 일기〉의 작가 장 쥬네, 〈고도를 기다리며〉의 희곡작가 사무엘 베케트, 보부아르가 오빠처럼 스스럼없이 따랐던 조각가 자코메티, 정력적인 스캔들을 과시했던 세계적인 화가 피카소, '미라보 다리 아래 센 강은 흐른다'로 우리에게 친숙하게 다가오는 시인 아폴리네르, 그리고 영화감독 장 드라노아,

시나리오 작가이자 시인인 자크 프레벨, 노벨상 수상 작가 카뮈가 자주 들렀던 이곳 카페 플로르.

담배 연기 자욱한 대화의 숲 속에 앉아, 잠시 눈을 감고 긴 시간을 거슬러 그들의 예술적 행보를 더듬어 본다. 위대한 작가·시인·예술가들이 앉았던 카페 드 플로르에 내가 앉아 있다니 꿈만 같다.

자크 프레벨의 작시로 된 노래 〈고엽〉을 나는 아주 좋아한다. 15년의 세월이 흐른 것 같다. 그레코가 서울에 왔을 때 호암아트홀의 앞자리에 앉아 들었던 줄리에트 그레코의 고엽도 좋았지만, 편안한 이브 몽땅의 목소리로 들으면 그 속삭임의 서시가 더욱 좋았다. 그들도 이곳 생 제르맹에서 노래를 불렀다고 한다. 물론 〈고엽〉도 수없이 불려졌을 것이다. 이브 몽땅과 줄리에트 그레코도 20대의 내 감성 목록에 들어 있는 이름들이다. 지하철역에서 혹은 지하철 안에서 가끔 이 곡이 연주되면 감회가 깊었다. 저녁 식사를 하는 도중에도 플로르 노천 좌석에 〈고엽〉이 울려 퍼졌다. 파리에 와 있음이 실감되는 순간이었다.

> 나를 사랑하던 당신, 당신을 사랑한 나.
> 두 사람은 함께 살고 있었어요.
> 그러나 인생은 조금씩 소리도 없이
> 서로 사랑하는 사람을 떼어 놓았고
> 바다는 맺어지지 않은 연인들의
> 모래 위 발자국을 지워 버리지요.

텅 빈 백사장, 우리가 다녀간 이곳의 흔적도 그와 같을 테지. 어느 날 소리도 없이 지고 말 낙엽 한 잎으로 내려 앉아 나는 이 노래를 자주 감상하곤 했다. 1960년도 미국에서는 폴앙카의 노래와 비트 제네레이션의 영화가 들어왔고, 프랑스에서는 누벨바그 영화와 함께 청순한 배우진 시버그가 우리나라에 소개되었다. 나는 이 여배우를 영화 〈슬픔이여 안녕〉에서 보고 좋아하게 되었다. 티없이 맑던 그녀가 어느새 고인이 되어 사르트르 무덤 앞쪽에 누워 있는 것이 아닌가. 벌써 그만큼의 시간이 흘렀는가 싶었다.

강렬한 햇볕 때문에 살인을 했노라던 카뮈의 〈이방인〉의 뫼르소를 무슨 동지처럼 옆구리에 끼고 다니던 시절. 문고판 사르트르의 희곡 〈더러운 손〉과 〈파리떼〉를 손에 붙이고 다니던 〈실험극장〉 시절의 내 젊은 모습도 그 속에 어른거린다. 카페 드 플로르에 앉아 나는 추억을 추억하며 파리를 추억했다. 기실 우리가 여행에서 추구하는 바도 이런 심리적 이동의 추구가 아닐까 싶기도 하다. 파리에 머무는 동안 이따금씩 나는 이 카페를 찾았다.

책가게와 부티크, 그리고 들라크루아 기념관 근처에는 화랑이 줄지어 있었다. 줄리에트 그레코가 노래를 불렀다는 클럽 '터부'는 실존주의자들 사이에 가장 유명한 곳이기도 했다. 언제나 검정 옷에 굵은 아이라인을 넣은 그레코의 얼굴을 떠올리며 드피느 가를 거닐기도 하고, 또한 사르트르가 글을 썼던 보나파르트 가 42번지의 아파트도 찾아보았다. 사르트르에 관한 표지판이 2층 벽 위에 붙어 있어 누구라도 쉽게 볼 수 있었다. 그의 아파트 창문에서 내려다보면 생제르맹 교회와 카페 되 마고가 그대로 바라보일 것 같았다. 사르트르와 보부아르는 아침에 대개 따로 일을 했다. 그녀는 호텔 방에서, 그리고 사르트르는 어머니와 함께 살고 있는 바로 이 보나파르트 가 아파트에서였다. 그리고 이들은 오후에 만나 점심을 같이 먹고는 아파트로 돌아와서 사르트르가 피아노를 치거나 책을 읽고, 공상을 하고, 담배를 피우는 동안 보부아르는 잡지를 편집하고 기사를 쓰고, 다음에 무엇을 쓸 것인가를 생각했다. 그들에게는 매달 잡지 ≪현대≫를 내야 하는 부담이 있었기 때문이다. 그녀는 원고를 대충 훑어

보고 잡지에 실을 것인지 말 것인지를 즉석에서 결정했는데, 그런 판단을
내리는 과정에서 많은 적을 만들기도 했다. 사무엘 베케트가 그 첫 번째
대상이다. 그가 보낸 원고를 잘못 판단하여 평생 동안 베케트에게서 미움
을 받은 일은 유명한 일화다. 실존주의 잡지 ≪현대≫는 실존주의 사상의
언명과 자신들이 처해진 주변의 현실에 대한 참여의식 고취에 뜻을 두고
있었다.

행동하는 철학가, 따라서 사르트르의 문학은 철학을 담기 위한 그릇이
었으므로 그의 작품 ≪구토≫는 엄격히 말하자면 예술적인 가치와는 상
관없는 철학적인 것이라고 해야 마땅할 것 같다. ≪구토≫는 로깡땡이라
는 한 사나이의 내면 일기로, 로깡땡은 바로 사르트르 자신이기도 하다.

사르트르는 1933년 베를린으로 유학하여 하이데거의 존재론과 후설
의 현상학에 대해 공부했다. 그들로부터 자양분을 섭취하고 특히 하이데
거의 ≪존재와 시간≫을 숙독하고 나서 피워 낸 꽃이 ≪존재와 무≫라고
할 수 있다. '현상학적 존재론에 관한 논고'라는 부제를 달고 있는 ≪존재
와 무≫는 존재에 대한 사르트르의 천착이다. 우리를 둘러싼 온갖 사물
과 사건에 관해 "이것들은 도대체 다 무엇이란 말인가?"라는 질문을 제기
한다. 현상학은 이것들이 무엇, 무엇이 되는 데는 반드시 인간의 주체성
이 개입해야 한다고 믿는다. 즉 현상학은 별이 별일 수 있는 것은 우리
인간이 그 별을 별이게끔 하기 때문이라고 말하고, 왜 그런가를 밝힌다.
그에게 있어서 존재란 이미 신적인 것도 아니고 초월적인 것도 아니었
다. 존재란 그저 있는, 존재하는 것이다. 이러한 자신의 철학적 견해를
소설로 밝힌 것이 그의 첫 작품 ≪구토≫였다. 주인공 로깡땡이 말하는
존재가 바로 ≪존재와 무≫에서의 사르트르의 존재관인 것 같다.

"그저 나는 자유다. 나는 더 이상 살아야 할 아무런 이유도 없다. 나는

아직 젊고 무엇을 할 수 있는 충분한 힘도 있다. 그러나 해야 할 아무것도 없다. 정원을 끼고 달리는 이 뽀얀 길 위에 나는 홀로 서 있다. 나 혼자뿐이요, 자유롭다. 그러나 이 자유는 약간 죽음에 가깝다."

주인공 로깡땡의 말이다. 이러한 자유 존재의 체험은 속을 게워내는 구토뿐이었다. 그렇다고 그는 어디에 취직하여 일에 얽매이고 싶은 생각은 추호도 없었다. 나는 아무것도 하고 싶은 것이 없었다. 이것이 로깡땡의 느낌이었다.

어느 날, 그는 언덕 위에서 자기가 사는 상업 도시를 내려다본다. 그리고 그들과 얼마나 멀리 떨어져 있는가를 새삼 느낀다. 날마다 소처럼 일하는 사람들의 세계는 아무런 가치도 없는 사물의 세계다. 사물은 아무런 존재 이유도 없이 그저 무엇의 수단으로 그것의 쓸모와 공리성만이 탐구된다. 사물의 관계를 모두 도구나 수단 관계로 생각한 것은 정작 로깡땡이 아니라 사르트르 자신인 것은 두 말할 나위도 없다.

그는 어려서 아버지를 잃고 일찍 홀로 된 어머니와 함께 외가로 들어갔다. 알베르 슈바이처의 숙부이기도 한 그의 외조부는 영특한 손자 장 폴 사르트르에게 반하고 만다. 꼬마 장 폴은 할아버지의 맘에 들도록 행동을 꾸미고, 책에서 읽은 뜻도 모를 말을 뇌까려 어른들을 놀라게 하거나 때로는 계집애처럼 얌전을 피우는 희극 배우의 역할을 했다고 그는 자서전 ≪말≫에서 털어놓고 있다. 그러나 이러한 과정을 통해 자신이 허상 내지는 여분의 존재가 아닌가 하는 의문에 빠지게 되었다고 고백한다. 모든 사물의 관계를 수단 관계로 보게 된 것은 그가 어릴 적부터 어떤 관계나 상황을 낯설게 바라본 그의 철학적 태도에서 기인된 것이 아닌가 여겨진다. 이러한 그의 생각은 보부아르와의 사이에서조차 서로가 서로의 도구나 수단 관계로, 즉 쓸모 있는 공리성만을 추구하는 관계로 맺어진 듯이 보이고 만다. 그의 타인과 나라는 실존의 아포리즘을 살펴보는 일은 그러므로 매우 중요할 것 같다.

> 타인은 나의 협력자였다. 그는 존재하기 위하여 나를 필요로 하였으며, 나는 나의 존재를 느끼지 않기 위해서 그가 필요했다. 그러니 나는 나의 내부에서 존재하지 않고 그의 내부에서 존재하고 있었다. 즉 나는 그를 살게 하는 수단에 불과했었고 그는 나의 존재 이유였다.

여기에서 타인으로 지칭되는 보부아르가 사르트르를 만난 것은 스물한 살 때였다. 사르트르의 제안에 따라 그들은 곧 계약 결혼으로 들어갔다. 2년 동안 실험적으로 가능한 가장 가까운 사이로 지내본 뒤에 다시 계약을 갱신하자던 그들의 약속은 2년 뒤, 서로의 관계를 필연적으로 규정하며 우연적인 사랑도 서로에게 허용하는 영원한 관계로 들어가는 데 합의하였다. 이 약속은 물론 죽을 때까지 지켜졌다. 그런데 사르트르는 서로에게 허용된 우연한 사랑이었는지 그 후 다른 여자들하고도 육체적 관계를 가졌다. 그들 중 몇 명은 보부아르도 아는 여자들이어서 보부아르는 속으로 몹시 애를 태웠다. 그런 보부아르의 모습은 그녀의 ≪초대받은 여자≫란 작품에도 나타난다. 삼각관계로 고뇌하는 여주인공은 바로 작가 자신이다. 보부아르도 연하의 남자들과 사랑에 빠진 적이 있긴 하다. 가장 오래 지속된 남자는 미국인 작가 넬슨 엘그렌이었는데 그를 만난 것은 39세 때였다. 영혼, 가슴, 육체가 일체된 사랑이었다고 보부아르는 자서전에서 과감히 털어놓고 있다. 넬슨이 결혼한 뒤로도 계속된 그들의 편지 304통은 1997년에 ≪연애편지≫란 책으로 묶여져 나왔다. 그녀의 감성적인 편지는 내게 좀 의외였으나 오히려 여성다운 매력을 발견하게 한 솔직함은 마음에 들었다.

그녀의 편지를 보면 보부아르가 얼마나 섬세한 몸을 가졌고, 사랑받고 싫어 하는 한 여자인가를 알게 한다. 그런데도 그녀는 엘그렌의 간곡한 청혼을 냉정하게 거절했다.

엘그렌! 아무도 나만큼 당신을 사랑하지는 못할 거예요. 하지만 나는 사르트르를 떠날 수 없어요. 사르트르의 진정한 친구는 나뿐이고, 20년이 넘도록 나를 위해 많은 일을 해주었어요. 나는 사르트르에게 큰 빚을 지고 있는 셈이죠. 사르트르를 떠날 바에는 차라리 죽음을 택하겠어요.

사르트르도 미국의 특파원으로 갔을 때, 뉴욕에서 만난 여성 돌로레스와 깊이 사귀었다. 보부아르는 15년 이상이나 지속된 그들의 관계 때문에 퍽이나 애를 태웠다고 한다. 둘 중 어느 쪽이 사르트르에게 더 의미가 있느냐고 어느 날은 따져 묻기도 했다. 하지만 나는 당신과 함께 있지 않소. 그의 대답이었다. 보부아르는 사르트르가 자신들의 계약을 존중하고 있으며 언제나 말보다 행동에 신뢰를 둔 것이라고 믿고 싶어 했다. 그래서 그녀는 '나는 그를 믿었다'라고 쓰고 있다. 좀더 두 사람의 관계를 위해 1965년의 인터뷰를 주목해 볼 필요가 있다.

어떤 의미에서 나는 그녀(보부아르)에게 전부를 의존하고 있다. (…) 내가 그녀에게서 느끼는 완벽한 신뢰가 나에게 완전한 안정을 가져다주며, 만약 나 혼자였더라면 얻지 못했을지도 모를 그런 종류의 안정감이다. (…) 나는 언제나 그녀에게 초고를 보이는데 그녀가 비판을 하면 처음에는 화를 내지만 결국은 그녀의 의견을 받아들이곤 했다. 그녀의 의견은 언제나 적절하기 때문이다. 내가 의도하는 바를 완전히 이해하고 동시에 내가 좀처럼 가질 수 없는 객관성으로 말해 주기 때문이다.

카페 드 플로르에 앉으면 자연히 보부아르와 사르트르의 일을 떠올리게 된다. 사르트르가 빠스뙤르 중고등학교에 재직중일 때, 그녀는 사르트르의 바로 아래층에 거주했다. 아침은 비어홀의 카운터에서 커피와 빵으로 때웠다. 두 사람은 교원 생활과 집필을 병행해 나갔다. 사르트르는 ≪구토≫ ≪자유의 길≫을 집필할 때 보부아르는 ≪초대받은 여인≫을 써 나갔다. 그가 ≪존재와 무≫를 쓸 때 그녀는 ≪제2의 성≫을 쓰기 위해 집필을 구상했다. ≪제2의 성≫은 실존주의의 관점에서 쓰여진 획기적인 여성론이기도 하다. 사람은 인간의 본질이나 본성과 같은 영구불변한 특질을 원래부터 가지고 있는 것이 아니라 상황 속에서 자유로운 선택에 의해 자기 자신의 본질과 본성을 만들어가는 존재라는 사르트르의 실존주의 사상에 그녀는 전적으로 동감을 표명했다.

"실존은 본질에 선행한다"는 실존주의 관점에서 보부아르는 평론집 ≪실존주의와 상실≫ ≪제2의 성≫을 출간하였다. ≪제2의 성≫은 성별에 따른 신체적인 차이가 있긴 하지만 여성과 남성 사이에는 본질적인 차이가 없다는 것이 그녀의 주장이었다. 여자는 남자와 다른 옷을 입어야 하고 다른 장난감, 다른 놀이 속에서 키워지고 다른 교육을 받으며 다른 규범 속에서 여자로 만들어진다고 보부아르는 설파했다. 여자는 여자로 태어나는 것이 아니라 여자로 만들어진다는 결론이 그것이다. 즉 자기 자신에 관해 품고 있는 여성으로서의 기분은 타인의 태도에 좌우되는 것이지, 자기의 신체적 구조에 의해 좌우되는 것이 결코 아니라는 것이 보부아르의 입장이었다. 이는 어딘가 앞뒤가 잘 들어맞지 않는 자가당착적인 논조로 들린다. 그녀는 사르트르가 감아 놓은 태엽 시계처럼 전적으로 사르트르에 의해 좌우되고 있다는 인상이 강하게 든다. 그녀도 사르트르처럼 공공연히 세 명의 남자들과 육체적인 관계를 가졌다. 이것은 평등을 위한 평등 시위처럼 보인다. 사르트르처럼 그녀는 세계의 여러 나라로 초빙되어 강연도 다녔다. 반(反)드골주의의 입장도 함께 취했으며 일(문학과 철학)의 동반자로서도 그들의 삶은 사과 한 알의 반쪽처럼 서로 닮은꼴이었다. 두 사람은 양녀를 들여 노후를 의탁한 것조차 비슷했다. 심지어 죽을 때의 사인까지도 동일한 병명의 폐수종(肺水腫)이었다고 한다. 우연의 일치로 보기에는 심상치 않다. 세상을 떠난 날짜도 같은 4월로, 사르트르는 1980년 4월 15일이었고, 보부아르는 1986년 4월 14일 오후 4시이었다. 몇 시간의 차이를 보인다.

그러나 보부아르는 결코 사르트르 옆에 묻히는 것을 원하지 않았다.

> "설사 사람들이 나를 당신 곁에 묻어 준다고 할지라도 당신의 잿가루와 나의 잔해 사이에는 아무런 교류도 없을 것입니다."

왠지 그녀의 음성은 내게 노여움으로 들렸다. 타인과 타인으로서 아무런 교류도 없는 부부 사이였음을 드러내는 말은 아닐까라고 생각하니 그녀가 조금은 안쓰러워지기까지 했다. 사르트르는 《존재와 무》에서 이렇게 말한다.

> "타인은 지옥이다."

남은 나에게 남이고 나는 남에게 남이다. 서로는 자신에게 자신이면서 서로에게는 남인 것이다. 애초에 남은 내 속에 진정으로 들어올 수 없기 때문에, 남은 나를 외면적으로 객관화해서 본다. 즉 즉자 존재로 보는 것이다. 나를 그의 도구로 본다는 것과 통한다. 그는 남과의 관계에서 일체 무관심하게 살아보려고 했다. 그러나 무관심의 방식 역시 실패하고 만다. 그것은 또 다른 관심의 한 단면에 불과하기 때문이다. 결국 사르트르는 구체적 인간관계 속에서 어떻게 인간 모두가 함께 자유로울 수 있는가를 드러내지 못하고 말았다. 자신들이 애써 추구하는 그 자유라는 이름에 걸려 있었던 셈이다.

나는 몽파르나스의 지하도에서 사 가지고 온 장미꽃 한 송이를 그들의 무덤 위에 놓았다. 그리고 짧은 묵념도 함께 바쳤다. 이미 그곳에는 시든 꽃 몇 송이와 자잘한 돌멩이가 석관 위에 흩어져 있었다. 돌멩이 밑에 눌려져 있어야 할 메모지는 그러나 한 장도 보이지 않았다. 햇볕에 시린 눈이 더욱 따가워 왔다. 철모르던 20대의 내가 선망해 마지않았던 계약 결혼이라는 실체의 허상이 내 안에서 벗겨져 나가는 것을 느낀다. 결혼 이라는 단단한 결속에는 헌신과 인종의 고통이 뒤따라야 하는 것을(내 가 동양여성이어서인가?).

나는 그들이 함께한 자유 속에 진정으로 나누어지지 않은 어떤 부분이 있었음을 알 수 있었다. 그러므로 자그마한 키에 곱상한 얼굴을 한 보부 아르 여사, 터번 쓰기를 좋아하며 압생트 같은 독주를 즐겨 마시고 늘 취해 있기를 좋아했다는 이 할머니가 만년의 그 화려한 명성에도 불구하 고 왠지 여자로서는 가엾게 느껴지는 것이다. 78세로 세상을 떠난 보부 아르는 만년에 이런 말을 남겼다고 한다.

"사르트르를 만나지 않았던들 내 생애는 전혀 딴 길을 갔을 것이다."

그러면서 자신의 생애에서 가장 큰 일은 항상 글 쓰는 것이었다고 밝 혔다. 이 말을 뒤집어 보면 사르트르를 만나지 않았던들 글 쓰는 일을 가장 큰 일로 여기지 않았을 수도 있다는 말이 된다. 보부아르는 정말 사르트르의 여자가 되고 싶었는지도 모른다. 그러나 그녀는 그의 여자로 길들여지지 못하고 그의 동지가 되었다. 사르트르가 추구하는 행동 양식 과 대의명분에 잘 길들여진 커뮤니스트처럼.

실존주의 철학을 행동의 기조로 삼았던 두 사람은 평생 동안 동지애적인 우정으로 좋은 협력자 관계로 지냈다. 보부아르는 끝내 마담 장 폴 사르트르는 되지 못했다. 시몬느 드 보부아르일 따름이었다. 그들은 어쩌면 전생에 이란성 쌍둥이였거나 남매였을지도 모른다는 생각이 갑자기 스쳐 지나간 것은 보부아르의 다음 말이 귓전을 강하게 울린 다음이었다.

"그는 또 하나의 나다."

본디부터 이렇게 운명지어져 있던 것은 아니었을까? 이런 생각을 해보며 발걸음을 옮기고 있었다.

나는 아무것도 부러워하지 않는다
– 알베르 카뮈

1960년 1월 3일, 상스와 파리 구간의 국도 7호선을 파셀베가 한 대가 신나게 달리고 있었다. 쏜살같이 달려오는 그 차는 모터사이클을 탄 한 농부를 추월했다. 그리고 잠시 후 그 농부는 바로 수백 미터 앞에서 굉장한 폭음을 들었다. 앞질러 달리던 자동차가 옆으로 미끄러지더니 플라타너스 가로수를 들이받고 다시 다음 나무에 부딪쳐 차체가 두 동강 나버린 것이다. 바로 옆에 있는 밭에 세 사람이 내동댕이쳐졌다. 그리고 납작해진 차체 속에 또 한 사람의 시체가 있었다. 그는 차 안에서 즉사했다. 차체 충돌의 반작용으로 뒤쪽에 있는 트렁크가 반쯤 튕겨 올라와 있었고 눈이 조금 튀어나온 듯했다. 목덜미에는 피가 묻어 있었다. 포켓을 조사했을 때, 최초로 나온 것이 이미 못쓰게 된 귀가용 기차표였다. 어렵게 찾아 낸 신분증에 기재된 이름은 알베르 카뮈, 작가. 1913년 11월 7일 알제리의 몽비도 출생.

알베르 카뮈(Albert Camus 1913-1960)가 죽은 날에 대한 기록이다.

갈리마르네 가족은 모두 살았고, 공교롭게도 카뮈만 죽었다. 기차를 탔더라면 좋았을 걸 하고 안타까운 생각이 들었지만 전혀 예상치 못한 데서 비상한 일이 일어나곤 하는 것이 세상사인가보다. 카뮈의 나이는 47세. 너무나도 아까운 나이였다.

최연소 노벨문학상을 수상한 지 2년 남짓, 오래전부터 그렇게 원하던 시골집을, 루르마랭에 마련했는데 그 집에서 겨우 14개월밖에 살지 못하고 그 집 앞에서 갈리마르의 자동차를 타고 출발한 그는 망자가 된 채 돌아와 며칠 뒤, 집 가까운 루르마랭의 공동묘지에 묻혔다. 1960년 1월 6일, 쌀쌀한 추위 속에서 장례식이 치러졌다.

시인 르네 샤르, 카뮈의 은사인 장 그르니에 교수, 쥘 루아, 엠마누엘 로블레스, 루이 기유 등이 참석한 가운데 장례식은 아주 단출하게 치러졌다. 루르마랭의 집을 구입할 때, 카뮈는 매우 신중하게 선택했다고 한다. 자신이 살 집을 고른 게 아니라 죽어 누울 땅을 고르느라고 그랬던가. 그는 벌써 40대에 죽음을 깊이 예견하고 있었다. 육체보다 앞서 가는 사고(思考)를 가지고 그는 먼 장래까지 내다본 것일까. 현재에 머무르고 있는 육체보다 훨씬 앞을 내다본다고 카뮈는 일기에 쓰고 있다. 사고 당시 빌블르뱅 근처의 진흙 속에서 발견된 그의 검은 가죽 가방 안에 들어 있던 일기가 그것을 증명하고 있다. 가방 안에는 쓰다만 최후의 소설인 〈최초의 인간〉 원고와 몇 권의 책과 일기가 들어 있었다.

〈최초의 인간〉은 온전히 그의 자전적인 내용이다. 1차 대전 때 마른 전투에서 이른 나이에 사망한 아버지, 글을 읽을 줄 모르는 어머니, 두 번째 아내 프랑신, 그리고 쌍둥이로 태어난 아이들에 관한 이야기, 그리스 여행 등이 포함되어 있었고, 노트에는 고향 땅 알제리를 여행한 기록이 담겨 있었다.

알제리에서의 아침, 생 조르주의 정원에는 자스민, 그 향기를 들이마시니 내 가슴속에는 기쁨과 젊음이 가득 찬다. 신선하고 쾌적한 도시로 내려간다. 멀리 반짝이는 바다. 행복이란 글귀가 보인다. 눈부신 지중해의 태양과 바다에서 태어난 까뮈의 영원한 테마는 바다와 행복, 그리고 행복과 부조리로 이어진다.

카뮈에게 고향 땅 알제리는 빛과 생명의 고장이다. 그가 타계한 지 2년 뒤에 알제리는 프랑스로부터 독립되었다. 애석하게도 카뮈는 그걸 보지 못하고 떠났다. 1955년 8월, 베니스, 파르므를 거쳐 산 레오에 이르러 남긴 기록은 다음과 같다.

산 레오, 그곳으로 은퇴하여 살고 싶은 마음. 내가 가서 살거나 죽어도 좋겠다 싶은 장소들의 목록을 작성해 볼 것.(…) 나는 내 삶이 끝날 때, 산 세폴크로의 골짜기로 내려가는 길로 다시 돌아오고 싶다. (…) 두꺼운 벽돌과 서늘한 방들을 갖춘 어느 집에 저녁 빛이 골짜기로 내리 덮이는 광경을 좁은 창문으로 내다 볼 수 있는, 아무 장식 없는 방 하나를 얻고 싶다. (…) 내가 늙으면 이 세상 그 어느 곳과도 비길 데 없는 시에나의 이 길 위로 돌아오고 싶다. 그리하여 내 사랑하는 저 낯 모를 이탈리아 사람들의 선량한 마음씨들에 둘러싸인 채 이곳 구덩이에서 죽고 싶다.

그러나 카뮈는 산 레오에도 산 세폴크로에도, 시에나에도 다시 가볼 새 없이, 아무 장식 없는 방에서 저녁 빛을 바라보며 늙어 갈 겨를도 없이 불의의 사고를 당하고 말았다.

"죽음은 최고의 오류다(〈페스트〉에서)"라고 한 그의 말이 생각난다. 어땠을까? 죽는 순간에. 그에게 죽음은 행복스런 침묵일 수 있었을까?

"일흔세 살이 되다 보니 하루라도 죽음을 생각하지 않는 날이 없다. 죽음 자체가 두려운 것은 아니다. 단지 그 과정이 걱정되는 것이다. 비행기 추락 사고를 당한 것처럼 죽음이 갑자기 와주었으면 좋겠다."라는 영국의 작가 그레엄 그린이 어느 인터뷰에서 한 말이 생각난다.

나 역시도 생텍쥐페리의 비행기 사고를 동경했던 때가 있었다. 사고사는 자신의 의지도 아니며 자신의 책임 밖 영역이기 때문이다. 자살에 대해 한참 생각하다 보니 ≪다시는 자살을 꿈꾸지 않으리라≫는 제목으로 카뮈의 잠언집이 한국에 소개되어 그걸 읽은 기억이 난다.

자살한다는 것은 인생을 이해하지 못한 것을 고백하는 것이고, 인생에 패배했다는 것을 고백하는 것이라고 카뮈는 썼다. 뒤집어 말하자면 인생을 이해한 사람들은 자살 같은 것은 하지 않는다는 말이 된다. 죽음에는 정답이 없는 것 같다. 죽을 바에야 어떻게 죽든, 언제 죽든 그런 건 문제가 아니다. 그것은 명백한 일이라고 한 명백한 카뮈의 말이 떠오른다.

일흔 넷이 된 앙드레 지드는 살아 있음에 대해 이렇게 적고 있다.

> 너무 실례되지 않는 일이라면 나는 나를 버리고 싶다. 정말 나 자신이 지긋지긋하다. 이제 더 이상 인생을 다시 시작해 보고 싶은 생각조차 없어졌다. 또다시 자신감을 회복할는지도 가물가물할 뿐이다. 나는 겸손을 가장하며 남의 비위를 맞추기에만 급급해 왔다. 너무 죄를 많이 진 듯한 기분이다.

살아 있음이 죄를 진 듯한 기분이 들면서도 나를 내 손으로 버리지 못하는 목숨. 정직하게 말하자면 나 역시도 나이라는 거미줄에 엉거주춤 걸쳐 있는 존재라는 생각을 떨치지 못하고 있다. 그러니 카뮈도 어쩌면 인생의 정점, 니체의 말대로 삶의 정오에서 문을 닫는 것은 그리 나쁜 것 같지 않다는 생각이 들기도 했다고 적고 있다.

> 죽음은 닫혀진 문이다. 죽음이 또 하나의 생을 가져온다는 신앙은 나에게 탐탁지 않다. 나에게 있어서 죽음은 닫혀진 문이다. 뛰어넘지 않으면 안 되는

일이라고는 말하지 않으련다. 부득이 죽음을 얘기해야 한다면 공포와 침묵과의 사이에 아무런 희망 없는 죽음이라는 신념을 털어놓을 수밖에 없다.

나는 카뮈의 이 말을 읽고는 그만 책장을 덮고 말았다. 죽음이란 극복해야 할 대상이 아니라는 것과 침묵과 공포 속에서 아무런 희망 없는 죽음을 죽는다는 사실에 대한 그의 언급은, 너무도 분명한 지적이었고 가혹한 발언이었기 때문이다. 영국의 처칠이나 러셀 같은 이도 내세를 믿지 않으며 태평하게 죽어 갔다. 죽음은 극복해야 할 대상이 아니기 때문이다. 대단한 사람들이라고 생각된다. 하긴 사르트르도 신(神)의 존재를 부정하며 죽어 갔다.

소년 시절부터 카뮈는 철저한 빈곤과 병고를 겪고 지병이던 폐병의 재발로 끊임없이 죽음의 관념에 위협당했다. 사회에서는 절망을 느끼면서도 종교에 의지하지 않고 행복을 추구한다는 부조리 의식. 외계와의 단절 속에 모순된 사실을 그대로 인식하고 그 암흑 속에서 강력한 방법으로 자신의 존재를 증명해 보인 〈이방인〉의 저 뫼르소. 그리고 〈시시포스의 신화〉에서의 시시포스는 그가 창출해 낸 부조리의 인물들이며, 카뮈 자신의 사상적 분신이라고 말할 수 있다. 사실 〈이방인〉은 내게 충격이었다. 무엇에 이끌리듯 나는 뫼르소를 마음속에 품고 다녔던 적도 있다.

"그때 나는 그 움직이지 않는 몸뚱이에 다시 네 번 쏘았다. 총알은 깊이 박혔으나 그런 것 같아 보이지도 않았다. 그것은 마치 내가 불행의 문을 두드린 네 개의 짧은 소리인 듯했다."

까닭없이 네 개의 짧은 소리로 불행의 문을 두드린 뫼르소는 우리의 기억 속에서 실제의 인물처럼 살아 움직인다. 그의 일거수일투족이 그려

질 정도다. 인적이 끊긴 백색의 여름날 오후. 어느 거리에서 강렬한 햇빛의 눈부심과 만났을 때, 느껴지던 이상한 낯섦과 무의미함으로 뫼르소는 내 안에 있던 또 하나의 환영처럼 그렇게 내게 다가왔다. 그는 어머니가 죽은 다음날, 여자친구와 해수욕을 하며 영화를 보고 낄낄대며 하룻밤을 그녀와 함께 보낸다. 게다가 바닷가에서 한 아랍인 남자를 권총으로 쏘아 죽였다. 왜 죽였느냐는 재판관의 질문에 단지 눈부신 태양 때문이라고 대답한다. 말도 되지 않는 이 터무니없는 이유가 그런데도 말이 되는 것이다. 말로는 간단히 설명할 수 없는, 어떤 내면의 강렬한 반사적 행위였다고 생각된다. 살인을 하고 감옥으로 끌려가면서도 죄책감이라고는 조금도 느끼질 않는다. 당연히 그에게 사형이 선고되었다. 처형하기 직전 사제가 찾아와서 하느님께 의지하라고 설교하자,

"하느님 따위는 믿지 않아. 희망도 필요 없어. 나는 전에도 바른 사람이고 지금도 그렇다. 나는 이렇게 살았지만 또 다르게도 살았을 것이다. (…) 다만 하나의 숙명이 내 자신을 택하여 이 길로 가게 했다. 빨리 꺼져."라고 소리친다.

사제를 쫓아 보낸 뒤 기운이 빠진 뫼르소는 곧 잠들어 버린다. 얼마 뒤 얼굴에 와 닿는 별빛 때문에 눈을 뜬다. 아무 장식 없는 독방의 좁은 창문으로 흘러드는 별빛, 찬란한 밤하늘, 고요. 그것이 문득 자연과 인간에 대한 무관심인 것처럼 보이며 그의 인생에 대한 무관심과도 일치된다는 생각에 그는 스스로 행복감에 젖는다. 처형일이 가까워 오는데도 불구하고 지금 자기는 행복하다고 확신하며 그 처형일에 많은 사람들이 모여들어 증오의 부르짖음으로 맞아 줄 그런 죽음을 바라기도 한다.

그는 최후까지 자기감정에 충실하고 자신에게 정직한 사람이었다. 〈이방인〉의 뫼르소와 〈행복한 죽음〉에서의 메르소는 사실 일란성 쌍둥

이 같다는 생각을 떨치지 못하겠다. 뫼르소처럼 보잘 것 없는 월급쟁이 인 파트리스 메르소는 롤랑 자그뢰스를 살해하고 돈을 훔친다. 그런 다음 병이 들어 이태리의 제노바를 거쳐 알제리로 돌아와 바다가 내려다보이는 집에 정착한다. 햇볕의 고장(카뮈의 고향)으로 돌아와 그는 비로소 행복감에 젖는다. 햇볕과 행복은 카뮈에게 있어 늘 함수 관계다.

어떻게 하면 행복한 죽음을 경험할 수 있는가?

그는 여러 가지 방법을 시도한 끝에 마침내 슈누아에서의 금욕적이고 고독한 생활을 통해 마음의 평화를 느끼게 된다. 톨스토이가 좀더 고독해진 가운데 죽음을 맞기 위해 야스나야 폴리야나를 떠났던 것처럼, 라이너 마리아 릴케가 철저하게 고독해지려고 뮈조트 성을 찾은 것처럼 그는 절대 고독 속에서 순수한 평화와 만나게 된다. 알베르 카뮈도 마지막에 메르소는 마음의 평화 덕분에 행복한 죽음이 가능해진다고 쓰고 있다. 그래서 뫼르소도 메르소처럼 마음의 평화 덕분에 행복감을 안고 죽을 수 있었던 것 같다.

카뮈가 〈이방인〉의 원고를 앙드레 말로에게 보내면서 갈리마르 출판사의 추천을 요청했을 때, 그도 역시 무릎을 탁 친 대목은 '태양의 탓'이었다. 앙드레 말로는 카뮈의 원고에 '중요!'라는 추천사 한 마디를 덧붙여 갈리마르 출판사로 보냈다. 갈리마르에서 〈이방인〉이 출간된 것은 1942년 7월. 이 책을 감명 깊게 읽은 사르트르가 〈이방인〉의 서평을 쓴 것은 이듬해인 1943년 초였다. 〈이방인〉은 〈구토〉와 공명하는 작품으로 〈구토〉의 주인공 앙트완느 로캉탱과 뫼르소는 피를 나눈 형제와 같다고 했다. 아웃사이더의 시인을 거부하기 때문에 어떤 종류의 행복감에 도달할 수 있다는 요지로서 말이다. 사르트르의 절찬으로 〈이방인〉은 매진되고 카뮈는 세계적인 작가가 되었다. 몽파르나스의 카페 플로르에서 카뮈와 처음 만난 시몬느 드 보부아르는 그때의 일을 이렇게 적고 있다.

> 카뮈는 키가 크고 메마른 몸에 재치가 넘치는 만능가로서 그 해에 자기가
> 30대에 들어서는 우울한 기분을 〈시시포스의 신화〉에 표현하고 있다. (…)
> 여기에서 카뮈는 두 단계를 빠져 나갈 필요가 있다고 주장했다.

부조리는 실존주의에서 유래된 말로, 하이데거는 인간 존재란 궁극적으로 부조리한 것이라고 주장했다. 이후 부조리와 실존주의 문학은 서로 혼용되며 카뮈와 사르트르는 한 나무에서 피어난 두 개의 꽃처럼 생각되었다. 그런데 카뮈가 '나는 실존주의자가 아니다.'라고 명확히 선언한 데서 나는 그만 혼란이 일어나기 시작했다.

알베르 카뮈는 자신의 문학은 실존주의가 끝나는 데서 시작한다고 공표했다. 사르트르의 책을 면밀하게 읽은 그는 사르트르의 미학에 반대 입장을 표명하고 사르트르가 실존의 비극성을 창출해 내기 위해 인간의 추한 모습을 지나치게 강조한다고 비난했다.

사르트르의 주인공은 위대함을 딛고 근원적인 절망에서 일어서려 하지 않고 인간의 그 혐오스러운 면만을 강조하면서, 자신의 고뇌가 지닌 참된 의미를 보여 주지 않고 있는 것 같다고 지적했다.

1950년 여름, 남미 여행에서 돌아온 뒤 카뮈는 건강을 위해 칩거하면서 2년 동안 ≪반항적 인간≫집필에 매달린다. 카뮈는 이 책에서 반항은 혁명적인 행동이 아니라 점진적인 개혁을 지향하며 극좌와 극우의 절대주의에 굴하지 않고 항시 폭력을 부정하며 중용을 터득한 수단을 사용한다고 썼다. 역사를 절대시하는 마르크스주의, 스스로를 절대시하는 사상적, 예술적 니힐리즘에도 반대하면서, 혁명가는 결국 권력을 동경하여 압제자가 되지만, 반항적 인간은 정의를 바라고 인간성을 존중하며 미를

사랑해야 한다고 말했다. ≪반항적 인간≫이 출간되자 곧이어 논쟁이
벌어졌다. 여기서 그와 같은 반항적 태도는 자기기만이며 소극적인 것이
라는 프랑시스 장송의 비난을 계기로 카뮈는 직접 사르트르를 향해 반론
을 제기, 사르트르도 여기에 맞서 싸우게 되어 사상적 정치적 논쟁은
근 일 년간이나 지속되었다. 사람들은 용호상박의 대 논전을 숨죽이며
관전했다. 더욱이 그는, 사르트르를 마르크스주의자라고 못 박고 레닌,
스탈린주의적 정신 구조에 의하여 지적으로 지배되고 있으며, 도덕적으
로는 혼자 잘난 체하고, 지적으로는 교만의 범죄를 범하고 있는 공산주
의 앞잡이라고 심하게 비난함으로써 10여 년 동안 쌓아 온 사르트르와의
우정에 종지부를 찍고 말았다. 1952년 8월 ≪현대≫지를 통해서였다. 그
러나 사르트르는 그에게 관대했다.

'당신이 이제 내게 어떠한 응답을 해 오든 나는 당신과 논쟁을 계속하는
것을 거절합니다. 우리들의 침묵이 이 싸움을 잊게 해주길 바랍니다.'

라는 편지를 카뮈에게 써 보낸 것이다.

카뮈가 타계하고 20여 년이 지난 뒤, 프랑스 시사 주간지의 주필이던
올리비에 토드가 어느 날 스승인 사르트르에게 물었다.
"선생님께선 카뮈를 무척 좋아하셨지요?"
"그래 굉장히 재미있는 친구였지."
"재주도 많은 분이었나요?"
"아주 많았지. 카뮈는 극작가로서보다 소설가로서 훨씬 훌륭했어."
"카뮈의 작품 중에 어떤 작품이 가장 훌륭했습니까?"
"〈전락(轉落)〉이지. 두말할 여지가 없어."

"왜요?"

"왜냐하면 그 작품 속에 가장 많은 카뮈의 모습이 숨겨져 있으니까…."

사르트르 때문에 나는 〈전락〉을 다시 유의해서 읽게 되었다.

운하가 있는 암스테르담의 어느 술집에서 신상 이야기를 하고 있는 클라망스는 파리의 유명한 변호사다. 그에게는 센 강의 다리 위에서 투신자살한 여인을 못 본 체하고 구하지 않은 경험이 있다. 이후 그는 이제까지의 자신의 명성이나 덕행이 모두 속임수인 것처럼 보이고, 세상에서 말하는 결백이니 정의니 하는 것도 모두 가짜같이 생각되었다. 클라망스는 자진하여 정신적 범죄자가 되어 자조적인 고백을 함으로써 타인의 사기성을 들춰내고, 그 유죄성을 깨닫게 하여 죄인으로서의 연대감을 불러일으킨다. 사르트르는 클라망스를 카뮈로 보았던 것이다. 서로 논쟁은 하면서도 사르트르는 카뮈에 대해 최대의 찬사를 보냈다고 한다. 훗날 사르트르의 회고록인 〈항거하는 후예〉에서 토드는 사르트르와 카뮈에 대해 이렇게 평한 적이 있다.

'카뮈! 그대는 지난날, 앞으로도 그럴 수가 있을 것이지만, 인간과 행동과 작품의 훌륭한 결정체였습니다.' 그러면서 이 구절을 '사르트르 그 자신에게도 적용시킬 수 있을까?'라고 되묻고 있다.

'내 생각에 인간과 작품은 가능할지 모르나 행동은 포함시킬 수 있을 것인지 의문이다. 왜 나는 이 두 작가에게서 합치점을 찾으려고 애를 쓰는가. 지나치게 재주가 많은 이 두 사람은 무엇을 같이 나눠 가지고 있는가. 문학에 대한 열정, 위대함에 대한 감성. 아름다움에 대한 취향, 성의 환희, 죽음의 의미, 이런 것들이 아니었을까?'라고 적고 있다.

카뮈는 강도 높은 반론과 전쟁 반대, 그리스 공산 당원을 위한 구명

운동, 사형 반대 운동 등 적극적 의지의 표명으로서 행동과 용기. 그리고 불타는 지적 탐구심을 몸소 보여주었던 작가였다. 최연소 노벨문학상 수상자라는 타이틀 또한 카뮈를 선망의 대상으로 만들기에 충분했다. 그리하여 그의 사고 소식은 나를 포함한 전 세계의 독자들에게 충격을 주었다.

'나는 아무것도 부러워하지 않는다.'는 그를 나는 마음속으로 몹시 부러워하였다. 그리고 알베르 카뮈처럼 '아무 희망도 없고 완전히 죽어서 없어진다는 생각을 가지고 살고 있습니까?'라는 물음에 떨리지 않는 목소리로 그처럼 '그렇습니다.'하고 대답하고 싶다.

카뮈는 문학적 열정으로 들끓던 내 젊은 날의 주인공이었다.

지금이라도 몽파르나스 거리에 가면 눈발이 날릴 것 같은 흐린 하늘, 버버리 코트 깃을 올려 세운 그 안에 검정 스웨터를 받쳐 입은 어떤 중년 작가와 만나질 것만 같다.

나는 아무것도 두려워하지 않는다
나는 자유이므로
- 카잔차키스

20여 년 전, 〈희랍인 조르바〉를 본 후 작가와 대면하고 싶다는 욕구가 강하게 일었다. 이미 그 책을 몇 번이나 꺼내 들었지만 완독에는 성공하지 못하던 차였다.

지중해의 남쪽. 에게 해에서 가장 큰 섬으로 손꼽히는 크레타 섬의 동쪽 이라클리온에서 ≪그리스인 조르바≫를 쓴 작가 카잔차키스(Nikos Kazantzakis 1883－1957)가 태어났다. 아테네 공항에서 이라클리온까지는 비행기로 50분이 소요된다. 그러나 배편으로 가려면 아테네에서 남쪽으로 10킬로미터쯤 떨어져 있는 피레우스에서 밤배를 타야 한다. 10시간의 바닷길을 택한 ≪그리스인 조르바≫의 첫 장면은 이렇게 시작된다.

"나는 피레우스에서 조르바를 처음 만났다. 크레타 섬으로 가는 배를 타려고 항구에 나가 있었을 때였다. 날이 밝기 직전인데 밖에서는 비가 뿌리고 있었다."

영화의 첫 장면도 소설과 일치하고 있다. 한 사내가 항구에서 출발을 기다리고 있다. 상상력이 기발하고 낙관적인 돈키호테 같은 조르바는 손자와 며느리에게 구박을 받는 것이 질색이라서 집을 뛰쳐나온 노인이다.

"조르바는 내가 오랫동안 찾아다녔으나 만날 수 없었던 바로 그 사람이었다. 그는 살아 있는 가슴과 커다랗고 푸짐한 언어를 쏟아 내는 입과 위대한 야성의 영혼을 지닌 사나이, 아직 모태인 대지에서 탯줄이 떨어지지 않은 그런 사나이였다."

이 노인은 30대의 창백한 지식인을 만나 인생을 다시 바라보는 눈과 인생을 즐기는 데 필요한 값진 지혜를 가르쳐 준다. 조르바 역을 맡은 안소니 퀸의 터프한 모습과 걸걸한 목소리가 생생하게 떠올랐다. 이 작품 속의 젊은 지식인이 카잔차키스 자신인 것은 두 말할 필요도 없다.

니체는 나에게 불행과 슬픔을, 그리고 불안을 자랑으로 바꿔놓는 것을 가르쳐 주었고, 조르바는 나에게 인생을 사랑하고 죽음을 두려워하지 말라고 가르쳐 주었다.

카잔차키스는 조르바에게 이와 같이 경도되었으며 자서전 〈그리스인에게 고함〉에서도 카잔차키스는 조르바에 대해 이렇게 언급하고 있다.

내가 주린 영혼을 채우기 위해 오랜 세월 책으로부터 빨아들인 영양분의 질량과 겨우 몇 달 사이에 조르바로부터 느낀 자유의 질량을 돌이켜 볼 때마다 책으로 보낸 세월이 억울해서 나는 격분과 마음의 쓰라림을 견디지 못한다. 우리가 벌인 사업이 거덜나던 날, 우리는 해변에 마주 앉아 있었다. 조르바는 숨이 막혔던지 벌떡 일어나 춤을 추기 시작했다. 그는 중력에 저항이라도 하듯 펄쩍펄쩍 뛰어오르면서 소리를 질렀다. 하나님, 망해 버린 우리 사업을 보우하소서. 오! 마침내 거덜났도다!

바로 이 대목이 영화에서 안소니 퀸이 춤을 추는 장면이다. 사업이 거덜난 날, 세상에 거칠 것이 없는 자유인 조르바는 바닷가에서 춤을 추었고, 책상물림인 나, 카잔차키스는 그 조르바를 그린 〈그리스인 조르바〉를 썼다.

크레타 섬에서 조르바는 신화나 다름없었다. 크레타 섬에 가면 가는 곳마다 '조르바'라는 간판들과 부딪치게 된다. 니코스 카잔차키스가 누구인지 모르는 사람일지라도 〈희랍인 조르바〉 하면 안소니 퀸이 주연한 영화나 소설 〈그리스인 조르바〉를 떠올리고는 그를 진작부터 알았다는 듯 고개를 끄덕이는 사람이 많다. 영화가 저서를 빛낸 또 하나의 경우이다.

카잔차키스의 이 작품은 각국어로 번역되어 세계에 소개되었다. 그리고 그의 자료들은 이라클리온의 역사 박물관 '카잔차키스의 방'에 고스란히 전시되어 있다. 카잔차키스가 생전에 쓰던 책상과 의자며 지팡이와 만년필, 그리고 친필 원고와 장서 및 사진, 편지 등이 보관되어 있다. 또 유스호스텔 가까이에 카잔차키스 거리가 있는데 좁은 골목길 14번지는 한동안 그가 살았던 집이라고 한다. 지금은 주인이 바뀌어 밖에서만 바라볼 수밖에 없었다. 그리고 항구가 한눈에 내려다보이는 전망 좋은 성루에 그의 묘지가 있다. 묘비에는 본인이 죽기전에 미리 써 두었다는 다음과 같은 문구가 새겨져 있다.

나는 아무것도 원치 않는다.

나는 아무것도 두려워하지 않는다.
나는 자유이므로.

  나는 그때 아무것도 부러워하지 않는다는 카뮈의 얼굴이 갑자기 떠올
랐다. 그들의 저항정신은 투철한 작가적 양심이라고 해도 좋을 것 같아
서였다.
  '자유' 그것은 카잔차키스가 평생에 걸쳐 추구해 온 테마였다. 자유에
대한 그의 투쟁 의식은 출생에서부터 비롯되었다고도 볼 수 있다. 크레
타 섬에서 태어난 카잔차키스는 젊어서부터 그리스 사람이라기보다 크
레타 인으로 자칭하기를 좋아했다. 그리스 본토와는 달리 이 크레타 섬
만은 그가 태어날 당시 터키의 지배 아래 놓여 있었다. 따라서 그는 유년
시절부터 험악한 전쟁 분위기 속에서 '죽음, 용기, 전쟁, 자유, 해방'의
낱말들을 가슴에 품게 되었다고 한다. 무용을 떨치던 그의 조부는 터키
혁명군에게 두개골을 절단당하는 수모를 겪었다.
  아버지 미칼레스 대장은 어린 아들의 손을 잡고 터키인들에게 교수형
을 당한 기독교도들에게 나아갔다. 어린 아들에게 죽은 자의 발에 입맞
추어 죽음에 대한 경의를 표하게 하면서 그것을 잘 보아 두고 죽을 때까
지 잊지 말라는 당부도 곁들였다. 어린 그가 물었다.
  "누가 이분들을 죽였나요?"
  아버지의 대답은 짧고 함축적이었다.
  "자유."
  그 이후로 '자유'는 그의 명제가 되었다. 터키와의 독립전쟁 중 그가
겪은 여러 가지 고통스러운 체험들은 그로 하여금 해방에 대한 목마름
과 자유에 대한 투쟁 의식을 고취시켜 놓기에 충분했던 것이다. 욕심
많고 거짓말 잘하고, 난폭하고 거칠기로 소문난 크레타인들의 섬, 평화

시에도 사람들로 하여금 광란의 불길에 쫓기게 한다는 섬. 그러나 그에게는 '한 번 부르면 가슴이 뛰고, 두 번 부르면 코끝이 뜨거워지는 영혼의 섬'이었다.

크레타 섬에 인류가 살기 시작한 것은 기원전 6,000년. 그것을 거슬러 올라가면 신화의 세계에서만 만날 수 있었던 크레타 문명, 즉 미노아 문명을 눈으로 확인할 수 있게 된다. 왜냐하면 미노스 왕과 연결된 크노소스 궁전의 벽화가 복구되어 지금 박물관에 전시되어 있기 때문이다. 고대 신화의 나라 그리스. 그리스 중에서도 크레타 섬이 신화의 중심 무대가 된 것은 신들의 최고 통치자인 제우스가 크레타의 신이기 때문이었다. 전설 같기만 하던 크레타 문명과 신화의 나라에 온 것이 나로 하여금 꼭 꿈을 꾸고 있다는 환상에 빠져들게 한다. 게다가 그리스가 낳은 대서사시인 호메로스가 쓴 〈일리아드〉 〈오디세이〉의 무대도 바로 이 크레타 섬과 연결되고 있지 않은가. 〈오디세이〉는 다 아는 바와 같이 트로이전쟁에 참가했다가 고국 이타카로 돌아오는 영웅 오디세우스의 모험담이다. 〈율리시스〉란 영화 속에서 카크 다글라스의 배역이 오디세우스이기도 했다. 그는 10년간에 걸친 온갖 역경과 방황 속에서 한 번도 집에 돌아갈 것을 포기하지 않는다. 이 귀환 의식은 자신의 뿌리를 인식케 하는, 정체성 확립을 위한 존재의 증명이라고도 할 수 있겠다.

3,000년이란 세월이 지나, 호메로스의 〈오디세이〉는 영국의 작가 제임스 조이스에 의해 〈율리시즈〉로 다시 태어났고, 그리스의 후배 작가 카잔차키스에 의해 〈오디세이아〉로 거듭 태어났다. 위의 두 작가들은 모두 호메로스의 〈오디세이아〉가 지닌 골격을 빌어 작품을 썼다. 그러나 카잔차키스는 일곱 번이나 고쳐 쓰고 또 고쳐 써서 호메로스의 원작보다 작품 규모가 세 배나 큰 현대판 〈오디세이아〉를 33,333행에 담아 세상에

카잔차키스의 무덤

내놓았다. 그의 나이 쉰다섯 살 때였다. 이렇게 장구한 시간을 거슬러 오디세우스가 우리 앞에 다시 우뚝 서는 까닭은 무엇일까?

오디세우스의 초상이 '현대의 혼란과 열망에 대한 보기 드물게 포괄적인 상징'이라고 말한 사람은 더블린 대학의 W. B 스탠포드 교수였다. 또한 카잔차키스는 자기 영혼에 가장 깊은 영향을 끼친 사람으로 제일 먼저 호메로스를 꼽았다. 그리스의 민족시인 호메로스는 카잔차키스에게 고향 크레타이자 조국 그리스 그 자체이기도 했다. 그 다음으로 그는 베르그송, 니체, 조르바를 꼽았다. 그는 아테네 대학을 졸업하고 파리로 유학하여 소르본느에서 철학과 교수인 베르그송과 만났다. 현실은 한순간도 멎지 않는 흐름이며, 지속이다. 돌진이다. 베르그송의 직관은 흘러가는 그대로를 파악하며 지속을 통하여 사물을 볼 때만 얼어붙었던 시냇물이나 관념의 인상도 풀리고 잠자던 벌레들은 깨어나며 생은 약동하기 시작한다고 말했다.

'삶이란 끝없는 창조요, 위로 뛰어오르는 도약이요, 힘찬 폭발이요, 생의 비약'이라고 함축한 베르그송의 철학은 그에게 〈그리스인 조르바〉를 내놓게 했다. 또한 그가 경도되었던 니체의 사상도 작품 〈오디세이아〉에 그대로 녹아들어 있다. 〈오디세이아〉는 풍랑에 맞서 싸우고 귀향을 가로막는 괴물이나 마녀들의 유혹도 이겨내고 쾌락에 떨어지지 않고 그것과 싸워 마침내는 자신의 인간성을 회복한다는 이야기다. 향해 도중 위험스런 상황이 닥칠 때마다 그는 지혜와 용기로써 극복했다. 이러한 초인사상은 니체의 비극적 낙관주의와도 일맥 상통하고 있다. 〈짜라투스트라는 이렇게 말한다〉에서 니체의 경구는 〈오디세이아〉에서 이렇게 환치된다.

위험하게 살아라. 베수비우스 옆에다 그대의 도시들을 세워라. 아무도 탐험하지 않은 바다로 그대의 배들을 보내라. 전쟁의 상태에서 살아가라.

내가 부르짖는 위대성의 공식은 'Amor Fati, 운명을 사랑하라.' … 모든 필연성을 그냥 견디기만 할 것이 아니라 사랑하는 것이다. 그대는 자신의 능력을 초월하는 것을 일으켜 세우도록 하라.

니체의 작품 〈짜라투스트라는 이렇게 말한다〉는 페르시아의 개조(開祖) 짜라투스트라가 초인의 영역에까지 높아져 가는 내적 과정을 비유나 일화에 의해서 묘사한 독특한 사상서다. 신의 죽음과 권력에의 의지. 마지막 부분은 영겁 회귀가 중심 주제로 되어 있다. 니체는 몸 전체로 병고를 겪으면서도 실제 있는 그대로의 자신에 만족한다고 선언했다. 자기 자신을 있는 그대로 받아들이며 필연적인 것을 사랑하는 자기애와 운명애를 강조하면서 그는 영겁 회귀라는 사상의 실타래에서 자신의 해답을 도출해 낸다. 인간은 그저 막연히 생사의 세계를 순환하는 것이 아니라 모든 것이 똑같은 모습 그대로 영원히 몇 번이고 회귀한다는 것이다.

병고에 시달리며 사람에게 버림받아 그야말로 허무와 고뇌의 심연 속에 있으면서도 생의 비약과 환희, 이런 것들을 놓치지 않으려고 그는 애썼던 것이다. 고통을 껴안고 운명을 필연적으로 받아들였다. 고통을 통해서 니체는 비로소 초인이 될 수 있었다. 짜라투스트라의 초인이. 짜라투스트라는 영어식 발음으로 조로아스터다. 불을 숭배하는 고대 종교 배화교를 창시한 사람이 바로 조로아스터이며 짜라투스트라는 페르시아의 원명이다. 우리 인간에게서 제우스가 빼앗아 간 불을 다시 훔쳐다 준 신은 프로메테우스였다. 그러니까 불사신 프로메테우스는 니체의 초인 짜라투스트라의 원형이 되고, 니체의 짜라투스트라는 카잔차키스에게 조르바의 모델이 된 것이 아닐까 싶다.

롤랑 바르트에 의하면 문학 작품이란 완벽하게 새롭게 창조되는 것이 아니라 그 이전 선조들과 문화가 남겨 놓은 것을 조립하는 것에 불과하다던 그의 말을 다시금 확인하게 된다. 그러면서 오늘날 우리가 향유하는 문화라는 것도 그러한 벽돌 한 장 한 장의 쌓아올림이라는 생각과 카잔차키스도 다시 한 장의 벽돌로 고여질 것이라는 생각을 갖게 한다. 여기에 벽돌 한 장씩을 고인 호메로스의 오디세우스, 니체의 짜라투스트라 그리고 실재한 인물 조르바는 모두 초인적인 영웅의 모습에 다름 아니다. 카잔차키스는 니체의 초인과 만나 초인을 '인류의 희망'이라고 부르며 자서전에 이렇게 쓰고 있다.

구원의 문은 우리 손으로 열지 않으면 안 된다. 이제 우리에게 '초인'은 희망이다. '초인'은 대지의 종자이며, 해방은 그 종자 속에 있다. 니체는 '신은 죽었다'고 선언하고 우리를 심연의 가장자리로 데려다 놓았다. 인간은 마땅히 저 자신의 본성을 뛰어넘어 하나의 초인이 되어야 한다. 신의 빈자리를 우리가 차지해야 한다.

그리하여 짜라투스트라는 산에 들어간 지 10년 만에 40세가 되는 어느 날, 손에 불덩어리 하나를 얻어 들고 이 세상에 나온다. 이 불덩어리는 무엇이든지 갖다 대기만 하면 펄펄 불타올라 흰빛을 뿜는 백열의 불덩이가 된다. 짜라투스트라는 그것을 손바닥에 놓고 궁전을 찾아가서 새로운 시대를 이룩한다. 짜라투스트라가 이룩하려고 했던 새 시대와 그 불덩어리는 무엇을 상징하는가? 카잔차키스는 오디세우스의 손에 그 햇불을 들렸던 것이다. 선봉에 나서서 인류를 이끌고 약속된 땅 '이타카'를 향해 돌진하라고. 이타카는 카잔차키스에게 조국 이상의 것이었다. 자신의 정체성 확립을 위한 존재의 증명이며 그것은 자신의 모든 것이었다. 카잔차키스는 74세의 나이로 생애를 마감하기까지 오디세우스처럼 참으로 많은 나라를 떠돌아다녔다. 만년에 임파성 백혈병을 앓고 있으면서도 여행을 포기하지 않았다. 북극을 경유하여 유럽으로 돌아가는 여행에서 홍콩을 방문하기 위해 천연두 예방주사를 맞았는데 북극 지역을 거치는 동안 접종을 한 오른팔의 상처가 덧났다. 다행히 프라이부르크 대학병원에서 위기는 넘겼으나 후유증으로 생겨난 심한 인플루엔자에 저항력이 없었기 때문에 더는 견디지 못했다. 10월 26일 밤 사망한 그의 유해는 크레타 섬 이라클리온으로 돌아왔다.

그는 남국에서 눈을 감으며 부정을 부정한 자전적인 현대판 오디세우스의 죽음과 흡사한 죽음을 맞았다. 호메로스의 〈오디세이아〉는 이타카의 귀항으로 결미를 맺고 있는데, 카잔차키스의 〈오디세이아〉는 이타카로의 귀항에서 시작하여 다시 오디세우스의 출발로 이어진다. 권태로운 일상에서 벗어나기 위해 이타카를 떠나 미지의 바닷가를 찾아 나선다. 방랑하는 도중 그는 신과의 영적인 교류를 체험하며 영혼의 인간으로 진화한다. 제22편에서는 남극으로 떠나는 오디세우스는 죽음을 준비하기 시작하고, 이 서사시의 집필을 마무리짓던 무렵 카잔차키스는 죽음의 의식에 깊이 빠져들어 있었다. 따라서 오디세우스의 죽음과 실제의 카잔차키스의 죽음이 이 작품의 종결과 거의 비슷한 시기에 이루어진 셈이다. 카잔차키스는 이 작품을 끝낼 때까지는 죽고 싶지 않다고 말했다. 〈파우스트〉를 쓰기 위해 신에게 3년을 요구했던 괴테처럼 삶에 대한 열망을 나타낸 것이다.

그리스에 친구가 하나 있소. 내가 죽으면 그에게 편지를 써서 죽기 직전까지 나의 정신은 말짱했고 그 친구를 생각하고 있었다고 일러주오. 그리고 나는 내가 한 일이 뭐든 간에 후회하지 않는다고 말하오. 만약 신부나 누가 와서 내 참회를 들으려거든 싹 꺼지라고 이르고 대신 욕이나 하고 가라고 말하세요. 나는 생전에 한 일도 많고 많지만, 아직 할 걸 다 못했소. 나 같은 사람은 천 년은 살아야 마땅한데.

그는 조르바의 죽음을 이렇게 묘사하고 있다.

그러나 그는 '삶이란 좋은 것이며 죽음 역시 좋은 것이다. 죽음을 정복할 수 없다는 건 사실이지만 죽음에 대한 두려움은 정복할 수 있다'고 말했다.

그는 그리스에서 내무상과 유네스코의 고전번역부장을 지냈으며 노벨상 후보에 두 번이나 거론되었다. 1919년에는 그리스 행정부에서 공공복지부의 총재로 임명되어 코카서스 지방에 발이 묶여 아사에 직면한 15만 명의 그리스인을 위한 구출하는데 힘썼다. 두 번 결혼했으나 슬하에는 자식을 남기지 않았다. 그가 남긴 말은 오직 두 글자. '자유'였다.

> 나는 자유롭다.
> 이것이 내가 원하는 바로 그것.
> 더 이상 나는 아무것도 원하지 않는다.
> 자유를 찾아 나는 줄곧 헤매 왔으니
> — 〈나는 자유롭다〉에서

이것이 〈그리스인 조르바〉와 〈오디세이아〉에서의 카잔차키스의 모습이었다. 자유, 그것은 곧 그 자신이었다. 그의 영혼은 여전히 크레타 섬에서 꺼지지 않는 자유의 횃불로 타오르고 있다.

자유가 나의 일생을 구속하였구나
- 공초 오상순

서울 명동의 한복판 청동다방에 앉아 한손에는 늘 담배를 쥔 채, 인자한 미소로 찾아오는 이를 맞고 무조건 차를 권하며 〈청동 산맥〉의 사인북을 내놓으셨던 공초 오상순 선생(1894~1963)이 1963년 6월 3일 밤 9시. 적십자 병원에서 임종하셨다.

제자 세 사람이 밤을 지켰다. 선생의 유해는 의탁할 곳이 없는 이들의 시신이 모이는 '영생의 집'에 모셔졌다. 그날따라 억수 같은 비가 내렸다. 날이 밝자 문단 후배들이 서둘러 조계사에 빈소를 정했다. 장례는 구상(具常)선생을 중심으로 하여 문인장으로 치러졌다.

상주(喪主) 없는 상렬이 거리에 이어졌다. 국회의사당에서 영결식을 끝낸 상여 행렬이 돈화문을 거쳐 유

공초 오상순 선생

삼각산 수유리 빨랫골에 있는 오상순 묘. 선생의 희망에 따라 당시 국가 재건 최고회의 의장 박정희 장군의 특명에 의해 결정된 묘지이다.

택(幽宅)이 있는 수유리로 향했다. 구상 선생은 그 후, 기일이되면 묘소에 찾아가 술 한 잔과 담배 한 대를 잊지 않고 상석에 올렸다. 중광(重光)스님이 맏상제 소임을 맡았다는 후문도 아름다운 이야기다.

6월 3일 선생의 기일에 맞춰 꼭 한 번 참배하리라고 벼르기만 하다가 마침 10월 28일 아카데미 하우스에서 한국수필문학진흥회의 세미나가 있었다. 다음날 아침 10시, 행사를 끝내고 오상순 선생의 묘소로 향했다. 세미나에 참석했던 문우들도 동행했다. 우리 20여 명은 4인조로 나누어 택시를 타고 빨랫골에서 합류했다. 마을버스가 산언덕 아래까지 운행되고 있었다. 만산홍엽이 아름다운 도봉산 골짜기를 따라 계곡 안으로 들어갔다. 야트막한 녹색 철책문 옆에 '오상순 선생 숭모회'가 알리는 묘지판이 눈에 들어왔다.

"선생은 이 나라 현대시의 선구자이셨을 뿐만 아니라 이승에서부터 영원을 사신 도인(道人)이셨습니다."

나는 그것을 소리 내어 읽었다. 수유동 산 127번지. 선생이 누워계신 그 무덤은 낮게 주저앉아 형태조차 애매했다. 퇴락한 그 위에 잡초만

우거져 있었다. 사실 선생에게 있어 무덤 따위는 불필요한 것인지도 모른다. 그분은 이미 무상(無常)한 흐름 위에 무상(無相)한 삶을 마친 "오 흐름 위에 보금자리 친 나의 혼(魂)"이 아니던가. 그러니 무덤 같은 것은 실체를 확인하려는 우리 범부들에게나 필요한 것인지도 모른다.

원래 죽음이란 없는 것이요. 영원히 존재하는 영혼의 불멸성을 인정한다면 부스럼 딱지와도 같은 시신은 아무렇게나 해도 괜찮지 않은가. 라던 어느 스님의 말이 떠올랐다.

주인없는 쓸쓸한 무덤 앞에는 모서리 끝이 깨진 상석(床石), 그리고 무덤 오른쪽에 묘비를 겸한 시비가 하나 서 있었다. 잘 생긴 화강석 비였다. 여초(如初) 김응현의 글씨와 화가 박고석의 도안으로 마련된 가로 세로 136센티미터나 되는 정사각형의 시비였다.

오상순 시비

空超 吳相淳碑
흐름 위에
보금자리 친
오 흐름 위에
보금자리 친
나의 魂

반갑게도 공초 선생의 시 〈방랑의 마음〉 제1구가 적혀 있었다.
문우들은 저마다 비면에 적힌 이 구절을 소리 내어 읽는다.

뒷면 비음에는 선생의 일대기가 간략하게 음각되어 있었다.

一八九四年 八月 九日 서울에서 태어나다.
一九六三年 六月 三日 돌아가다.

廢墟誌 同人으로 新文學 運動에 先驅者 되다.

平生을 獨身으로 漂浪하며 살다.

몹시 담배를 사랑하다.

遺詩集 한 券이 남다.

　백호가 넘는 선생의 초상화를 든 운구 행렬이 돈암동을 지나 이곳으로 올 때, 선인도(仙人圖)를 방불케 하는 그림 속의 한 노인이 손에 궐련을 쥔 채, 우리를 내려다보고 있었을 모습이 상상되는 것이었다. 외국인들이 '원더풀'을 외칠 만한 진풍경임에 틀림없었을 것이다. 행렬에 참가한 사람들은 이 땅의 가난한 문인과 선생을 흠모하던 착한 시민과 선방의 눈 푸른 납자들이었다고 한다.

　우리는 준비해 간 꽃다발을 무덤 앞에 놓고 소주잔을 올렸다. 평론가 김종완 씨가 얼른 담배 한 대를 붙여 드렸다. 뭉글뭉글 담배 연기가 허공으로 피어올랐다.

　　'나와 시(詩)와 담배는

　　이음(異音) 동곡(同曲)의 삼위일체

　　나와 내 시혼은 곤곤히 샘솟는 연기'

라던 그분의 시가 떠올랐다. 우리는 다 같이 엎드려 절을 올렸다. 생시 같았으면 흔연히 일어나 손을 붙잡고 '반갑고 고맙고 기쁘다'라며 좋아하셨을 텐데.

　무거운 숙제를 푼 것만큼이나 내 마음은 홀가분했고 기분도 따라서 상쾌해졌다. 퇴색 짙은 풍경마저도 운치있게만 보였다. 그때 파아란 하늘을 배경으로 갑자기 알몸으로 소를 탄 선생의 모습이 떠올랐다. 백주에 소를 탄 네 명의 주선(酒仙)은 수주 변영로, 횡보 염상섭, 이관구 그리고 공초 선생이다. 혜화동 수주 선생 댁에서 모인 문사 네 명은 성균관 뒤, 사발정 약수터로 올라갔다고 한다. 권커니 잣거니 기분 좋게 모두 술이 올랐다.

이때 갑자기 소나기가 퍼부었다. 무섭게 쏟아지는 빗속에서 누가 먼저랄 것도 없이 만세를 고창하였다. 공초 선생의 기상천외한 발언이 이어졌다.

"우리는 모조리 옷을 찢어버리자. 옷이란 워낙이 대자연과 인간 사이의 이간물(離間物)인바 몸에 걸칠 필요가 없다."

수주(樹州) 변영로 선생은 이날의 일을 〈백주(白晝)에 소를 타고〉라는 제목으로 수필을 남겼다. 몇 대목만 추려본다.

공초는 주저주저하는 나머지 3인에게 시범차로인지 먼저 옷을 찢어버리었다. 남은 사람들도 천질(天質)이 그다지 비겁은 아니어서 이에 곧 호응하였다.

대취한 4나한(裸漢)들은 광가난무(狂歌亂舞)하였다. 서양에 Bacchanailan orgy(바카스식이란 뜻) 란 말이 있으나 아무리 광조(狂躁)한 주연(酒宴)이라 하여도 이에 비하여서는 불급(不及)이 원의(遠矣)일 것이다. 우리는 어느덧 언덕 아래 소나무 그루에 소 몇 필이 매어 있음을 발견하였다. 이번에는 누구의 발언이거나 제의이었는지 기억이 미상하나 우리는 소를 잡아타자는 데 일치하였다. 옛날에 영척(寧戚)이가 소를 탔다고는 하지만 그까짓 영척이란 놈이 다 무엇이랴. 그따위 것도 소를 탔는데 우린들 못할 바 어디있느냐는 것이 곧 논리(論理)이자 동시에 성세(聲勢)이었다. 여하간 우리는 몸에 일사불착(一絲不着)한 상태로 그 소들을 잡아타고 유유히 비탈길을 내리고 똘물(소낙비로 해서 갑자기 생기었던)을 건너고 공자(孔子) 뫼신 성균관을 지나서 큰거리까지 진출하였다가 큰 봉변 끝에 장도(壯圖 : 시중까지 오려는)는 수포로 돌아가고 말았다.

눈앞에 그려지는 이날의 진풍경은 과연 무애도인(無碍道人)다운 발상이었다.

공초 선생에게는 일체의 물질적 소유란 없었다. 있었다면 파이프 한 개와 몇 권의 ≪靑銅文學≫이 전부였을 뿐, 한 뙈기의 땅도 없으면서 어떤 때는 천하가 발아래 놓여있는 양 거침없이 행동하였다. 마음에 아무 걸리는 바가 없었다. 다만 무소유(無所有) 무소위(無所爲), 즉 아무것도 내 것으로 가지지 않겠다는 생활철학을 철저히 고수하며 살아왔다.

이에 시인 구상은 "선생은 철저한 구도자로서 자신의 사상을 작품화하기보다는 생활속에서 실현했다며 그의 삶과 시에는 공(空)사상이 깔려 있다."라고 말씀하시던 게 생각난다. 선생이 태어난 집에는 어엿한 부모 형제가 있었건만, 평생을 가족 없이 독신으로 지냈으며, 일본 유학을 떠날 수 있을 만큼 집안이 넉넉한 형편이었음에도 그의 주머니는 언제나 비어 있기가 십상이었다.

어느 결엔가 집을 떠난 생활이 시작되었다. 그렇다고 스님이 된 것도 아니었다. 그러나 또 스님 같은 생애가 평생 이어졌다. 선생을 추모하던 문단 후배들의 얘기를 모아보면 대개의 경우 선생은 친구의 집에서 기식(寄食)을 하거나 절간 판도방에서 꼬부랑 새우잠을 자곤 했다는 것이다.

말년에는 그나마 조계사 뒷방에서 머물 수 있게 돼 해가 져도 잘 곳을 걱정한다거나 밥을 걱정하는 일 따위는 없었다. 잘 곳이 없으면 다방 의자에서 밤을 새우고 밥 때가 되어 누가 사 주면 얻어먹고 아니면 굶으면 그만 일뿐, 모든 게 여상스러운 모습이었다. 그러면서도 의식은 용케 이어져 나갔다. 주머니가 비어도 허구한 날 다방에 진을 치고 앉아서 찾아오는 이가 있으면 그들에게 전부 차 대접을 하였다. 다방 마담은 찻값도 셈하지 않는 선생의 주문을 그대로 따랐다. 몇 백 잔의 찻값이 밀려있기가 예사였다. 선생을 따르던 젊은 문인들이 월급을 타면 제각기 밀린 찻값을 얼마씩 주고 갔다. 미덕이 남아있는 시대였다. 선생은 철저히 가난하면서도 그런대로 여유 있게 살아갔으며 재물의 유무 따위에는 관심이 없었다. 보통 사람은 엄두도 못 낼 이 같은 일 때문에 당대의 기인으로 통했던 공초 선생은 1894년 서울 장충동에서 태어났다. 3백 석을 내는 부농에다 목재상까지 경영하는 부유한 집안이었다.

기독교 계통의 경신학교로 진학해 신문학을 공부하던 어린 공초는 사춘기 시절, 어머니의 죽음과 아버지의 재혼을 잇달아 겪는다. 집을 떠나 외가에서 기거하던 그는 1912년 일본 도쿄의 도오시야(同志社)대학으로 유학, 종교철학을 공부했다. 귀국해서도 끝내 집으로 돌아가지 않았다. 1920년 동인지 〈폐허〉를 통해 문단 활동을 시작했다. 그 즈음 사회와 대중의 의식을 폐허로 인식하고, 3·1 운동 실패 후, 식민지 시대에 고통받고 있는 민중을 보며 김억, 나혜석, 염상섭 등과 함께 동인지 〈폐허〉를 창간하며 허무주의에 동참하였다.

젊은 나이에 자살한 시인 이장희의 자살을 그린 수필 〈고월과 고양이〉에서도 허무에 몸부림치는 공초선생을 만날 수 있다. 기독교 신자로 전도사까지 한 그가 불법을 만나게 된 것은 동국대학교의 전신인 불교중앙학림 강단에 서게 되면서부터였고, 영어 교사 재직 중 영문경전을 보다가 불교에 관심을 갖게 되었다고 한다. 참선을 시작했고 금강산을 비롯해 명찰을 순례하며 스님들 밑에서 정진을 거듭했다. 3년 뒤인 1926년 부산 범어사에 입산하여 차상명, 김상호 스님과 교류하면서 교리를 배우고 참선에 몰두했다. 2년간의 수행은 그의 사상체계를 송두리째 바꿔놓았다. 그는 언제나 자신을 괴롭히던 '허무'와 대결하며 밤낮으로 참구해 들어갔다.

이 무렵의 고뇌가 〈허무 혼의 독백〉〈허무 혼의 선언〉이란 시로 나타난다.

　'…허무야, 너는 너 자체를 깨물어 죽여라!'

〈허무 혼의 선언〉에서 이와 같이 선언한다.

온갖 유위(有爲) 무위(無爲)의 차별상을 적멸(寂滅)의 세계에 넣고 그 일체상(一切相)을 무(無)로 환원시킨다. 끝내는 허무가 허무 자체를 교살(絞殺)하는 절대 허무의 세계를 나타낸다. 의심은 타파되고 실체(實体) 없음[無]을 깨달아 마친 그 경지를 〈백일몽〉이라는 시로 들어냈다.

　…나는 깨달았노라. 명확히 깨쳤노라.
　…순간이 무엇이요. 영원이 무엇임을.
　생과 사가 무엇이요. 유와 무가 무엇임을.

범어사를 나와 전국 사찰을 돌며 구도의 길에 오른 그때부터 공초(空超)라고 자처했다. 자신의 말대로 "기독교를 거쳐 불교에 입문했으나 거기에서도 뛰쳐나왔다고 했다. '공초(空超)' 그대로였다. 그는 니체, 기독교, 불교의 그 모든 차별상까지 뛰어 넘고자 했다.

선생은 무엇을 깨달았을까? 무엇을 명확히 깨쳤던 것일까? '순간과 영원, 생과 사, 유와 무'를 명확히 깨쳤노라고 말했다. 나는 중생심으로 그 분의 장시 〈영원 회전의 진리〉에서 그 해답을 찾아보려는 우를 범한다.

　'봄이 온다. 순간이자 영원한 생명의 봄이 온다. (…)
　일맥상통, 봄 여름 가을 겨울이 돌고 돌아 (…)
　오가는 사이에 사사물물(事事物物) 모든 것이 변하고 화하고 (…) 움직이고 옮겨진다. 하늘도 돌고 땅도 돌고 하늘과 땅 사이 온갖 것이 다 돌아 (…) 너도 돌고 나도 돌고 (…) 현상(現象)도 돌고 본체도 돌고 순간도 돌고 영원도 돈다. (…)

이 유구한 세월, 자연 추이의 선율 속에 만유(萬有)는 영고융체(榮枯隆替)하고, 중생은 흥망성쇠하고, 인생은 생로병사하고, 우주는 성주괴공(盛住壞空)하고 공(空)에서 또다시 성주괴공한다.

이 어마어마한 대자연의 추이 유동(流動)과 영원 질서의 심포니 하모니 속에 (…) 이 불생불멸, 절대 비경(秘境)의 소식의 심연인 끔찍하고 엄청난 운명의 꼴을! …'

그리고 길게 이어지는 이 시의 마지막 결구는 다음과 같다.

'색공일여(色空一如) – 생사여래(生死如來)
유무상통(有無相通)하며 무한 샘솟는
영원 청춘의 상징이여. 본존(本尊)이여,'

색즉시공(色卽是空) 공즉시색, 색공(물질과 공)이 둘이 아니며 생사 또한 이와 같다. 천하의 물건은 유(有)에서 생기고 유는 무(無)에서 생긴다. 유무는 상통하며 무한(無限) 샘솟는 영원, 청춘의 상징인 본존(本尊)이여. 그대 존귀하신 진여(眞如), 법성(法性) 자리여!로 읽힌다.

공(空)에서 또다시 거듭되는 성주괴공. 법계의 현상은 돌고 도는 영원의 질서. 그 하모니 속에 불생불멸, 이는 절대비경의 소식, 이것을 말씀하신 것이 아닐까.

죽어서 간다간다 하지만 도착한 것은 본래 떠나온 그 자리일 뿐, 일찍이 가고 옴이 없는 자리. 생사란 본래 태어나는 것도, 죽는 것도 아닌 불생불멸(不生不滅)이기 때문이다. 육신이란 잠시 머무는 동안 가탁(假託)하여 갖고 있는 환형(幻形)에 불과하다는 것, 우리의 몸이 연기(緣起)에 의

한 가합(假合)인 그 공(空)을 아셨기에, 일체 법(法)의 그 실체 없음을 아셨기에 선생은 어디에도 머무르지 아니하고 흘러가는 흐름 위에 보금자리를 틀고 앉으셨던 게 아닌가 한다. 그래서 노산 이은상은 '울고 싶지 않은 곳으로 온 공초여. 가고 싶은 곳도 없는 공초여. 그러길래 공초는 오지도 않았고 가지도 않을 것이다.'라는 〈공초경(空超經)〉을 쓰기도 하였다.

이런 공초 선생을 가리켜 시인 이원섭은 "출가하지 않았으나 누구보다도 무소유(無所有)에 철(徹)해, 시인이면서도 시에 매이지 않았으며, 불교인이면서도 불교마저도 초월했다. 차를 마시고 담소하는 일상사가 곧 신통묘용(神統妙用)일 수 있었던 분이다."라고 언급했던 것이다.

선생은 시인으로 40여 년을 살면서 생전에 출판된 책이 한 권도 없었고 사후에 제자들이 펴낸 시집 ≪아시아의 마지막 밤풍경≫에도 40여 편의 시와 23편의 수필이 실려 있을 뿐이라고 하니 창작에도 매달리는 마음이 없었던 것 같다. 그분은 시를 쓰기보다 삶을 시로 대신했던 게 아닐까 생각된다.

언뜻 보면 걸객(乞客)같고 자세히 보면 신선 같았다는 공초 선생.

일체처(一切處) 일체시(一切時)에 지닌 것 없었고 남긴 것 또한 없었다. 철저한 무소유의 삶이었다. '무소유의 수행자'하면 이웃나라 일본의 양관(良寬)선사가 떠오른다. 그러나 양관에게는 국상산이란 곳에 작은 암자라도 있었다. 공초 선생은 어느 곳에도 보금자리를 틀지 않고 〈방랑의 마음〉에서 밝힌 대로 다만 "흐름 위에 보금자리 친 …나의 혼"이었다.

무궁한 시간의 흐름에 맡겨진 보금자리. 선생은 '흐름'을 알고 계셨다. 아니 무상(無常)을 알고 계셨다. 그래서 어느 곳에 처해지건 수처작주(隨處作主)였다. 이르는 곳마다 주인이었으며 본존(本尊)이었다. 이런 무애도인에게 내가 한 방 얻어맞은 것은 병상에서 남기신 마지막 한마디의 말씀, 이 화두 같은 말씀에 나는 한동안 매여 있었다.

"자유가 나의 일생을 구속하였구나."

당신이 누리던 자유가 자신을 속박하고 있었다니? 평생을 그토록 자유롭게 무정처(無定處) 무소유(無所有)의 삶을 살아오신 선생이 '자유'라고 생각했던 그 자유가 이제 와서 진정한 자유가 아니라니?

그러면 무엇이란 말인가?

그때 그리스 작가 카잔차키스가 말한 '자유'가 떠올랐다. 그가 평생에 걸쳐 추구해 온 테마도 '자유'였기 때문이다. 그는 묘비명에서조차 '나는 아무것도 원치 않는다. 나는 아무것도 두려워하지 않는다. 나는 자유이므로' 라고 자유인임을 선언한 바 있다. 그러나 선생은 '자유'라는 덫을 이제 다시 회의한다. 무엇때문일까? 알 것도 같고 모를 것도 같았던 말씀. 그러다가 별안간 중국의 동안상찰(同安常察) 선사의 시구가 떠오르면서 눈앞의 안개가 걷히는 느낌이었다.

무심(無心)이 곧 도(道)라고 이르지 말라.
무심도 한 겹의 관문을 격(隔)하고 있느니라.
某謂無心便是道
無心猶隔一重關

바로 이것이 아닌가. 무심이야말로 도요. 심인(心印) 그 자체일 것이다. 그러나 도(道)라고 하여 무심에 집착하면 이미 무심이 아니라 유심이 되고 마는 것. 동안 선사가 무심에 대한 집착을 경계하기 위해 짐짓 무심을 부정한 것처럼, 선생도 자유에 대한 집착을 우리에게 경계하기 위해 스스로 '자유'를 부정해 보이신 것은 아닐까.

"자유가 나의 일생을 구속하였구나."

그것은 부정(否定)을 부정하기 위한, 실로 마지막 순간까지 계속된 엄격한 자기 점검(點檢)의 확인 같은 게 아니었을까?

눈앞에 다가온 죽음의 그림자, 본래 무아(無我)인데 어느 자리에 속박과 자유가 따라붙겠는가? 그러면서 나는 그것이 우리를 향해 던지는 한마디 의미 있는 물음으로 다가왔다.

선생과 대면하듯 시비 앞에 마주서서 '흐름 위에 보금자리 친 나의 혼'에 눈을 주고 있자니 그분의 음성이 나지막하게 내 가슴 위로 울려왔다.

"나는 밤마다 죽음의 세계로 향하는 마음으로 자리를 깐다. 다음 날 다시 눈을 뜨면 나의 생은 온통 기쁨과 감사, 감격으로 가득하다."

까닭모를 감사와 감격의 물결이 좁은 내 가슴속 골을 타고 뜨겁게 흘러내렸다. 주야(晝夜)와 생사(生死)가 번갈아 갈마드는데 다시 눈을 뜨면 그것으로 '너의 생은 감격일지니, 그렇게 살아라.' 하는 말씀으로 들려왔다.

머리를 드니 파아란 하늘에 떠있는 구름 한 조각, 나는 거기에서도 선생의 자취를 뵙는 듯하였다. 저절로 두 손이 모아졌다. 밀레의 그림 속 풍경이 되고 말았다.

인생은 허깨비, 끝내는 공(空)과
무(無)로 돌아가리
- 도연명(陶淵明)

연명(淵明)은 그의 호이고, 본명은 잠(潛). 그래서 도잠이라 부른다.

나는 지금 서기 365년에 태어난 도연명의 탯자리를 찾아가고 있는 중이다. 서울에서 비행기를 타고, 중경에서 배를 갈아타고 양자강 상류를 거쳐 구당협을 지나 백누나루에서 버스를 또 바꿔 타고 8일이 걸려 비로소 이곳에 닿았다.

한 세기가 저무는 2000년 11월 21일, 구강시(九江市)에서 하룻밤을 묵고 지금 심양, 시상(柴桑)이라는 마을을 향해 달리는 버스에 앉아 있다. 언젠가 나는 '심양'이란 글자를 보고 곧 도연명을 생각했으나 심양(瀋陽)은 조선국의 왕자 봉림대군이 청나라 볼모로 끌려간 곳이고, 도연명이 태어난 심양은 중국 최대의 호수인 파양호를 거느린 명산인 여산 자락에 깃들여 있는 심양(尋陽)이다. 마침 날씨도 쾌청하고, 만추의 양광(陽光)이 차창 안으로 들어와 내 마음 안에까지 닿는다. 여산의 산자락도 그의 한잔 술에 울긋불긋 단풍이 든 듯하다. 나는 차창에 몸을 지긋이 기대고 앉아 도연명을 만나러 가는 여행길의 설렘을 슬며시 누르고 있다.

평소 도연명 만나기를 원했더니 세 번째 중국행에서 내 소망이 이루어지게 된 것이다.

1,600여 년 후, 그것도 대한민국에서 태어난 네가 어찌 나를 알겠느냐고 선생은 탓하지 마시오. 제복의 여학교 시절, 한 소저가 교실에서 도연명의 〈오류선생전(五柳先生傳)〉을 배우고 그날로부터 지금까지 그 시를 암송해 온 일이며, 국어를 내게 배우던 한 학생이 목각의 예인이 된 후, 선생의 시를 횡액 목각으로 다듬어 내 방에 걸어 주었으니 근 십오 년을 나는 오류 선생과 한 집에서 함께 기거해 온 셈이 된다오. 더구나 도연명의 어머니는 맹(孟)씨요, 장군이었던 조부보다는 시인 묵객으로 이름이 높았던 외조부(孟嘉)의 기질을 그대로 이어 받았다 하니 혈통의 반쪽이 이미 나와 상관이 없지 않은 것을, 나는 이런 생각들을 하고 있었다.

그러나 내가 도연명을 진짜 좋아한 까닭은 오랜 굶주림이나 면하려고 농기구를 던지고 관직에 나아갔으나 천성이 벼슬에 맞지 않아 그때마다 되돌아 온 일 하며, 게다가 '가난한 내 집 클 필요 없고 잠자리 눕힐 터전 있으면 족해(移居其一)'라던 그의 안분자족(安分自足)의 삶이 마음에 들었기 때문이다.

'다만 한스러운 건 세상에 살아 있을 적에 술 마시는 게 흡족하지 못했던 거라(挽歌)고 하면서도 '얼큰하게 취하면 곧 물러나서, 일찍이 가고 오는 데는 뜻을 아끼지 않으신 〈五柳先生傳〉'의 이미 도(道)에 계합된 경지.

동쪽 울타리 밑에 핀 국화꽃을 꺾어들고　　　　采菊東籬下
멍하니 남산을 바라보네.　　　　　　　　　　悠然見南山

산기운은 저녁나절에 좋고 　　　　　　山氣日夕佳
나르는 새는 함께 돌아오네. 　　　　　飛鳥相與還
이 가운데에 참뜻이 들어 있으나 　　　此中有眞意
따져 말하려 해도 이미 말을 잊어 버렸노라. 欲辨已忘言
　　　　　　　　　　　　　　　　　－〈음주其五〉

득의망언(得意妄言)한, 언어가 끊어진 자리에서의 무위자연한 경지. 그
런가 하면,

…말과 노래 주고받을 짝도 없이, 술잔 들어 외로운 그림자에 권하노라.
세월은 날 버리고 가거늘 나는 뜻을 이루지 못하니
가슴속 서글프고 처량하여, 밤새 조용하지 못했노라.
　　　　　　　　　　　　　　　　　－〈잡시其二〉

던 선생의 인간적인 절망에 덩달아 나도 가슴이 메어졌었소.

그의 시를 읊조리고 있는데, 방금 버스는 성자현(星子懸)이란 팻말을
지나쳤다. 시상(柴桑)은 현재 행정 구역상으로 성자현과 구강현으로 나뉜
다. 구강은 진(秦)나라 때, 군현의 소재지이며 삼국시대 오나라의 영토로
유비와 조조가 한판 승부를 겨루던 요충지였다. 실로 감개가 무량하지
않을 수 없었다.

여산 자락을 안고 오른편으로 감아 도니 눈 앞에 오로봉(五老峰)이 우
뚝하다. 그 앞에 세워진 이백(李白)의 시비를 그냥 지나칠 수 없어 차를
세웠다. 일행 15명이 모두 시비 앞에 섰다.

향로봉 중턱에 걸린 폭포수를 보고 '비류직하 삼천척(飛流直下 三千尺)'
이라 쓴 이백의 시 〈여산폭포〉를 보며 현장에서 감상했다. 시인 치고
여산을 노래하지 않은 시인이 없을 정도로 여산은 과연 아름다운 명산이

었다. 이곳으로 유배되어 온 강주사마 백거이(白居易)는 아예 여산 자락에 초당을 지어 살면서 많은 시를 남기기도 했다.

도연명은 청복이 많아 좋은 곳에서 태어나 평생을 이 근방에서 떠나지 않았다. 차창 밖에 '취석산장(醉石山莊)'이란 글씨가 눈에 들어온다. 도연명이 술에 취하면 돌아갈 줄 모르고 쉬었다는 그 바위가 이것인가 보다. 이곳에서 멀지 않은 백록동서원에 기거하던 주자(朱子)가 선생을 기리며 이곳에 찾아와 '귀거래관(歸去來館)'이라는 글씨를 남겼다. 그는 '연명의 시는 평담(平淡)하고 자연스럽게 이루어진 것'이라고 평했다.

도연명이 〈귀거래사〉를 쓰고 집으로 돌아올 때 건넜던 고향마을의 시상교.

차를 세운 곳은 바로 시상교(柴桑橋). 가슴이 뛰었다. 당나라 때부터는 강주(江州)라고 불렀지만 진(晉)나라 때는 '시상'이라고 불러서 그 때문에 도연명은 '진나라 시상 사람'이라고 불린다. 왼편으로 펼쳐진 가르마 같은 논둑길을 따라 걸어 들어갔다. 오석(烏石) 넉 장이 잇댄 진짜 '시상교,'가 나왔고, 그 옆에 내력을 설명하는 표지판이 붙어 있었다. 도연명이 거닐던 그 다리려니 하고 발을 얹는 순간 내 발바닥이 눌러 붙는 듯했다. 어렵게 발자국을 떼었다. 다리 옆에 수령을 알 수 없는 몸통 굵은 세 그루의 큰 나무가 수문장처럼 우리를 맞이해 준다. "내 어찌 쌀 다섯 말 때문에…." 하며 평택령의 자리를 박차고 일어나 이 다리를 건너 집으로 돌아오며 그때의 심정을 도연명은 〈귀거래사〉에서 이렇게 쓰고 있다.

마침내 저 멀리 나의 집 대문과 지붕이 보이자 나는 기뻐서 뛰었다. 머슴 아이가 길에 나와 나를 맞고 어린 자식은 문에서 기다리고 있었다.

나는 그 장면을 머릿속에 그리며 시상교를 건너 도씨(陶氏) 집성촌으로 들어섰다. 민가는 퇴락할 대로 퇴락하고 추색(秋色) 짙은 잡초 속에 붉은 벽돌집만 띄엄띄엄 있을 뿐이다. 머리를 들어 아득한 하늘을 올려다보다가 눈을 감고 만다. 하늘은 1,600여 년 전의 하늘 그대로일 것이려니 하고 그 태고의 정적 속에다 당시 선생의 시로써 현장을 재현해 본다.

　　반듯한 300여 평 대지에 조촐한 여덟, 아홉 간의 초가집.
　　뒤뜰의 느릅과 버들은 그늘지어 처마를 시원히 덮고,
　　앞뜰의 복숭아 오얏꽃들 집 앞에 줄지어 피었노라.
　　저 멀리 아득한 마을 어둑어둑 깊어질 새 허전한 인가의 연기 길게 피어
　　오르네.
　　깊은 골목 안에 개 짖는 소리 들리고 뽕나무 가지에는 닭이 운다.

　도연명의 〈귀원전거(歸園田居其一)〉시를 빌려와 당시를 그려보노라니 매캐한 나무 냄새도 나는 것 같고, 밥 짓는 저녁 연기도 눈 앞에 피어오르며 컹컹 개 짖는 소리도 들려올 듯하다. 그러나 다시 눈을 뜨니 모든 것은 환청, 빈 들판엔 바람만이 지나가고 있었다.

　　이제 그대의 옛집을 찾아 숙연한 마음으로 그대 앞에 있노라.
　　허나 나는 단지에 있는 술이 그리운 것도 아니고,
　　또는 줄 없는 그대의 거문고가 그리운 것도 아니다.
　　오직 그대가 명예나 이득을 버리고
　　이 산과 들에서 스러져 간 것이 그리웁노라.

　백거이는 이 자리에 찾아와 이렇게 소회를 피력했지만 나는 아무 할 말도 찾지 못했다. 햇볕 아래에서 뜨개질을 하는 아낙에게 물었더니 자기는 이곳으로 시집 온 사람으로, 여기는 진짜 도씨촌(陶氏村), 도연명의

고장인데 아무런 기념 건물이나 표지가 없다고 불만을 털어놓는다. 구강현의 현청 소재지인 사하(沙河)에 모든 것이 가 있다는 것이다. 예전에 시상(柴桑) 한 곳이던 것이 지금은 구강현과 성자현의 두 현으로 나뉘어지니 도연명의 연고지를 두고 서로 다투고 있는 모양이다.

나는 선생이 누워 있는 원래의 무덤 앞에 술잔을 따르고 싶었다. 그래서 구강현의 마회령으로 차를 몰았다. 도연명이 마회령(馬回嶺) 경내의 면양산 남쪽 기슭에 누워 있음은 그의 〈잡시 기칠(雜詩 其七)〉에도 나와 있기 때문이다.

집이란 한때 묵는 여관 같거늘,
나는 결국은 떠나야 하는 나그네.
길 떠나가되 어디로 갈 것이냐,
남산 기슭 옛 집인 무덤이니라.

도연명의 묘

일찍이 그의 묘를 다녀온 이의 설명에 의하면 무덤 아래에 오류지(五柳池)의 터였다는 비석이 있다 하니, 그가 다섯 그루의 버드나무를 심고 살았던 집터임이 분명했다. 버스가 여산의 서남단 자락으로 굽어들었다. '참배 사절'이란 글자가 마음에 걸리긴 했으나 제 아무리 해군 병참기지가 자리 잡고 있다해도 설마 이역 만리에서 찾아온 문인들의 참배를 거절이야 할까 싶었다. 그러나 병참 기지의 문 앞에서 우리는 무참히 되돌아서야만 했다. 서운함이란 이루 말할 수 없었다. 하는 수 없이 도연명의 기념관이 있는 구강현으로 발길을 돌렸다.

도연명의 기념관은 검은 기와에 회색 벽돌로 강남 민거(民居)의 풍격으

로 지어진 건물이었다. 면적은 약 4만 평방미터요. 대문 안으로 들어서
니 오른편에 도화원기(桃花源記)를 기념하는 듯 '도화원'이라는 인공호수
가 있고 '귀래정'이라는 정자가 있다. 정자를 지나 '비랑(碑廊)'을 밟아 나
오니 하얀 패방이 '청풍고절(淸風高節)'이란 글자를 이마에 달고 우뚝 서
있다.

패방의 층계를 오르니 양옆에 비정(碑亭)을 거느린 도연명의 또 하나의
무덤, 도묘(陶墓)가 있다.

'도연명 기념관'의 전시실에서 사진으로 본 원래의 묘와 다를 바 없는
똑같은 모습으로 재현된 묘다. 허나 이것은 어디까지나 가묘이다. 묘비
의 중앙에는 '진징사 도공정절선생지묘(晋徵士陶公靖節先生之墓)'라 써 있고
상단에는 '청풍고절'의 넉 자, 오른편에는 〈오류선생전(五柳先生傳)〉 전문
이 적혀 있었는데 '오류 선생'이야말로 오래전부터 내게는 인격의 모범
답안과도 같은 전범이었다. "독서를 좋아하시나 심히 구하지 않는다"는
대목이나 "일찍이 가고 오는 데는 뜻을 아끼지 않으신" 그 무애한 발걸음
을 닮고 싶었다. 비바람을 가리지 못하는 초옥에서 밥그릇이 자주 비어
도 태연히 앉아 스스로 글을 짓고 즐기며 편안히 생을 마쳤다는 시인의
전기가 왜 그리 가슴을 젖게 하는지. '편안히'라고 했지만 사실은 그 속에
담긴 깊은 절망을 어찌 모른다고 할 것인가.

일본의 시인 다쿠보쿠는 "그가 맛있게 먹었던 술이 실상은 쓴 것이
아니었겠느냐"고 반문했다. 원대한 꿈을 접어야 했던 시대적 상황, 기대
를 접게 만든 팔불출의 아이들. 가난과 절망을 타서 마신 술맛이 썼는지
달았는지 나는 가히 알지를 못하겠다.

다섯 그루의 버드나무가 도연명의 큰 위안이었기를 바란다. 사실 사
람에게서 위안을 받기는 어렵고 틀린 일. 자연을 사랑한 시인 헤세도
마침내는 자연에서 위안을 받다가 세상을 떠나지 않았는가. 잠시 그런

생각을 해본다.

본인의 뜻과는 상관없이 유명 인사의 묘란 사후에 몇 번씩이나 옮겨지는 일이 허다한데 도연명의 묘는 중국 해군이 안전하게 잘 지켜 주니 한편 다행하다는 생각도 들었다.

"가묘(假墓) 앞에 선 내 심회가 헤식해지던 것을, 형상(形像) 없는 것을 형상 있는 것으로 보고자 한 내 정리를 선생은 이해해 주시구려. 나는 선생을 체온으로 느끼고 싶었소." 이렇게 나는 속으로 말했다.

도연명은 "무덤에는 봉토도 안 할 것이며 비석도 세우지 않은 채로 세월과 더불어 스러지게 하리라"고 〈자제문(自祭文)〉에서 밝혔지만 '범부지정(凡夫之情)으로는 어디 그것이 그런가요.' 하며 나는 그의 가묘 앞에서 사진을 두 장 담아 왔다.

그가 세상을 떠나던 날은 서기 427년 9월 15일, 자제문을 쓴 것은 같은 해 율려(律呂) 9월이라고 하니, 죽기 바로 며칠 전에 손수 지은 제문인 것을 알 수 있다.

'때는 정묘년 9월.

하늘은 차고 밤은 긴데, 바람 기운이 삭막하기만 하다.

기러기들은 날아가고 초목은 누렇게 시들어 떨어진다.

도(陶) 아무개는 장차 임시로 몸담았던 객사를 떠나

바야흐로 영원한 본연의 집으로 돌아가고자 한다.'로 시작하여 평생의 노정(路程)을 잠시 회고한 뒤, '살만큼 살고 늙어서 죽었거늘, 또 무엇을 미련쩍게 여기겠느냐?(…)

흙으로 돌아간 나는 결국은 흙이 되어 없어져 아무것도 없는 공(空)으로 화하고, 또 사람들 기억에서도 멀어져 아득하게 되고 말 것이다.' 라고 그의 자제문(自祭文)은 이어진다.

그의 사생관(死生觀)에 나는 전적으로 동의하는 바다. 살 만큼 살다가 죽어야 죽음을 미련쩍게 여기지 않을 것이며, 본인 스스로가 이런저런 경로를 통해 '이제 되었구나'라고 죽음을 받아들일 자세가 되었을 때 죽음이 찾아오는 것은 큰 다행이다.

회귀자연으로 풍화하는 시인의 모습이 그려진다. 사막의 모랫바람 같은 것이 잠시 눈앞을 쓸고 지나간다. 난세에 태어나 고궁절(固窮節)을 지키며 안빈낙도한 도연명의 높은 정절을 흠모하는 이들은 한둘이 아니었다. 퇴계 이황도 그를 흠모하여 〈화도집음주(和陶集飮酒)〉의 20수가 넘는 시를 지었고, 백거이와 소동파는 아예 도연명의 시를 본따서 많은 시를 남겼다. 그중에서도 소동파는 100여 편이 넘는 화작시를 지었다. 송나라의 시인 구양수(歐陽修)는 "진(晉)에는 글이 없고, 오직 도연명의 〈귀거래사〉만이 있다."라고 말할 정도였다. 도연명은 "속세의 행적을 적어 높이고 노래할 사람이 누구라 있겠느냐?"라고 했지만, 사람은 가도 영원히 남는 것은 역시 예술뿐인가 한다.

> 결국은 나 또한 떠나야 할 나그네   我如當去客
> 길 떠나되 어디로 갈 것이냐?   去去欲何之

나는 구름 속을 헤치는 비행기에 앉아 하늘에 떠 있었다. 나 또한 갈 곳 모르는 나그네인 것을. 도연명의 〈자제문〉 끝 구절이 다시 나를 붙잡고 놓아주지 않았다.

> 나는 참으로 어려운 삶을 살았노라.
> 사후의 세계는 또 어떨는지?

주루룩 가슴속 먹구름이 비가 되어 내린다. '나는 참으로 어려운 삶을 살았노라' 이 한마디에 그의 평생이 순식간인 듯 지나간다. 이승의 삶이 얼마나 고달팠으면 저승살이를 또 걱정하고 있을까.

> 인생은 어차피 허깨비   人生似幻化
> 끝내는 공과 무로 돌아가리.   終當歸無空

자꾸만 도연명의 시구가 입 안에서 맴돌았다.

"인생은 어차피 허깨비."

흐린 하늘에 눈발이라도 편편이 내렸으면 좋겠다. 어차피 일점(一點) 눈꽃으로 스러지고 말 우리들 목숨이기에.

'하늘은 차고 밤은 긴데' 바람 기운은 역시 삭막하기만 하다.

거품 같은 인생이 꿈과 같으니 그 기뻐함이 얼마나 되겠느뇨

- 이백

거나하게 취한 이백이 만년에 채석강에 비친 달을 보고 손으로 건져 올리겠다고 강물에 뛰어들었다는 얘기조차 나는 '과연 이백다운 죽음이로군.' 하며 철석같이 믿었다. 강물에 빠진 달을 건져내겠다는 그의 시선 (詩仙)다운 장담이 들려오기라도 하듯, 시인 이백(李白 701-762)의 면모가 낯익은 얼굴처럼 상상되는 것이었다. 우리나라 사람들이 얼마나 이백을 좋아했으면 낙조가 아름다운 서해의 변산반도에 채석강이란 이름을 붙여 놓았겠는가? 나는 그곳에 갈 적마다 어김없이 뱃놀이를 하게 되는 것은 조금이나마 그의 시심에 다가가고자 하는 마음에서이기도 했다.

나는 스스로 이백을 잘 안다고 생각해 왔고 그런 만큼 무조건적으로 그를 좋아하고 있었다. 대부분 작품이 사람을 감동케 하는 것은 테마나 사상이 독자에게 반응을 얻었기 때문이 아니라 독자의 무의식에 감춰진 원형에다 강한 공명음을 울려 주기 때문이라고 한 〈침묵〉의 작가 엔도 슈사쿠의 말대로 나는 그에게서 언제부턴가 강한 공명음을 전해 받았던 것이다. 그의 사상이나 테마 따위는 분석적으로 알 필요를 느끼지 않았다. 다분히 심정적으로 다만 그의 감상과 시흥(詩興)에 일치되고 있었다.

> 침상 앞에 휘영청 밝은 달빛이
> 마치 땅에 내린 이슬 같다.
> 머리 들어 밝은 달 쳐다보고
> 그만 고개를 떨구고 마네 고향 생각에.

잠을 이루기 어려웠던 어느 가을날 밤, 나는 이백의 '저두사고향(低頭思故鄕)'이란 시구에서 적잖이 위로를 받았다. 과연 그는 달의 시인이라고 할 만큼 달빛과 가을에 대한 시를 많이 썼다. 그가 남긴 시, 1,049편 중 달에 관한 시가 무려 300여 편에 이른다.

'푸른 하늘 저 달님은 언제부터 있었느뇨, 나는 지금 잔 멈추고 한 번 물어보노라'로 시작되는 〈파주문월(把酒問月)〉이나 '술 없는 빈 잔 들고 저 달 보지 말지어다.'의 〈장진주(將進酒)〉 〈옥계원(玉階怨)〉 등을 비롯해서 '내가 노래하면 달도 하늘을 서성거리고, 내가 춤추면 그림자도 춤춘다.'는 〈월하독작(月下獨酌)〉으로 내려가면 가히 시선(詩仙)의 경지를 느낄 만하다. 그래서 두보는 〈음중팔선가(飮中八仙歌)〉에서 '이백 이전에도 달이 있었건만, 오직 그만이 시 속에 달을 띄웠네.'라고 했던가 보다.

그리하여 달은 이렇게 그와 연관되면서 죽음에까지 등장하게 된 것이 아닐까? 영국의 동양학자 A. 웰리의 〈이백의 시와 생애〉라는 책에서도 끝 부분에 그가 가을에 당도로 와서 이양빙에게 의지하다가 11월에 등천(登天)했다고 쓰고 있다. 이백을 아끼던 많은 사람들은 강물에 뛰어든 그를 익사시키지 않고 오히려 신선이 되어 하늘로 올라갔다거나 귀천했다는 말로써 영원히 그를 살려 두고 싶어 했던 것 같다. 그리하여 이백은 죽었으되 죽지 않았다. 시인 하지장(賀知章)의 말처럼 '하늘에서 귀양온 신선'이 다만 귀천(歸天)하는 것일 뿐, 나 역시 어쭙잖게 그의 익사설을 믿고 있었다. 아니 오히려 믿기만 한 것이 아니라 그가 만년에 처한 정치적인 입장과 노쇠 앞에서의 어쩔 수 없는 천명(天命)의 한계라는 감상적인 해설까지 곁들여 가며 나는 그의 죽음에 타당성을 부여하고 있었다. 그리고 달을 동반한 '착월(捉月)'의 시적 풍류에 대해서는 찬미마저 보내지 않았던가.

익사한 문인들의 죽음에 대한 글을 쓰면서 이백에 관한 자료를 다시 살펴보다가 채석강의 익사설은 전설일 뿐, 당도현에서 병사(病死)했음을 알게 되었다. 그래도 나는 긴가민가하였다. 무의식에 한 번 자리 잡은 편견은 그만큼 뿌리가 깊었다. 무언가가 석연치 않은 마음에 나는 그의 익사설 '落水捉月 騎鯨昇天'의 근거를 찾아보려고 애쓰다가 우연히 시 한 구절을 발견하게 되었다. 그가 선주 사조루에서 숙부와 이별할 때 지은 시 가운데 '푸른 하늘에 올라 밝은 달 따려 했네. (욕상청천람명월(欲上靑天覽明月))'에서 달을 따려고 했다는 이 구절이 혹 그러한 단서를 제공한 것은 아닐까, 하며 내심 혼자 반갑기도 했다.

이백은 호상이던 아버지 덕에 비교적 부유한 환경 속에서 자랄 수 있었다. 일찍이 시서(詩書)를 읽고 검무를 즐겨 무예에도 뛰어났다. 원대한 포부를 갖고 있던 이백은 동진(東晋)의 유명한 정치가 사안(謝安)에 자신을 비유하면서 자신도 늘 그와 같은 인물이 되고 싶다고 말했다. 커다란 이상을 품고 천하를 유람하기 시작한 것이 17년 동안이나 계속되었다. 이백의 나이 마흔두 살이 되던 해, 하지장의 추천으로 한림학사로 궁궐에 들어가 당 현종의 총애를 받게 된다. 그러나 이백은 궁에 들어간 후에야 나라를 다스리는 데 온 힘을 쏟던 예전의 당 현종이 아님을 깨닫는다. 그리고 자신은 한갓 어용 문인으로서 그들의 공덕을 송축하는 시나 지어야 하는 서글픈 입장임을 깨닫게 되자 술기운을 빙자하여 오만불손한 행동을 서슴지 않았다. 환관 고력사 등 권신들의 참소와 공격이 잇따르자 그는 자의반 타의반으로 물러나게 된다. 이때 지은 시가 '어찌 머리 숙이고 허리 굽히면서 권신들을 섬겨, 내 마음을 불쾌하게 하리오'의 〈몽유천모음유별〉이다. 다시 계속되는 유랑 생활 10년, 이백은 남쪽 지방, 안휘, 강서에 이르게 된다.

그가 여산 일대에 은거하고 있을 때 '안록산의' 난이 일어났다. 반란을 진압하고 국가 통일을 도모하고자 이백은 영왕 이린의 진압군에 참가했다. 그러나 숙종 이형은 동생 이린의 세력이 커져 왕위를 찬탈하지나 않을까 하고 그들을 반역죄로 내몰았다. 이백은 죄 없이 심양의 옥에 갇혔다가 곽자의의 도움으로 겨우 죽음은 면했지만 야랑으로 유배되고 만다. 무산에서 구사일생으로 사면되니 어느새 그의 나이 예순. 그는 이미 심신이 지쳐 있었다. 무일푼인 이백은 당도(當塗)에서 현령을 지내고 있는 먼 친척뻘인 아저씨 이양빙을 찾아간다. 거기서 두 해째의 중양절을 맞이하며 〈구일용산음(九日龍山飮)〉이란 시를 짓는다.

이백은 당도현 남쪽 10리 밖에 있는 용산을 자주 찾았다. 그런 인연으로 그의 초장(初葬)은 이 용산 동마(東麓)에서 치러졌다. 이백의 사인은 확실치 않으나 시인 피일휴(皮日休)가 '그는 부협질(腐脇疾)에 걸려서 술 취한 혼백이 팔극(八極)으로 돌아갔다'고 자신의 시에 쓰고 있다. 부협질이란 급성 농흉증으로 폐와 흉벽간에 고름이 쌓이고 바깥쪽으로 썩어 구멍이 생기는 병을 말한다.

곽말약은 알코올 중독도 주요한 사인 중의 하나며 그가 나이보다 빠르게 노쇠한 것은 과음 외에도 장기간 연단과 단약을 복용하여 수은 중독에 걸린 것이 중요한 원인일 것 같다고 언급했다. 그는 한때 도교에 심취하고, 신선술과 연금술에 빠져 있었다. 이백은 스스로 '방사(方士)가 된 몸'이라고 운운하면서 '어찌하면 깃털이 생겨나 봉래, 영주에서 천년의 봄을 즐길 거나 / 어찌하면 불사약을 얻어 봉래, 영주로 높이 날 수 있으리.' 하고 〈유태산(遊泰山)〉이란 시에서 읊조리고 있다. 그러나 그는 높이 날지 못한 채 안휘성 땅에 잠들어 있다.

안휘성에 도착하자 내내 무겁던 발걸음이 이상하리만치 가벼워졌다. 버스에서 내려 일행은 청청한 대숲이 이어지는 잘 닦여진 돌길을 따라 걸어 들어갔다. 신선한 공기와 수려한 경내, 연못 안에는 이백의 하얀 석상이 서 있다. 얼마 후 커다란 건물 앞에서 우리는 멈추게 되었다. 하얀 담이 높다랗게 사각으로 이어지고 겹지붕의 끝이 뾰족하게 들려 올라간 것이 제법 사람을 압도한다. 청색 바탕에 금색 글씨로 쓴 '당이공 청연사(唐李公靑蓮祠)'라는 간판이 아치문 위에 걸려 있었다. 이곳이 이백 기념관이었다.

백거이의 〈이백묘(李白墓)〉라는 시에 의하면 '채석강변이백묘(采石江邊李白墓)'라 했으니 이백의 무덤은 채석강가에 있을 터였다. 그러나 정작 채석에는 이백의 묘가 없었다. 기념관을 빠져 나와 왼편으로 강을 끼고 바윗돌을 딛고 올라서니 '착월대(捉月臺)'라는 표지판이 눈에 들어왔다. 이 채석강이야말로 이백이 자주 배를 띄워 놀던 곳. 그러나 정작 이 강에서 빠져 죽은 사람은 이백이 아니라 시인 주상(朱湘)이라는 설명이다. 나는 말없이 흐르는 진짜 채석강을 잠시 내려다보고 있었다. 흐름만 유장할 뿐, 다시 발길을 옮기니 청풍정(淸風亭) · 모운정(暮雲亭) · 회사정(懷謝亭) 등이 잇달아 나타났다.

이백의 무덤

회사정은 이백이 사조(謝朓)를 그리워한다는 뜻을 담고 있는데 사조는 이백이 가장 존경하던 남제(南齊)의 시인이다. 그는 명문가의 자제로 그는 특히 산수시를 잘 썼다. 36세의 젊은 나이로 옥사한 아까운 시인이기도 하며, 〈경정산(敬亭山)〉이란 빼어난 시를 남겨 놓고 있는데 이백도 사조의 자취를 따라 산에 올랐다가 〈독좌경정산〉이란 명시를 얻게 된다.

나는 육각형 모양의 아름다운 회사정 앞에서 사진을 한 장 찍고 서둘러 걸음을 옮겼더니 이백의 의관총(衣冠塚)이 나왔다. 그리고 그 가까이에 소매 자락을 휘날리며 웅비하는 이백의 조각상과 만났다. 그의 시 〈임종가〉를 그대로 축약해 놓은 듯한 인상이었다.

> 큰 붕새가 날아 팔극(八極)을 진동하며 하늘 높이 올랐으나,
> 중도에서 날개쭉지 꺾였네.
> 그러나 여파는 만세를 뒤흔들 만큼 격했으며

마치 선인(仙人)이 해뜨는 부상(扶桑)에 올라가
자기 옷소매로 산을 가리어 덮은 듯하다.

그의 일생도 '중도에서 날개 꺾인' 붕새나 다름없었다. 팔극을 진동하던 그의 기세는 만세를 뒤흔들만 했으나 운세가 기울고 때가 이롭지 못했다. 그 때문에 이백은 붕새에, 보들레르는 천상의 새 알바트로스에다 각각 그 자신을 비유했던 것일까.

저 드높은 창공, 잃었던 자유를 향한 힘찬 비상!
안개 자욱한 미혹의 세상사들, 날갯짓마다 모두 털어 내리.
이젠 마음껏 솟아올라 그 큰 뜻 이루거라.

보들레르의 싯구가 겹쳐왔다.

우리는 다시 버스에 올라 진짜 이백이 누워 있다는 청산으로 향했다. 이백은 보응 원년(762년) 11월 이양빙의 집에서 죽었다. 그의 나이 62세. 임종에 입회한 사람은 이양빙 혼자였다고 한다. 이백이 죽고 나서 50년이 지난 뒤, 이백과 교유가 깊었던 범륜의 아들 범전정이 환남 지방의 관찰사로 부임해 왔다. 그는 부임하자마자 이백의 후손을 찾았다. 삼사년 뒤 겨우 손녀 두 사람을 찾아냈는데 둘 다 농부의 아낙이 되어 있었다. 이백이 사랑하던 아들 백금은 평생 관직에 나아간 일도 없었고, 이백보다 30년 뒤에 죽었다. 입성은 허름하나 예의바른 손녀들은 자신들에게 오빠가 하나 있었지만 아버지가 죽자 집을 나간 뒤 소식이 끊겼다는 것과 할아버지의 무덤이 고총처럼 무너져 가고 있다는 애달픈 사연, 그리고 생전에 할아버지가 남조(南朝)의 시인 사조(謝朓)와 인연이 깊은 사씨네의 청산을 몹시 사랑했다는 것을 범전정에게 털어 놓았다. 이백은 이 청산에 묻히고 싶다는 말을 자주 했다고 했다. 범전정은 손녀딸의 소원을 듣고 이백의 무덤을 채석에서부터 당도의 동남쪽 청산에다 옮겨 주었다. 이백이 죽은 지 꼭 55년 뒤의 일이다. 범전정은 '한림학사 이공신묘비'를 거기에 세웠다.

우리가 청산에 닿아 버스에서 내린 시각은 오후 1시 무렵이었다. 그의 무덤은 '당명현이태백지묘(唐名賢李太白之墓)'라고 쓰여진 비석을 중앙으로 하여 둥글게 이어져 있었다. 완만한 봉분의 아랫단은 어깨 높이만큼 돌로 쌓아 올렸고 둘레에는 나무들이 총총했다.

> '대저 하늘과 땅이라는 것은 만물의 주막집이며,
> 시간이라는 것은 백대의 지나가는 나그네일러라!'

이백을 처음 알게 된 때로부터 50여 년, 나는 마치 이 한 구절을 터득하기 위해 살아왔다는 느낌조차 들었다. 그리하여 우리는 먼저 다녀간 한 나그네의 무덤 앞에 지금 서 있는 것이다. 나는 손으로 그의 봉분을 어루만지며 무덤 둘레를 한 바퀴 돌았다. 호랑이처럼 번쩍이던 눈빛과 건강한 그의 신체, 천하에 걸림 없던 호방하던 그 기개며, 옥중에서 〈만분사(萬憤詞)〉를 쓸 때의 애끓던 오열은 다 어디로 갔을까?

나는 무엇보다도 그가 육신을 가진 인간으로서 병고에 시달리며 인간적 희로애락에 울고 웃던 모습에서 더욱 친근감을 느낀다. 가난한 노파가 지어 준 채미반을 앞에 놓고 고마움에 수저를 들지 못하던 인간 이백, 어미 잃은 가여운 딸 평양과 어린 아들 백금을 걱정하며 '누가 등을 어루만져 주며 애처로워하랴, 이런 것을 생각하면 마음이 어지럽고 속이 타오르는구나' 하던 아버지로서의 자애로운 모습이 따뜻하게 느껴진다. 그는 한 사람의 인간이었다. 두보의 말대로 붓을 대면 비바람도 놀랐고, 시가 이루어지매 귀신을 울게 했던 뛰어난 시인으로서의 한 인간이었다.

'이백이여! 당신은 구름으로 옷을 지어 양귀비에게 입혔고, 산에서 내려오면서 달을 동쪽 시냇가 소나무 가지에 걸어 두었고, 은하가 하늘에서 떨어지는 장관을 보았습니다. 자연은 당신의 친구였고, 항상 정다운 대화를 나누는 형제였습니다.'라는 이원섭 시인의 헌사를 떠올리며 그렇게 소원해 마지않던 사공(謝公)의 청산에 묻힌, 그러나 이제는 한 줌 재에 지나지 않는 그를 떠올려 본다.

거품 같은 인생이 꿈과 같으니 그 기뻐함이 얼마나 되겠는가?

봄 동산에서 읊조리던 그의 말이 포물선을 그으며 우리들 앞에 물음으로 떨어진다.
주인 없는 무덤, 거기에도 봄은 이울고 있었다.

말 탄 자여 지나가라
- 예이츠

    2008년 4월, 벼르던 영국 문학기행의 꿈이 이루어졌다. 찾아 볼 작가의 일정표를 짜면서 그 어느 때보다도 가슴이 설레고 벅찼던 것은 런던을 거쳐 더블린으로 간다는 사실 때문이었다. 4월 12일 런던에 도착, 20여 명의 작가들과 함께 6박7일의 강행군이 시작되었다.

    찰스 램과 찰스 디킨스의 집, 키츠 박물관 제프리 초서의 '켄터베리 기념관' 스트레트 어폰 에이본으로 이동해 세익스피어와 관련된 곳을 모두 보고 4월 15일 아침 도브코티지가 있는 호수 지구에 닿았다. 워즈워스의 생가와 기념관, 묘지에 참배하고 에밀리 브론테의 집이 있는 하워스로 갔다. 그의 기념관과 ≪폭풍의 언덕≫의 배경이 된 황량한 언덕과 호어스 교구 교회를 둘러보고 16일 아침 맨체스터 공항에서 더블린 향발 비행기에 몸을 실은 것은 오전 8시였다.

    잠을 설치고 새벽 4시에 기상, 버스 속에서 빵으로 아침을 때우며 공항시간에 늦지 않으려고 얼마나 긴장했던가. 비행기 좌석에 몸을 맡기니 온몸이 나른했다.

얼마나 꿈꾸어 오던 아일랜드인가. 무턱대고 아일랜드를 좋아하다니 내 막연한 이 친근감은 무엇이란 말인가? 우리와 같은 약소민족의 비애? 아니면 내가 좋아하는 아이리쉬 커피향? 북아일랜드 지방의 노래 〈오 데니보이〉? 그리고 보니 그 노래의 숨결에서 느껴지던 애잔한 감성과 쓸쓸하던 정서가 낯설지 않았다. 왜 낯설지 않을까? 아마 그것은 한국을 '아시아의 아이리쉬'라고 부른 영국의 언론대로 밑바닥에 흐르는 어떤 동질적인 정서 때문인지도 모른다. 그러나 내가 아일랜드를 정말로 좋아하는 진짜 이유는 따로 있다. 그 나라의 작가들 때문이었다.

노벨 문학상을 수상한 네 사람의 작가, 버나드 쇼, 예이츠, 베케트, 시머스 히니 외에도 제임스 조이스와 오스카 와일드, 조나단 스위프트, 극작가 존 M 싱그 등이 있다. 이들 가운데 시머스 히니를 제외하고는 모두 더블린 태생이었다.

아일랜드는 오랫동안 영국의 통치하에 있었으므로 아일랜드의 작가들은 영국의 시인으로 혹은 소설가, 극작가로 소개되곤 했다. 이것은 일장기를 가슴에 달고 올림픽에 출전한 우리나라의 손기정 선수와 같다고나 할까?

북대서양 북동부에 위치한 섬나라 아일랜드는 불리한 지리적 여건 때문에 잦은 침략에 시달려야 했다. 영국 헨리 2세의 침략으로 시작된 그들과의 악연은 근 700년 동안이나 지속되었다. 그러나 그들의 탄압은 결과적으로 아일랜드 사람을 내적으로 강하게 성장시켰으며 사색하는 철학자 혹은 우국충정의 작가들을 많이 배출시켰다. ≪걸리버 여행기≫를 썼던 조나단 스위프트는 칼보다 무서운 펜을 휘둘렀다. 영국 정부의 아일랜드 정책을 통렬하게 공격하고 특히 착취적인 화폐 정책을 과녁으

더블린의 샌디마운트 애버뉴 5번지에 있는 예이츠의 생가

로 익명의 서한을 씀으로 해서 현상금까지 나붙게 되었으며 영국 정부는 끝내 그 정책을 포기하고 말았다.

아일랜드가 영국으로부터 독립한 것은 1921년 12월. 그러나 32개 군 중에서 26개의 군만이 자국의 영토가 되었으며, 개정된 법에 의하여 비로소 아일랜드 공화국으로 개칭된 것은 1949년이니 불과 60년 남짓한 세월이다.

나는 더블린으로 가는 비행기 속에 앉아 있자니 오래전 김윤식 교수가 T.V에서 제임스 조이스의 소설 ≪더블린 사람들≫을 소개하는 장면이 떠올랐다. 더블린 지도를 한 장 손에 들고 소설 속 주인공을 따라가면 된다는 이야기로 기억한다.

'나는 항상 더블린에 대해 쓴다. 내가 더블린의 심장에 다가간다는 것은 세계 모든 도시의 심장에 다가간다는 말이다. 그 세부 속에 전체가 담겨 있다.'는 굳이 조이스의 말이 아니더라도 더블린은 세계 문학의 중심지요 위대한 문학의 심장이다. 더블린 공항을 빠져나온 시각은 오전 10시. 얼굴에 와 닿는 바람이 세찼다. 4월 중순의 날씨 치고는 베케트의 무대만큼이나 음산했다. 불과 몇 시간. 워즈워스의 도브코티지에서는 노란 수선화를 보았는데 이곳 사람들은 아직도 겨울옷 차림새다. 하루의 기온차가 암묵적으로 두 나라의 운명을 대변하는 듯했다.

우리를 태운 버스는 시내 한복판 오코넬 스트리트에서 멈춰 섰다. 하늘을 찌를 듯 높게 솟은 첨탑, 그것은 식민 지배국이던 아일랜드가 영국의 국민소득을 추월한 기쁨을 상징해 세웠다는 것이다. 그러나 예이츠는 얼굴을 찡그리며 '전혀 아름답지 않다'고 말했다.

다리 위에서 도심을 가로지르는 리피 강을 내려다보니 시커먼 물빛이 왠지 불길하게 느껴졌다. 가이드에게 물었더니 더블린은 아일랜드어로 '검은 웅덩이'를 뜻하며 바로 저 리피 강 물의 빛깔에서 유래한다고 답했다. 하필 리피 강 다리 옆에 세워진 조형물, 자코메티의 조각처럼 앙상한 몰골의 남녀가 보퉁이를 끌어안고 띄엄띄엄 서 있는데 어디론가 떠나려는 그 모습엔 이미 잿빛의 사기(死氣)가 어려 있었다.

1847년 감자 마름병으로 대기근이 들어 인구 800만 명 중에 200만이 굶어 죽고 200만을 이민선에 오르게 한 아일랜드의 비극적인 역사를 상징한 조형물이라고 한다. 그 배고픔은 송피를 벗겨 먹던 우리네 보릿고개를 떠올리게 했다.

가난과 기근 말고도 아일랜드 북부 사람들은 영국 등쌀에 아직도 편할 날이 없다.

"아일랜드인은 유럽의 흑인이에요. 더블린 사람들은 아일랜드의 흑인이죠. 그리고 여기 북부 사람들은 더블린의 흑인인거죠."라던 소설가 로디 도일의 말이 아프게 울려왔다. 나는 아일랜드의 흑인이라는 '더블린 사람들', 그 남다른 강인함으로 내공을 다진 더블린의 작가들을 만나러 가이드를 따라 박물관 안으로 들어섰다.

버릇처럼 입구에 놓인 페이퍼를 집어 들었다.

〈THE DUBLIN WRITERS MUSEUM〉. 주소는 18. Parnell Square Dublin I 이다. 더블린 한 중심가에 첨탑이 서 있던 바로 근처였다.

조명이 환한 실내에 들어서니 반가운 얼굴들의 사진이 한눈에 쏟아져 들어왔다. 언제 보아도 수려한 용모의 오스카 와일드, 찡그린 미간에 턱수염을 달고 있는 버나드 쇼, 동그란 안경이 몹시 인상적인 제임스 조이

아일랜드 서해안 가까이의 고트 마을 부근에는 투어 밸리리라고 부르는 고탑이 있고 현재 에이츠 기념관이 되어 있다. 에이츠는 52세 때 이 탑을 사들여 살면서 시집 《탑》의 시편들을 써냈다.

스, 묵직한 영혼의 무게가 느껴지는 윌리암 버틀러 예이츠, 극작가 존 M 싱그, 오케이시, 사무엘 베케트 등의 얼굴이 보이고 풍성한 파마머리의 조나단 스위프트도 보인다. 제일 먼저 눈에 들어온 것은 제임스 조이스의 검은색 두상이었다. 그 밑에는 이런 글귀가 붙어있다.

'세계 문학 지도의 중심에 더블린을 위치시킨 유명한 더블린인'

바로 그 옆에 예이츠의 초상화가 걸려 있었다. 그가 메트로 폴리탄 예술학교에 입학했을 때 만나서 평생 친구가 된 조지 러셀이 그린 작품이라고 한다. 복도식으로 이어진 유리 진열장에서 조명을 받고 있는 장정이 예쁜 예이츠의 시집 ≪탑≫이며 그곳 작가들의 친필 원고와 작품집, 서한, 신문기사 그리고 초기 아일랜드 문학에서부터 그레고리 부인과 예이츠에 의해 주도된 19세기 말에 일어난 문학부흥기까지 관련된 중요한 사진이나 편지도 볼 수 있었다. 또 다른 방에서는 존 M 싱그의 〈서양 바람둥이〉를 비롯해 오케이시의 작품 등을 포함해 금세기 초두에 생긴 '아베이' 극장의 역사를 한눈에 조망할 수 있었다. 그 외 단편 소설가인 프랑크 오코너, 시인 페트릭 가바나의 작품집도 보였다. 또 이층에는 작가 갤러리가 있고 정면 계단을 내려서니 오른쪽으로 통하는 별관이 있었다. 그곳에서는 베케트의 전시가 열렸고 기념관 벽면에 쓰여진 제임스 조이스의 그 많은 작품의 명구는 그들이 얼마나 그를 아꼈는지를 짐작하게 했다.

나영균 선생한테 제임스 조이스를 원서 강독한 수필가 K씨는 저 구절은 단편 ≪죽은 사람들≫에 나오는 "우주 전체에 사뿐히 내리는 눈 소리"이고 이것은 ≪애러비≫속에 나오는 명문이며 제일 큰 공간을 차지하고 있는 것은 ≪젊은 예술가의 초상≫이라고 전한다. 그저 감탄할 뿐이었다. 그러나 이번 여행에 나는 달리 마음에 둔 사람이 있었다. 윌리엄 버틀러 예이츠이다. 넓고 반듯한 이마, 안경 너머 깊숙하게 패인 두 눈, 헝클어진 머리에 사려 깊은 표정, 신비한 것을 좋아하며 초자연적 현상에 빠진, 영감(靈感)과 직관력이 뛰어난 이 시인에 대한 나의 관심은 지대한 바 있었다.

월리엄 버틀러 예이츠(William Butler Yeats)는 1865년 더블린 근교 해변가 마을인 샌디마운트에서 태어나 1939년(75세)까지 살다 간 금세기의 가장 위대한 시인이다. 동시대에 그와 쌍벽을 이루었던 T.S 엘리엇은 예이츠 서거 1주기 추모강연 때, 그를 이렇게 평했다.

"현대에 있어서 최대의 시인 ─ 확실히 영어로 쓴 최대의 시인 ─ 아니 내가 알고 있는 어떤 말, 그것을 이용해서 쓴 시인 가운데서 최대의 시인"이라는 최상급 찬사를 아끼지 않았다. 노벨문학상 수상작가 외에도 그에게는 유난히 많은 수식어가 붙었다. 아일랜드의 통일을 위해 분투한 민족주의자, 상원의원을 지낸 정치가, 아일랜드 문예협회와 아일랜드 국립극협회를 창립한 문화운동가, 아베이 극장을 개장해서 존 M 싱그의 작품을 무대에 올린 연출가, 극작가, 제작자, 그런가 하면 인도의 우파니샤드와 일본의 노오(能) 극을 통하여 선(禪)불교를 수용한 철학적 명상가, 심령술사 등의 다양한 면모를 보였다. 그 가운데서도 나는 그의 문학에 바탕을 이루고 있는 신비주의와 동양사상의 배경은 무엇이며 또한 그것이 작품과 어떻게 연계되고 있는가가 궁금했다.

우선 그의 가계를 살펴보면 예이츠의 할아버지는 목사였고 아버지 존 버틀러 예이츠는 화가였다. 외가는 슬라이고에서 선박업을 하는 집안이고 어머니는 그곳 뱃사람들의 얘기와 화롯가에서 시종들이 소곤대는 귀신과 요정들의 얘기에서 기쁨을 느끼는 즉 보이지 않는 세계에 대해 관심이 남달랐는데 그러한 몽상적 신비주의가 예이츠에게로 옮겨진 것 같다.

그는 방학 때가 되면 이따금씩 외할아버지의 집을 방문하곤 했다. 그곳에서의 추억은 유년기의 생각을 몽상적으로 채색했으며 그 기억들은 가슴 밑바닥에 저장되어 창작의 짚단에 불을 지폈다. 정원이 60에이커나 되는 외할아버지의 집은 언제든지 숨을 수 있는 큰 방이 있고 초자연적인 새가 지저귀며 요정과 귀신들의 얘기로 가득찬 이 슬라이고가 그는 어려서부터 좋았다.

슬라이고는 더블린에서 기차로 약 3시간 걸리는 아일랜드 서북쪽에 있는 해안도시다. 교회와 부두에 싸인 항구, 가파른 들판과 헐벗은 산정으로 이루어졌으나 슬라이고는 '어떤 의미에서 나의 고향이었다.'고 그는 술회하고 있다. 슬라이고는 그의 삶과 문학에 정신적인 고향으로 자주 모습을 드러낸다.

예이츠는 〈청소년 시절의 몽상〉에서 이렇게 적고 있다.

> '나는 슬라이고를 저녁 6시경에 떠나 천천히 걸었다. 아름다운 저녁이었다. 잘 시간쯤에 슬라이쉬 숲에 닿았지만 잠들 수가 없었다.'

어린 시절 그의 아버지가 소로의 《월든》을 읽어주었을 때, 언젠가는 이니스프리 섬에 조그만 오두막을 지어 살리라는 생각을 했다고 한다. 그는 늘 이니스프리 섬에 오두막을 짓고 밤에는 물소리를 들으며 잠을 자고, 새벽에는 섬 끝에 새 발자국을 보러 가는 꿈을 꾸었다. 더블린에서 다시 런던에 나가 살던 예이츠는 어느 날 길을 걷다가 쇼윈도 속에서 분수대의 물줄기가 핑퐁 공을 튕겨 올리는 것을 보다 그만 물소리에서 아득한 이니스프리 섬을 떠올리게 된다. 그것이 촉발되어 탄생한 시가 〈이니스프리 호도〉이다.

나는 학창 시절, 영문과 친구들이 얼굴을 마주하고 원어로 외우는 〈이니스프리 호도(湖島)〉를 들으며 그 낭랑한 운율이 듣기 좋았지만 나는 그것을 번역본으로 읽었다.

> '나 당장 일어나 가리, 이니스프리로 가리.
> 흙과 욋가지로 조그만 오두막 짓고
> 아홉 이랑 콩밭 갈고, 꿀벌 한 통 치며
> 벌 소리 잉잉거리는 숲 가운데 혼자 살리.
>
> 거기에는 평화가 있으리.
> 아침 안개에서 귀뚜라미 우는 곳으로 평화가 흘러내리니
> 한밤중에도 온통 빛나고 대낮에는 보랏빛 광채.
> 저녁엔 홍방울새 날개 소리 가득한 곳.
>
> 나 당장 일어나 가리.
> 밤이나 낮이나 호숫가에서 출렁이는 물소리 듣나니
> 대로 위에나 회색 보도 위에 서 있을 때에도
> 가슴속 깊이 물소리를 나는 듣나니.
>
> — 〈이니스프리 호도〉

출렁이는 물소리가 내 귓가에도 들리는 듯하다. 이니스프리 섬은 슬라이고 근처 라프길 호수 안에 떠있는 조그만 섬이다. '프리'란 아일랜드어로 '히스'라는 야생 관목을 말하며 '이니스프리'란 히스로 뒤덮인 바위투성이의 땅일 뿐인데 그는 거기에다 오두막을 짓고, 아홉 이랑의 콩밭을 일구며 평화로운 꿈을 펼친다. 윙윙대는 벌 소리를 상상하여 하마터면 나는 속을 뻔하였다. 그러나 시인의 상상 속에서는 얼마든지 가능한 일이 아닌가.

예이츠

예이츠의 아내

예이츠는 이 시의 창작 동기를 다음과 같이 밝혔다.

"내가 10대에 호수 속에 있는 작은 섬 이니스프리에서 소로(월든의 저자)를 모방해 살고 싶다는 야심을 가졌었다. 그러던 어느 날 향수에 젖어 런던 템즈 강가를 걷고 있을 때, 나는 물방울이 떨어지는 소리를 들었다. 그리고 쇼윈도에서 작은 공이 균형 잡혀 얹혀있는 분수를 보았을 때, 호수에 대한 회상이 시작되었다.

나의 시 〈이니스프리〉가 독특한 리듬을 갖고 첫 서정시로 태어난 것이다."

그가 런던에서 다시 아일랜드의 하우스로 이사 온 것은 15세 때, 예이츠는 저녁식사 후, 여름날 밤 집에서 몰래 빠져나가 동굴에서 자기도 하고, 하우스 성의 장원에서 진달래 사이에 누워 밤을 보내기도 했다. 이때부터 시를 쓰기 시작했으며 하우스의 숲과 언덕에 나타난 요정들의 민담을 자료로 하여 산문집 ≪켈트의 여명≫과 첫 시집 ≪어쉰의 방랑≫을 펴냈다. 이 시집 역시 켈트족의 영웅 어쉰이 요정의 안내로 마법의 성을 찾아다니는 내용의 환상적인 시로 이어져 있다. 그 후 그는 아일랜드의 민족운동가이며 아일랜드 언어를 보존하고 발전시키기 위해 '겔릭 연맹'을 창설한 존 테일러를 추종했는데 그 모임에서 여류시인 캐더린 티난을 만난다. 그녀는 예이츠를 강신술의 회합으로 안내했다. 그곳에서 영매의 놀랄만한 몇 마디에 티난은 책상에서 떠나 구석에서 무릎을 꿇고 기도에 잠겼고, 예이츠는 어떤 보이지 않는 힘에 의해 주먹으로 옆 사람을 때리고 또 책상을 부쉈다고 한다. 일시적으로 신들린 상태에 빠져 ≪실락원≫의 초반부를 암송하기 시작했다. 그때 그는 방안에 아주 사악한 존재가 있음을 감지했다고 한다.

1866년 예이츠는 메트로폴리탄 미술학교를 포기하고 작가가 되기로 결심한다. 그 무렵 가족들은 더블린을 떠나 런던으로 이주했고 거기에서 마술사인 맥그레거 매터즈와 신지학회의 창립자인 마담 브라바스키를 만나 그들의 모임에 합류한다. 그들과 어울린 신비적인 탐색은 잠시 동안 예이츠를 신들린 상태로 만들었고 보이지 않는 존재에 대한 관심은 그의 삶에 상당한 영향을 미쳤다.

그는 틈틈이 슬라이고를 방문해서 외삼촌과 로시스포인트의 해변가를 산책했다. 신비적인 상징의 방법을 통해 예이츠는 말없이 생각과 이미지를 서로 주고받는 훈련을 쌓았다. 또한 외삼촌댁의 하녀 메리베틀은 전혀 훈련받지 않은 순수한 예언가로 예이츠가 숨겨진 세계에 대해 더 관심을 갖도록 한층 고조시켰다. 그는 메리베틀로부터 배운 것을 모두 다 기록했고, 그녀의 비전(vision)은 가장 인상 깊게 짧은 구절로, 그의 작품을 고무시켰던 것이다.

평생을 사모하던 여인 모드 곤에게 세 번의 청혼을 거절당하자 53세가 된 예이츠는 26세의 신부를 아내로 맞아들인다. 이름은 조지 하이드 리. 심령술의 동료인 그녀의 영매 능력은 뛰어난 바 있었다. 평소 예이츠 내면의 신비술과 심령술이 젊은 아내에 의해 구체화되기 시작했다. 그녀는 실연에 지친 남편에게 생활의 안정을 되찾게 하고 개인생활 위주의 시작(詩作)포인트를 초월적 영감에 의한 시작으로 전환시켰다.

그녀와 결혼 후 예이츠는 아내의 도움으로 영매로서의 영혼의 말을 쓰기 시작했다. 그는 이것을 이용하여 역사, 인류, 사후의 세계 등에 의한 철리(哲理)를 엮어내려고 애쓴 작품 ≪비전≫을 세상에 내놓는다. 그의 우주적 역사관과 삶과 죽음에 대한 명상록이라고 할 만한 책이었다.

1925년, 그의 걸작으로 평가되는 ≪비전≫이 세상에 나온 것은 그가 결혼한 지 8년째였다. 여기에는 부인 하이드 리의 자동기술 능력이 한몫을 했다. ≪비전≫이 태어나게 된 동기이며 복잡한 수식과 도면까지 동원된 그의 '가이어스 〔선회〕 이론이 나오게 된 배경을 예이츠는 ≪비전≫의 서문에서 이렇게 쓰고 있다.

"결혼 뒤 4일째인 1917년 10월 24일, 나는 아내가 자동기술을 시도하는 데 놀랐다."고 쓴 뒤 그 자동기술이라는 것이 형편없는 문장과 글씨인데도 불구하고 때로는 깊은 뜻을 지닌 것 같아 흥미가 컸다고 고백한다. 일종의 영매능력자였던 그녀가 환상이나 깊은 명상 속에서 무엇인가가 씌어지는 느낌을 받으면 그대로 써내려갔다는 것이다. 그녀는 무의식 상태의 글쓰기가 자신의 의식 때문에 방해받을까 두려워 줄곧 예이츠에게 말을 걸어 자신의 의식에 의한 방해를 막고 썼다고 한다. 그러니까 하이드 리가 남편의 마음에 있는 어떤 망상들을 읽어내 이를 기술함으로써 즉 아내의 자동기술에 경이적인 생기를 얻어 ≪비전≫이 태어나게 된 것이다.

'비전(vision)'이란 사전에 의하면 '보이지 않는 것을 마음속에 그리는 상상력, 또는 환상(幻想)'이라고 한다. ≪비전≫ 제1장 〈대륜(大輪)〉에서는 사회 문명의 전개를 두 개의 조립된 원추형으로 설명하고, 역사의 회전을 28로 구분한 원에 의해 나타내며 인간의 발전, 창조력의 변화, 사회 현상의 특색을 정리해 나간다.

제2장에서는 육체와 정신의 관계를, 제3장에서는 생과 사의 문제를, 제4장에서는 유럽의 정신사를, 제5장에서는 서력(西曆)의 시작으로부터 27년까지의 사회 현상을 설명한다. 이러한 사상 체계를 통일된 형태로 하기 위해서 그는 동서고금의 사상사를 섭렵하는 등 실제로 많은 노력을 기울였다.

예이츠 뒤에는 영국의 시인이자 대사상가인 윌리엄 브레이크(1757 - 1827)가 있었다. 브레이크는 사회비판 정신이 엿보이는 《예언서》를 썼으며 신화적 인물이 등장하는 시적 환상세계를 전개했다. 신비주의에 몰입한 그는 영혼의 상반되는 두 가지 상태를 시에 표현했다. 그에게 경도되었던 예이츠는 그가 주창했던 주체와 객체, 자아와 반자아, 음과 양의 대립된 두 개념을 도입하며 브레이크의 시 〈순수의 노래〉와 〈경험의 노래〉에서 순수한 영혼을 '양'으로, 경험을 통해 타락해서 악해지는 어른을 '호랑이'로 상징한 것을 예이츠는 자신의 시 〈재림〉에서 사자의 몸과 사람의 머리를 가진 험상스런 짐승으로 그것을 나타내며, 궁극적인 우주관의 단순함도 안이한 것도 아니라는 것을 보여 준다. 〈재림〉이란 시에 그의 영향이 짙게 드러난다.

> 점점 넓어지는 선회로 돌고 돌며
> 매는 사냥꾼의 소리를 듣지 못한다.
> 사물이 흩어지고 중심이 잡히지 않는다.
> 더 큰 무질서가 세상에 퍼져 있다. (…)
>
> 분명히 어떤 계시가 다가왔다.

분명히 재림이 다가왔다. (…)
사막의 모래톱 어디선가
사자의 몸과 사람의 머리를 가진 형체가
태양처럼 공허하고, 인정 없는 응시로
어슬렁거리고 있고, 그 주위에는
분개한 사막 새들의 어지러운 그림자.
다시 어둠이 내린다. 그러나 나는 안다. (…)

                           – 〈재림〉 중에서

첫째 줄의 '점점 넓어지는 선회(旋回)로 돌고 도는' 가이어(gyre)는 예이츠 철학에서 특수한 의미를 지닌다. 그것은 주역에서의 음양(陰陽)처럼 두 개의 원추가 주관과 객관 등의 모든 상반 관계를 상징한다. 가이어는 생과 사, 사랑과 미움, 낮과 밤처럼 대립하는 형상을 포함한 현세를 상징한다. 그는 교합(交合), 원추를 이루는 가이어를 2000년 주기인 '역사의 원추'에 결부시켜 새로운 문명의 도래, 즉 한 문명이 끝나는 위기에 처한 현대의 혼돈을 예상한다. 그리고 예이츠는 사자 몸에 사람 머리를 한 반인반수의 비슈누신을 끌어와 지상의 악이 소탕되고 정의가 회복된다는 파사현정의 세계를 펼친다.

≪비전≫은 선불교와 우파니샤드의 이해를 바탕으로 하여 씌어진 작품이다. 예이츠는 인간이 '존재의 통일'을 이룰 수 있으며, 그것은 선(禪)불교의 '공(空)'의 시현이나 우파니샤드 영혼의 제4단계인 '트리야'의 성취로 가능하다고 생각했다. 그 순간을 ≪비전≫에서 '제13원추', '제13사이클'로 표현했는데 인간은 어떤 감정이나 강요, 본능 혹은 환경, 제도, 교회, 그리고 국가나 그 어떤 것에 얽매이지 않는 '상(相)이 없는 구(球)'에서 완전히 자유로울 수 있기 때문에 '제13의 원추' 혹은 '제13의 사이클'이라고 한다는 것이다. 그는 단지 '완성', '궁극적 경지'를 위한 이미지를 발견

해서 가이어가 하나의 구(球)가 되는 지점을 '제13의 원추'라고 불렀다. 이 경지에 이르면 사물의 구속으로부터 벗어나서 모든 감정이 정화되는 상태에 들어가게 되고, 그곳에는 아무 것도 존재하지 않고 단지 그 상태만 존재할 뿐, 그것을 제약하거나 멈추게 하는 일이 없다는 것이다. 이 궁극의 경지는 모든 이율배반을 초월한 '상(相)이 없는 구(球)'이며 이 경지에서 보면 모든 사물은 영원한 순간으로 나타난다는 것이다.

주관과 객관이 초월된 혼연일체의 '그 순간'을 예이츠는 〈마이클 로버츠의 이중 환상〉에서 춤꾼과 춤으로 표현한다. 엘리엇은 그의 〈사중주〉에서 "회전하는 세계의 정지하는 한 점, 육(肉)도 비육(非肉)도 아닌 정지점, 거기에 춤이 있다"고 노래한다.

여기에는 그가 존경하는 인도의 승려 프로히트 스와미에게 힘입은 바가 크다. 예이츠는 스와미를 만나 함께 ≪우파니샤드≫를 영역하고 상대성과 분별심을 뛰어넘는 반야의 경지 즉 니르바나의 성취로 '존재의 통일'을 깨닫는다. 예이츠가 말하는 '존재의 통일'을 엘리엇은 회전하는 세계의 '정지된 한 점'으로, 버지니아 울프는 '존재의 순간'으로, 제임스 조이스는 '현현(顯現)'이라는 에피파니로 표현했다.

≪비전≫의 '제13의 원추'에서 성취되는 '그 순간'은 인간 '본래의 성품(佛性)'이 발현되는 때이다. 그는 인간이 도달할 수 있는 최고의 경지 ≪비전≫을 제시함으로써 단순한 시인을 넘어 위대한 예언자적 시인으로 평가되고 있다.

또한 그는 중국 고전에 해박한 미국의 시인 에즈라 파운드를 만나 선불교와 ≪주역≫을 흡수하고 일본의 불교학자인 스즈키 다이세츠의 책을 읽었다. 불교를 이해하여 ≪탑≫에서는 '죽음과 삶은 본래 존재하지 않았다.'고 쓰고 있다.

그는 ≪반야심경≫의 '공(空)'의 진리에 대해 알고 있었다. 이 세상의 모든 존재는 인연이며 그러기에 공이며, 공이기 때문에 무아(無我)라는 것을 인식하고 있었다. 예이츠는 스와미와의 친교로 그가 평생 갈구해 오던 '실재의 참 모습'을 확연히 깨우칠 수 있었다고 고백했다.

〈나의 작품에 대한 일반적인 소개〉에서 자신의 작품에 나오는 '예수'는 우파니샤드의 '자아(self)'라고 확실하게 밝히고 죽기 얼마 전 T.R 헨 교수를 만나 자신의 시 속에 내포된 특징은 바로 '지혜'라고 말한 바 있다. 내가 막연하게나마 그에게 이끌렸던 것도 이러한 동양적 사고를 바탕으로 한, 우주과학 이론인 주역의 '음양론'과 불교관 때문이 아니었나 싶다.

하루 동안의 짧은 일정이라서 예이츠와 관련된 슬라이고와 만년의 걸작품인 《탑》의 배경이 된 골웨이를 갈 수 없어 몹시 아쉬웠는데 그런 우리를 배려라도 한 것처럼 더블린 국립도서관에서 〈예이츠의 생애와 작품기념전〉이 열리고 있었다. 예이츠의 혼령이 우리를 환영하는 게 아닌가 하는 생각도 들었다. 장장 15시간의 비행기를 타고 이곳까지 왔는데… 마음속으로 기쁨을 누르며 천우신조께 감사를 드렸다.

도서관 입구에 〈이니스프리 호도〉가 프린트 된 커다란 천이 보기 좋게 드리워져 있었다. 반가웠다. 역시 그를 상기시키는 대표시로 꼽히는 모양이다. 유리진열장 안에는 예이츠의 육필원고며 심령론 연구에 몰두하며 썼던 시 작품집 《노란 책》과 그의 뛰어난 서정시가 담긴 책 《사보이》가 진열되어 있다. 〈이니스프리 섬〉을 액자로 꾸며 만든 소품들도 눈에 띄었다.

한 방에서는 예이츠의 가족사진이 소개되고, 그의 영원한 애인 모드 곤의 아름다운 모습이 화면에 가득했다. 183센티미터의 늘씬한 금발머리와 지성에 빛나는 이 여인은 민족주의 운동을 벌인 정치 운동가다. 그녀의 연설을 지켜보며 예이츠는 언제나 마음을 졸였다고 한다. 황홀경에 빠져 그녀의 미모와 아일랜드의 전통적 신화를 뒤섞은 시를 그는 마구 써내려갔다. 시 속에 모드 곤을 상징한 작품은 〈이 세상의 장미〉, 〈사랑의 연민〉, 〈두 그루의 나무〉 등이다.

그러나 모드 곤은 영국으로부터 아일랜드를 구해내겠다는 열정에 사로잡혀 예이츠의 청혼을 세 번이나 거절했고 단지 그녀는 조국에 바치는 그의 애국시를 좋아했다.

예이츠의 두 번째 여인, 그레고리 부인은 예이츠의 든든한 문예운동의 후원자이며 아일랜드 문예극장의 파트너였다. 골웨이의 저택 '쿨 장원'을 예이츠에게 제공함으로 30년 동안 그의 안식처가 된 이곳에서 그는 ≪디어도어≫를 썼다.

세 번째 여인, 예이츠와 40년 이상의 우정을 나눈 아름다운 올리비아 셰익스피어는 예이츠의 비서였던 에즈라 파운드를 사위로 삼고, 예이츠의 아내가 된 하이드 리를 예이츠에게 소개했다.

네 번째의 여인이 된 그의 젊은 아내도 그에게 헌신을 다했다. 자동기술뿐 아니라 27년이란 나이차이를 극복하고 애정으로 그를 섬겼으며 슬하에 남매를 두었다. 단란한 예이츠의 가족사진, 55세에 얻은 딸 앤과 57세에 얻은 아들 마이클. 딸은 아버지로부터 화가 자질을 물려받았고 아버지를 쏙 빼닮은 아들은 후에 아버지처럼 상원의원이 되었다. 영적으로 가득한 하이드 리의 강한 눈빛은 인도계의 심령술사를 떠오르게 했다.

화면에서 만나 본 예이츠의 모습은 퍽 행복해 보였다. 다 이룬 자의 넉넉하고 편안한 모습이었다. 말년에 시골집으로 옮겨와서 아이들과 아내와 함께 서양자두와 양배추를 기르며 새들에 둘러싸여 행복한 여생을 보냈다. 심장이 좋지 않아 이따금씩 부인이 밀어주는 휠체어에 앉아 시골길을 산책하는 모습도 보기 좋았다. 한때 예이츠 가족이 여름을 보낸 골웨이의 밸러리 탑도 화면에 소개되었다.

담쟁이덩굴로 뒤덮인 직사각형의 고탑, 52세 때 그가 옛날 건물을 사들여 수리한 것으로 아내에게 시를 지어 바친 집이기도 하다.

> 나 윌리엄 예이츠는
> 낡은 방앗간에 판자와 초록색 석판,
> 그리고 고트의 대장간에서 단조한 철물로
> 내 아내 조지를 위하여 이 탑을 복원하였다.
> 모든 것이 다시 한번 폐허가 될 때도
> 이 명문들은 남아 있으라.

예이츠 자신도 '내가 쓴 최고의 책'이라고 자부한 시집 ≪탑≫이 씌어진 바로 그 장소다. 그에게 성공을 안겨준 책이기도 하다. 36편의 시 가운데 특히 〈비잔티움의 항해〉, 〈탑〉, 〈학생들 사이에서〉는 대표적인 작품으로 손꼽힌다.

〈비잔티움의 항해〉에서 그는 이상향으로 그리던 고대 도시였던 비잔티움에 대한 동경을 노래한다. 동로마 제국의 수도였던 비잔티움, 지금의 이스탄블로 그는 그곳을 종교와 문화의 이상적인 도시로 동경한다. 동방기독교의 중심지이기도 했던 비잔티움의 그 신비적이고 장엄한 예술적 성취는 예이츠가 정신적으로, 예술적으로 도달하고자 한 경지이기도 했다. 종교에 대해 회의적이고 예술을 종교로 생각했던 화가인 그의 아버지처럼, 예이츠도 종교를 대신할 만한 것을 늘 추구했다.

"시적 전통의 완전무결한 새로운 종교를 교회 안에 만들겠다."라던 그가 예술종교론자가 된 것이다. 이제 그는 예술이라는 종교적 목표에 도달했다. 바로 그 성스러운 도시(聖市) 비잔티움에.

늙은 사람이란 정말 보잘 것 없는 것.

막대기에 걸친 누더기 등거리.
영혼을 싸는 육체의 옷이 갈기갈기 찢어지는 것을
영혼이 손뼉 치며 노래하지 않고,
소리 높이 노래하지 않는다면
또한 영혼의 영원함을 배우지 않는다면
노래를 배울 곳은 아무데도 없다.
그래서 나는 바다를 건너
이 곳 성시(聖市)비잔티움에 왔다.

오, 벽에 아로새긴 황금 모자이크 사이사이에 보이듯이
산의 성스런 불 속에 우뚝 서 있는 성자들이여.
그 성화(聖火)로부터 걸어 나와 하나의 원을 그리며 선회하사
내 영혼에 노래를 가르치는 스승이 되시라 (…)
그리하여 나를 일깨워
영원의 손안에 있게 하시라.

　　　　　　　　　　　　　　　　　－ 〈비잔티움의 항해〉 중에서

　시인으로서 그는 '영원의 손 안에 있게 하는' 마침내 그 성시(聖市)를 꿈꾸며 비잔티움의 항해를 통해 거기에 도달한 최고의 시인이 아니었나 싶다.
　손으로 검은 휘장을 걷고 들어간 작은 방에서는 예이츠의 시가 화면에서 물결처럼 아래로 흘러내리고 있었다. 낭독자가 읊조리는 것은 제목만으로도 알 수 있는 〈이니스프리 호도〉였다.

The Lake Isle of Innisfree

I will arise and go now, and to Innisfree,
And a small cabin build there, of clay and wattles made:
Nine bean－rows will I have there, a hive for the honey－bee.

And live alone in the bee—loud glade.

And I shall have some peace there, for peace comes dropping slow.
Dropping from the veils of the morning to where the cricket sings;
There midnight's all a glimmer, and noon a purple glow,
And evening full of the linnet's wings.

눈을 감고 듣는 '이니스프리'는 그의 어린 시절 속으로 나를 데리고
간다. 몽상으로 채색된 그의 유년기에 나도 동참된다.

'아홉 하고도 쉰 마리의 백조가 있다' 이것은 〈쿨 호수의 백조〉라는
시가 분명했다. 긴 나무의자에 앉아 뜻은 놓쳐도 잔잔한 시의 운율은
가슴에 담고 있었다. 그가 엄격히 지켰다는 영시의 각운, 약강 4보행 강
약 5보행의 운율을 느끼려고 애쓰면서.

예이츠만큼 인생과 문학에서 고르게 성공한 작가도 드물 것 같다. 그
의 인생에 있어 아름다운 네 명의 여자, 그리고 단란한 가정의 행복, 짧
은 학력으로도 옥스퍼드 대학, 케임브리지 대학, 트리트니트 대학에서
명예박사 학위를 수여받고 노벨문학상까지, 문학과 인생에서 두루 성공
한 삶이었다고 할 수 있다.

예이츠는 1939년 2차 대전이 시작되기 직전, 1월 28일 남 프랑스에서
심장마비로 사망했다. 그가 〈불벤 산 아래에서〉 "척박한 불벤의 머리
아래에 드럼크리프 교회 묘지에 예이츠는 누워 있네."라고 쓴 대로 1948
년 아일랜드로 옮겨져 그 묘지에 와서 묻혔다. 그의 증조부가 교구 목사
로 있던 곳이다. 예이츠는 이 산기슭에 묻히는 것이 소원이었다고 한다.
그의 유지에 따라 묘비도 없는 평범한 석회석 위에 다음과 같은 비문을
새겨 두었다.

Cast a cold eye
On life on death
Horseman pass by!

임종 5개월 전에 씌어진 〈불벤 산 아래에서〉의 제6연이다.
예이츠는 이것을 자신의 묘비명으로 삼았다.

싸늘한 시선을 던져라.
삶에, 죽음에
말 탄 자여 자나가라!

슬라이고의 드럼클리프 교회묘지에 있는 예이츠 무덤의 자작 묘비명

'말 탄 자여 지나가라' 화면에 클로즈 엎된 그 'pass by'는 갑자기 김삿갓을 생각나게 했다.

'말을 달려 지나는 손은 다 이와 같도다.' '길을 아는 선생이 어젯밤 자고 간 곳이로다.'라는 김삿갓의 시구가 입에서 산발적으로 튀어나왔다. 우주를 달리는 시간의 말 잔등에서 우리는 모두 지나갈 뿐이 아닌가. 그러니 보다 냉정히 삶과 죽음에 싸늘한 시선을 던져라. 그 어느 것〔生死〕에도 집착하지 말라. 내게는 그렇게 들렸다. '죽음과 삶은 본래 존재하지 않았다.'(〈탑〉에서)고 그는 말하지 않았던가. 그러니 이미 떠나기로 되어 있는 말 탄 자여, 그냥 지나가라.

더블린 국립도서관 작은 암실에 앉아 나는 예이츠와 이렇게 교감하고 있었다. 시공을 가로지르며 어떤 바람 같은 존재가 내 어깨를 툭 치고 지나갔다. 말 잔등에 올라 탄 남자의 찬 손길. 그것은 예이츠 같기도 했다.

3.

아무런 희망의 시를
새기지 않은 묘비

찰스 램
박연구
오 헨리
나타니엘 호손
어니스트 헤밍웨이
존 스타인벡
발자크

나는 이곳을 내가 영원히 살 곳으로 삼고 싶다
– 찰스 램

찰스 램(Charles Lamb 1775－1834)이 잠들고 있는 런던 교외의 에드먼턴을 향하여 버스는 달리고 있었다.

"로워 에드먼턴 역에서 나와 왼쪽으로 레일웨이 다리 밑을 지나면 처치 스트리트(church street)를 향하게 된다.… 당신의 오른쪽의 라이언 로드의 남서쪽 코너에 있는 첫 번째 건물이 렘 코데지다"

'찰스 램 동인회'에서 만든 안내 책자를 보면서 이곳을 찾았던 수필가 박연구(朴演求)선생의 행보대로 길을 잡았다.

'… 모르면 모르되 한국의 에세이스트 중에서 찰스 램의 유적을 찾아본 사람은 내가 처음이 아닌가 한다. 왜냐하면 해외여행 안내 책자에도 셰익스피어나 디킨스에 대한 소개는 있지만 찰스 램에 대해서는 한마디도 언급이 없으니 찾아볼 길이 없어서다.'

매원(梅園은 그 분의 호) 선생이 돌아가시고 5년 뒤, 2008년 4월 13일 우리가 찰스 램의 유적지를 찾게 되다니… 뭔지 모르게 벅차오르는 마음을 누르며 《에세이 문학》을 통해 굳게 연결된 수필의 끈을 단단히 틀어쥐게 되던 것이다. 20여 명의 승객 중에 소설가 한 분을 제외하고 모두 수필가여서 그런지 분위기는 설렘 반, 긴장감 반으로 고조되어 있었다.

찰스 램이 누군가? 묻는다면 대답하기 이전에 가녀린 체구에 따뜻한 그 미소가 전이되어 우리도 모르는 사이 미소를 머금게 되고야 마는 그런 사람이 아닌가. 운명을 사랑한 사람 그리고 고뇌를 쓰다듬어 주는 작은 손의 큰 위안을 나는 늘 생각하게 되는 것이다.

영국 수필문학은 베이컨 이래 오늘에 이르기까지 오랜 전통을 가지고 있지만 그 완성자로 볼 수 있는 사람은 찰스 램(Charles lamb, 1775 – 1834)이라고 《문예사전》에서도 밝힌 바 있다.

에세이 하면 영국이요, 영국수필의 완성자, 램은 그러니까 영국의 대표적인 에세이스트이다. 우리는 학창시절 교과서에서 읽었던 그의 수필 〈굴뚝청소부예찬〉이거나 〈만우절〉의 한 대목인 '나는 어리석은 자를 사랑한다.'는 멋진 그 구절을 잊지 못한다. 그는 작고 힘없는 사소한 것들에 대해 따뜻한 눈길을 보내던 작가였다. 〈굴뚝 청소부 예찬〉만 해도 그런 수필적 특질이 잘 드러나 있다.

　나는 굴뚝 청소부를 만나보고 싶다. … 엄마가 씻겨 준 세수 자국이 아직 볼에 남아, 갓 묻은 숯검정 사이로 발그레한 보조개를 드러내는 어린 청소부들. 그들은 동이 틀 무렵 아니면 더 일찍 일어나서 앳된 목소리로 "굴뚝 청소 합쇼" 하고 외치고 다니는데, 그 억양이 마치 어린 참새가 짹짹하고 지저귀는 소리 같다. (생략)
　우리와 혈통이 같으면서도 아프리카 토인처럼 까만 이 아이들. – 뽐내지 않고 검은 제의(祭衣)를 입고서 섣달 아침 살을 에는 바람을 맞으며 그 작은 제단인 굴뚝 위에서 인류에게 인내의 교훈을 설파하고 있으니 아기 목사님들이라 해야 할 이 아이들을 나는 존경한다. (생략) 알 수 없는 방법으로 '지옥의 목구멍'같이 생긴 굴뚝 구멍으로 들어가는 것을 보고서 그 어둡고 숨이 막혀버릴 듯한 동굴 − 저 무시무시한 어둠의 지옥을 더듬거려 들어가는 청소부 아이의 모습을 마음속에서 뒤쫓다 보면, "이제 저 아이는 절대로 살아나오지 못할 거야!"라고 생각하고 무서워 진저리를 치지만 햇볕 속에 다시 나왔다고 가냘프게 외치는 소리를 듣고 희망이 되살아난다. 그런 다음 "아, 얼마나 기분이 좋았던가!"

저 무시무시한 어둠의 지옥(굴뚝)에서 빠져나와 가냘프게 외치는 소리를 듣게 되자 "아, 얼마나 기분이 좋았던가!" 하는 그에게서 따뜻한 인정의 기미와 위안을 받게 되는 것이다. 그리고 굴뚝 꼭대기를 '제단'에 비유하고 어린 청소부를 '아기 목사님'으로 추어올리는 램의 유머러스한 표현 뒤에 숨어있는 연민. 섣달의 살을 에는 혹한을 이겨 내면서 '인내의 교훈'을 설파한다는 풍자는 결코 웃어 버릴 수만은 없게 한다. 그의 수필에는 거리의 행인·아이들·부녀자·하층민·동료·런던의 거리·불행한 사람들이 자주 등장하는데 이들 사회의 약자들에 대한 깊은 동정심과 너그러운 애정은 그의 인간애(人間愛)에서 비롯한 것이며, 동병상련의 정이 아닐까 한다.

찰스 램은 1775년 런던의 이너템플 법원가에서 존과 엘리자베스의 일곱 자녀 중 막내로 태어났다. 형제들은 대부분 어려서 죽고 형인 존과 누이 메리만 살아남았다. 병약한 부모를 닮아 램은 허약한 체질로 태어났다. 아버지는 법률사무소의 간부였던 사무엘 솔트의 서기 겸 집사로 그들은 솔트 씨의 저택 지하 행랑에서 살았다. 또 램이 다녔던 크라이스트 호스피털은 일종의 구빈(救貧)학교에 지나지 않았던 것인데 여기에서 초등부 7년이 그의 학력의 전부였다. 재학 중에는 공부도 잘하고 글 쓰는 재주도 뛰어난 수재였건만 일찍이 학업을 포기할 수밖에 없었던 까닭은 어려서부터 말을 심하게 더듬었던 그 언변상의 결함도 있거니와 무엇보다 집안의 생계를 도와야했기 때문이다. 램은 상점의 사환 일과 형이 일했던 남해상회를 거쳐, 17세의 사원으로 동인도회사 회계 사무원으로 입사한 후 50세로 은퇴하기까지 33년 동안 그곳에서 일했다.

램의 생애는 출생지인 런던을 떠나지 않고, 평생 동안 근무지의 거리를 왕래한 것과 40년간 정신병 환자인 메리를 극진하게 보살피며 종사했던 문필 생활이 전부였다.

램의 생애에서 가장 비극적인 일이 일어난 것은 1796년이었다.

9월 22일, 메리가 정신 발작으로 그의 어머니를 살해한 것이다. 램이 퇴근해 돌아오니 저녁 밥상이 놓인 채, 방은 온통 흐트러져 있었고 피가 낭자한 바닥에 고모는 의식을 잃었고 아버지 이마에는 상처가 났고, 어머니는 의자에 앉은 채 메리의 칼에 찔려 있었다. 메리의 손에는 아직 칼이 들려 있었다. 그때 램은 겨우 21세, 형 존은 메리를 국비 요양원에 보낼 것을 주장했지만 극구 반대하던 램이 결국 누이 메리를 떠맡게 된 것이다. 죽을 때까지 그는 독신으로 살면서 메리를 돌보는 데 헌신을 다하였다.

램은 초등학교 시절의 동문들인 코올리지, 화이트 등과 친교를 맺게 된다. 그것이 그에겐 더없는 위안과 기쁨이었다. 후에 램을 중심으로 그의 집에서 문학 동호인의 모임이 이루어지고 여기에 당대의 일급 문인들 헤즈릿 · 디 퀸시 · 워즈워스 · 키이츠 · 코올리지까지도 참여했다. 램은 자신을 "당신의 매우 천한 종"이라고 부를 만큼 코올리지를 하늘과 같이 존경하였으며 그와는 평생의 친우로 지냈다. 그의 시집에 램의 소네트 (14행시) 네 편이 발표된 적도 있었다. 코올리지가 1834년 7월에 세상을 떠나자 램은 그 충격 속에 사로잡혀 사람들과 이야기하다가도 갑자기

"코올리지가 죽었다."며 비탄에 찬 소리로 외칠 만큼 그들의 관계는 남달랐다. 그는 같은 해 12월, 코올리지가 타계한 지 다섯 달 만에 그의 뒤를 따르고 말았다. 메리를 세상에 혼자 남겨 놓고 어떻게 떠났을까.

≪찰스 램 수필선≫을 아름다운 문장으로 우리에게 소개해 준 양병석 교수는 이렇게 묻고 있다.

> 만일 찰스 램에게 누이 메리가 없었더라면, 그녀가 정신발작을 일으켜 어머니를 살해했던 일이 그의 생애에서 발생하지 않았더라면 그의 삶과 문학은 어떤 것이었을까? 아마도 그의 수필 〈꿈속의 아이들〉의 환상은 환상이 아니라 현실이 되어 통속적인 의미의 보다 행복한 삶을 누렸을 것이요, 그의 문학적인 재능은 시에 응결되었을지 몰라도 그의 수필은 없었을지 모른다.

여기에 그의 평생지기였던 매원 선생은 "독특한 인정의 여운이 감도는 그의 문학적 성격은 생애 중의 비통하고 무서운 사건들로 인한 조탁된 결과에서 나온 것이라 해도 과언이 아니라"고 덧붙였다. 고난만큼 인간을 성숙시키는 것도 없는 것 같다. 관용도 여유도 그 위에서 길러지므로.

램은 소설도 썼고, 소네트와 평론과 희곡을 썼으나 그의 명성을 높인 것은 수필이었다. 1820년부터 ≪런던 메거진≫에 엘리아라는 필명으로 매달 수필을 발표하기 시작하여 후에 책으로 묶은 것이 ≪엘리아 수필≫이다.

〈엘리아 에세이집의 매력과 한계〉라는 제목의 글에서 영문학자 이보영 교수는 "램의 에세이가 그의 명성에 알맞은 평가를 받기는커녕 갈수록 그 명성이 퇴색되고 있는데 근본적 원인은 그의 작품의 성격에 있다."라고 지적했다. 그리고 그 이유를 몽테뉴나 워즈워스와 비교하여 정치적 무관심 혹은 시대정신에의 무관심 내지는 인간의 근본적인 문제의 본질에 대한 추구의 부족으로 진단했다. 즉 그의 시야가 친근한 일상사나 추억거리에 한하며 비정한 자본주의 사회 그 자체는 전혀 안중에도 없었다는 것이다. 그러나 귀족 집안의 출신으로 최고의 교육 혜택을 받고 자라난 괴테나 또 보르도 시장(市長)을 지낸 몽테뉴와는 애초부터 램은 비교할 수 있는 처지가 아니었다. 초등학교 7년의 학력을 극복하느라 램은 "촛불을 켜야 하는 저녁 시간밖에는 내 시간이라고는 전혀 없어서 겨울철이면 머리를 짜고 공부를 하느라고 눈을 상하곤 했듯이 그렇게 격렬하게 읽지 않으면 안 되었다."라고 〈정년퇴직자〉에서 밝히고 있지 않은가. 또한 코올리지의 소개로 ≪모닝포스트≫ 등에 글을 발표할 때마다 편당 6펜스의 고료를 받았는데 그것 때문에 회사 퇴근길에 매일 동전 여섯 닢을 생각하면서 걸었다고 말하고 있지 않던가.

애당초 그들과는 비교조차 할 수 없는 낮은 신분과 학력, 게다가 메리의 병원비까지 감당해야 하는 부담과 또 언제 재발할지 모르는 정신증에 대한 두려움과 공포. 주위의 수군대는 눈초리로 무수히 집을 옮겨 다녀야만 했던 그들에겐 안정보다 더 절실한 것이 어디 있었겠는가. 그러니 〈오래된 도자기〉에서처럼 "아! 이젠 살았구나. 안심이다." 하고 얼른 작은 안주에 쉽게 만족해버리고 마는 습성이며 한 모퉁이의 행복에 그저 만족할 수밖에 없다는 체관(諦觀) 따위는 그들의 인생에서 터득된 산물이었을 것이다. 그러니 그에게 좀 더 큰 자아(自我)를 바라보라든지 세상에 대해 좀 더 큰 안목을 가지고 보폭을 넓게 뛰라는 따위의 주문은 적절하지 않은 것으로 생각된다.

따라서 이보영 교수의 "…불확실성과 불안의 요소가 숙명처럼 따라다니는 회의정신은 더 말할 것도 없고, 보편적인 인간성과 바람직한 처세법에 대한 탐구나 문명비판을 볼 수 없는 것도 당연한 노릇이다. 사실상 그 점에 램의 가장 중요한 한계가 있었고, 오늘날 그의 인기가 놀라울

만큼 하강한 근본적 원인도 그 점에 있을 것이다."라는 지적은 그러니까 램의 글의 한계라고 보기보다는 그의 운명적 한계라고 보아야 더 타당할 것 같다.

〈정년 퇴직자〉에서 그는 말한다.

> "독자여, 지긋지긋한 사무실에서 인생의 황금기 − 빛나는 그대의 청춘을 허송해야 하고, 그 속박의 나날이 중년을 거쳐 은발의 노령에 이르기까지 석방이나 유예의 희망조차 가질 수 없고 휴일이란 것이 있는지조차 모르거나 아니면 어린 시절의 특권일 수밖에 없다고 여기며 사는 것이 그대의 운명이라면, 그대는 어쩌면 아니 그때에만 내 말을 이해할 수 있을 것이다 (…) 나는 어언 나이 쉰 살이 되었고, 이젠 해방의 기대감도 없었다. 말하자면 나는 책상이 되어 버렸고, 책상의 나무토막이 내 영혼 속에 들어와 앉은 것이다."

램은 노심초사하는 노역자들을 바라보며 또한 이런 생각에 젖는다.

> "… 돌려도 돌려도 끝없는 연자매를 열심히 돌리고 있는 방앗간의 마소와 같다. 한데 그 모든 것이 무엇을 위해서인가? 사람이란 자기 자신에게 시간을 많이 줄수록, 할 일이 없으면 없을수록 좋은 것이 아닌가? 만일 내게 어린 자식이 있다면 그에게 불유노작(不有勞作)이란 세례명을 붙였을 것이다. 아무 일도 하지 않도록 말이다 (…) 진정 믿거니와 사람은 활동하는 한은 사람의 본질에서 벗어나 있는 것이다. 나야말로 전적으로 명상적인 삶을 위해 있는 것이 아닌가! 지진이라도 고맙게 일어나서 그 저주스런 면화 공장을 몽땅 삼켜 버리지 않을 것인가? 거기 저놈의 책상을 가져다 멀리 던져버리라"고.

램은 얼떨결에 부사장에게 자신의 병을 고백해 해고의 단서를 제공한다. 봉급 3분의 2의 연금을 받고 퇴직하게 되자 "나는 이젠 상사(商社)

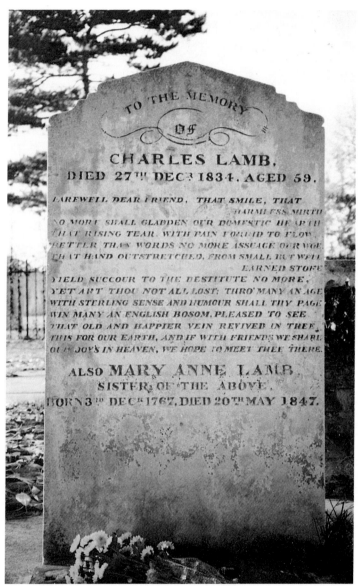

TO THE MEMORY

OF

CHARLES LAMB,
DIED 27TH DECR 1834, AGED 59.

FAREWELL DEAR FRIEND, THAT SMILE, THAT
HARMLESS MIRTH
NO MORE SHALL GLADDEN OUR DOMESTIC HEARTH
THAT RISING TEAR, WITH PAIN FORBID TO FLOW
BETTER THAN WORDS NO MORE ASSUAGE OUR WOE
THAT HAND OUTSTRETCHED, FROM SMALL BUT WELL
EARNED STORE
YIELD SUCCOUR TO THE DESTITUTE NO MORE,
YET ART THOU NOT ALL LOST: THRO' MANY AN AGE
WITH STERLING SENSE AND HUMOUR SHALL THY PAGE
WIN MANY AN ENGLISH BOSOM, PLEASED TO SEE
THAT OLD AND HAPPIER VEIN REVIVED IN THEE,
THIS FOR OUR EARTH, AND IF WITH FRIENDS WE SHARE
OUR JOYS IN HEAVEN, WE HOPE TO MEET THEE THERE.

ALSO MARY ANNE LAMB,
SISTER OF THE ABOVE,
BORN 3RD DECR 1767, DIED 20TH MAY 1847.

찰스 램의 묘비

따위의 서기가 아니다. 나는 은퇴한 한유거사가 아닌가? (…) 신문을 집어 들었다면 그건 오페라에 대해 알아보기 위함이다. 일은 끝나버린 것이다. 이 세상에 와서 해야 할 일은 모두 끝마쳤다. 내게 할당된 노역을 마쳤으니 남은 날은 내 자신의 것이다."

이렇게 축약된 그의 자전적 수필 한 편에서 나는 아무 일도 하지 않는다는 '불유노작(不有勞作)'의 의미를 몇 번이고 아프게 되새겼다. 봉급자의 생활로 젊음을 허비한 나 또한 그 '불유노작'의 시간을 얼마나 간절히 원했던가? 푸른 시절로 돌아가 공부만 할 수 있다면… 그런 만큼 그에 대한 연민은 남다를 수밖에 없었다. 이제 할당된 노역을 마쳤으니 남은 날은 '내 자신의 것'이라고 했지만 그에겐 남은 날도 그리 많지 않았다.

어느새 버스는 '램 그레이브스톤(Lambs' graveston)'이라고 쓴 세인트 교회 앞에 이르렀다. 교회 뒤뜰에 그의 무덤이 있었다. 철책 뒤엔 묘비가 많았지만 램의 무덤은 홀로 고적해 보였다. 아무 장식도 없는 소박한 묘비였다. 그 위에 벚나무 꽃잎이 간간히 흩날렸다. 만개한 벚나무들은 이미 절정을 이루고 있었다. 무덤 앞에서 우리는 이 수필가에게 경건하게 예를 올렸다. 여기 적어 온 그의 비문을 옮겨 본다.

> 찰스 램을 기리며
> 찰스 램
> 12월 27일 59세의 나이로 여기 잠들다
>
> 친구여 잘 가게. 그 미소 그 천진난만한 웃음.
> 이제 더 이상 우리들의 가정을 기쁘게 해주지 못하게 되었소. 그 고통의 눈물(…) 흐르고(…) 더 이상 우리의 고뇌를 쓰다듬어 주지 못하게 되었소.

작은 손이지만 잘 갖춰진 글 솜씨로 이젠 더 이상 궁핍한 자들에게 구원의 손길을 내줄 수 없게 되었소.

그러하나, 앞으로도 수많은 세월 그대는 잊혀지지 않고 그 진지한 감각과 유머로 그대의 글은 수많은 영국 사람들 심금을 울리리라.

우리들의 이 땅에 그리고 하늘에서 기쁨을 같이 나누리라. 거기서 그대를 다시 만나기를 희망하면서.

또한 여기 그의 누이
메리 앤 램

1767년 12월 3일 태어나서 1847년 5월 20일 죽어 같이 잠들다

여덟 살 손위인 누이 메리 앤(Mary Anne)은 램이 죽은 지 13년 뒤에 이곳에 따라와 묻혔다. 잘 알려진 바와 같이 램은 독신으로 평생 누이와 함께 살았다. 램과 동시대를 살던 워즈워스의 무덤을 찾아 도브코티지에서 그리스미어 페리쉬 교회를 찾았을 때도 이들 남매는 램과 메리처럼 함께 묻혀 있었다.

소박한 묘비에는 "윌리암 워즈워스 1850년, 메리 워즈워스 1859년"이라고만 쓰여 있었다. 그들 또한 일찍 부모를 잃고 어려운 환경에서 오직 구원의 길은 독서와 문학뿐이었다. 램에게서도 문학을 뺀다면 무엇이 남을까? 램이 기댈 곳도 역시 문학이었다. 우리의 고뇌를 쓰다듬어주던, 궁핍한 자들에게 구원의 손길을 내주던 그의 작은 손과 천진난만한 웃음에 대해 묘비는 서술하고 있다. 램의 수필은 독자를 구원하고 한편 자신을 구원하였다.

1834년, 불길한 숫자 12월 22일, 길 한 모퉁이에서 우연히 돌에 걸려 넘어진 램은 안면에 부상을 입고 그 단독(丹毒)으로 인해 59년의 생애를 접게 된다. 그는 딱한 처지의 현재 상태에서 그대로 머물며 더 살고 싶어

했다. 죽기 싫다고 〈제야〉에 이렇게 쓰고 있다.

> "… 나는 인간의 생명을 영원 속으로 유유히 실어가는 조수에 실려 가고
> 싶지 않다. 나는 피할 수 없는 그 운명의 행로가 싫다. … 나는 이곳을 내가
> 영원히 살 곳으로 삼고 싶다. 나는 내가 지금 이르러 있는 나이에 그대로
> 머물고 싶다. 나도 내 친구들도 더 젊어지지 않고 더 부유해지지도 않고,
> 더 수려해지지도 않고 그대로 있었으면 좋겠다. 그리고 내 생애 중에 있었던
> 딱했던 일과 사건들 그 어느 것도 나는 이제 다시 고치고 싶은 생각이 거의
> 없다. 잘 구성된 어느 소설의 사건들처럼 그들을 그대로 놓아두고 싶다"

불행하기만 한 현세의 삶을 사랑했던 사람, 발걸음이 쉽게 떨어지지
않았다. 눈발처럼 내리는 벚꽃 잎은 내 어깨위에 떨어지고 〈제야〉의 한
구절이 그의 육성으로 들려왔다.

'나는 망자(亡者)가 된 그대들 스무 사람 값은 되는 거다. 그대들은 살아
있는 사람이 그대들보다 우월하다는 사실을 인정하라!' (생사가 바뀌기
전에 쓴 글이다.)

산 사람 스물이 한꺼번에 찾아온 값이 되고도 남는 여기 한 사람의 램.

그러나 살아있는 우리들이 죽은 그대보다 우월하다고는 생각하기 어
렵다는 따위의 생각들을 나는 그때 하고 있었다.

교회 묘지에서 마을을 향해 천천히 걸어 내려와 길을 건넜다. 'THE
LAMB'이란 간판의 퍼브가 보인다.

램의 묘비, 램의 술집. 램의 집 에드먼턴은 역시 램이었다. 대로에서
왼쪽으로 굽어들었다. 모래흙이 깔린 좁은 골목 안으로 들어서니 막다른
그 하얀 집, 담벼락에 'Lamb's Cottage'라고 쓴 초록색 동판이 보였다. 램
이 죽기 전, 일 년 동안 살았던 집이다. 친절한 노부부가 한국의 수필가

찰스 램의 서재

들을 반가이 맞아 주었다. 개인 소유의 집이건만 램의 유물을 잘 보관하고 있었다. 정성들여 잘 가꾼 정원엔 튤립이 피고 작은 연못엔 수련이 떠 있었다. 낯선 내방객을 마다 않고 기꺼이 환대해준, 램을 아끼는 그분들께 경의를 표한다.

현관으로 들어서니 왼쪽 방이 램의 서재였다. 책장 하나와 이인용 소파, 작은 티 테이블엔 노란 수선화가 꽂혀 있고 양탄자가 깔린 벽난로 위에는 램의 초상화가 걸려있다. 가녀린 모습과 섬세한 표정. 쇼팽을 떠올리게 했다. 그의 친구 그리스(Grice)는 '램의 인상은 부드러운 편이었으며 얼굴빛은 맑은 갈색이었고 상냥하고 점잖고 감수성이 강했으며 예리한 관찰력을 지닌 소년이었다.'고 술회했지만 램은 자신에 대한 열등한 장면들, 즉 말더듬이, 음악성에 대한 음치, 못생긴 외모, 작은 키, 빈곤했던 어린 시절 등을 언급했다.그러나 내게는 굴뚝 청소부 어린천사처럼 그의 얼굴은 해맑았으며 평화로워 보였다. 진흙 뻘 속에서 피어난 연꽃 같다고 할까. 초상화 앞에서 그를 느껴 본다.

이층의 넓은 방은 메리가 쓰던 방이라고 한다. 낮은 탁자에는 갓을 씌운 도자기 등이 놓여있고 진열대 위에도 여러 점의 도자기 접시들이 눈에 띈다. 그의 수필 〈오래된 도자기〉에도 새로 산 중국 찻잔에 그려진 그림을 보며 상상의 날개를 펼치는 장면이 나온다.

> '… 누님과 내가 다시 한 번 그 불편한 층계를 비집고 오르며 싸구려 관람석에 모여드는 가난뱅이들에게 이리저리 떠밀리고 팔꿈치로 얻어맞고 있다면, 내가 다시 한 번 누님의 근심스런 비명 소리를 들을 수 있다면, 우리가 비집고 올라가 맨 위 층계를 점령하고서, 발 아래로 시원하게 펼쳐진 극장 전경을 볼 수 있는 구멍이 트일 때면 "아, 이제 살았구나!"하고 부르짖던 누님의 그 유쾌한 음성을 다시 한 번 들을 수 있다면, 그 옛 시절을 사오기 위해서라면 (…) 큰 재산이라도 깊디깊은 바다 속에 던져버릴 용기가 있답니다.'

이 작품은 평론가들에 의해 '덧없는 인간의 세계와 영원한 예술의 세계'를 훌륭하게 대비시켜 보여 주었다는 평가와 함께 그 예술성을 높이 인정받게 했다.

'찰스 램(1775-1834)과 메리 램(1764-1847),

작가들이 여기에서 살았다'는 청색 동판에 새겨진 대로 그의 누이 메리 램도 작가였다. 그녀가 정서적으로 안정을 찾게 되면 램은 누나와 함께 〈셰익스피어 이야기〉를 공동 집필하여 출판하기도 했다.

램은 셰익스피어의 희곡 중 6편의 비극을 이야기로 풀어 썼고, 메리는 14편의 희극과 로맨스를 이야기로 썼다. ≪한여름 밤의 꿈≫에 나오는 허미어와 헬레너처럼 한 탁자에 앉아 글을 쓰는 메리와 램의 모습을 거기에 재현시켜 본다.

"메리는 코를 씰룩거리고 찰스는 내내 끙끙대며 도무지 일을 해낼 수 없을 것 같다고 말해요."라던 메리의 음성도 잡힐 듯하다. 발병하지 않을 때의 메리는 사리 밝고 감수성이 예민한 여인으로 램에게는 다정한 누이요 그의 문학의 조언자였다고 한다. 누이가 쓴 부분이 자기가 쓴 부분보다 훨씬 잘 썼다고 자랑하곤 했다는 램. 그는 메리가 다시 병이 도질 때는 "차라리 그녀가 죽었으면 싶네."라고 코울리지에게 침통한 편지를 써 보내기도 했다.

이들 남매가 머리를 맞대고 글을 쓰던 자리는 어디쯤이었을까? 방 안을 둘러본다. 어느 날 메리가 자신들의 모습을 적어 친구에게 보낸 것이 있다.

함께 앉아 있는 우리를 보면 웃음이 나오거나 울거나 – 어쩌면 웃다가 울지 몰라. 길게 늘어뜨린 가엾은 얼굴을 하고 서로를 바라보며 '괜찮아?'라고 묻고 '내일은 더 좋아질 거야.'라고 말하고선 울음을 터뜨리고 말지.

'친구는 잇몸을 앓고 우리는 이를 앓는 거와 같다'고 하지. 편안하지만 불안한 편안이야.

적막한 어느 날 밤의 풍경이 떠오르자 늑골이 뻐근해 왔다. 편안하다지만 불안한 편안이었다. 누이의 병이 언제 재발할지 모르는 폭풍전야와도 같은 위기감 속에서 '괜찮아?'를 묻다가 서로 울었다는 그들의 체취를 나는 가만히 느껴보고 싶었다. 콧마루가 찡했다. 그가 평생을 독신으로 산 것도 누이 때문이었다. 누이를 위한 평생의 헌신, 냉정한 형 존에 대한 애정, 한결같은 친구들과의 우애, 고통에 눌린 힘없는 자를 가엾이 여기는 애민심(哀愍心). '어리석은 자를 사랑한다.'던 그의 인간애(人間愛)에 나는 감복(感服)하게 되고 마는 것이다.

수필이란 무릇 한가와 여기를 즐기는 문학에 그치는 것이 아니라 소외되고 가난한 자, 더 나아가 전 인류의 고통스런 삶에 대해 희망과 구원을 줄 수 있다면 그것으로 된 것 아닌가.

그의 손에는 언제나 희망의 작은 등불이 들려있었다.

수필이라는 이름의 거룩한 등불.

수필을 '신앙'으로 삼아 왔던
매원(梅園) 박연구 선생
– 박연구

선생이 잠든 신세계공원 묘지의 묘비명 첫 구절을 제목으로 가져왔다.

"수필을 신앙으로 삼아왔던 매원 박연구 선생."

그분의 기일이 되면 어김없이 이 묘소 앞에는 꽃다발이 놓인다. 벌써 8년째다. 우중이라도 거르지 않고 해마다 이어지는 발걸음은 그분의 제자들인 송현문학회 회원들이다. 나이 칠팔십이 가까운 제자들은 준비해 온 음식을 내놓고 책을 낸 사람은 자신의 수필집을 상석에 올린 뒤 차례차례로 절을 드린다. 전단향은 사방으로 번져나가고 봉분을 에워싸고 앉아 두런두런 각기 소식을 말씀드리면 그분은 거기 앉아서 기분 좋게 듣고 계셨다. 마음의 세계에선 가능한 일이지 싶다.

경기도 양주, 이 묘역에 선생이 묻힌 것은 2003년 3월 9일의 일이다. 3월 7일 신촌 세브란스 병원에서 운명하셨으나 문상 온 친구들이 앉아서 술잔을 나눌 수 있도록 영안실을 삼성병원으로 옮겨 달라는 부탁이 있었다.

서울 강북 삼성병원에서 출발한 영구차는 선생의 자택이 있는 진관외동 산마루턱을 잠시 돌아 나와 곧장 이곳으로 향했다. 이응백 선생은 출발하기 전, 필자에게 봉투 하나를 건네주셨는데 그 속에는 '매원(梅園)은 가다'라는 제목의 글이 들어 있었다.

생애를 수필에 건 매원이 갔습니다.
산문과 시의 특징, 겸해 지닌 수필이
문학에 당당한 자리를 차지토록 했습니다.

역대(歷代)의 좋은 수필, 고루 캐내 빛 보이고
촉각을 곤두세워 싹수있는 수필인을
전국서 꾸준히 찾아 열매 맺게 했습니다.

매원이 간 이제는 소신에 찬 그 집념이
제자들과 수필계에 큰 일화(逸話)로 남기어져
갈수록 홍보석처럼 빛을 발휘하리이다.

                          − 2003. 3. 9 梅園을 보내며 蘭臺 李應百

굳이 전문을 소개한 것은 수필에 대한 두 분의 관계하며 누구보다도 선생께서 매원 선생의 공로를 잘 요약하셨기 때문이다.

매원 선생은 6번째의 수필집인 ≪수필과 인생≫을 상재하면서 책머리에 이렇게 쓰고 있다.

"내가 나 자신을 두고 봐도 잘 납득이 가지 않는다. 남들은 여기로도 쓴다는 수필에다 인생을 다 걸고 살아왔으니 말이다. 내 이력서는 수필과의 관련을 빼 놓고는 단 한 줄도 다른 것을 써 넣을 거리가 없다. 어찌 생각하면

신세계 공원의 박연구의 무덤

못난 사람이라고도 할 수 있겠지만 후회도 변명도 하지 않으련다."

이때 그분의 나이 60이었다. 사실 선생에겐 수필이 전부였다. "수필에
관한 일은 아무개한테 물어라. 거기 가면 다 있다." 그런 말을 들을 만큼
선생은 살아 있는 수필의 백과사전이기도 했다. 일간신문들은 선생의
부고를 '수필의 장인(匠人)', '수필의 순교자 ○○○'로 소개했다.

내가 선생을 처음 뵙게 된 것은 1994년 ≪한국일보≫문화센터에서였
다. 그분의 수필 강좌를 수강하면서부터였다. 가녀린 몸매에 수척한 모
습, 환자처럼 힘없는 걸음으로 느릿느릿 교실에 들어와 말소리도 조용조
용했지만 눈빛만은 형형했다. 대상의 본질을 놓치지 않는 날카로움이
보였다. 필요한 말씀 이외에는 곁을 주지 않는 차가운 인상이었으나 나
중에 알고 보니 속마음은 그렇지 않았다.

"설익은 생각은 아무리 아름다운 말로 꾸민다고 해도 역시 부자연스

러운 법이다. …글에도 반드시 분수라는 것이 있는 법이다. 자기 생각의 깊이에 알맞은 글을 써야만 어색한 느낌을 주지 않는다."는 말씀은 오래도록 기억에 남는다.

교실에서의 인연은 채 1년도 되지 않았다. 운영이 어려워진 ≪에세이문학≫ 발행에 전념하기 위해 수필 강좌를 손광성 선생님께 맡기고 강의실을 떠났기 때문이다. 선생은 내게 힘에 부치는 서평 원고를 몇 번이나 청탁하시고는 걸리는 부분을 대뜸 전화로 물어오셨다. 그때의 민망함이라니, 그러나 그것은 나를 정신 차리게 하는 무언의 채찍이 되기도 하였다. 모 일간지에서 '여의도 에세이'를 연재할 때에는 ≪문장백과대사전≫을 집으로 보내 응원해 주셨다. 수필에 보탬이 되는 일이라면 누구에게도 수고를 마다하지 않았다. 참고가 될 만한 책이면 손수 책을 구입해 보내 주셨고 글만 좋으면 출신 잡지를 불문하고 ≪에세이문학≫에 필자로 모셔오기에 최선을 다했다. 그러나 명망이 높은 대가의 글일지라도 원고가 좋지 않으면 척을 지면서까지 글을 싣지 않았다. 장차 그분의 명성에 누가 된다는 깊은 배려와 수필에 대한 고집 때문이었다. 글에 관한 한 매몰차다는 평판이 나 있었다. 일에는 차갑지만 재능 있는 후배 수필가들을 극진히 아꼈으며 그들의 공부를 위해 자료도 챙겨주고 책도 사 보내며 태만하다 싶으면 전화로 야단을 치곤 하던 수필의 든든한 후원자였다.

1934년 전남 담양에서 출생한 선생은 광주고등학교 재학시 폐결핵을 앓아 병상의 고독을 문학 서적으로 달랬다. 병약한 몸으로 농사일을 할 수도 없었고 가산을 정리하여 사업을 시작했으나 잘 되지 않았다. 동전 몇 닢의 버스비가 없어 어린 딸을 울려야 했고 부인은 야채 가판대를 들고 교통 단속반에게 이리저리 쫓겨야 했다. 그럼에도

"나는 한평생을 돈이 되지 않는 수필만을 지키며 살아왔고, 한 번도 '정식'이란 명칭을 갖고 직장생활을 해 보지 못했으니(《멋진 기념사진》) 가진 재산도 없고 권력도 없다. 광주고등학교 졸업이 학력의 전부이니 학벌도 없다. 그리고 회갑은 10년을 앞당겨 쇠겠노라 할 정도였으니 건강마저 가난했다.(《회갑출판 기념회》)"라고 쓴 것을 보면 이렇게 쓰는 순간 이미 모든 것으로부터 벗어나게 된 것이 아니었을까 싶다. 여기에서도 가족보다 수필을 우선순위에 두었던 것을 알 수 있겠다.

선생의 연보를 살펴보면 평생 돈도 되지 않는다는 온통 그 수필과 관련된 것들뿐이었다.

1963년 월간 《신세계》에 수필 〈수집 취미〉가 당선되어 수필에 입문한 선생은 스스로 수필인들의 영토를 구축해야 한다는 생각으로 지면을 통해 잘 아는 수필가들을 삼고초려하면서 1970년 서정범, 윤재천, 정봉구, 명계웅 씨 등과 '현대수필 동인회'를 발족시켰다. "수필을 잡문시 하는 통념을 못마땅히 여겨 오던 나머지 본격문학으로 정립해 보고자 뜻을 같이하는 동인 아홉 사람이 공동 발언을 내놓게 되었다"는 동인지 제1집의 편집후기가 눈길을 끈다. 선생은 《현대수필》의 주간을 맡아 제5집까지 발행하여 1970년대 수필문학 개화의 중요한 계기를 만들었고 1972년도에 우리나라 현대 수필의 효시가 된 월간 《수필문학》(발행인 김승우)의 주간으로 참여했으나 그 책은 재정난으로 중단되고 말았다.

1974년에 발간된 《수필문예》(발행인 조경희)가 《한국수필》로 제호가 바뀌면서 매원 선생은 그 잡지의 편집인이 되어 《한국수필문학대전집》전 20권을 책임 편집하여 범조사에서 펴냈으며 1976년 우리나라 최초의 수필 문고인 《범우에세이문고》전 120권을 기획 편집하여 수필의 보급과 대중화에 크게 기여하였다.

김승우 씨가 발행하던 《수필문학》이 중단되자 그 잡지를 후원하던 한국수필문학진흥회가 계간 ≪수필공원≫을 창간하기에 이른다. 선생은 1985년부터 ≪수필공원≫의 편집위원으로, 주간으로(1992), 편집인으로, 발행인 겸 주간으로, ≪에세이문학≫으로 제호를 변경해서도 발행인 겸 편집인으로 한국수필문학진흥회 회장으로서 타계할 때까지 ≪에세이문학≫과 운명을 함께 했다.

2002년 봄부터 혈액암의 재발로 2003년 3월 생애를 마감할 때까지 입 · 퇴원을 거듭할 때였다.

2002년 11월 선생은 용태가 급박해지자 "내가 이대로 죽으면 ≪에세이문학≫이 자동적으로 아들에게 승계될 터인데(사단법인이 아니므로) 그리되면 안 된다."면서 운영위원 회의를 소집해 진흥회의 사무국장 겸 ≪에세이문학≫의 편집위원이었던 필자에게로 발행인의 명의를 변경하셨다. 당황스럽고 민망한 일이 아닐 수 없었다. 공석(空席)이면 안 된다기에 얼떨떨한 상태에서 주인 없는 사무실에 나갔다. 김윤정 대리를 통해 병상에 계신 선생님과 전화 한 통화로 하루의 일과를 시작하곤 했다. 상태를 전해 듣고 다급해지기도 했고 어떤 날은 한숨 돌리기도 했지만 긴장과 불안 속에서 이어져 나간 시간들이었다.

자칫 겨울호가 추모 특집이 되는 것은 아닌가? ≪에세이문학≫ 봄호를 내놓고 곧바로 돌아가시면 어쩌나? 또 현대수필문학상을 수상하는 이가 망자의 이름으로 상을 받게 되는 것은 아닌가, 잡아 놓은 총회 날짜와 선생의 용태를 가늠하면서 마음을 졸여야 했다. 그러나 행사 당일, 새벽에 울린 전화벨 소리는 불안한 예감 그대로 선생의 부음을 알리는 소리였다. '현대수필문학상' 시상식 날짜를 당신이 잡아놓은 바로 2003년 3월 7일, 시간은 새벽 4시 45분이었다. 70세를 일기로 영면에 드셨다.

예년 같으면 3월 하순에나 치러질 시상식을 선생은 3월 7일로 앞당겨 잡아놓고 문학상을 받는 이가 당일까지 살아 계신 선생의 이름으로 상패를 받게 하느라고 얼마나 힘들게 버티셨을까를 생각하니 그만 가슴이 오그라드는 것 같았다. 출판문화회관에서 총회와 시상식을 마치고 참석한 문인들과 함께 저녁 무렵 영안실로 갔다. 지방에서 온 문인들은 두 번 걸음 시키지 않으려고 배려한 선생의 의도를 높이 찬탄했으며, 수상자들은 누가 이렇게 죽음을 마음대로 할 수 있을까 하고 황송해 했다. 그분만의 놀라운 집념이라고 생각된다.

2002년 그믐께였다. 선생은 대상포진으로 일그러진 얼굴로 "오늘이 며칠이냐?"고 물었다. "12월 28일"이라고 답하니 "3일만 더 살았으면 좋겠다"고 하였다. 새해가 되면 고희를 맞게 되고 제자들이 고희 문집 ≪얘깃거리가 있는 인생을 위하여≫를 서둘러 (12월에) 내드렸는데 그 출판 날짜를 2월 5일로 잡아놓았고 그 날짜까지 만이라도 살면 좋겠다는 것이다. 그러나 책뿐만 아니라 자녀들을 위해서라도 해동할 때까지 온힘을 다해 버티어 내셨던 게 아닌가 생각된다.

어버이는 죽음까지도 자식을 생각해서 마지막을 장식하려 한다. 엄동에 죽으면 자식들의 고생이 얼마나 심하겠는가 싶어서 안간힘을 다해서 자기의 죽음을 유예시켰다고 할까.

선생의 글 〈인생의 열차에서〉 읽을 수 있는 구절이다. 미루어 보면 그런 각오로 죽음을 유예시켰던 혼신의 노력이 가슴을 더 아프게 한다.

병상을 지키는 사모님의 어깨가 날로 작아지는 것을 보며 "자녀들이 교대해 드리면 안 되나요?" 하고 여쭈니 "아이들이 한창 비료가 필요할 때 내가 제대로 대주지 못해서 미안한데 모두 저마다 생업에 종사하느라 바쁘기 때문이다."라는 말씀에 나는 할 말을 잃고 말았다. 평생 돈이 되지 않는 수필 하나만을 고집하며 외길을 지켜온 아버지를 둔 자녀와 그리고 아내. 어떻게 보답해야 할지 그분들에게 마음의 빚이 느껴진다. '수필의 순교자', '수필의 장인'이라는 말이 가족의 생계에는 아무런 도움도 되지 못하기 때문이다.

선생은 투병 중에도 ≪에세이문학≫ 교정을 보셨다. 병원 침대 식탁을 당겨 놓고, 돋보기를 쓰고 ≪에세이문학≫ 원고를 손질하다가 "잘 쓴다는 사람도 이렇게 손 볼 데가 많으니 ≪에세이문학≫ 못 잊어 어떻게 가지?" 하였다.

"내 죽거들랑 발코니를 열어 놔 달라."라고 한 에스파냐의 시인 가르시아 로스카처럼, 매원 선생은 천국에도 발코니가 있다면 그 문을 활짝 열고 ≪에세이문학≫이 잘 돌아가고 있나 내려다보실 것 같다던 이정림 선생의 말은 사실일 것 같았다. 선생은 혈액암 말기였는데도 손에서 책을 놓지 못했다. ≪에세이문학≫은 그분의 실존 자체였던 것이다.

한국수필문학진흥회의 초대 회장을 지낸 김태길 선생은 1980년 회장직을 물러나 1981년 '수필문우회'를 발족한 뒤 1995년부터 ≪계간수필≫을 창간했다. 2대 회장인 차주환 선생 때 부정기적으로 나오던 ≪수필공원≫이 3대 회장인 이응백 선생께서 이 책의 발행인이 되자 제자 서한샘 씨가 무상 출판을 해 주었으나 1998년 출판사측의 운영난으로 출판 정지 통고와 설상가상으로 IMF까지 겹쳐 잡지는 존폐 위기에 놓이게 되었었다.

그때 선생은 박봉이나마 ≪한국일보≫의 수필 강의도 그만두고 잡지 살리기에 온힘을 쏟았다. 사위에게 압력을 가해 기업 광고를 얻고 딸들조차도 정기구독자로 만들었다. 그런 정력으로 ≪에세이문학≫을 살릴 생각을 하지 말고 자신이 직접 수필전문지를 하나 만들었더라면, 진작 그랬더라면 그런 몹쓸 병은 아마도 걸리지 않았을지 모르며 말년에 병원비를 걱정하는 일도, 아들에게 아무것도 물려주지 못하는 아버지로서의 무능 때문에 눈물짓지 않아도 되었을 것이라며 안타까워하는 이들이 많았지만 매원 선생은 그렇게 하지 않았다. 사심이 없었기 때문이다. 선생은 가끔 이런 말을 하셨다. " ≪에세이문학≫이 나에게 병도 주고 약도 주었다."

"매원 선생만큼 수필을 위해 사심 없이 자신의 모든 것을 던질 수 있는 사람은 나오기 어려울 것이다. 그분은 그야말로 수필계의 대부(代父)이자 정신적인 지주(支柱)였다. 아니 그분 자신이 곧 수필이었다."는 이정림 선생의 추모사(〈동업지〉)를 가끔 떠올리게 된다. 누가 이분만큼 수필을 위해 헌신할 수 있을까?

언젠가 불쑥 당신의 생년월일을 적은 사성(四星) 카드를 필자에게 건네주면서 들려준 이야기가 생각난다.

가난과 병약한 몸으로 인해 대학 진학을 포기한 채, 실의와 좌절로 나날을 보낼 때였다. 바늘귀만큼이나마 무슨 서광이 없을 것인가 하고 관상쟁이 노인을 찾아갔었는데 그 늙은 관상쟁이는 한참을 노려보더니 "고쓰가이(小使)밖에 안 된다. 언짢게 생각되는 모양이네만 얼굴에 그렇게 씌어 있다. 그런데 고쓰가이이기는 하나 군수 정도는 된다."라고 하더라는 것이다. 그날 이후 선생은 '고쓰가이 정신'에 철저한 삶을 살아왔다고 고백했다. 장관을 뜻하는 '미니스터(ministor)'도 '하인'을 지칭하는 말로 동사로 쓰일 때에는 '하인 노릇을 하다' '진력하다' '공헌하다'의 뜻도 된다며 자신을 '수필의 심부름꾼'으로 자처하고 수필 문학의 정착을 위해 견마지로를 다했다고 술회했다.

수필은 1960년 중반까지만 해도 '수필도 문학이냐' 하는 비아냥거림과 문학 장르의 변방 취급을 받았다. 1970년대에 가서야 ≪한국일보≫ 신춘문예 종목에 수필이 들게 되고 ≪현대문학≫, ≪월간문학≫ 등 문예지의 신인 추천 종목에도 들어가게 되었는데 그 중심에는 선생이 있었다.

1995년 당시, 문인협회 부이사장이던 신세훈 씨의 '문협 칼럼'(≪월간문학≫5월호)이 이를 증명한다.

"…권익 보호란 하루아침에 꽃피는 것이 아니다. 수필 등단 관문 문제만 해도 그렇다. 그때(1973년) 조연현 문협 이사장께 과감하게 '왜 수필 장르는 등단 모집에서 빼느냐? 다음부터는 수필도 문협 기관지인 ≪월간문학≫부터 넣어 달라'는 항의를 한 분이 있다. 그가 바로 수필집 ≪바보네 가게≫주인 박연구 씨다. 조 이사장의 넣겠다는 확답을 받고 나서야 자리를 뜨던 박연구 씨의 얼굴이 지금까지 선하다. 그 뒤 곧 ≪월간문학≫과 ≪현대문학≫에서 수필 등단 신인들의 관문이 열리게 되었다."

매원 선생이 ≪현대문학≫사를 찾아가 추천 종목에도 수필 부문을 설치해 주시면 응모를 해서 다시 인정을 받고 싶다고 하자, 조연현 선생은 "문화적으로 문단적으로 수필에 대한 인식의 변화가 오면 아무개 씨가 요구를 하지 않아도 추천 종목에 수필 부문도 설치할 것이다."라고 하더니 말씀하신 대로 ≪현대문학≫지에도 수필 부문을 설치해 주셨고 그 후 10년이 지나서 문협 이사장으로 계실 때 건의를 하자 또 받아 주고 수필 부문 심사위원으로 위촉해 준 일을 밝힌 바 있다. 뿐만 아니라 선생은 본격 수필의 기점을 김진섭의 ≪인생예찬≫(1947년)과 이양하의 ≪이양하 수필집≫을 들고 있으나 월북 작가인 김용준의 ≪근원수필≫(1948년)을 빼놓을 수 없으며, 이태준의 수필집 ≪무서록≫(1941년)도 재평가 해야 한다고 주장하기도 했다.

1988년 정부의 해금 조치로 월북 작가의 작품이 빛을 보게 되었을 때, 매원 선생은 당신이 소장하고 있던 ≪근원수필≫을 범우사에서 출간하여 소개한 바 있고, 어느 고서점에서 50년 전의 ≪무서록≫을 쌀 한 가마니 값을 주고 산 뒤, 문고본으로 출간해 수필 문단을 풍성하게 하였다.

그리고 묻혀 있던 김동석의 수필집 ≪해변의 시≫를 고서점에서 발견하여 또 세상에 빛을 보게 하였다. 8·15 이후 월북 작가로서의 잊힌 이름이기는 해도 더 이상 '문학사의 공백기'를 갖지 않기 위해서라도 그들의 문학적 평가를 다시 물어야 하고, '현대수필 문학사'를 다시 써야 한다는 논의를 이끌어 낸 장본인이기도 하다.

이렇듯 수필을 발굴하고 수필문학의 위상을 높인 공로자로서, 수필의 재조명자로서, 또한 1인 시위하듯 ≪현대문학≫과 ≪월간문학≫사무실을 찾아가 기어이 신인 등용문을 열게 한 선배로서, 수필 잡지의 유능한 편집자로서, 뿐만 아니라 베스트셀러의 수필집 ≪바보네 가게≫를 비롯한 10권의 수필집을 남긴 최초의 전업 수필가이기도 하셨다.

박연구 수필의 특징에 대해 평론가 서영빈 씨는 '소재의 평범성'을 언급하며 어느 것 하나 각별한 사연이나 특이한 인연이 없으며 심지어 재미있는 에피소드조차 찾아볼 수 없는데 이러한 평범함 속에서 그는 놀랍게도 작품이 될 수 있는 씨앗을 골라낸다는 것이다. 작품 ≪육안과 심안≫을 예로 들며 박연구 씨는 사물이라는 객체보다는 그 사물을 바라보는 주체의 시선을 더 중요하게 여긴다는 점과 그 시선은 육안보다는 심안(心眼)인 것이며, 저자가 말하고 싶은 것은 사실과 진실의 차이로서, 사실은 육안을 통해서도 확인되지만 진실은 마음의 눈을 통해서만 형체를 드러내게 되는데 그 진실에 이르는 방법은 대상을 따뜻하게 바라보는 시선에 있다고 그의 수필을 요약한 바 있다.

자녀들을 위해 무보수 사서 노릇을 하는 〈가을 연주를 위해〉나 고양이들이 여름에 새끼를 낳는 〈고양이의 하산기〉나 〈셋째 딸의 패션〉 같은 것들은 평범하기 그지없는 일상이나 그것을 바라보는 저자의 따뜻한 시선에 의해 수필감으로 탈바꿈한다는 것이 서영빈 씨의 요지였다. 선생의 글은 언제나 따스하고 소박했다. 쉽고 평이했다. 그의 시선은 늘 가족과 정원의 작은 행복에 머문다. 〈외가 만들기〉, 〈백제 와당의 얼굴〉, 〈나의 연인 같은 목련꽃이여〉, 〈말을 알아듣는 나무〉 등에서는 저자의 따뜻한 마음과 범사에 감사하는 소시민적 애환이 느껴진다. 〈봄앓이를 할지언정〉에 이르면 진정으로 생명에 동참하는 높은 우주의식과 만나게 된다.

'나는 봄 동안 아무렇지 않게 건강한 모습을 하고 있는 사람을 보면 미운 생각도 든다. 심장이 얼마나 강하면 연한 녹색의 버드나무 새잎을, 두견새의 목에서 나온 피로 물들여진 진달래꽃을 심상하게 바라볼 수 있겠는가 싶어서다.'

선생의 훌륭한 작품으로는 국어 교과서에 실린 〈외가 만들기〉, 외에도 〈변소고〉, 〈바보네 가게〉 등 독자에 따라 다르게 평가할 수 있겠으나 필자는 왠지 〈초상화〉에서 한참 동안 눈을 떼지 못했다.

"…내가 굳이 원고료를 가지고 어머니의 초상화를 맡긴 데는 이유가 있다. 군에서 제대하고 나와 취직도 못하고 밤늦도록 원고를 쓰고 있자니까 옆에 계신 어머니가 그걸 쓰면 돈이 나오느냐고 물으셨다. 나는 고개를 끄덕여서 그렇다고 대답해 드렸던 것인데 그 글이 발표도 되기 전에 53세밖에 아니 된 연세로 이승을 떠나 버리신 일이 뼈에 사무치게 한(限)이 되었다. 글이라고는 '개조심(猛犬注意)' 정도밖에 해독을 못하시는 어머니가 아들들의 학비를 보태신다고 남의 문전을 기웃거리는 행상의 고달픈 하루하루를 보내시다가 그리 되신 것이다. 더욱이나 문학이 무엇인지는 전혀 짐작을 못하시면서 그저 대단한 것으로 여기시고 거기에다 돈(원고료)이 나온다는 사실에 그토록 대견스럽게 아셨던 어머니에게 언젠가는 한 권의 책으로 내어 그분의 영전에 바칠 생각을 하고 있다. (…) 나는 어머니의 초상화를 아버지 방에 걸어드렸다. 보고 또 보더니 고개를 좌우로 흔들면서 "틀리다!" 하셨다. (…) 구겨진 도민증 사진을 그렸던 것인데 만약 선명하게 찍힌 사진이 있어서 그와 똑같이 그렸다고 해도 아버지는 틀렸다고 말씀하셨을 것이다. 돌아가신 어머니가 다시 살아오는 기적이 이뤄지지 않는 한 아버지는 여전히 "틀리다"고 하시리라. (…) 틀리다고 섭섭해 하시기도 했건만 어머니의 초상화가 들어 있는 사진틀에는 먼지 하나 없이 말끔하게 닦여져 있었던 것이다. 유복녀로 자라 어린 나이에 시집오셔서 가난한 집 살림살이를 꾸려가시기에 너무 고생만 하다가 돌아가신 어머니의 생각이 문득문득 나실 때마다 아버지는 사진틀을 내려서 없는 먼지도 닦고닦고 하신 것 같았다."

— 〈초상화〉에서

이 글 속에 두 남자의 모습이 보인다. 초상화 속의 아내가 연신 "틀리다"며 그것을 닦고 있는 노인의 모습과 문학이 무엇인지도 모르며 밤늦도록 원고를 쓰고 있는 아들을 대견하게 여기시던, 그 어머니와의 약속을 지켜낸 가난한 문사가 된 아들의 모습이다. 가난에서 벗어나지 못한 가장의 글은 언제나 서민의 가슴을 애달프게 한다.

"…세상의 아내들도 조금 바보스럽거나 일부러라도 바보스럽기를 바라고 싶다. (…)청구서를 내밀면서 지난달에도 얼마가 적자인데 언제까지 이 모양 이 꼴로 살아야 하느냐고 따지면 무능한 가장은 더욱 피로가 겹친다. (…) 내 생각으로는 대부분의 아내들이 짐짓 바보인 척하는 것 같다. 유행에 둔감한 척 의상비를 자주 청구하지 않는 것은 남편의 수입을 고려함이요, 무슨 일로 기분이 상했는지 대포 몇 잔에 호기를 부리고 대문을 두드리면 영웅 대접하듯 맞아들이는 매너야말로 활력의 충천 바로 그것이라 하겠다. 어쩌면 내 집이 바로 '바보네 가게'가 아닌가 한다."

— 〈바보네 가게〉에서

이런 저자의 수필을 진웅기 씨는 '추운 현실의 따사로운 긍정'이라고 평가했지만 나는 행간 속에서 느껴지는 인생의 한기가 그다지 유쾌하지 않다.

어느 날 매원 선생의 죽마고우인 양병석 교수가 산둥성이에 있다는 친구의 집을 찾아갔다.

"…기자촌에 빽빽이 들어선 그 무수한 판잣집 하나를 차지하지 못하여 판잣집과 판잣집의 처마를 이어 비를 겨우 막는 집이 아니라 헛간이었다. 나는 콧등이 찡했다. 그러나 나를 맞는 그의 표정은 오히려 밝고 온화했다. 궁색한 생활에 대한 불평은 한마디 없었다. 수필과 문단의 이야기로 만면에 미소 짓는 것이 아닌가! 그는 원고 청탁서를 보이며 "야! 나도 네 친구 자격 있지?" "이젠 아버지도 좀 인정하신다."고 말하고 만년에 웃음꽃을 피웠다. 그때 그는 위장병으로 누워 계시는 노부까지 모시고 있었다. (…) 극한 상황에서도 잃지 않는 그의 따뜻한 시선, 아! 그것이 초등학교 시절부터 일생을 통해서 매원이 내게 준, 아니 뭇사람에게 준 선물이 아닌가! (…) 사실 그 따스한 시선이 생활을 파고들어 사랑을 발견하고 거기에서 '정(情)의 미학'을 빚어내는 연금술에 내 친구 매원은 일생을 보냈다. 거의 종교적 차원이었다. 얼마나 훌륭한 삶인가!" 하고 그는 먼저 간 친구를 이렇게 추모했다.

매원 선생에게 수필은 가히 신앙에 가까운 것이었다. 그분은 ≪에세이문학≫ 창간 20주년에 즈음하여 이렇게 소회를 밝힌 적이 있다.

"…본인은 1982년 본지가 창간될 당시에 49세라는 좋은 나이였습니다. 그날 이후 세월을 가불하면서 주간·편집인·발행인으로 견마지로를 다한 결과 20년에 이르러 69세의 노인이 되고 말았습니다. (…) 뿐만 아니라 그 앞 20년의 세월도 수필 잡지를 편집하거나 '에세이문고' 등 수필 관계 출판 편집에 관여했던 시간이었습니다. 이제 와서 회고해 보니 인생 전부를 그 한 가지에 담보하고 살았다는 것이 한편 허무하고 부질없다는 생각도 듭니다. (…) 수필을 '신앙'으로까지 큰 의미를 부여하면서, 그것을 자기 암시로 삼고 자신의 생을 영위해 왔다고 봅니다. 자기 일에 순(殉)하는 신념으로 살아 왔음에랴. 후회는 하지 않으렵니다."

어려운 투병 중에서 쓰신 이 글(2002년 ≪에세이문학≫가을호)이 선생의 마지막 원고가 되고 말았다. 6개월 뒤 유명을 달리하시니 남겨진 한 마디 한 마디가 유언처럼 무겁게 느껴진다. 수필 한 가지에 인생 전부를 담보하고, 수필을 '신앙'으로까지 큰 의미를 부여하면서 자기 일에 순(殉)하는 신념으로 살아 왔음에 후회는 하지 않겠노라고 했지만 그것은 의지적으로 하지 않겠다는 뜻이지, 후회가 없다는 말과는 달랐기 때문이다. 부질없고 서운함의 후회가 행간에 남아 있는 듯해 무언가 마음 한구석이 편치 않았다.

우리는 지금 바야흐로 활발한 '수필의 시대'를 맞이하고 있다. 문협 등록의 3000명에 육박하는 수필가와 20여 종의 수필잡지가 활발하게 경쟁하고 있다. 그런데 그 다리의 초석을 놓아 준 분을 너무 쉽게 잊고 있는 것은 아닌가 돌아보게 된다. 수필을 하다가 수필이 된 사람, 그분의 40년 인생은 그대로 수필이었다.

수필가 최원현 씨는 선생을 가리켜 "이 땅에 수필가라는 이름을 걸어 놓을 수 있도록 큰 못을 박아 걸 자리를 만든 이요, 명패를 만들어 자리를 확보해 낸, 이를테면 수필가의 길을 연 고난의 십자가를 진 사람"이라고 평가했다.

'고난의 십자가'라, 아는 사람은 다 아실 테지만 거기엔 속 아픈 사연이 있다.

김태길 선생이 발행하는 2006년 ≪계간수필≫겨울호에 실린 '수필문우회와 ≪수필공원≫'이란 글 때문이었다.

"수필로는 생업이 어려워 단체에 속한 출판권을 장악할 필요를 느꼈고, 그 충족을 위해 비리를 감행했다."면서 ≪에세이문학≫을 박연구 씨의 개인의 소유물로 등록하는 동시에 그것을 자녀에게 상속시키려고 했으나 자녀들이 원하지 않아 발행권을 맹난자 씨에게 넘겨 주었는데 "그가 왜 수필문학진흥회의 대표자에게 돌려주지 않고 어떤 개인에게 물려주었는지, 받은 사람은 왜 그 제안에 응했는지, 그것은 아는 사람만이 아는 수수께끼에 속한다고 생각한다."는 공격적인 비판이었다.

졸지에 수수께끼에 연루된 필자의 심정도 곤혹스러웠지만 그보다도 건강을 헤쳐가면서 수필에 헌신하다 고인이 되신 분에 대한 예의가 더 이상 아니었다. ≪에세이문학≫ 발행인에게는 출판의 힘든 책임만 주어진다. 게다가 상업주의를 지양하며 수필의 문학성만 생각하는 순수문학지 운영에 무슨 이익이 있기에 출판권을 장악할 필요를 느끼겠는가? ≪에세이문학≫은 한국수필문학진흥회의 공기(公器)임은 주지의 사실이다. 따라서 누가 소유할 수도 없고 주고받을 수 있는 물건 또한 아니다. 발행권을 돌려받을 권리를 주장하는 사람이 있다면 그 사람이야말로 '진흥회'를 필시 자기 것으로 착각하는 사유화의 장본인이라고 할 만하다. 적법한 절차를 거쳐 총회에서 책임이 맡겨지면 임명된 사람은 글밭을 경작하는 농부처럼 다만 수고하다 떠날 뿐이다. 명의 문제는 ≪에세이문학≫이 법인이 아닌 임의 단체이므로 영업 허가서를 받자면 자연히 발행인의 명의로 신고하게 되어 있고 자녀들이 왜 아버지 뜻을 따르지 않았는가는 돈이 되지 않는 수필, 고생만 하는 아버지의 전철을 밟고 싶지 않아서였을 것이다.

그 일로 해서 김태길 선생께 사신을 드렸고 2007년 1월 하순, 탁자 하나를 사이에 두고 선생과 마주앉게 되었다.

"다른 일로 만났더라면 좋았을 것을…." 하고 선생은 말끝을 흐렸다.

며칠 전, '부끄러운 일을 했다'고 전화로 정중하게 말씀하실 때는 차라리 숙연한 마음이 들었으나 고인이 되어 아무 항변도 할 수 없는 박연구 선생에 대한 오해를 불식시켜야 한다는 책임감을 떨칠 수 없었다.

"모씨가 〈남기고픈 이야기〉를 쓰라고 권유한 것인데 괜한 짓을 했노라."라고 후회의 빛을 내보이시기도 했다. 그분들도 이제 모두 고인이 되셨다.

생업을 두고, 여기(餘技)로 글을 쓰는 대학교수가 어찌 외로운 밤바다의 등대를 지키는 수필 파수꾼의 심노(心勞)를 알랴.

선생은 외아들의 장래를 염려해(장가라도 갈 수 있도록) ≪에세이문학≫사무실에 데려다 놓을까? 그날은 마침 방송을 하는 날이어서 일을 도우러 나왔던 아들과 여럿이서 점심식사 중에 나온 얘기였다. 아직 학생이어서 직장이 없었기 때문이다.

선생의 가족들이 받았을 고통을 생각하면 모골이 송연해진다. 그 후 사실을 바로 잡아 달라는 친구 양병석 교수의 간곡한 탄원서와 가족의 편지, 그리고 제자 몇 분의 충정 어린 글이 김태길 선생 댁으로 보내진 것을 들었다. 그러나 공식적인 사과문은 어디에서도 읽을 수 없었다.

가난한 문사의 가난이 이토록 죄가 되는 줄은 몰랐다.

선생은 70세가 되자 간절하게 5년만 더 살고 싶다는 말씀을 하셨다. 선생의 그 간절한 5년을 내가 사무실에서 봉직하고 나니 ≪에세이문학≫이 지령 100호가 되는 해였다. 그제서야 그분의 뜻이 헤아려졌다. 지령 100호에 대한 그분의 장대한 꿈을 염두에 두고 많이 생각했다.

≪에세이문학≫ 지령 100호 기념 특대호와 창간호~100호 총목차 및 작가별 작품목록을 별책부록으로 만들고, 창간 25주년 기념행사로 일역본으로 발간한 ≪한국현대수필선집≫을 토대로 한·일 국제세미나를

서울에서 개최했다. 양국의 수필문학에 대한 이해를 높이고 비교와 접점을 찾아보며 일본 수필 문단과의 교류를 텄다. 일간신문은 〈한국수필의 종갓집 ○○○○○〉, 〈한국수필의 만형〉으로 본지를 자리매김해 주었다. 선생께 '약도 주고 병도 주었다'는 ≪에세이문학≫을 그분의 유언대로 등단 장사하지 않고 5년 반의 살림을 꾸려 왔다. 돌아보니 긴장과 우환의식 속에서 보낸 나날이었다. 선생께 입은 지우(知遇)에 답하지 못하고 누만 끼친 것 같아 죄송한 마음을 금할 수 없었다.

'제 몫은 여기까지입니다' 하고 눈인사를 드리니 선생은 서가 앞의 액자 속에서 말없이 웃고 계셨다. 본지가 우수 잡지로 뽑혔을 때, 세종문화회관 앞에서 꽃다발을 안고 환하게 웃는 사진이었다.

"수필가로 수필을 쓰며 수필을 사랑하다 가니 여한이 없다."라고 한 마지막 말씀을 나는 왠지 철썩같이 믿고 싶었다.

물을 마심에 그 근원을 생각한다는 음수사원(飮水思源)의 심정으로 삼가 선생의 영전에 머리 숙여 예(禮)를 표한다. 부디 영면에 드시기를.

커튼을 걷어주게, 뉴욕을 볼 수 있게
- 오 헨리

"커튼을 걷어 주게. 뉴욕을 볼 수 있게."

이것은 오 헨리가 임종의 자리에서 한 말이다. 대부분 그의 작품 무대 또한 뉴욕이었다. 감수성이 아름답게 피어나는 학창 시절이어서일까. 교과서에서 읽은 오 헨리의 작품 〈마지막 잎새〉는 그 시절 내 풋풋한 가슴속에 진주처럼 와 박혔다. 오 헨리를 생각하면 제일 먼저 〈마지막 잎새〉가 떠오르고 괴팍하지만 속마음이 따뜻한 베이먼 영감이 바로 오 헨리일 것 같다는 생각이 든다.

페인트칠을 한 철제 침대에 누워, 네덜란드풍의 조그만 창문을 통해 옆에 있는 벽돌집의 텅 빈 벽을 응시하고 있는 존시. 폐병을 앓고 있는 존시는 담장에 붙어 있는 마지막 잎새를 보며 그것이 떨어지는 순간 자기의 목숨도 끊어지리라는 것을 예감 한다. 영화에서 본 앤 박스터(존시

役)의 청초한 얼굴이 겹쳐진다. 진눈깨비가 내리고 거센 비바람이 몰아친 다음 날 아침, 수우는 마지못해 존시의 부탁으로 커튼을 열었다.

아! 벽에는 담장이 잎새 하나가 뚜렷하게 남아 있지 않은가!

생의 용기를 얻은 존시는 마침내 병상을 털고 일어난다.

그러나 떨어지지 않는 그 마지막 잎새는 전날 밤, 모진 비바람 속에서 무명 화가 베어먼 영감이 그려 넣은 것이었다. 베어먼 영감은 같은 건물 아래층에 사는 화가였는데 40년 동안이나 붓을 휘둘러댔지만 아직까지는 이렇다 할 작품을 내놓지 못하고, 진을 과하게 마셔대면서도 노상 머지않아 걸작이 나올 거라는 말을 늘어놓고 있었다. 성질이 사납고 몸집이 조그만 이 베어먼 영감은 누구든 나약한 것을 보면 사정없이 비웃어 주었고 또 특히 위층 화실의 두 젊은 예술가(수우와 존시)들을 지키는 맹견이라고 자처하는 인물이었다. 영감은 존시를 걱정하는 수우의 말을 허투루 듣지 않았다. 그는 일생에서 가장 위대한 작품을 남겨 놓고 세상을 떠난 것이다. 땅 위에서 20피트쯤 되는 가지에 당당히 매달려 있는 잎새를 그리기 위해 동원되었던 아직도 꺼지지 않은 랜턴이며, 늘 있던 데서 끌어간 사다리며, 흩어진 붓 몇 자루. 그리고 초록색과 노란색이 섞여서 묻어 있는 팔레트는 베어먼 영감의 것이었다. 지난 몇 년 동안 이따금씩 상업 광고용의 서투른 그림을 그렸던 것 외에는 아무것도 그린 것이 없던 그였지만 마침내 한 생명을 구한 뒤, 대신 폐렴에 걸려 죽는다는 이야기다.

오 헨리는 가난한 화가들의 이야기를 즐겨 다루었다. 〈마지막 잎새〉의 현장, 그리니치 빌리지를 찾았다. 뉴욕 맨해튼의 워싱턴광장 서쪽의 한 지역을 일컫는데, 그곳은 뉴욕대학을 사이에 두고 소호와 워싱턴 스퀘어 가까이에 붙어 있었다. 소호(South of Houston)는 이름대로 휴스턴 스트리트 남쪽에서 캐널 스트리트 사이의 브로드웨이 서쪽 지구를 가리키는, 원래는 창고 거리였다. 임대료가 싸기 때문에 가난한 화가들이 옮겨와 소호 거리는 금방 예술가들의 거리가 되었다. 그는 이런 이웃들을 작품의 소재로 삼았다.

가난한 유학생 부부가 있었다. 음악을 공부하던 아내 델리아는 화가 수업을 받고 있는 남편의 학비를 위해 피아노 가정교사로 들어가고, 남편은 그림을 팔아서 벌어 온 돈이라며 아내 앞에 내놓는다. 그러나 아내의 손목 화상으로 밝혀진 세탁소 근무, 남편 역시 바로 세탁소 지하실에서 화부 노릇을 하고 있음이 밝혀진다. 먹고살기 위해 예술을 포기해야 하는 가난한 예술가의 비애를 그린 작품의 제목은 〈A Service of Love〉.

나는 이 작품을 마음 편히 읽을 수가 없었다. 왜냐하면 서울에서 고등학교 미술 교사였던 손아래 동서가 이곳으로 이민을 와 이제는 세탁소의 안주인이 되었지만 다림질로 손을 덴 흉터를 갖고 있으며 피아노를 치던 손으로 횟칼을 들고 생선회를 떴다는 막내동서의 이야기도 그냥 들어 넘길 수가 없었다. 이민 20년 가까운 세월을 그렇게 흘려보냈던 것이다.

오 헨리의 작품은 이렇게 상류 사회보다 하류 사회의 시민을 내세워 서민 생활에 깔린 인정의 기미를 포근하게 드러내 놓는다. 그럼에도 어딘지 모르게 그의 작품 속에는 인생의 페이소스가 깃들어 있다. 쓰라린 그의 인생 역정에도 불구하고 사물을 따뜻하게 바라보는 시선 때문이 아닐까 싶기도 하다. 그는 불우한 작가였다. 4세 때 어머니를 잃고 숙모의 손에서 자랐다. 숙모가 경영하던 사학에서 15세까지 공부한 것이 학력의 전부였다. 폐병을 앓으며 삼촌 약방에서 일하다가 건강이 회복되자 텍사스로 갔다. 텍사스 목장의 목동으로, 부동산 사무소의 점원으로 일했다. 그리고 오스틴 은행의 금전출납계원으로 일하면서 공금횡령혐의를 받고 그 은행으로부터 고소를 당한다. 오 헨리는 오스틴 법원으로 출두하기 위해 길을 나섰다가 엉뚱하게도 뉴올리언스를 거쳐 중남미를 방랑하게 된다. 그러나 미국에 두고 온 아내가 중태에 빠져 절망적이라는 소식을 듣게 되자 체포될 위험을 무릅쓰고 서둘러 귀국한다. 얼마 후 아내는 죽고 그는 오하이오 형무소에서 3년 3개월을 복역하게 된다. 전과 때문에 평생 후회스런 삶을 살았다. 그러나 한편 감옥에서의 생활은 그의 인생관을 보다 넓고 깊게 해주었으며 전과자를 주인공으로 한 작품 ≪20년 후≫ ≪개심≫과 같은 명편을 써내게 했다. 그가 옥중에서 소설을 쓰게 된 것은 처가에 맡겨 둔 딸에게 선물을 보내기 위해서였다고 한다. 오 헨리라는 필명을 쓴 것은 딸에게 끝까지 자기가 형무소에 있다는 사실을 숨기기 위해서였으며 이름은 그곳의 Orrion Henry라는 간수장의 이름을 따온 것이다. 그는 돈을 마련하는 수단으로 틈틈이 단편을 써서 뉴올리언스의 친구에게로 보냈다. 이 작품들이 뜻밖의 인기를 얻어 그가 출옥했을 때는 이미 작가로 이름이 나 있었다.

옥중 생활을 마치고 나온 그는 3개월 동안 피츠버그의 초라한 침실에서 원고를 쓰기 시작하여 뉴욕의 편집인들에게 보냈다. 뉴욕 ≪에인슬리≫지의 편집자이던 길먼 홀 씨는 뉴욕으로 오기만 하면 많은 급료를 주겠다고 하여 1902년 봄에 그는 이곳 뉴욕으로 왔다. 주로 워싱턴 스퀘어 남쪽, 메디슨 스퀘어 근처와 어빙 플레이스(Irving Place)에 셋방을 얻어 빚을 갚기 위해 부지런히 글을 썼던 것이다.

나는 우선 어빙 플레이스부터 찾기로 했다. 이곳은 미국 작가 '워싱턴 어빙(Washington Irving, 1783~1859)'의 연고지다. 그의 집은 오 헨리가 살던 곳에서 한 블럭 정도 떨어져 있었다.

오 헨리가 〈메기의 선물〉을 썼던 장소

2001년도 여름이 저무는 8월 그믐날, 그라머시(Gramercy) 근처에서 일하는 시동생 내외가 앞장을 서 주었다. 그라머시 공원 앞에서 어빙 플레이스라는 표지판을 보았다. 맨해튼답지 않게 안정되고 나지막한 건물들. 마치 유럽의 어느 중세도시를 걷고 있는 듯한 착각이 들 정도였다. 시동생의 말에 따르면 맨해튼 32가에서부터 23가까지는 화강암이 아니기 때문에 지반이 약해 큰 빌딩을 세울 수 없다는 것이다. 그래서 그런지 높은 빌딩은 보이지 않았다. 뉴욕이 아끼는 보호 구역이라고도 했다. 기울어지는 햇볕을 등 뒤에 받으며 남편과 시동생, 나와 동서, 우리 네 사람은 두 줄로 나란히 서서 걸었다. 꿈만 같았다. 신호등 앞에 멈추어 서니 왼편에 '피츠 타번(PETE'S Tavern)'이란 간판이 보인다. 바쁜 마음으로 길을 건넜다. 지붕엔 성조기도 꽂혀 있고, '오 헨리 길'이라는 표지판도 보인다. 창틀의 휘장엔 'The Place O' Henry Famous'라는 글귀가 눈을 붙잡는다. 오 헨리의 이름을 보자 동서는 나보다 더 반색을 한다. 앞서는 동서를 따라 주점 안으로 들어갔다. 동판에 새겨진 내용은 오 헨리가 이곳에서 〈메기의 선물〉을 썼노라고 적혀 있다.

우리는 창 바깥쪽에 자리를 잡고 앉았다. 상기된 기분으로 맥주잔을 부딪치며 목을 축였다. 찌르르 목안을 타고 내려가는 액체. 오 헨리를 느껴 보는 시간이다. 〈크리스마스 선물〉로 소개된 영화에서 본 장면을 동서는 얘기하기 시작한다.

셋방을 사는 부부가 있었다. 아내는 풍성한 자신의 머리를 잘라 남편의 금시계에 어울리는 플라티나 시계줄을 샀다. 짐은 시계를 팔아 아내에게 줄 장식용 머리빗을 샀다. 선물을 받은 메기는 기쁨에 탄성을 지르나 곧 울음을 터뜨리고 만다. 그러나 곧 눈물 젖은 얼굴에 미소를 띠며 이렇게 말한다.

'내 머리는 아주 빨리 자란다우.'

지금은 식당이 되었지만 호 헨리가 방을 얻어 글을 썼던 자리

우리에게도 저런 싱그럽던 시간이 있었던가? 분명 있었을 터인데…
하면서 우리는 다시 네 거리 앞에 섰다. 타번에서 대각선으로 간판이
보인다. 건너다보이는 위치의 식당은 'SAL ANTHONY'S'. 저기가 바로 오
헨리가 글을 쏟아내던 방이 아닌가. 주소는 55, 어빙 플레이스(BET 17−
18거리). 발보다 마음이 앞선다.

오 헨리의 친구이며 작가이기도 한 데이비스(Robert H Davis)는 이곳
을 다음과 같이 묘사했다.

　　오 헨리는 마루로 뻗친 유리 창문들이 있는 앞줄의 방을 얻어 가지고 거
　기 앉아서 지나가는 사람들을 바라다보곤 했다. 그러는 동안 그는 주변에
　모험의 조그마한 그물을 짜고 있었던 것이다.

동판의 기록을 보자 나도 모르게 환호성이 터져 나왔다. 동판은 층계

를 오르자 대문 오른쪽에 붙어 있었다. 그가 세 들어 살던 집임이 분명했다. 1902년에서 1910년까지 뉴욕에 거주한 오 헨리는 이 기간 동안 세 개의 커다란 창문으로 된 이 방에 앉아 지나가는 사람들을 응시하면서 작품 속의 등장인물들을 창조했다고 한다. 미국의 위대한 작가가 이곳에서 아름다운 소설을 썼던 바로 그 현장이다. 괜히 마음이 바빠지면서 글씨도 쓸 수 없었다. 남편이 대신 동판의 글씨를 베껴주고 나는 그 옆에서 사진을 몇 장 찍었다. 그것만으로도 그날은 대만족이었다.

9월로 접어드니 벌써 기온이 확 다르다. 며칠 새 한층 드높아진 하늘. 뉴욕의 가을은 바로 9월부터인 것 같다. 아침 일찍부터 서둘러 남편과 메디슨 스퀘어 파크를 찾았다. 그라머시 파크에서 멀지 않았다. 공원은 사방으로 문이 나있고 4개의 동상이 서 있으며 한가운데 철책을 두른 나무숲이 자리잡고 있었다. 상수리나무 밑에 지천으로 널려있는 알밤을 다람쥐들은 수고하지 않고 배부르게 주워 먹는다. 그런가 하면 바로 앞에서 한 손에 물병을 들고 빵 한 조각으로 허기를 때우는 노무자들의 모습도 보인다. 즐비하게 놓인 벤치에는 각기 피부색이 다른 사람들이 앉아 있다. 나도 모르게 눈으로는 '소피(≪순경과 찬송가≫의 인물' 같은 인물을 찾고 있었다. 자꾸만 의자에 누워 있는 사람 쪽으로 눈이 갔다.

소피의 무릎에 낙엽이 한 장 떨어졌다. 그것은 겨울을 알리는 신호다. "그는 늘 자던 메디슨 스퀘어 공원의 한 벤치에 앉아 불안스럽게 몸을 움직이고 있었다."로 시작되는 그의 단편소설 ≪순경과 찬송가≫. 지난밤에도 세 장의 일요신문을 윗도리 안쪽에 접어 넣고, 발목에 두르고 무릎에 덮고 했지만, 그런 것으로는 이 오래된 공원의 분수 가까이 있는 벤치에서 잠을 자는 동안의 추위를 물리칠 수 없었다. 그러자 소피는 지난 몇 년 동안, 겨울나기 좋은 숙소가 되었던 블랙웰 형무소를 떠올린다. 식사와 침대와 마음에 맞는 친구가 보장되고, 북풍과 푸른 상의(경찰)를 걱정하지 않아도 되는 그 3개월이 소피에게는 가장 바람직한 것으로 여겨졌기 때문이다. 그에게는 '법률'이 '자선'보다 훨씬 더 자비롭게 생각되었다. 그곳으로 가기 위해 고의적인 범행을 저지르기 시작한다.

상점의 진열장을 돌로 깨보고, 함부로 음식을 시켜먹기도 하고, 숙녀에게 치한 노릇을 해도 이상하게 목적이 달성되지 않았다. 결국은 자기가 기거하는 공원으로 되돌아가던 중 그는 교회에서 울려오는 멜로디를 듣고 그만 발걸음을 멈춘다. 잃어버린 자신을 돌아보며 그때, 사람다운 사람이 되어 보자고 다짐한다.

'일자리를 구해 봐야지. 이제 나는 다른 사람이 되는 거야. 이제 나는…'.

하필 그때 소피의 팔에 차가운 감촉이 닿았다.

"여기서 뭘 하고 있는 거지?" 순경이 물었다.

"아, 예, 뭐 별로."

"그럼 따라와."

다음날 아침 경범 재판소에서 치안판사가 그에게 선고했다.

'섬에서 징역 3개월.'

이렇듯 항상 예상을 뒤엎고 마는 반전(反轉). 우리의 인생도 때론 이와 같지 않던가. 전혀 엉뚱한 데서 막히고, 생각지도 못한 일이 갑자기 벌어지는 것이다. 그리하여 여름 날씨처럼 때론 예측할 수 없는 인생의 아이러니한 결말. 그의 끝맺음은 대체로 기발하다. 그의 작품에 우연의 일치가 너무 많고 깊은 사상이 없다는 혹평이 있었음에도 불구하고 그의 작품이 영화화(〈인생의 종착역〉)되고 많은 대중에게 사랑을 받은 것은 아마도 어두운 인생을 따뜻하게 바라보는 그의 애정 어린 시선 때문이 아닐까 싶다. 작품 밑바닥에 관통하고 있는 휴머니즘은 그의 문학의 주제라고 할 수 있을 것이다.

오 헨리의 본명은 윌리엄 시드니 포터(William Sideny Porter). 1862년 9월 11일 노스캐롤라이나 주의 아주 작은 마을 그린즈버그에서 태어났으나 그는 뉴욕의 작가였다. NY(뉴욕)대학 근처인 유니온 스퀘어 파크를 무대로 한 ≪추수감사절의 두 신사≫라든지 그리니치 빌리지를 무대로 한 ≪마지막 잎새≫ 그리고 ≪순경과 찬송가≫의 현장인 메디슨 스퀘어 파크. 그 이외에도 ≪할렘가의 비극≫이나 가난한 소호의 화가들 이야기 등은 모두 뉴욕을 무대로 하여 쓰여진 작품이다. 그래서 우리는 모두 그를 뉴욕의 작가로 기억한다.

평론가 반 윅 브룩스(Van Wyck Brooks)는 "마치 오 헨리의 눈에 빛나는 모든 것이 깜짝 놀라게 하는 기쁨에 대한 충분한 이유가 있는 것처럼 뉴욕시티가 오 헨리에게 속해 있는 것 같아 보였다."라고 말했다. 그리고 그것은 오 헨리가 새로운 호기심을 가지고 뉴욕에 접근했기 때문이며 뉴욕에 대한 경이의 감정 때문이라는 설명을 덧붙였다.

오직 빚을 갚기 위해 소설공장을 차려놓고 글을 썼던 발자크처럼 '소설을 증오한다는 기분은 들지 않았을까? 그의 심정을 헤아려보게 된다.

1910년 6월 5일. 47세로 일생을 마칠 때까지 그는 8년 간(1902−1910) 참으로 초인적인 힘으로 600여 편에 달하는 단편 소설을 써냈다. 한 달에 6편 이상, 그러니까 닷새에 소설 한 편씩을 썼던 것이다. 생명과 맞바꾼 소진, 이렇게 해서 그의 짧은 생애는 끝났다. 뉴욕의 작가답게 눈을 감기 직전까지 그는 뉴욕을 바라보고 싶어했다. 메디슨 스퀘어에 있는 작은 교회에서 장례를 치르고 시신은 고향으로 돌아가 노스캐롤라이나의 내쉬빌에 묻혔다. 소박한 화강암 묘비에는 다만 "윌리엄 시드니 포터 1862

-1910"라고 적혀 있다.

　우리는 이 교회를 찾아보고 메디슨 스퀘어공원에서 한나절을 보냈다. 어둑어둑 해 질 무렵, 남편과 함께 어빙 플레이스에 있는 'Sal Anthony's' 식당으로 갔다. 한 달 더 체재할 남편을 두고 나는 먼저 떠나와야 했기에 뉴욕에서의 짧은 송별연이기도 했다. 나는 될수록 그곳에 오래 앉아있고 싶었다. 오 헨리가 앉아서 내다보았을 자리쯤에 앉아 그가 그랬던 것처럼 창밖의 행인들을 주시했다. 애완견을 끌고 한가로이 지나가는 사람, 나란히 걷는 남녀 할 것 없이 모두들 바쁘지 않은 걸음걸이다. 그러나 그것을 주시하던 오 헨리의 마음은 한가할 수 없었을 것이다. 얼마 뒤 식탁에 주문한 음식이 나왔다. 왠지 값비싼 음식이 하나도 맛있지 않았다. 아름다운 자신의 머리채를 팔아서 남편의 시곗줄을 산 메기처럼 우리들의 그러한 한때가 생각나서인지도 모르겠다. 어느새 머리가 반백이 된 두 사람은 실로 오랜만에 마주 앉았다. 와인잔을 들고 조금은 어색하게 건배를 했다. 오 헨리의 고통스런 산실이 사람을 비감하게 했다.

　짐짓 모르는 채 그동안 지나쳐 왔던 상대방의 고충을 마음속으로 감싸 안으며 또한 얼마 남지 않은 각자 제 몫의 인생을 위해 우리는 잔을 부딪쳤다. 쨍그랑! 투명한 소리가 왜 얼음 조각처럼 아프게 귀에 닿는 것인가. '인생' 두 음절을 외치는 것 같았다.

　삶이 고달프고 버거워도 이 세상에 태어나서 살아 본 것이 살아 보지 않은 것보다 더 낫지 않았을까?

　나는 오 헨리의 인생을 되짚어 보면서 그것을 내 자신에게 적용시키고 있었다.

아무런 희망의 시를 새기지 않은 묘비
- 나타니엘 호손

엘미러에서 마크 트웨인의 묘소를 찾아보고 보스턴에 도착한 시각은 밤 11시였다. 호텔 프런트 앞에 비치된 안내 팸플릿들이 눈길을 끈다. 〈마녀 사냥〉〈일곱 박공의 집(The House of The Seven Gables)〉의 작가 나타니엘 호손과 관계되는 팸플릿만 집어 들고 객실로 올라갔다. 흉물스럽게 그려진 마녀 사냥의 팸플릿에 눈길이 더 갔다. 마녀 사냥은 세일럼과 나타니엘 호손 가(家)와 불가분 연관되며 또한 호손의 작품과도 무관하지 않기 때문이다. 호텔 창 밖으로 바라다 보이는 보스턴의 야경은 비행기에서 창을 볼 때보다 더 아름답다. 보스턴과 콩코드가 있는 매사추세츠 주(州)는 미국 역사상 중요한 의미를 지닌다. 영국과 첫 교전을 치른 독립전쟁의 발발지이기도 하지만 이곳 보스턴은 하버드 등 명문 대학이 자리잡은 대학 도시로서 기라성 같은 문인들을 배출하였기 때문이다. 보스턴에서 출생한 시인으로는 에드거 앨런 포와 에머슨, 로버트

로웰, 세일럼에서 태어난 작가 나타니엘 호손과 그의 동창생인 시인 롱펠로가 있다. 콩코드가 자랑하는 헨리 데이빗 소로는 에머슨, 올코트, 챠닝 등과 더불어 하버드 대학 초월주의자 모임의 대표주의자이기도 했다.

미국의 르네상스 시대, 문학의 중심지가 뉴욕에서 보스턴으로 옮겨졌다고 한 어느 평론가의 말은 틀린 것이 아니었다. 나는 잠자리에 들기 전, 지도를 펴놓고 호손이 태어난 세일럼과 콩코드의 월든과 호손이 잠든 묘지의 위치를 확인해 두었다.

이튿날, 일찍 눈이 떠졌다. 비가 오리라는 예상과 달리 날씨는 맑게 개었다. 호텔 조식을 간단히 들고 설레는 마음으로 콩코드로 향했다. 보스턴에서 20마일 가량 달려가니 한적한 숲으로 둘러싸인 강변 마을이 나타났다. 평화로워 보였다. 월든의 오두막은 뒤로 미루고 호손의 묘지부터 찾아가기로 했다.

콩코드 23가에 위치한 슬리피 할로우 묘지를 찾는 것은 생각보다 어렵지 않았다. 곳곳에 안내 표지판이 친절하게 붙어 있었기 때문이다.

더없이 맑은 하늘 아래, 어른거리는 나무 그림자를 밟으며 조용한 묘역 안으로 들어갔다. 커다랗고 잘 생긴 흰 비석에 왼쪽 방향의 화살표가 있고 그 아래 낯익은 작가들의 이름이 넉 줄로 적혀 있다.

소로
호손
올코트
에머슨

이름이 적힌 순서대로 그들은 이곳에 들어와 묻혔다. 생전에 소로는

3년 동안 에머슨의 집에 기거했으며, 호손은 콩코드에 있는 구목사관인 에머슨의 집을 빌려 그가 쓰던 2층 책상에서 〈올드맨스의 이끼〉라는 작품을 썼다. 살아서도 함께요, 죽어서도 함께인 이들의 우정이 부럽기만 했다.

　조용한 오전, 향긋한 풀내음과 솔바람 소리. 산책길로 안성맞춤인 숲길을 따라 걸어 들어가니 야트막한 언덕이 나온다. 둔덕을 오르자 오른편에 큼직하고 묵직하게 잘생긴 묘비가 우리의 걸음을 멈추게 한다. 묘비의 받침석에 적힌 'THOREAU'라는 글자가 반가웠다. 여섯 사람의 이름과 생몰 연월일이 적힌 소로 일가의 가족 묘비다. 다섯째 줄에 헨리 D. 소로의 이름이 보였다. 무덤은 묘비를 중심으로 여섯 군데에 퍼져 있다. 소로는 뒷줄 왼쪽 끝에 누워 있었다. 1862년 5월 6일, 자택에서 편안히 숨을 거둔 소로가 이곳에 오던 날, 앨러리 챠닝이 몇 줄의 시를 그에게 바쳤고, 그를 사랑한 에머슨이 이 무덤 곁에서 조사를 읽었다.

　　"이 나라는 아직도 얼마나 위대한 아들을 잃었는지 모르고 있다."

　에머슨이 조사를 읽었다는 자리는 어디쯤일까? 좌우를 둘러본다. 열네 살 연상인 에머슨은 소로보다 20년을 더 살다가 소로 곁에 와 묻혔다. 소로의 무덤에서 서성대다가 호손이 누운 건너편 무덤으로 향했다.

　이곳으로 달려오는 차 안에서 나는 내내 〈큰 바위 얼굴〉의 작가 호손을 생각했다. 10대 학창 시절, 이 작품과 만난 것은 행운이었다. 아직 인생에 대한 가치관이 자리 잡히지 않은 덜 여문 낱알에 불과하던 내게 호손의 〈큰 바위 얼굴〉은 존 스타인백의 〈진주〉와 함께 그 낱알을 여물게 하는 데 밑거름이 되어 주었다.

소년 어니스트는 성자처럼 거룩해 보이는 큰바위 얼굴을 매양 바라보며 큰바위 얼굴을 한 사람이 마을에 나타나기를 기다린다. 그는 그 전설을 믿고 있었다. 하지만 마을을 찾아오는 사람은 그 누구도 큰바위 얼굴과 닮지 않았다. 은빛 머리가 하얗게 반짝이는 나이가 되었을 때, 비로소 그 소년이 큰바위 얼굴과 닮아 있었다는 메시지는 얼굴을 책임져야 할 나이에 이르기 전, 내게 어떻게 살아야 할 것인가에 앞서 무엇을 지향해야 하는지를 일깨워 준 고마운 지침서이기도 했다.

호손은 1864년 5월 19일 플리마우스(Plymouth)에서 심장병으로 세상을 떠났다. 그의 무덤은 지금 작은 통로를 사이에 두고 소로의 무덤과 마주보고 앉았다. 호손의 우측에 아내 소피아와 딸 우나도 함께 묻혀 있다. 무덤 둘레에는 10여 그루의 아름드리 소나무가 높다랗게 서 있고 그 아래 성조기가 꽂혀 있다. 철책으로 보호된 구역 안에 미국이 낳은 위대한 작가 나타니엘 호손이 누워 있었다. 묘비는 반월형으로 너무나 작고 간단했다. 단지 호손(HAWTHORNE)이라고만 쓰여 있다. 생몰 연월일조차 쓰여 있지 않았다. 호손은 왜 자신의 성에 W자를 덧붙여 Hathorne을 Hawthorne으로 고쳐 썼을까? 그는 왜 조상이 물려준 성을 바꾸고 싶어졌을까? 호손가의 배경을 알아두는 것이 좋을 것 같다.

영국 버크셔 지방의 가난한 자작 농민이었던 호손가의 한 사람인 윌리엄 호손(William Hathorne)은 1630년에 미국 매사추세츠 주로 이민을 오게 되는데 그 배에는 나중에 매사추세츠 총독이 되어 인디언과 퀘이커 교도들을 박해한 존 윈스롭(John Winthrop)도 같이 타고 있었다. 윈스롭에 의해 세일럼의 치안 판사가 된 윌리엄 호손은 윈스롭과 함께 퀘이커 교도들을 박해하는 데 앞장섰다. 그의 아들 존도 마녀재판의 판사로서 1692년에 19명을 교수형에 처했고, 존의 두 형들도 필립 왕의 전쟁(1675

－1676)이라는 인디언 대학살에 참가하였다. 나타니엘 호손은 자기 조상의 이 같은 죄에 대해 알게 되면서 청교도들이 다른 소수교파에게 자행한 박해와 죄악, 그리고 퓨리터니즘의 인간성 억압, 청교도들의 선민 의식, 그것들이 미국의 형성에 끼친 어두운 영향을 탐색하기 시작했다. 특히 고조부인 존이 그 악명 높은 세일럼 마녀 소탕 때 잔인한 재판관 노릇을 한 까닭에 이른바 저주의 어두운 의식이 호손의 마음 한 구석을 무겁게 짓누르고 있었다. 이것은 그의 작품 〈일곱 박공의 집〉에 나타나 있고, 〈젊은 굿맨 브라운〉에도 드러나 있다. 작품의 무대는 역시 그가 태어난 세일럼일 수밖에 없다.

어느 날 밤, 굿맨 브라운은 낯선 청교도 사내와 밤길에 동행이 된다. 보스턴에서 자동차로 세일럼까지 오는 데 15분밖에 걸리지 않다니? 수상하게 생각되는 이 정체 모를 50세 가량의 사나이는 악마임에 틀림없었는데 더욱 기가 막힌 것은 브라운 자신과 꼭 닮은 모습을 하고 있었던 것이다. 언뜻 보면 부자지간처럼 보이는 이 두 사람의 동행은 계속된다. 그 이상한 사나이는 굿맨 브라운의 조부가 세일럼 거리에서 퀘이커 교도 여인을 채찍질했으며 그의 부친은 필립 왕 전쟁 때 인디언 부락에 불을 질렀다는 사실을 폭로한다. 그리고 자기는 지금 악마의 검은 미사에 가는 길이라고 말한다. 그와 함께 악마의 미사 장소에 도착해 보니 낮에 그렇게도 경건한 체하던 교회 지도자들과 마을 사람들, 심지어 자기 아내까지 거기 모여 검은 미사를 드리고 있지 않은가. 굿맨 브라운은 경악한다. 그리고 인간과 청교도주의자들의 위선과 독선을 목격한다. 검은 미사의 밤이 지나간 뒤 그는 타락한 것인지, 아니면 구원의 깨침을 얻은 것인지는 확실히 모르겠으나 분명한 것은 그가 아내마저도 의심하고 경멸하는 냉소적 인간이 되었다는 사실이다. 굿맨 브라운은 이튿날, 완전

히 다른 사람이 되어 세일럼 마을로 돌아온다. 심상치 않은 이 단편의
결미는 이러하다.

그가 오래 살아서 허옇게 늙은 주검으로 이제는 늙어 버린 아내 페이
스와 자녀들, 손자, 그리고 많은 이웃들이 애도의 행렬을 지은 가운데
무덤으로 들어갔을 때에, 그들은 그의 묘비에 아무런 희망의 시를 새기
지 않았다. 왜냐하면 그는 암울하게 죽어 갔으므로.

그래서 호손의 묘비에도 아무런 글자를
써 넣지 않았단 말인가?
'왜냐하면 그는 암울하게 죽어 갔으므로.'
원래 침묵은 말보다 더 많은 의미를 내포
하고 있다고 하지 않는가. 그는 아무런 희
망의 시를 새겨 넣을 수가 없었던 것이리라.
굿맨 브라운은 냉소적인 인간이 아니라 용
기 있는 작가 호손의 분신임에 다름 아닐 것
이기에. 영국에서 메이플라워 호를 타고 미
국으로 건너온 청교도들이 이곳에다 새로
운 에덴을 세워 보려고 정착한 뜻은 알겠으
나 그들의 오만한 우월 의식과 만행에 대해
호손은 더는 묵과할 수 없었던 것이다. 호

나타니엘 호손의 묘

손은 자기 조상의 죄, 나아가 전 미국인 조상들의 죄를 작품 속에서 폭로
하고 또 괴로워하였다.
〈모비 딕〉을 쓴 작가 허먼 멜빌(Herman Melville, 1819~1891)은 완전히
돌아 버린 광기의 책 혹은 해양 문학에서 전례 없는 우울함과 끔찍한

묘사라는 서평을 받은 작가이다. 그런 멜빌이 〈모비 딕〉을 탈고하면서 자신의 정신적 부친으로 생각했던 호손에게 이 책을 바치겠노라고 편지에 써 보냈다. "나는 사악한 책을 썼습니다."라는 구절과 함께.

멜빌은 자신의 영혼보다 더 어두운 영혼을 가진 동시대의 선배 작가 호손을 발견하고 그에게 매료되어 이렇게 찬탄했다.

> "그의 영혼은 어둠 속에 싸여 있으며 나보다 열 배나 더 어둡다. …나를 붙잡아 매료시키는 것은 바로 그 어둠이다."

나는 지금 이 어둠의 작가 묘비 앞에 서 있다. 〈주홍글씨〉를 읽고 자신의 죄를 고백하지 못한 채 양심의 가책으로 번민하는 젊은 목사 딤스데일에게 끌렸던 내 학창 시절이 떠오른다. 얼마 전 TV에서 데미 무어가 헤스터 프린으로 출연한 영화 〈주홍글씨〉를 보았을 때 역시 책으로 읽을 때와 같은 그런 감동은 느껴지지 않았다.

미국 국민이 아끼는 작가 나타니엘 호손은 1804년 7월 4일, 매사추세츠 주 세일럼의 한 구가(舊家)에서 태어났다. 선조는 대대로 엄격한 청교도였으며 선장인 그의 부친은 열병에 걸려 일찍 세상을 떠났다. 외가에서 자란 그는 공놀이를 하다가 아홉 살 때 발을 다쳐 일찍이 독서에 습관을 붙였다. 어려서부터 고독과 명상, 독서 속에서 성장한 호손은 감수성이 예민했으며 몹시 회의적인 편이었다.

이제 나는 그가 태어난 고향 세일럼으로 가볼 차례다. 보스턴에서 40분 남짓, 승용차로 해안 도로를 따라 조용한 도시 세일럼에 닿았다. 세일럼은 온통 '호손'이었다. 관광객들은 〈일곱 박공의 집〉 앞에 집결해 있었다. 대합실에서 입장권을 끊고 기다렸다. 1인당 8불. 동화의 나라에 온 것 같았다. 터너(John Turner) 선장이 이 집을 지은 것은 1668년. 그러니까 300년도 훨씬 넘는 이 집은 호손의 〈일곱 박공의 집〉의 무대가 되면서 부터 널리 알려졌다. 이 책의 서두는 이렇게 시작되고 있다.

우리 뉴잉글랜드 마을들 중 하나에 있는 뒷골목을 반쯤 내려가면, 날카롭게 솟아 오른 박공이 있고, 사방으로 창이 나 있으며, 중앙에는 거대한 굴뚝이 다닥다닥 붙어 있는 낡은 목재 가옥 한 채가 서 있다. 그 거리가 바로 핀치온 가이며, 그 집이 핀치온 가문의 저택이고 문 앞에 뿌리를 내린 넓은 경계선의 느티나무는 핀치온 느티나무라는 이름으로 잘 알려져 있어 그 마을 태생이라면 모르는 사람이 없을 정도다.

이 집을 지은 핀치온 대령은 가난한 머쉬 몰의 땅을 빼앗고 끝내는 그를 마녀잡이란 명목으로 교수대 위에 세웠다. 몰은 목에 교수형 밧줄을 걸고 그에게 저주를 퍼부었다.

하나님께서 그에게 피를 마시게 할 것이다.

밖에서 집을 올려다보니 일곱 박공은 과연 하늘을 향해 솟아올라 있었고 하나의 거대한 굴뚝 구멍을 통해 숨쉬는 모습은 마치 한 부모 밑에서 태어난 일곱 난쟁이 같았다. 호손은 이 집에 살고 있는 사촌누이 스잔나를 보기 위해 이 박공의 집에 자주 놀러 왔으므로 건물의 통로와 비밀 공간에 대해 잘 알고 있었다.

지난 날 세일럼의 판사를 지낸 작가의 증조부는 실제로 마녀 사냥 재판 때 한 희생자로부터 그와 그의 자손에 대한 저주를 받은 적이 있었다. 괴롭지만 호손은 그 사건을 고해성사처럼 털어놓았다. 호손은 진정으로 용기 있는 작가였다.

"나타니엘 호손에 대한 중요한 진실은 그가 우레 속에서도 아닌 것은 아니다라고 말한다는 점이다. 악마조차도 그를 그렇다라고 말하게 할 수는 없다." 스스로 호손의 아들임을 자처하던 멜빌이 그에게 바친 찬사였다.

안내자의 설명을 들은 후 나는 혼자서 좁은 마루 계단을 조심스레 올라가 일곱 박공의 집을 둘러보았다. 그리고 건너편에 있는 호손의 생가도 들렀다. 호손의 생가는 원래 유니언 가 27번지에 있었는데 17세기 때의 건물 보호 지역인 이곳으로 1958년, 통째로 옮겨다 놓은 것이라고 한다. 호손의 집은 빨간색 칠을 한 목재로 된 2층집이었다. 영국식으로 꾸며진 넓은 정원에는 장미와 참나무 등 여러 종류의 꽃과 나무가 아름답게 어우러져 있고 실내의 고풍스런 가구들과 1610년 영국에서 제작되었다는 런던 시계며 조부와 부친이 선원이어서인지 배 그림 〈아메리카호〉가 수채화로 걸려 있고, 항해를 통해 수입된 중국 도자기가 많이도 진열되어 있었다. 이층 호손의 방에는 어릴 때 그가 잠들곤 했던 아기 침대며 서 있는 인형 등이 있었다. 작은 창문을 통해 아름다운 찰스 강이 내려다보인다. 지붕을 덮은 나무 그림자는 침착한 음영을 던져 주고 있었다. 나타니엘 호손은 46세 때까지 간헐적으로 세일럼을 드나들다가 〈주홍글씨〉를 써 놓고는 영 고향을 떠나 버렸다. 그는 스스로 고향을 좋아하지 않는다고 말했다던가.

그러나 해마다 그가 태어난 7월 4일이 되면 어김없이 세일럼 거리에 호손이 나타나곤 했다. 옛날의 옷차림 그대로인 호손이 자신의 집에 세워져 있는 동상도 힐끗 쳐다보고, 자기가 근무하던 세관을 찾아가 생일 케이크도 자른다. 배우를 내세워 호손협회가 해마다 추진하는 기념행사다. 아름다운 해안 도시 세일럼은 이렇듯 호손을 사랑하고 호손을 기린다. 그러니 호손은 죽었으되 죽지 않은 채 살아 있을 수밖에 없다.

암울하게 죽어 간 나타니엘 호손, 묘지에서 만난 그의 흰색 묘비는 내게 많은 질문을 던져 주었다. 왜 그는 묘비에 아무런 희망의 시를 새기지 않는다고 말했을까? 희망이 충족되어서인가, 아니면 인간에 대한 절망으로 희망 자체를 아예 포기한다는 다짐에서인가, 아니면 희망을 초극

했기 때문일까? 그러나 애석하게도 그는 어두운 심연 탐구로 인간의 본질적인 악마성을 너무 일찍 읽어 버렸던 것은 아닐까. 그리하여 인간에 대해 희망을 버리고 평생 웃지 않고 살았을 것 같은 그의 일생을 떠올리며 나는 그의 묘지 앞에 서 있는 하얀 비(白碑) 앞에서 스쳐 가는 생각들을 그냥 두었다. 사실 희망이 없는 인생이란 얼마나 큰 고통이던가. 그렇다면 죽음은 그에게 오히려 해방이 아니었을까. 생은 본질적으로 고통이라는 그의 어두운 암울에 공감하면서 누구의 소행인지 모를, 무덤 앞에 수북히 갖다 놓은 솔방울들을 내려다본다. 그것마저도 호손답다고 여겨졌다. 왜냐하면 그것은 꽃이 아니기 때문에 더 이상 꽃도 희망도 무엇도 아니기 때문이다. 거기 어울린 솔방울이 그저 자연스럽게 느껴졌다. 다만 자연의 일부가 되어 버린 호손처럼.

솔바람 소리가 긴 여운을 끌며 지나간다. 쏴아ー 쏴ー.

암울하게 죽어 간, 그의 백비(白碑) 앞에 선 내 마음속 어둠의 그림자까지 쓸려 지나가는 듯했다.

해는 또다시 떠오른다
- 어니스트 헤밍웨이

1961년 7월 2일, 이른 아침, 난데없는 총성이 울렸다. 미국 아이다호 주 선밸리의 캐첨에 있는 헤밍웨이의 자택에서였다. 세기의 문호 어니스트 헤밍웨이가 입 속에 총구를 집어넣고 방아쇠를 당긴 것이다. 헤밍웨이의 부음이 전 세계에 알려지자 바티칸 궁전, 백악관, 크레믈린궁에서는 동시에 그의 서거(逝去)에 애도의 뜻을 표하는 성명을 발표했다. 한 작가의 죽음이 이렇듯 세계의 이목을 집중시킨 일은 일찍이 없었다.

어니스트 헤밍웨이(Ernest Hemingway, 1899~1961)는 1899년 7월 1일 일리노이주 시카고 근처의 오크파크에서 태어났다. 내과 의사였던 부친은 어린 아들을 미시간 북부의 숲으로 데리고 다니면서 사냥과 낚시질을 가르쳤다. 어려서부터 권투와 미식축구 등 스포츠에 흥미를 가졌던 헤밍웨이는 권투로 왼쪽 눈의 시력을 잃기도 했다. 1917년 고등학교를 졸업하고 캔자스시티 〈스타〉 지의 기자로 일하다가 같은 해에 프랑스에 있는 미국 앰뷸런스 부대에 자원한다. 이탈리아 전선으로 배속되어 근무하던 그는 사고를 당한다. 함께 있었던 세 명의 이탈리아 병사들은 모두 죽고 혼자만 살아남았는데 그때 그의 다리에는 237개의 파편이 박혔다. 10여 차례의 수술을 받고도 그중 몇 개는 죽을 때까지 몸속에 넣고 다녀야 했다. 종전 후 이탈리아 정부로부터 훈장을 받고 1919년 미국에 돌아와 〈토론토 스타 위클리〉지에 입사했다. 그는 그리스와 터키의 분쟁을 취재했으며 1921년 특파원으로 파리에 주재하게 된다. 어느 날 자전거를 타고 프랑스의 시골길을 달리며 적의 위치를 알아내려던 헤밍웨이는 독일군이 길가에 설치해 놓은 대전차용 방어벽과 충돌하고 말았다. 개천으로 곤두박질친 그는 적군이 그 자리를 떠날 때까지 몇 시간 동안 꼼짝도 못하고 버텨야 했다. 이 사고로 머리와 간에 손상을 입었고 성기능 장애를 겪게 된다. 그는 파리 방비 정보 정탐도 하고, 파리 탈환 후에는 최전선 휴르트겐 숲의 격전에 참가하여 18일간의 연이은 전투에서 마지막까지 버텨 병사들로부터 파파의 애칭을 듣기도 했다. 몇 개의 신화 같은 전설을 남긴 그는 동성(銅星) 훈장까지 받았다. 헤밍웨이의 그런 생생한 체험은 소설뿐만 아니라 영화로 제작되어 〈무기여 잘 있거라〉 〈누구를 위하여 종은 울리나〉 〈킬리만자로의 눈〉 〈노인과 바다〉 〈해는 또다시 떠오른다〉 등에서 게리 쿠퍼, 록 허드슨, 그레고리 펙, 스펜서 트레이시, 타이론 파워 등 당대를 풍미하던 배우의 얼굴로 우리를 찾았다. 훈장까지 받은 영웅적인 그의 무용담과 신화는 세인의 사랑을 받기에 충분했다. 이렇듯 전세계인의 사랑을 받으며 노벨문학상에 빛나는 명성에도 불구하고 그는 무엇 때문에 자살로 생을 마감하였던 것일까? 의문스럽고도 돌발적인 그의 죽음은 일종의 신비감을 자아내기도 했지만 그의 아내조차도 믿지 않았던 자살이었다. 남편의 죽음은 자살이 아니라고 그녀는 주장했던 것이다.

어느 점에 있어선 믿을 수 없는 돌발 사건이라고 그녀는 경찰 진술서에서 우겼다. 그래서 처음 보도는 헤밍웨이가 자택에서 라이플을 손질하다가 그만 실수로 사망했다고 보도되었다. 그러나 오늘날 헤밍웨이의 죽음은 그의 사후에 나온 모든 전기가 증명하듯 그의 아내 메리의 완고한 부인에도 불구하고 자살이라는 결론이 내려졌다. 자살로 믿기 어려울 만큼 그의 죽음은 참혹했다. 그는 자신이 늘 애용하던 은제 상안(象眼) 세공으로 된 12구경 쌍발 리처드슨 엽총을 입에 물고 방아쇠를 당긴 것이다. 총알은 그의 머리를 날리고 입과 턱, 양쪽 뺨의 일부만을 남겼을 뿐이다. 몸통에서 머리가 떨어져 나갔다. 하필이면 자신의 머리를 쏘다니. 그러나 그는 죽음에 관한 한 사실 프로였다.

어떤 의미에서 헤밍웨이만큼 죽음을 의식하며 살아온 작가도 드물 것 같다. 실제로 그는 수차례의 죽음을 경험하기도 했다. 이탈리아 전선에서 파편을 맞았던 일 이외에도 아프리카의 수렵 여행 중 참혹한 사고를 여러 차례 경험했다. 아내 메리와 함께 경비행기를 타고 우간다의 장엄한 머취슨 폭포 위를 날고 있을 때, 갑자기 날아드는 새떼를 피하려다가 비행기가 전선을 치며 근처 덤불 속으로 추락하는 사고가 일어났다. 그가 탔던 비행기의 잔해가 발견되자 신문은 '어니스트 헤밍웨이'는 죽었다고 발표할 정도의 큰 사고였다. 이 사고로 메리는 갈비뼈 두 대가 부러지고 헤밍웨이는 어깻죽지를 다쳤다. 다음날 헤밍웨이 부부를 병원으로 옮기기 위해 다시 비행기 한 대가 날아왔다. 그러나 이륙한 지 딱 1분 후, 연료 탱크가 폭발하여 비행기는 화염에 휩싸였다. 헤밍웨이는 머리로 문을 들이받아 겨우 탈출할 수 있었다. 그러나 깨진 그의 두개골에서는 뇌수가 흐르고 척추는 으스러졌다. 머리, 간, 비장과 신장에 심한 손상을 입었음에도 불구하고 그는 곧이어 엔테베에서 열린 기자 회견장에 나타났다. '헤밍웨이가 한 손에 바나나 다발을 들고 또 다른 손에는 진을 한 병 들고 나타났다'고 한다.

야성적 기질을 타고난 이 행동주의 작가 파파는 아프리카에서 수렵 여행을 즐기고, 투우를 보기 위해 스페인의 팜플로나 투우 경기장을 수 없이 찾았다. 목숨이 걸린 격렬한 죽음의 현장만을 그는 찾아다녔다. 낚 시와 권투에도 심취했다. 헤밍웨이는 생활 속에서 체험한 것들을 진솔하 게 작품에 투영했다. 그래서 그의 작품은 그의 생애에 대한 또 하나의 기록이라고 할 만하다. 동시대 작가들 중에서 폭력을 가장 많이 다룬 작가도 아마 헤밍웨이일 것이다. 헤밍웨이의 작품에 자주 폭력이 도입되 는 것은 작가가 '현대를 폭력의 시대로 파악한 탓'도 있겠지만 극한적인 상황으로 몰아넣는 폭력은 그에게 있어 죽음이라는 주제를 부각시키기 위한 하나의 장치이기도 했던 것이다. 헤밍웨이의 궁극적인 관심은 그러 니까 폭력이 아니라 죽음의 문제였던 셈이다.

피츠제랄드와 함께 '길 잃은 세대(Lost Generation)'의 대표 주자가 된 헤밍웨이의 문학적 영감의 근원은 자신이 몸소 체험한 죽음과 전쟁이었 다. 전쟁으로 인해 인간의 존엄성이 파괴되어 버리고, 폭력과 상처와 죽 음만이 남아 있는 세계. 즉 전쟁으로 인해 성불구가 된 저널리스트 제이 크 반스(〈해는 또다시 떠오른다〉의 주인공)라든지 프레드릭 헨리(〈무기 여 잘 있거라〉의 주인공) 등이 바로 그러한 인물이다. 그의 작품을 일별 해 보면 죽음의 의미를 단계별로 추적하고 있음을 알 수 있다. 초기 작품 집 〈우리의 시대〉에서 어린 소년 닉 아담스의 눈을 통해 그는 죽음에 대한 제반 문제를 다룬다.

인디언 산부를 제왕절개 수술하는 아버지를 도우면서 어린 닉은 출생과 죽음이라는 삶의 가장 큰 사건들을 지켜보게 된다. 그중에서도 그가 직접 목도할 수 있었고 그래서 그 만큼 더 큰 충격을 받은 것은 면도칼로 목을 잘라 자살한 인디언의 죽음이었다. 그 죽음이 그의 마음에 얼마나 깊은 영향을 주었는가는 그 작품의 마지막 부분에 나타난다.

"아빠, 죽는 것이 어려워요?"
"아니, 나는 상당히 쉽다고 생각한다. 경우에 따라 다르지."
닉은 고물에, 그의 아버지는 노를 저으며, 그들은 배에 앉아 있었다. 태양이 산봉우리 위로 솟아오르고 있었다. 농어가 뛰어오르며 수면에 동그라미를 그렸다. 닉은 물속에 손을 넣고 끌었다. 쌀쌀한 아침 공기에 물은 따스하게 느껴졌다. 이른 아침 호수에서 아버지가 노를 젓는 배의 고물에 앉아서, 그는 자기는 결코 죽지 않으리라고 확신했다.

소년의 확신은 불안에 찬 다짐이었을 것이다. 자기도 언젠가 죽는다는 이 두려운 사실을 거부하려는 본능. 그리고 어린 소년 닉은 그때부터 자살이라는 문제를 생각하기에 이른다. 이후 닉이 다시 죽음을 접하게 된 것은 전장에 나아가서였다. 척추에 부상을 입고 병실에 누워 그는 회의한다. 죽음에 대한 천착이 시작된다. 헤밍웨이의 분신인 닉, 제이크, 프레드릭, ≪누구를 위하여 좋은 울리나≫의 로버트 조던. ≪노인과 바다≫의 산티아고를 통해 작가의 변모하는 죽음관을 엿볼 수 있다. 아직도 죽음이 공포의 대상이었던 닉과 제이크와 프레드릭 등은 죽음을 극복하기 위해 온갖 노력을 다 기울인다. 낚시, 투우 아니면 알코올에 빠져 방황하는 것도 그 과정 중의 하나라고 볼 수 있을 것 같다. 그러나 헤밍웨이 자신은 정작 포탄이 준 쇼크에서 아직 벗어나지 못하고 있었다.

'나는 잠을 자고 싶지 않았다. 왜냐하면 혹시라도 내가 어둠 속에서 눈을 감고 잠들게 되면 내 영혼이 육체를 빠져나갈 것 같은 생각이 엄습해서였다.'

그는 방안에 불을 켜 놓아야만 잠을 이룰 수 있었고 또 술을 마셔야만 잠을 이룰 수 있다고 했다. 전장에서 받은 스트레스로 인해 헤밍웨이는 심한 고통을 당했다.

스페인 내란의 현장인 나바세라다 영(嶺)을 다녀온 후, 헤밍웨이는 미국 대륙의 최남단에서 그레이하운드 버스로 5시간이나 떨어진 키웨스트에 칩거하면서 〈누구를 위하여 종은 울리나〉를 쓴다. 남국의 식물들로 울타리가 쳐진 이 집에서 그는 새벽에 일어나 정오까지 집필했다. 그리고 오후에는 낚시터로 나갔다. 소련 게릴라 부대의 교과서로 사용되었던 ≪누구를 위하여 종은 울리나≫. 스페인 내란에 자진 참가한 미국인 청년 로버트 조던과 파시스트에게 강간당하고 부모를 빼앗긴 청순한 아가씨 마리아는 서로 사랑하게 된다. 그러나 명령의 엇갈림으로, 다리의 폭파는 헛일인 줄 알면서도 끝까지 실행, 부상을 당한 조던은 마리아 일행을 도피시킨 뒤, 적군 장교에게 총부리를 겨눈다. 자신의 정치적 이념에 따라 동료들을 살리고 자신은 순사(殉死)한다. 이 마지막 장면에서 만나게 되는 헤밍웨이의 용기. 조던의 이러한 용기는 죽음의 공포를 극복했기 때문에 가능해진 것이 아닐까?

맑은 하늘 아래 메아리치는, 생명의 개가와도 같은 종소리는 조던을 위해서 아니, 어니스트 헤밍웨이 자신을 위해서 울렸던 것이리라.

그로부터 12년만에 헤밍웨이는 〈노인과 바다〉를 썼다. 불굴의 투지력을 지닌 노인 산티아고를 통해 그는 '인간은 파멸될 수는 있지만 패배할 수는 없다.'는 유명한 말을 남긴다. 1952년 퓰리처상과 1953년 노벨문학상을 안겨 준 이 작품은 그대로 헤밍웨이 말년의 자화상이라고 할 수 있다.

대어(大魚)는 그에게 무엇을 상징하는가.

그는 늘 대작을 꿈꾸어 왔다. 20년 동안이나 쓰려고 별러 왔던 이야기였다. 고기 한 마리 잡지 못하고 84일을 바다에서 헤매는 늙은 쿠바의 어부, 산티아고는 바로 작가 자신이다. 산티아고는 결사적인 마음으로 고깃배를 몰아 멕시코만으로 멀찍이 나갔다. 그는 거대한 돛새치 한 마리를 낚시에 꿰지만 이 물고기는 배를 더욱 먼 바다로 끌고 나간다. 밤과 낮이 바뀌는 동안 그의 삶과 죽음의 투쟁은 계속된다.

'네가 날 죽이고 있구나. 고기야, 라고 노인은 생각했다. 하지만 너는 나를 죽일 권리가 있어. 난 여태까지 너처럼 거대하고 아름답고, 태연하고 고결한 존재를 보지 못했단다. 내 형제야 이리 와서 날 죽이렴. 누가 죽이고 누가 죽든 난 상관하지 않으마.'

몇 날 몇 밤을 그는 바다에서 혼자 하늘과 바다와 대화를 나누며 자연과 하나가 되는 합일을 경험한다. 이제 그는 고기가 자신을 죽여도 좋다고 생각하기에 이른다. 일대 일의 끊임없는 생사의 사투 속에서 이제 죽음의 공포는 그에게서 보이지 않았다. 산티아고는 이미 생사의 구분을 넘어선 초탈의 경지에 이르고 있었던 것이다. 이런 초탈의 경지란 사실 어느 극점을 경험한 뒤에야 가능하다. 드디어 그는 대어를 낚았다. 돌아오는 길에 살점은 상어떼에게 다 뜯기고 비록 뼈만 앙상하게 남은 고기가 되었지만, 그는 그것으로 충분했다. 최후에 우리가 획득할 수 있는 것은 상처뿐인 영광이 아니겠는가? 종국에 우리는 무엇을 손에 쥘 수 있겠는가? 하는 전제를 깨닫게 해준 작품이기도 하였다. 나는 소설 속의 이 장면이 지금까지도 생생하게 뇌리에 남아 있다. 앙상한 뼈만 낚싯배 옆구리에 달고 돌아오는 노인의 모습, 그건 아무것도 획득할 수 없는,

마침내 빈손이 되고야 마는 우리들 자신의 모습일 것이다.

1960년 11월부터 헤밍웨이는 메이요 클리닉에서 우울증과 편집증 때문에 전기 충격 치료를 15회 정도 받았다. 그러던 어느 날 충격 치료가 몇 달 동안의 기억을 한번에 싹 앗아가 버려 더 이상 글을 쓸 수 없게 되었다. 다 망가진 몸으로 자신이 이제 무엇을 해야 할 것인지를 그는 잘 알고 있었다. 가혹한 절망이었다.

투우사는 망토 속에서 칼을 뽑음과 동시에 소를 겨누며 소리친다. 토로! 토로! 황소가 돌기 시작하고 투우사도 함께 돌기 시작한다. 둘은 마침내 하나가 된다. 그리고 순식간에 모든 것이 끝나 버린다. 투우는 그에게 있어 예술이었다. 멋진 투우사는 단도로 정곡을 찔러 소의 고통을 줄여 준다. 달려드는 황소를 깨끗이 죽이는 것은 투우사의 덕목이다. 헤밍웨이도 방아쇠를 당기는 순간 자기가 좋아하는 팜플로나의 투우사 니키노어를 떠올렸을지도 모른다. 정말 그랬을는지 모른다. 자신이 빚어내는 예술, 그리고 자신이 내린 규정에 따라 살기위해 죽음을 스스로 택했던 어니스트 헤밍웨이. 그에게는 등을 보이며 도망가는 일이란 있을 수 없을 테니까.

나는 방아쇠를 당긴 그의 모습에서 '토로!'를 외치던 투우사의 솜씨가 느껴졌다. 니키노어처럼 한 방에 정곡을 찌르는 확실한 방법을 선택했던 것이라고.

한여름에도 산자락엔 눈이 덮이고 이가 시릴 정도로 찬 선밸리의 기슭에 깃든 조그마한 촌락 캐첨. 교외의 숲 속, 우드 강 서쪽에 헤밍웨이의 통나무 2층집이 자리잡고 있었다. 집은 아침 해를 바라 볼 수 있도록 지어져있다.

이 집에서 그는 1961년 7월 1일, 아내와 마지막 외출을 했다. 값비싼 저녁 식사를 맛있게 먹고 집에 돌아와 침실에 들었다. 아내가 흥얼흥얼 부르기 시작한 노래를 파파도 따라서 함께 불렀다. 이탈리아 민요였다. 불을 끄기 전에 파파는 메리에게 속삭였다.

"잘 자. 내 새끼 고양이야."

파파가 잠자리에 들며 남긴 마지막 말이다.

다음날 아침 7시가 조금 지났을 때 헤밍웨이는 파자마 차림으로 아래층으로 내려갔다. 그리고 현관문 앞에서 그는 갑자기 엽총을 꺼내 자기 머리에 대고 방아쇠를 당겼다. 냉랭한 산 공기를 가르며 아침 해가 꽤 높이 하늘 위로 떠올랐다.

"그 망할 놈의 어마어마한 공허감과 허무감을 나는 떨쳐 버릴 수가 없어"라던 그의 말도 이로써 과거가 되고 말았다.

인간의 허무와 전쟁과 죽음을 지우고 태양은 또다시 떠올랐다.

"태양은 다시 떠오른다." 이것을 그는 책 제목으로 삼았다. 망할 놈의 그 어마어마한 공허감과 허무감을 총 한 방으로 날려 버린 헤밍웨이. 그가 잠든 캐첨 산자락에도 어김없이 해는 뜨고 또 질 것이다.

저는 어둠 속에서 배회할 겁니다
– 존 스타인벡

샌프란시스코에 착륙하기 전, 비행기는 설레는 내 마음처럼 양쪽 날개로 몇 번인가를 뒤척이더니 쿵하고 멈추어 섰다. 처음 밟는 미국 땅이었다. 9월의 강렬한 햇볕과 파란 하늘, 그것이 미국에 대한 첫 인상이었다. 환영인파 속에 손을 높이 쳐든 시숙 내외분의 환하게 웃고 있는 얼굴이 보였다. 우리를 태운 자동차는 바람을 가르며 몬트레이로 향하고 있었다. 나는 이 고장 출신인 존 스타인벡을 염두에 둔 것만으로도 가슴이 벅차올랐다. 오른쪽 차창 밖을 내다본다. 블루사파이어의 물빛, 태평양 바다가 푸른 물결로 넘실거린다. 캘리포니아 해변 1번 주도(州道)는 이곳 사람들이 가장 선호하는 도로라고 시숙은 설명한다.

뉴욕에서 와인 가게를 운영하는 그분은 포도주 생산 마을인 이곳 캘리포니아주, 나파벨리와 소노마를 드나들면서 몬트레이 풍광에 반해 이곳에 집을 마련하였고 여름철은 주로 여기서 지낸다.

몬트레이 반도를 싸고도는 '세븐틴 드라이브'에 대한 설명에서는 갑자기 목소리의 톤이 높아졌다. 도로의 길이가 17마일인데 몬트레이에서 오른편으로 바다를 안고 도는 드라이브 코스는 퍼시픽 그로브, 페블비치라고 한다. 페블비치에서 멀지 않은, 언덕 위의 하얀 집이 바로 시숙의 집이었다. 고객인 시숙을 따라 나파밸리의 와인공장에서 시음을 흉내내며 대접받은 포도주 맛은 잊을 수 없다. 꿈같은 일주일을 그곳에서 보냈다. 이른 아침 시숙을 따라 부둣가에 나갔다가 통에 쏟아 붓는 은빛 정어리와 눈이 마주쳤을 때 뭉클하던 곡선의 움직임과 활력. 그 비린내에서는 강한 생기가 느껴졌다. 정어리통조림 공장이 밀집한 북쪽 케너리 로우(Cannery Row)는 스타인 벡이 사랑하던 길이었다. 그는 작품 ≪케너리 로우(통조림골목)≫에서 이렇게 말하고 있다.

'케너리 로우(통조림 골목)는 시·악취·소음·한 줄기 빛·음률·습성·향수, 그리고 꿈이다.'

소설 ≪케너리 로우≫에 등장하는 몬트레이의 식료품 가게는 아직도 남아있었다. 가게 주인은 매년 스타인벡의 기일인 12월 20일이 되면 가게문을 닫고 크리스마스 장식의 불을 끈 뒤, 창 앞에 네 개의 촛불을 밝힌다고 한다.

존 스타인벡은 1902년 2월 27일 미국 캘리포니아 주 몬트레이 지방의 셀리너스 읍에서 출생하였다. 조부는 독일 라인 지방에서 미국으로 건너와 1894년 캘리포니아에서 제분공장을 차리고 산 초대 개척민이고, 외조부는 아일랜드 북부 지방에서 1851년 캘리포니아로 옮겨왔다. 스타인벡은 초대 개척민의 손자로 토박이 캘리포니아인 셈이다. 아버지는 가업으로 이어받은 제분공장을 경영하면서 11년 간 몬트레이 군청 재무관을 지냈고 어머니는 초등학교 교사를 지냈다. 스타인벡은 화목한 가정에서 어린 시절을 보내며 고향의 아름다운 서부 자연과 그 주민들에게 원시적 생명의 리듬을 감득하면서 건강하게 자랐다. 작품의 소재는 자연히 샐리너스 계곡·코랄드 티에라·몬트레이 반도·빅서 등에서 가져왔다. 기름지고 아름다운 황금의 땅 캘리포니아 향토를 무대로 하여 쓰여진 첫 번째 소설은 《천국의 목장》이다. 《붉은 망아지》, 《위대한 산》, 《생쥐와 인간》, 《승산 없는 싸움》 등은 모두 샐리너스의 자연을 배경으로 하여 씌어졌다. 몬트레이의 어느 산턱 빈민촌에 모여 사는 부랑 혼혈족인 피이자노의 삶을 그린 《토티야 마을》을 비롯하여 《통조림 골목》 《달콤한 목요일》 등은 몬트레이를 중심으로 전개되고 있다. 이렇듯 샐리너스 계곡과 서쪽의 몬트레이 반도 일대는 그의 작품의 무대로서 '스타인 벡 컨트리'라고도 불리운다. 우리에게 영화로 더 많이 알려진 《분노의 포도》는 1938년, 샐리너스 북쪽 샌타쿠르즈 산 속 어느 한 농가에서 씌어졌다.

이 작품은 캘리포니아에 이주한 오클라호마 농민들의 사활을 건 싸움을 죠드일가에 초점을 맞춰 전개하고 있다. 오클라호마에서 죠드 일가가 66번 국도를 따라 길을 떠나는 데서부터 《분노의 포도》는 시작된다. 실제로 1933년부터 중서부 대평원에 풍사가 일어 오클라호마 주의 농지는 사막으로 변해버렸다. 흉년이 거듭되자 농민들은 저당 잡힌 농토마저 빼앗기게 되고 토지회사들은 은행을 끼고 싼값에 농토를 사들여 트랙터를 들이대고 소농의 집과 밭을 마구 밀어 버렸다. 이러한 천재지변에 쫓겨 죠드 일가는 농토를 버리고 농장 일꾼을 후대한다는 모집 광고에 속아 가재도구를 모두 팔고, 중고차를 사다가 트럭으로 개조하고 있었다. 톰이 형무소에서 풀려나와 집에 돌아오니 가족들은 고향을 버리고 꿈의 땅, 캘리포니아를 찾아 떠나려던 참이었다.

"알고 보니 인간은 모두 신성한데, 새삼스레 그들에게 무슨 전도를 하겠느냐."고 하면서 전도사 노릇을 집어치운 케이시 아저씨도 그 일행에 합류한다. 오클라호마에서 캘리포니아까지 약 2천 마일, 우리 단위로는 8천 리 길이다. 실제로 스타인벡은 손수 구식 차를 몰고 66번 하이웨이를 따라 여행했다. 길옆의 천막들, 도로변에서 노동자들과 4주간을 함께 지냈다. 이주노동자들에 대한 비인간적인 취급에 분노하면서 이 글을 쓰게 된 것이다. 소설 속에서 고향 떠나기를 한사코 거부하는 할아버지에게 수면제를 먹여 잠재운 뒤 트럭에 싣는다. 얼마 지나지 않아서 할아버지는 여행 도중에 숨을 거두고 서부로 가는 66번 대로변에 묻힌다. 스타인벡은 땅과 고향에 대한 의미를 깊게 일깨운다. 할머니마저 달리는 트럭에서 숨을 거둔다. 죠드 일가는 국도변 냇가에 천막을 치고 간단한 식사 뒤, 새우잠을 자고 다시 떠난다. 네바다 사막을 지나고 로키 산맥을 넘어 마침내 캘리포니아에 들어섰다. 이미 부랑농민자의 수는 25만으로 노동력이 남아돌아가니 품값은 내려만 갔다. 오우키(오클라호마 거지)들은 온 식구가 밭에 나가 해가 저물도록 쉬지 않고 일을 해도 제대로 끼니를 때우기가 힘들었다. 농산물이 남아도는 고장에서 끼니 걱정을 해야 하는 그들의 굶주림은 점차 분노로 변해간다. 비옥한 밭에 소담스럽게 익어가는 포도알처럼 그러나 그들 가슴속에는 대신 분노가 무르익고 있었다. 농장의 파업 주동자가 된 케이시는 외친다.

"모든 근로자들은 함께 뭉쳐야만 한다."

그러나 지주에게 고용된 깡패들에 의해 케이시는 죽임을 당한다. 톰은 그들 중의 한 사람을 때려 숨지게 한다. 가족들은 집행유예 중인 톰을 담요 사이에 감추고 후버농장을 빠져나왔다. 이들은 버려진 무개열차로 만들어진 막사에 정착한다. 동굴 속에 숨어 지내던 톰은 동생 루디가 자랑으로 떠벌이는 바람에 다른 곳으로 숨어야 했다. 톰은 가족들과 작별하며 말한다.

> "저는 어둠 속에서 배회할 겁니다. 어머니가 보시는 어느 곳에서나, 배고
> 픈 사람들이 싸우는 곳에 저는 나타나고, 경찰이 사람을 패는 곳에 있을
> 겁니다."

영화 ≪분노의 포도≫에서 톰의 역을 맡은 헨리 폰다의 젊은 얼굴이 겹쳐진다. 마침내 톰은 자신의 길을 걷기로 작정하고 케이시의 과업을 스스로 이어 받는다.

"인간은 홀로 착한 사람이 될 수 없다.", "인간은 자기 자신만의 영혼을 가질 수 없으며 모두 크고 거대한 영혼의 일부만을 갖고 있을 따름이라"는 케이시의 말에 차츰 경도되기 시작한다. 톰은 마치 사도 바울처럼 그리스도 정신을 실천하려던 케이시의 뒤를 따른다. 남은 가족들은 다행히 목화 따는 일자리를 얻는다. 목화밭 일이 끝나자 장마가 들었다. 난민들은 비를 피해 낡은 화차 속에서 서로 칸을 막고 공동생활을 영위하며, 불어나는 물을 막아내려고 밤중에 모두 나가서 공동 작업으로 둑을 쌓는다. 그 틈에 톰의 여동생 로자샨은 아기를 사산(死産)한다. 며칠이 지나 장마가 걷히고 죠드 일가는 물속에서 국도로 나와 어느 언덕의 빈 헛간으로 찾아들어간다. 그 안에는 엿새를 굶고 방금 죽어 가는 한 남자가 누워 있었다. 이제 돈도 식량도 없는 어머니는 보다 못해 자기 딸 로자샨의 젖을 그 남자 입에 물려주게 한다. 로자샨은 부풀은 젖을 물려주면서 입가에 알 수 없는 미소를 지었다고 작가는 적고 있다. 이 미소는 생명을 살려준다는 본능적인 기쁨으로 해석되기도 했지만 추잡하다는 비판도 있었다. 웨런 교수는 "이것은 나로부터 우리로, 한 가족애로부터 인류애로 눈뜨는 과정"으로 풀이했다. 캘리포니아 문학상을 수상한 작품 ≪토

티야 마을≫에서 그는 몬트레이 교외 솔밭에 사는 거지 떼들의 엉터리 같지만 태평스러운 삶을 통해서, 그리고 ≪분노의 포도≫에 이르기까지 스타인 벡이 강조하려고 한 주제는 현대 상업문명으로 점차 사라져가는 본능적인 애정과 원시적인 생명력의 존귀함이 아니었던가 싶기도 하다.

톰 죠드의 어머니도 작가의 말을 이렇게 대변하고 있지 않은가.

"사회가 변하고 세상이 삭막해도 우리는 그대로 끝까지 살아가는 것이다."

1939년 이 작품이 발표되자 세상은 온통 떠들썩했다. 농민의 생활상을 사실적으로 그린 보도성이 높이 평가되는가 하면 예술성의 부족이 지적되고 사실과 다른 공산당과 같은 악의에 찬 조작이라는 비난과 함께 나라의 치부를 확대 선전한 야비한 좌익의 선전이라는 매도가 뒤따랐다. 캘리포니아 사람들은 신문 잡지에 각종 반론을 전개했으며 도서관에서는 이 책의 비치를 금지시켰다. 나는 옆에 있는 남편에게 넌지시 물었다.

"존 스타인벡을 어떻게 생각해요?"

그는 좌익으로 몰릴 만한데 왜 그런가 하면 미국에 적의를 품고 있던 나치스 독일과 소련이 그가 쓴 미국 현실을 선전 도구로 이용하여 전쟁을 확대시켰다는 동조죄가 그에게 적용되었다는 것이다. 한편 그의 파업 소설, 공산당이 조정하는 농장 노동자들의 파업을 그린 ≪의심스러운 싸움≫이 좌경 사회주의자라는 오해를 불러일으켰다는 보조 설명도 덧붙인다. 그러나 그는 가난한 농민과 노동자들을 비호하는 휴머니스트로서의 작가였다고 말한다. 존 스타인벡은 1962년 ≪불만의 겨울≫로 노벨 문학상을 수상했다.

샐리너스를 찾은 것은 1999년 9월 10일. 시숙께서 안내를 맡아 주셨다. 도심 메인스트리트 1번지에 있는 존 스타인벡 센터가 그날의 목표였다.

출입구 왼편에는 미국 국기가 높다랗게 걸려 펄럭이고, 붉은 벽돌 담장엔 지휘자처럼 흰 나비넥타이를 맨 존 스타인벡의 말쑥한 사진이 헝겊에 찍혀 있었다. 사실 나는 존 스타인벡과 일찍 만났다. 대학교 1학년 때 우연히 손에 들어온 그의 책 ≪진주≫를 통해서였다. 손에서 놓지 않고 밤을 새워 읽게 했던 책, 책은 운명이라는 말도 있듯이 나는 그때 ≪진주≫를 통해서 무소유의 의미를 배웠다. 커다란 진주를 캐낸 어부가 그것 때문에 파멸에 이르게 되자 다시 바다로 던져 버린다는, 그래서 다시 마음의 평안과 자유를 얻는다는 간단한 이 줄거리는 내 가치관 형성에 적지 않은 영향을 끼쳤다. 신선한 충격이었다. 1960년이니 법정스님의 〈무소유〉보다 먼저였다. 그러나 우리는 영화 ≪에덴의 동쪽≫을 통해 제임스 딘과 함께 자랑스러운 그의 이름을 기억한다. 시숙 내외와 우리 두 사람은 약간의 긴장감을 누르며 입장권을 내고 기념관 안으로 들어섰다. 왼쪽에 있는 존 스타인벡 전시홀에 들어서기 전, 우리는 먼저 오리엔테이션을 위한 방으로 들어가야 했다. 존 스타인벡이 소설가가 되려는 청운의 꿈을 안고 뉴욕으로 갔다가 실패하고 고향으로 돌아온 일이며, 어릴 때의 사진과 자료들을 보여 주면서 성장 과정을 알려주고 또 포도밭에서 일하는 고향 노동자들의 이야기를 썼을 때, 성공한 장면들을 소개하고 있다. 전시홀 안으로 들어섰다. 들어서자마자 ≪에덴의 동쪽≫ 전시관이 시작된다. 그가 어린 시절에 쓰던 침대며 극중 인물 칼(제임스 딘)이 운전을 배우던 자동차가 전시되어 있고 ≪에덴의 동쪽≫ 포스터와 제임스 딘의 커다란 사진도 붙어 있다. 냉장 상추가 실린 화물 열차도 그대로 재현해 두었다. 화물 열차 꼭대기엔 턱을 괴고 앉아있는 제임스 딘의 외로운 모습도 눈길을 끈다.

≪에덴의 동쪽≫은 샐리너스 계곡 어느 비탈에 아일랜드에서 이민 온 샤무엘 헤밀턴 일가에 대한 이야기다. 구약성경의 카인과 아벨을 모티브

로 삼아 인간 영혼의 애증, 선과 악의 문제를 폭넓게 다룬 작품이다. 아담과 이브는 아들 둘을 두었다. 농부 카인은 곡식을, 목동 아벨은 양을 바쳤지만 신은 카인의 제물을 거절하고 아벨 것만 받아들였다. 칼과 앨런 형제는 카인과 아벨처럼 아버지의 사랑을 두고 다퉜다.

구약에서 카인은 시샘에 겨워 아벨을 때려죽이고, 에덴의 동쪽 광야로 쫓겨나 살게 된다. 영화 오프닝 자막은 몬트레이를 '살인자 카인'이 도망와 살던 에덴의 동쪽에 비유했다. 소설에서 쌍둥이 앨런과 칼의 성격은 퍽 대조적이었다. 앨런은 온순하고 내성적이면서 줏대가 있었고, 칼(제임스 딘)은 매사에 의욕적이며 짓궂고 설쳐대는 편이었다. 앨런은 어머니가 죽은 줄로만 알고 있지만 칼은 그렇지 않았다. 아버지 애덤은 늘 모범생인 앨런만을 편애했다. 혼자 속으로 외롭기 그지없는 칼은 아버지의 사랑을 갈구한다. 어느 날 애덤은 상추, 채소의 냉동 사업에 전 재산을 투자했다가 운송의 실패로 파산당하고 만다. 윌슨이 대통령에 당선되고 미국이 제1차세계대전에 참전할 즈음, 칼은 돈을 빌려 콩 농사에 투자한다. 푸른 잎이 돋아난 콩밭 이랑을 누비며 기뻐하던 제임스 딘의 독특한 표정 연기가 눈에 선하다. 미국의 참전으로 곡식 값이 뛰자 칼은 거뜬히 만오천 달러를 벌어들인다. 추수감사절 날 그는 기쁜 마음으로 아버지에게 돈을 선물로 드렸다. 아버지는 나쁘게 벌어들인 돈이라고 칼을 꾸짖으며 그 돈을 뿌리쳤다. 뜻밖의 모욕에 화가 난 칼은 아버지와의 약속을 어기고 앨런을 어머니가 있는 몬트레이 유곽으로 데리고 가서 모든 것을 폭로해 버리고 만다. 앨런은 충격을 받고 군대에 자원입대한다. 얼마 되지 않아 아들의 전사 통보가 날아오고 애덤은 뇌일혈로 쓰러진다. 칼은 아브라와 함께 아버지의 임종자리에서 앨런의 입대 동기며 모든 게 자기 잘못임을 고백하고 용서를 빌지만 아버지는 의식 불명인 채로 그대로 숨을 거둔다.

영화 ≪에덴의 동쪽≫은 무엇보다 반항적인 젊음의 영원한 표상, 제임스 딘의 강렬한 캐릭터와 케이트 역의 조 밴플리트 연기가 돋보였던 작품이다. 실제로 어릴 때 어머니의 사망과 아버지의 재혼 등으로 외로움에 얼룩진 채, 자란 제임스 딘의 모습과 극중 인물(칼)은 일치되었다고 한다. 우수에 가득 찬 제임스 딘의 푸른 눈, 수줍어하는 듯하면서도 냉소적인 미소. 고모 집에서 외로운 유년기를 겪은 후에 스피드광이 된 그는 독일제 은빛 포르쉐를 몰고 자동차 경주에 참가하러 가는 도중 샐리너스 행 101번 하이웨이에서 사고로 숨지고 말았다. 24세의 짧은 생애였다. 불꽃같은 그의 최후도 이 샐리너스에서였다.

여섯 파트로 꾸며진 전시실 중 제1관 '에덴의 동쪽'관에 제일 비중이 실려 있었다. 각국의 ≪에덴의 동쪽≫포스터들이 전시되어 있다. 주로 쥬리 하리스와 제임스 딘의 포옹 장면이 많았고, 프랑스의 포스터는 제임스 딘의 상반신만 크게 담아 놓았다. 청춘의 우상 제임스 딘은 죽지 않고 존 스타인벡 제1전시관에 환생하여 살아 있는 듯했다. 스타인벡은 자기 조상들이 이곳 서부의 샐리너스 지방으로 이주해 와서 살게 된 자기 집의 역사에다 아일랜드에서 이민 온 외가 샤무엘 해밀턴 일가를 중심으로 이야기를 풀어 나가고 있다. 하므로 애덤의 채소농장은 샐리너스 서쪽에 실제해 있었고 냉장상추 역시 실제의 일이었다. 영화감독 엘리아 카잔은 샐리너스 골짜기에 와서 ≪에덴의 동쪽≫을 찍었다. 전시홀 일곱 군데에서는 TV용 필름이 돌아가고 있었다. ≪에덴의 동쪽≫, ≪분노의 포도≫, ≪케너리 로우≫, ≪진주≫, ≪혁명아 사파타≫, ≪스타인벡의 아메리카≫ 등이었다. ≪분노의 포도≫는 차고라고 쓴 목재 세트 안에 설치된 화면에서 돌아가고, 옆에 톰 죠드로 분한 헨리 폰다모형이 사진 속 청년 모습으로 서 있다. '붉은 망아지'관에는 실물 크기의 말도 세워져

살리니스에 있는 존 스타인벡 기념관

있다. ≪붉은 망아지≫는 자전적인 소설로 그가 태어난 샐리너스 센트럴 애버뉴 132번지 2층의 방에서 씌어졌다고 한다. 그가 태어난 생가는 검 정지붕의 빅토리아식 건물이었는데 기념관에서 세 블록 떨어진 뒤편에 있었다. 제4전시관에는 스타인벡이 즐겨 찾았다는 술집의 문을 슬쩍 열 었더니 웨이트리스 아가씨가 모형 인형으로 불쑥 튀어 나왔다. 또 한 방에서 버튼을 누르라는 지시문이 있기에 단추를 누르고 그대로 스피커 를 귀에 댔더니 개구리 울음소리가 들렸다. 나이 오십이 된 작가는 고향 의 자연을 ≪에덴의 동쪽≫ 첫 머리에서 이렇게 쓰고 있다.

> 나는 어린 시절, 갖가지 풀과 야생꽃에 붙인 이름을 지금도 잊지 않고 있다. 개구리가 있을 만한 장소, 여름철에 작은 새들이 몇 시쯤 깨어나며 ─ 숲과 사철의 내음새가 어떠한지 ─ 사람들의 표정, 걸음걸이, 냄새까지 잊지 않고 있다. 냄새의 추억은 매우 다채롭다.

그의 문학의 모티브는 샐리너스였다. 건강한 서부의 자연과 원시적인 삶이 그의 주제였다. 곤충 채집병에는 나비며 메뚜기, 애벌레들과 함께 그의 어린 시절이 담겨 있다. 스타인벡이 애견 찰리를 데리고 여행했던 미국 전역의 지도도 붙어 있다. 그는 사람들 사는 현실의 모습을 살피고 자 내외 각지를 두루 찾아다녔다. 스타인벡은 몸으로 글을 쓴 작가라고 할 만하다. 젊어서는 짐배를 타고 파나마 운하를 돌아 뉴욕에 가서 고생 했으며 노동자, 농장 생활, 바다를 떠돌며 해중 생활을 관찰하고, 2차대 전이 터지자 유럽 전선으로 달려갔고, 전후 미소 냉전기에는 소련을 찾 아가고, 조국의 참모습을 찾고자 특제 트레일러를 맞추어 애견과 단둘이 나라 안을 한 바퀴 돌고, 월남전쟁이 시끄러워지자 현지로 달려가 이를 보도했었다. 이 공로로 그는 1964년 자유를 위한 '신문기자상'을 수상하 였고, 존슨 대통령으로부터 '미국자유기자상'을 받았다.

제6전시실 '스타인벡의 아메리카'관에 그에 관한 자세한 설명이 있다. 만년에 애견과 함께 미국 전역을 돌면서 자기 자신에 대한 탐색과 조명을 게을리하지 않았는데 그때 그는 이런 말을 남겼다.

"나는 오랫동안 나 자신을 대단한 존재로 여기지 않았어."

그는 참으로 건실했으며 겸손했다. 그가 즐겨 다루는 대상도 캘리포니아의 과수원과 농토, 가난한 노동자, 공황기의 황무지, 반란자들의 피신처, 가난에 찌든 슬럼가 등이었다. ≪생쥐와 인간들≫에서 그가 초점을 모은 대상도 보잘 것 없는 사람들이었다. 하찮은 인간이라는 기본의식을 가지고 있으면서도 마지막 순간까지 인생에 대해 절망하지 말고 끊임없이 개발해 나가자는 것이 그의 주된 사상이 아닐까? 세상이 여의치 않고 삭막해도 '끝까지 살아가는 것'이라는 톰 죠드의 어머니 말이 가슴에 와 박힌다.

사실 또한 인생이란 그럴 수밖에 달리 선택의 여지가 없는 것 아닐까? 죽을 때까지 이대로 살아나가는 것 말고 인생에 무슨 다른 길이 있던가.

스타인벡은 작품을 통해 삶이 신성하다고는 주장하지 않지만 건강한 노동으로 이루어진 삶을 우리에게 답안으로 제시하는 듯했다.

그는 세 번째인 아내와 함께 뉴욕에서 조용한 노후를 보내다 맨해튼 72번가의 집에서 영면에 들었다. 66세, 1968년 12월 20일이었다. 그의 유골은 이듬해 봄. 샐리너스 기념공원 묘지로 와서 안장되었다. 묘지는 샐리너스 시내의 에보트(Aboott)거리 768번지였다.

평상크기 만한 직사각형의 흰 화강암이 푸른 잔디에 박혀 있고, 돌바닥에 생몰년도와 이름이 적힌 동판이 네 개 있었다. 첫 번째 것은 존 스타인벡의 무덤. 두 번째가 여동생의 것. 세 번째가 아버지와 어머니,

존 스타인백의 묘

그리고 네 번째는 윌리엄 존 해밀턴 숙부였다. 검은 오석의 묘지에는
'HAMILTON'이라고만 적혀 있다. 공원묘지 안내도를 보니 해밀턴가의 외
가 식구들도 묘역 가까이에 있었고 스타인벡의 친구들 그리고 ≪에덴의
동쪽≫에 나오는 많은 사람들이 그곳에 묻혀있노라고 적혀 있다. 스타인
벡은 샐리너스에 묻히고 싶다는 것을 ≪찰리와의 여행≫에서 다음과 같
이 밝힌 바 있다.

　샐리너스 골짜기가 한눈 아래 내려다보이는 프리먼트 피크 마루턱에
올라 "나는 젊었을 때 눈을 뜨지 않아도 내가 사랑한 모든 것이 훤한
이 마루턱에 죽어 묻히기를 원했다."

　그리하여 존 스타인벡은 그의 희망대로 그가 사랑하는 모든 이들과
함께 이 샐리너스의 땅에 묻혔다. 그리고 이제 미국의 서부를 대표하는
고향의 작가가 되었다. 무덤을 돌아서 나오는데 그의 한마디가 나의 마
음을 따라잡는 것이었다.

　"나는 오랫동안 나 자신을 대단한 존재로 여기지 않았어."

사진 속에서 본 사람 좋은 얼굴의 그가 던진 한마디가 나를 돌아다보게 했다. 더구나 자연 앞에서 우리 인간이 대체 대단할 수 있기는 한 걸까?

　"배고픈 사람들이 싸우는 곳에 나타나고, 경찰이 사람을 패는 곳에 있을 거라."는 톰 죠드처럼 건실하고 정의로운 서부의 작가 존 스타인벡을 나는 샐리너스의 들판, 맑은 초가을 바람 속에서 만나고 있었다.

나는 소설을 증오한다
- 발자크

　파리의 레이누아르 가 47번지, 발자크의 집을 찾기는 어렵지 않았다. 파시역에서 내려 한적한 길을 따라 약간 후미진 언덕을 오르니 '발자크의 집'(Maison de Balzac)이라는 커다란 글씨가 담벼락에 붙어있었다. 반쯤 열린 초록색 나무문을 조심스레 밀고 들어서니 마당 한가운데 세워진 발자크의 동상이 반갑게 나그네를 맞이한다.

　정원은 초하의 푸르름으로 가득 차 있었다. 라일락꽃이 떨어지고 포도넝쿨이 싱그럽게 뻗어 오르기 시작한 늦은 5월의 조용한 아침. 아무도 없는 뜰에서 남편과 나는 정원을 돌아보며 발자크 동상 앞에 서 있었다. 온갖 풍파에 시달리던 발자크가 애써 가꾸고 치장한 이 집에 러시아 미망인인 신부를 데리고 와서 겨우 다섯 달을 살다 죽어나간 그의 유일한 집이기도 하다. 파리에서는 보기 드문 단층 독립가옥이었다.

　인생이란 사람의 뼈를 깎는 노고를 지불하게 한 뒤에야 비로소 그 수

발자크의 무덤

고로부터 놓여나게 하는 인심을 쓰는 것일까. 그러므로 죽음만이 진정한 휴식이 아닐까?

발자크의 길지 않은 51년 인생도 그랬고 그의 집 담 아래 붉은 깃발이 펄럭이는 터어키 대사관저, 전에는 블랑슈박사의 정신병원이었는데 그 집에서 죽어나간 모파상도 그랬다. 그의 만년을 떠올리니 자연히 그런 생각이 들었다. 발자크의 정원에서 한눈에 내려다보이는 붉은 깃발을 바라본다.

'허공에 떠 있는 지구가 바다 위에 떠도는 조각배보다도 더 고독하고 불안하며 인간은 종족에서 종족으로 정액(精液)속에 유전하는 불변의 본능을 지닌 산 기계에 불과하다.'던 모파상. 산 기계로 존재하느니 차라리 죽은 인간이 되는 편이 그에게는 오히려 위로가 되지 않았을까를 생각하고 있었다. 그는 수많은 여성 편력에도 불구하고 참으로 고독했던 작가요, 우울한 비관론자였다. 모파상 때문에 더 우울해진 마음을 추스르며 발자크의 집으로 발걸음을 옮겼다.

숙연한 아침이었다. 레이누아르 거리에 서서 정문 앞에 서면 단층인데 뒤편의 베르통 거리에서 보면 3층인 집이었다. 뒤쪽에도 출구가 있어 빚쟁이가 나타나면 즉시 이곳으로 달아났다고 한다. 그는 늘 이렇게 빚을 달고 다녔다. 25세에 시작한 출판사업과 인쇄업, 그리고 활자 주조업에 모두 실패함으로써 빚더미 위에 올라앉고 말았다. 10년간의 노력은 물거품이 되었고 세 차례에 걸친 사업실패는 평생 궁핍의 올가미에서 그를 헤어나지 못하게 했다. 대신 쓰라린 실패의 경험은 그로 하여금 《환멸》, 《아첨 고양이》, 《루이 랑베르》 등을 쓰게 했다. 밥벌이를 위해 그는 파리에 숨어 살아야 했다. 까씨니 가에 작은 별채도 동생의 명의로 얻어야 했다. 채권자들과 경찰 그리고 집달관들의 추적을 피해야 했기 때문이다. 9년 동안 그의 근거지가 된 이 집을 그는 치장하기 시작했다. 일생동안 끊임없이 빚에 시달렸던 레하르트 바그너와 똑같이 발자크도 재산을 모으기 위해서 일을 하는 동안 즐거움을 미리 맛보기 위해 자기 주변을 사치스럽게 꾸몄다. 그 때문에 그는 20년 동안이나 밤잠과 가장 중요한 건강을 바쳐야만 했다.

돌이켜보면 터무니없는 그의 집 사치는 어릴 때의 쓰라린 기억과 결핍의 보상심리에서 오는 반작용일 것 같다는 생각이 든다.

작가가 되기 위해서는 유년의 남다른 경험과 공동(空洞)을 겪어야만 하는 것인지 나쓰메 소세키도 낳자마자 남의 집 양자로 보내졌고, 릴케나 보들레르 역시도 어린 나이에 부모와 떨어져 엄격한 기숙사로 보내졌었다. 유년의 기억이 작가의 내면에 어두운 그림자로 남아 있다가 그것이 표면 위로 올라와 작품이 되는 것 같다.

발자크(Honré de Balzac, 1779-1850)는 19세의 어머니와 51세된 프랑수아 발자크 사이에서 태어났다. 그는 태어나자마자 군인의 아내에게 맡겨져 네 살이 될 때까지 그곳에 있었고 일곱 살이 되어서도 가족의 품으로 돌아가지 못하고 외국인이 경영하는 기숙학교에 맡겨졌다. 낭돔 기숙학교에서의 삶은 작품 ≪루이 랑베르≫에 나타나 있다.

약 6년 동안을 그곳에서 보내게 되는데 엄격한 교육과 고독과 사랑의 결핍 속에서 독서만이 그에게 유일한 낙이었고 12,3세 된 아이에게 책의 세계는 모든 고통과 치욕을 잊게 해주는 유일한 낙원이기도 했다고 적고 있다.

교양은 있는 편이나 변덕이 심하고 히스테리 증상의 그 이상한 어머니는 파리로 이사가면서도 아들을 고향의 한 고등학교에 떨어뜨려 놓고 떠났다. 발자크는 거기에서 꼴찌에 가까운 성적이었으므로 그녀는 아들을 버린 자식으로 간주해 버렸다. 그러나 그는 노력해서 법대생이 되었고 부모의 만류에도 불구하고 작가가 되려는 결심을 포기하지 않았다. 2년간의 유예기간을 주면서 어머니가 얻어 준 레의기예르 가의 형편없는 다락방을 그는 이렇게 추억했다.

'비참할 정도로 누렇게 더러워진 벽의 그 다락방보다 더 흉측한 것은 없었다. 지붕은 계속해서 내려앉아 가고 있었으며 떨어져 나간 기와 사이로 하늘을 바라볼 수 가 있었다.……'

그의 말대로 '베네치아의 감방' 같은 이 작은 방에서 그의 문학수업은 시작되었다. 〈영혼불멸에 관한 노트〉, 〈철학과 종교에 관한 노트〉 등 철학적 에세이를 써보기도 하고 마침내 비극 〈크롬웰〉의 집필에 혼신의 열을 쏟았으나 그마저 성공을 거두지 못한다. 그 후 집으로부터 한 푼의 보조도 받을 수가 없었다. 돈을 벌지 않으면 안 되는 절박한 처지였다. 발자크는 오로지 돈을 위해 오귀스트의 조수로 일하면서 소설 공장의 소설제조인이 된다. 사흘이면 잉크병이 하나씩 비고 펜이 열 개나 닳아 없어졌다. 나중에는 혼자의 이름으로 소설 공장을 운영하며 가명으로 닥치는 대로 써냈다. 하지만 22세의 그에게 남겨진 것은 아무 것도 없었다.

거듭되는 실패로 그는 몹시 위축되었다. 성격마저 내성적이었다. 짧은 다리에 둔한 육체를 타고났다는 열등의식으로 항상 고독의 은신처인 책상으로 숨어들었다. 이때 '은총'이자 세상의 구원자라고까지 할 수 있는 베르니 부인이 나타난다. 우연하게도 발자크의 가족이 빌르 파리시로 이사 왔을 때, 자연스럽게 그녀의 집에 드나들 수 있게 되었다.

그녀의 남편은 늙고 병들어 거의 장님이 된 상태였으므로 낭만적인 그녀는 이미 연애경력을 갖고 있는 터였다. 모성에 굶주려서일까. 발자크는 연상의 여자를 좋아했다. 45세의 베르니 부인과 33세의 발자크는 사랑에 빠진다. 베르니 부인의 집이 이제 그의 집이 되었다. 베르니 부인은 발자크에게 용기와 조언을 아끼지 않았다. 한 남성으로서의 발자크가 다시 태어나기 시작한 것이다.

그는 훗날 이렇게 회고했다.

'그녀는 조언과 행동으로 아주 어려운 시절, 나를 헌신적으로 붙들어 주었다. (…) 그녀는 비천한 한 사람을 보전해 주는 그 자존심을 북돋워 주었다. (…) 내가 지금 살고 있는 것은 그녀 덕택이다. 그녀는 내게 모든 것이었다.'

베르니 부인은 발자크에게 어머니로, 누님으로, 연인으로 모든 위치에서 후견인으로 힘이 되어주었다. 그야말로 베르니 부인은 발자크의 작가적 정신 형성에 지대한 영향을 끼친 여성이다. 이 부인을 모델로 쓴 ≪골짜기의 백합 ≫이 출간된 것은 1836년이다. 베르니 부인이 병석에 누운 것은 그 한 해 전이다. 그는 어머니로 연인으로 무엇으로도 비할 수 없을 만큼 존경하고 감사하던 베르니 부인을 작품 속에 미화하여 간직하려 했다. ≪골짜기의 백합≫의 여주인공 모르소프 백작부인은 연하의 남자 주인공 펠릭스를 마음속으로 열애하면서도 자신의 사회적인 체면과 입장을 지키느라고 항상 억제하며 지낸다. 부인의 간청으로 파리로 간 펠릭스는 왕의 은총을 입어 출사하게 된다. 사교계에서 만난 다를레 부인에게 그는 관능의 포로가 되고 만다. 이 소문을 듣게 된 백작부인은 마음의 충격과 아픔으로 병이 악화되고 임종의 시기가 앞당겨진다. 임종 전에 모르소프 백작부인은 펠릭스의 방문을 받고 그 자리에서 자기의 지나간 헛된 삶을 애석해 하며 울부짖음에 가까운 안타까운 심정을 털어 놓는다.

'나는 당신의 추억 속에서 아름답고, 지대한 존재로 있기를 원했고, 나는 당신의 추억 속에서 영원히 백합처럼 살아있고 싶었어요.'

소설 속에서 아쉬운 사랑을 과감히 받아들이지 못하고 번민해 왔던 그녀를 발자크는 백합으로 그렸다.

한 여성의 지고지순한 순애보는 읽는 사람을 감동시키기에 충분했던 것인지 알랭은 이 소설을 60번이나 읽었으며 또 어느 여류작가는 200번이나 읽었다고 한다.

발자크가 이 소설을 쓰고 있던 당시 그는 카스트리 후작부인과 사귀고 있었다. 이 때문에 실제로 베르니 부인은 질투로 신경성 질환이 가중되었다. 후에 결혼하게 된 한스카 부인도 남편과 딸을 둔 백작부인이었다.

발자크는 돈 많은 과부거나 영예가 있는 백작부인을 몹시도 선호했다. 평범한 농부 출신의 그는 스스로 귀족 칭호를 사용하기 시작하여 '드 발자크'란 이름으로 ≪마법가죽≫을 발표했다. 세인들의 비웃음을 사더라도 그는 간절히 부와 명예를 갈구했다. 마치 배반감으로 고통을 느껴야 했던 베르니 부인의 앙갚음인 것처럼 그는 한스카 부인에게서 냉대를 받았으며 결국 이 집에서 외롭게 죽어나갔던 것이다.

죽기 5개월 전, 두 사람은 1850년 3월 14일 우크라이나에 있는 성 바르바라 교회에서 결혼식을 올렸다. 아무도 초대되지 않았고, 새벽 3시, 여명 속에서 극히 조용하게 치러졌다고 한다. 그는 경제적으로 무리를 해가며 한편 열렬한 기대를 품고 이 집을 치장했던 것이다. 새 신부와 '25년 동안' 살기 위해서였다. 그러나 실제로는 죽기 위해 이 집으로 돌아온 셈이었다고나 할까.

입장료를 내고 좁은 복도를 거쳐 서재로 들어갔다. 벽은 황금 다마스트 천으로 둘려져 있고 값비싼 책장과 책들로 꾸며져 있다. 벽난로 맞은편 작은 탁자 위에는 다비드 당제가 대리석으로 만든 발자크의 거대한 흉상이 세워져 있고 그가 귀중하게 여기던 책상 위엔 퇴고한 원고들이

발자크의 서재

놓여 있다. 수없이 고쳐 쓴 그의 엽서를 문우들에게 나누어 주려고 몇 장 사왔다.

'연금술사가 자신의 금을 던져 넣듯이 내가 나의 삶을 용광로 속에 던져 넣듯' 앉아 있었다던 바로 그 책상이다. 이사할 때마다 끌고 다녔으며 병사가 피의 형제를 싸움판에서 구해내듯이 경매나 파산에서도 언제나 구해냈다는 그 책상을 주시하며 그를 이 책상에 앉혀 본다. 손수 끓인 진한 커피를 마셔대며 발자크는 하루 16~18시간씩 이 책상 앞에서 일을 했다. 그는 50년 남짓한 일생 동안 100여 권에 달하는 장편과 중편 소설을 썼다. ≪고리오 영감≫ ≪외제니 그랑데≫ ≪사촌 베트≫는 그의 대표작으로 손꼽히며 ≪인간 희극≫을 떠받드는 세 기둥으로 평가된다.

≪고리오 영감≫은 ≪인간 희극≫을 여는 첫 번째 작품이다.

파리의 한 하숙집에서 손님으로 머물고 있는 고리오 영감은 딸을 위하여 어떤 희생도 마다 않는 헌신적인 아버지였으나 딸들로부터 따돌림을 당한다. 부성애의 실종, 배금사상, 인간성 상실, 하나같이 작중 인물에게서는 타락과 부패의 냄새가 풍긴다. 그는 이 책상에서

"사회의 역사와 비판을 포함하고 있을 뿐만 아니라 사회의 악을 분석하고 그 원칙을 제시하는 그 측량하기 어려운 넓은 계획 때문에 나는 내 작품에 ≪인간 희극≫이라는 제목을 붙인다."라고 적고 있다.

흥미롭게도 그는 ≪인간 희극≫이 "서양의 ≪아라비안 나이트≫"와 같은 작품이라고 말했다. 흥미진진한 이야기 속에 수많은 작중 인물이 등장하기 때문이다.

이 작품에는 무려 2,500명에 이르는 작중 인물이 등장하는데 이 가운데에서 500여 명은 여러 작품에 걸쳐 반복 등장한다. 이로써 그는 '사이클 소설'에 초석을 세웠다는 평가를 받았다. 어느 누구보다도 발자크는 인간성을 폭넓게 다루었으며 양과 질, 넓이와 깊이를 함께 추구한 작가였다.

실제로 발자크의 낱낱의 작품은 ≪인간 희극≫이라는 거대한 책 한 권의 장(章)에 해당한다. 다시 말해서 모든 작품이 모여 ≪인간 희극≫이라는 책을 만든 것이다. 그는 바로 이 책상에서 ≪인간 희극≫을 썼다. 고티에는 그의 모습을 이렇게 표현했다.

'펜을 잡으면 그는 모든 것을 잊는다. 그리고는 야곱이 천사와 함께 싸우는 것보다도 더 가혹하게 형태와 사고 사이의 싸움을 시작했던 것이다.'

사실 그의 죽음은 자신의 작품을 위한 순교라고도 할 수 있다. ≪인간 희극≫을 쓰기 위해 마신 지독하게 강한 커피 5만 잔. 그의 친구이자 의사인 나카드는 그 많은 커피가 아주 튼튼한 그의 심장을 너무 일찍 파괴했다고 말했다.

생트 뵈브는 발자크가 운동선수 같은 몸을 지녔고 고티에는 그를 운동선수의 몸과 황소 같은 목을 가진 튼튼한 사람이라고 말했다. 루소의 이론을 맹종하던 발자크의 아버지도 건강을 타고 났으며 우유나 과즙을 즐겨 마시고 마차를 타지 않고 줄곧 걸어서 다녔다. 또한 일찍 자고 일찍 일어났으며 병원에 한 푼도 갖다 주지 않은 것을 늘상 자랑하곤 했다. 발자크도 오래 살 것이라고 장담하며 80살은 인생의 시작일 뿐이라고 큰 소리쳐 왔었다.

그는 오래 살기 위해서 인간은 무엇보다도 생각하지 않음으로써 생명에너지를 간직할 필요가 있다. 생명의 불꽃을 태워서는 결코 안 된다. 오래 살기 위해서는 감정을 죽여야 한다고 말해왔다. 특히 그는 ≪미지의 순교자≫에서 '생각'을 지나치게 해서 백 살 먹은 누에늙은이의 모습을 한 루이 랑베르를 그린다. 그런데 이 젊은이의 나이는 겨우 스물다섯 살이었다. 다시 말하자면 이 애늙은이는 '생각'을 너무 해서 생명에너지를 짧은 시간 안에 다 써버렸다는 것이다.

결국 그의 장수론은 에너지를 아끼고 명상하고 삶의 균형을 이루는 수동적 자세와 이어진다. 에너지를 절약하는 원칙이 그의 이론에서 중심을 이룬다. 생명에너지가 인생에서 가장 값진 것이지만 삶의 흐름은 어쩔 수 없이 에너지를 소모할 수밖에 없는 한, 삶 그 자체가 절약과 소모라는 피할 수 없는 이율배반의 역반응을 일으킨다. 발자크는 이 모순 앞에서 평생 괴로워하였다.

드디어 그는 처절하게 외친다.

'나는 소설을 증오한다.'

1847년에는 이 증상이 극도로 심해졌다. "나는 영혼도 심장도 없다. 모든 것은 죽었다. 나는 기진맥진한 채 죽어갈 것이고 작업과 불안 때문에 죽어갈 것을 안다. 심장과 영혼이 공격당할 뿐 아니라 나는 이제 기억

력조차 깡그리 잃어버렸다. 이런 상태의 결말이 자살이라는 것을 나는 안다." (8월 4일) "나는 언제나 무언가에 짓눌린 채 잔다. 이 경우 인생은 형벌이다. 열두셋의 주제를 다루어야 하는데 그 모든 것이 도망가 버렸으며 더 이상 싸울 기력도 없다." (8월 10일) "나는 인생에 대한 의식이 없으며 더 이상 미래를 믿지 않는다'" (8월 17일) "일생동안 지금처럼 불행한 적은 없다. 더 이상 영혼, 정신, 의지가 없다. 나는 이 세상을 떠날 모든 계획을 세웠다." (8월 23일) 죽기 3년 전의 상태다. 말년에는 거의 글을 쓸 수 없게 되자 발자크는 죽음보다 더 강한 절망을 느꼈다. 눈도 안보이고 손도 말을 듣지 않았다고 한다.

작가란 끊임없이 자신의 생명을 내던지는 도박을 하면서 새로운 것을 창조하는 사람이다. 오래 살기 위해서는 에너지를 아껴야한다는 삶의 원칙을 알면서도 그는 자신의 생명을 소진하면서 격렬한 삶에 이끌려 생명의 에너지를 짧은 기간에 다 소모하고 말았다. 역설적으로 그는 자신의 이론을 배반할 모순적 상황에 놓이게 된 것이다. 위장병과 만성두통, 불면증에 시달리고 너무 오랫동안 책상에 매달렸기 때문에 운동부족에 따른 비만증이 그의 생명을 단축시킨 결과를 낳았다고 한다. 늙은 어머니와 하녀들만이 그의 곁에 있었다. 그의 침상을 방문했던 빅토르 위고는 그날의 장면을 이렇게 적고 있다.

'참기 힘든 냄새가 침대를 뒤덮었다. 나는 이불을 들어올리고는 발자크의 손을 잡았다. 그 손은 땀으로 뒤범벅이 되어 있었다. 나는 그의 손을 꼭 쥐었다. 그는 아무런 반응이 없었다. 간호원이 내게 말했다. "동 틀 무렵 돌아가실 거예요." 나는 내려가면서 이 창백한 얼굴을 기억 속에 새겨 넣었다. 살롱을 지나면서 흉상을 다시 보았다. 움직이지 않고 느낌은 없고 숭고하고 말할 수 없는 광채로 빛나는 그 모습을. 그리고 나는 죽음과 불멸 두 가지를 비교

하지 않을 수 없었다.'

발자크는 1850년 8월 18일 밤에 죽었다. 그의 어머니만이 곁에 있었다. 성 필립 교회에서 장례미사를 마쳤다. 빗줄기가 뿌리는 가운데 시체는 페르라셰즈 공동묘지로 옮겨졌다.

관포 귀퉁이는 빅토르 위고, 알렉상드르 뒤마, 생트 뵈브, 바로슈 장관이 잡았다고 한다. 빚쟁이들로부터 절대 안전한 그의 유택 앞에 서니 백합 한 송이 준비해오지 못한 것이 아쉬웠다.

그 날은 파리 외곽에 있는 길상사를 다녀오는 길이었다. 불탄절 무렵이라 마침 법정(法頂)스님의 수계식이 있었다. 작은 이층 법당에서 스님은 프랑스 사람들에게 전공이나 직업을 물어보고 즉석에서 불명을 지어주고 연비를 해주었다. 법회를 마치고 점심도 끝나자 날이 반짝 개었다. 후줄그레 해진 몰골로 발자크 무덤 앞에서 그래도 묵념만은 진심을 담아 올렸다. 그의 무덤은 페르라셰즈 남쪽에 있었고 그 앞에 화가 들라크루아와 시인 아폴리네르가 가까이에 있어 외로워 보이지 않았다. 빅토르 위고의 조사가 들리는 듯했다.

'… 그의 생애는 짧았으나 충만한 것이었습니다. 산 날짜보다는 작품이 더욱 풍부한 생애였지요. 아, 이 강력하고 절대로 지치지 않는 노동자. 이 철학자. 이 사상가. 이 시인. 이 천재는 우리들 사이에서 위대한 사람에게 주어진 운명대로 태풍과 투쟁으로 가득 찬 삶을 살았습니다.

이제 그는 싸움과 증오를 넘어섰습니다. 무덤으로 들어가는 날로 그는 명예 속으로 들어간 것입니다.…'

내가 그의 집을 방문한 날 아침, 세르게 겐토르와즈의 시선으로 본

≪인간 희극≫ '코메디 휴먼의 그림전'이 열리고 있었다. 19세기 프랑스의 사회사라 할 만큼 당시의 모든 계층의 인물이 등장하는 약 91편의 소설을 그는 ≪인간 희극≫이라는 총서로 묶었다. 완성되지는 못했어도 그 자체로는 이미 걸작인 ≪인간 희극≫을 남기고 그는 영원한 휴식에 들어갔던 것이다.

≪인간 희극≫은 1789년 프랑스 대혁명에서부터 1848년 혁명까지에 걸친 프랑스 사회를 그린 '거대한 벽화'이자 '도서관'이라고 할 수 있다. 대부분의 작품들은 왕정복고시절과 제2제정(帝政)시대, 그가 체험할 수 있던 시기에 집중되고 있다.

보들레르는 발자크를 일컬어 '소설가이자 과학자, 발명가이자 관찰자, 즉 우리 눈에 보이는 온갖 존재들과 사상들의 생성법칙에 정통한 자연주의자'라고 평가했다.

알랭은 발자크를 '인간 사회에 대한 진정하고 완벽한 모습을 제시하는 진짜 사회학자'로 일컬었다. 많은 사람들은 발자크를 사실주의자, 문헌 조사가, 역사가, 딱딱한 철학자, 거친 상업주의자 등으로 자리매김했다. 사람들은 호들갑을 떨며 그를 칭송하지만 언제 한 번 그의 인생이 꽃을 피운 적이 있었던가. 국회의원이 되려고 두 번씩이나 출마하고 학술원의 회원이 되려고 두 번이나 예비선거에 나갔으나 모든 일은 실패로 끝났다. 사업도 언제나 파산으로 끝났다. 이 빚을 갚으려고 그는 20여 년간 일과 싸우며 강제 노역수가 되지 않을 수 없었다. 그의 흉상을 쓰다듬는 손길에 '나는 소설을 증오한다.'는 그의 절규가 아프게 닿는 듯했다.

우리는 누구도 그 자신이 되어보지 않고서 제대로 그를 이해할 수 없을 것이다. 빚이 쌓여도 값비싼 골동품을 사들이고 자신의 이름에 'de'를 붙여 귀족입네 하는 그의 가련한 허풍. 목소리는 점잖지 못한데다 웃을 때는 무슨 폭탄이 터지는 듯 좌중을 들썩거리게 하고 식탁에서는 식칼로 음식을 입속으로 밀어 넣어 게걸스럽게 먹어치우며 성격 또한 조급해서 남의 주장을 아예 들어주려고도 하지 않았다는 발자크. 그의 인생에서 베르니 부인마저 없었다면 어떻게 되었을까.

'한 여자의 마지막 사랑이면서 한 남자에게는 첫사랑을 이루어 주는 것에 견줄만한 것은 세상에 다시 없다.'는 베르니 부인의 이 말을 나는 그에게 다시 들려주고 싶었다.

어느 평자는 그를 '소설의 셰익스피어'라고 불렀다지만 발자크는 어떤 말보다도 베르니 부인의 순애보에서 진정한 영혼의 안식을 찾을 수 있지 않았을까? 나는 내 손길을 타고 그녀의 말이 그에게 전달되도록 발자크의 흉상에서 손을 쉽게 떼지 못했다.

4.
바람이 분다
살려고 애써야 한다

라이너 마리아 릴케
말라르메
폴 발레리
이시카와 다쿠보쿠
알프레드 뮈세
아폴리네르

존재하라 그리고 동시에 비존재의 조건을 알라
- 라이너 마리아 릴케

해마다 가을이 오면, 나는 나뭇잎이 흩날리는 가로수 길을 불안스레 왔다갔다 걸어다닐 어느 한 남자의 고독한 영혼과 마주치게 된다. 그는 다름 아닌 가을과 기도와 방랑의 시인 라이너 마리아 릴케(Rainer Maria Rilke 1875-1926)다.

> 지금 집이 없는 사람은 이제 집을 지을 시간이 없습니다.
> 지금 고독한 사람은 이후도 오래 고독하게 살아
> 잠자지 않고, 읽고, 그리고 긴 편지를 쓸 것입니다.
> 바람에 불려 나뭇잎이 날릴 때, 불안스러이
> 이리저리 가로수 길을 헤맬 것입니다.
> — 〈가을날〉에서

고독한 남자의 가을과 편지 쓰기, 그리고 방랑은 시인 릴케의 대표적인 이미지다. 그는 이 지상에 손님으로 와서, 뜰에 내린 첫서리처럼 투명한 자취로 반짝이다 그렇게 빨리 떠나갔다.

1875년 12월 4일, 당시 독일령이던 체코의 프라하에서 태어나 스위스의 발몽 요양소에서 51세의 나이로 육신의 옷을 벗기까지 그는 집 없이 살다 간 영원한 고독자였다. 아내 클라라와의 사이에 외동딸을 두었지만 그는 언제나 외톨이로 세상을 떠돌았다. 일정한 거처 없이 귀족 부인들의 초대를 받아 이 성(城)에서 저 성으로 거처를 옮겨가며 시를 썼다. 1910년부터 약 4년 반 동안 그는 프랑스, 이탈리아, 독일, 오스트리아, 덴마크, 스웨덴, 벨기에, 아프리카, 이집트, 스페인 등을 구름처럼 떠돌아다녔다. 어디서도 보호받지 못하는 나그네로서의 객수를 느끼며, 한편 불안한 존재자로서의 고독을 본인 스스로 찾아 나섰던 것이다. 그의 내면에 진작부터 자리 잡고 있는 이 불안 의식은 어린 시절의 체험과도 연관된다. 요절한 누이를 대신하여 릴케의 어머니는 그를 딸처럼 키웠다.

> 나는 항상 예쁜 여자 옷을 입어야만 했고 학교에 갈 때까지 계집애 같은 모습을 하고 돌아다녔다. 어머니는 아마 큰 인형과 놀듯이 나와 놀고 있었을 것이다. (…) 확실히 그녀는 불행하였다. 생각해 보니, 우리 모두가 불행하였다.
> — 〈유년 시대〉에서

그의 어머니 소피아는 왕실 고문관의 딸로 화려한 생활을 꿈꾸던 여자였다. 아버지 요셉 릴케는 이태리 전쟁에 종군 경력이 있는 유능한 사관 후보생이었으나 건강이 나빠져 군인 생활을 포기하고 철도 회사의 직원이 되었다. 그는 아들이 군인이 되기를 희망하여 군복을 입히고 아령으로 훈련을 시켰다. 가뜩이나 일곱 달 만에 미숙아로 태어난 릴케는 허약한 체질임에도 아버지에게는 오로지 사나이로서의 씩씩함을 종용받고 자랐으며 어머니에게는 계집애로 취급되어 집 안에 갇힌 채 밖에 나가서

릴케의 무덤

노는 것조차 금지당해야 했다. 이런 상황에서 그는 갖은 병에 다 걸렸으며 언제나 그는 불안해했다. 또 아홉 살 때 부모의 이혼으로 릴케의 가슴에는 남모르는 그늘이 짙게 드리워졌다. 그는 훗날 자신의 유년 시대를 가리켜 진저리나도록 무섭다고 회상한다. 실생활의 무능력, 방랑, 신경쇠약, 폐병, 단명으로 이어지는 그의 불우한 일생은 처절하게 불안한 존재자로서의 고독한 삶이었다. 이러한 유년의 불안 의식이 훗날 〈말테의 수기〉에서 불안의 문제로 나타나고, 모성의 결핍은 릴케에게 연상의 여인에 대한 동경으로 나타난 것이 아닌가 여겨진다.

그는 병 때문에 육군학교를 그만두고 프라하 대학과 뮌헨 대학에서 공부를 계속했다. 1897년 5월 릴케가 뮌헨에서 만난 한 여인 루 살로메. 그녀는 꿈의 해석으로 무의식의 세계를 탐험한 심리학자 프로이트의 비서를 지낸 인텔리였다. 또한 그녀는 〈신을 위한 투쟁〉이란 저서를 출간한 지적인 여성이었다. 페미니즘의 선각자인 그녀는 상당히 진보적인 사상을 갖고 있었다. 릴케는 살로메에게서 연인·어머니·여신·누이·아내·여자친구 등의 감정들이 얽힌 묘한 사랑을 느끼면서 그녀에게 빠져들었다.

살로메와의 만남이 의미 있었던 데는 또 다른 이유가 있다. 살로메는 니체를 흠모하고 있었고 니체의 사상에 깊이 빠져 있어 릴케를 만날 즈음에 그녀는 니체 전문가가 되어 있었다. 릴케는 살로메를 통해서 니체를 알게 되었다. "살로메는 내 인생을 만족하게 해줄 여러 요소 중의 하나"라고 릴케는 스스로 고백했다.

릴케는 루 살로메 부부와 러시아 여행을 떠났다. 첫 번째 여행에서는 톨스토이와 만났다. 1900년 5월에서 8월까지 루 살로메와의 두 번째 러시아 여행이 이어졌다. 야스나야 폴리야나로 톨스토이를 방문. 모스크바, 키에프, 볼가 강, 상트 페테르부르크 체류. 8월 26일에 귀환. 그 다음

날 하인리히 포겔러의 초대로 북부 독일 브레멘 근교에 있는 화가촌 보르프스베데로 가서 그곳의 예술가들과 사귀었다. 그중에 여류화가 파올라 베커와 여류 조각가 클라라 베스트호프가 있었다. 1901년 조각가 클라라와 결혼, 그해 말 딸 루트가 태어났다. 1905년 여름, 릴케는 괴팅겐에서 살로메와 재회했다. 그리고 《시도시집(時禱詩集)》을 루 살로메에게 헌정했다.

> 내 눈빛을 꺼 주소서. 그래도 나는 그대를 볼 수 있습니다.
> 내 두 귀를 막아 주소서. 그래도 나는 그대의 목소리를 들을 수 있습니다.
> 발이 없어도 그대 곁으로 갈 수 있고,
> 입이 없어도 그대의 이름을 부를 수 있습니다.
> 내 팔을 부러뜨려 주소서. 나는 손으로 잡듯이
> 내 가슴으로 그대를 끌어안겠습니다.
> 내 심장을 막아 주소서. 그러면 나의 뇌가 고동칠 것입니다.
> 나의 뇌에 불을 지르면, 나는 그대를
> 피에 실어 나르겠습니다.

릴케의 영혼에 박힌 루 살로메는 그리도 깊었다. 살로메 역시 〈생애의 회고〉에서 나는 릴케의 아내였다는 중대한 고백을 한 바 있다.

루는 1913년 뮌헨에서 열린 정신분석학회에 릴케를 데리고 참가하여 그에게 프로이트를 소개해 주고 니체의 사상에 대해 눈뜨게 해준다. 루가 아니었다면 릴케의 초인적 실존 사상을 뒷받침하는 니체와도 연결되지 않았을지 모른다. 릴케는 실존을 누구보다 예민하게 받아들인 작가다. 그는 실존자가 본질적으로 갖고 있는 불안과 공포를 숨기지 못한다. 〈말테의 수기〉의 배경이 된 대도시 파리의 체험에서 이 실존 체험은 극명하게 드러난다.

우리는 모두 질곡 속에서 태어났다. 그러나 그 질곡을 잊고 있을 뿐이다. 릴케는 이 실존의 질곡을 깊이 인식한 작가였다. 그는 니체와 만나 깊어지고, 로댕을 만나 예술론을 세우고 시인 발레리와 만나 고무된다.

그에게 예술이란 무엇인가? 릴케에게 예술은 실존의 한계를 극복하려는 의지였다. 자신의 예술론으로 생을 극복하려고 한 실존 시인이었다. 29세 때 릴케는 키에르케고르를 원서로 읽기 위해 덴마크어를 공부하며 〈말테의 수기〉 집필에 착수한다. 작품은 6년 뒤에 완성되었다. 덴마크의 젊은 시인 말테가 삭막한 도시 파리에 도착하여 처음 목도한 것은 삶이 아니라 죽음이었다. 이것은 〈말테의 수기〉 첫 장면에서 감동적으로 묘사된다.

사람들은 이 도시에 살기 위해 오는 것이 아니라 죽으러 오는 것 같다.

삶에 있어서의 불안을 묘파한 〈말테의 수기〉는 첫 구절에서 보듯 작품 전체가 불안의 교향악이 되고 있다. 말테는 죽음과 삶의 비참성과 가난을 중요하게 인식한다. 왜냐하면 가난은 내면으로부터의 위대한 광채이기 때문이라는 것이다. 어느 날 그는 뤽 상브르 공원의 벽에 기대고 서 있는 장님 신문팔이 소년을 본다. 가난하고 장님인 신문팔이 소년에게서 그가 발견한 것은 가난한 사람들이야말로 부유한 사람들보다 더욱 확실하게 죽음과 만나고 있다는 점이었다. 더욱 확실하게 죽음과 만난다는 것은 더욱 확실하게 죽음을 수용하는 것, 그리하여 죽음을 정신적인 삶으로 재창조할 수 있음을 우리에게 보여 준다.

이 작품의 주제는 결국 죽음과 가난의 문제에서 사랑의 문제로, 사랑의 문제에서 다시 신의 문제로 옮겨간다. 그러나 신은 이 세상에 존재하지 않는다. 신은 존재하는 이름이 아니라, 우리가 〈생성해야 할 이름〉이라고 릴케는 말한다. 결국 그는 죽음의 본질을 파악하고 그것을 이겨내는 것만이 죽음을 이기는 길이라고 생각하기에 이른다. 이렇듯 릴케는 본질적인 죽음의 문제에 깊이 천착한다. 그의 시 가운데 최고의 역작으로 일컬어지는 〈두이노의 비가〉, 〈올포이스에게 부치는 소네트〉는 모두 삶과 죽음에 대한 문제의 궁극을 깊이 바라보면서 실존하는 불안과 우주의 유구함을, 무상과 영원을, 그 대립과 합치를 박력 있는 언어로 표현하고 있음을 알 수 있다.

이탈리아 동북쪽의 아드리아 해안에 깃든 두이노 성에 릴케는 초대받아 간다. 초청자는 마리폰 투른 운트 탁시스 후작 부인이다. 이 부인은 심령학회 회원으로 영매술에 심취하고 있었는데 자신의 집에서도 영매술을 실험하곤 했다. 릴케도 이 영매술 실험에 자주 참석했다. 그녀는 릴케의 든든한 후원자였다.

1912년 1월 어느 추운 겨울날이었다. 릴케는 두이노 성의 절벽 위를 혼자서 거닐고 있었다. 바람이 사나웠다. 울부짖는 바람 속에서 어떤 목소리가 들려왔다. 창조의 영감이 섬광처럼 스쳐 지나갔다. 그는 얼른 연필을 꺼내 받아 적기 시작했다.

"아, 내가 아무리 외친들 9계급의 천사 가운데 내 목소리를 들을 자가 도대체 누구인가?"

이렇게 해서 그는 〈두이노의 비가〉의 첫줄을 시작해 비가(悲歌) 제1, 제2를 쓰고 연작시 〈마리아의 생애〉를 써냈다. 그리고 3년 뒤 뮌헨에서 비가 제4를, 그로부터 7년 뒤인 1922년 뮈조트 성에서 〈두이노의 비가〉를 완성했다. 37세 때 이탈리아에서 시상을 얻어 스위스에서 끝을 맺기까지 꼭 10년이란 세월이 걸렸던 것이다. 성숙한 죽음과 조화를 이룰

만큼의 시간이 그에게 필요했던 것일까.

〈두이노의 비가〉에서 릴케는 "존재하라, 그리고 동시에 비존재의 조건을 알라"고 외친다. 비존재의 조건을 알 때에 인간은 자유로워진다는 것. 그것은 성숙한 존재가 되었기 때문이다. 성숙한 인간은 무르익은 과일이 나무에서 떨어지듯이 죽음에 대한 원한이 없다. 죽음을, 완전한 죽음을 끌어안고 깊은 잠에 드는 것뿐이라고 말한다.

릴케는 언제나 죽음과의 대결을 통해서 자기의 정신적 발전을 이룩해 갔다. 역시 비가(悲歌)의 핵심은 죽음이었던 것이다. 인간 존재의 중심에는 죽음이 본질적으로 자리 잡고 있다. 죽음은 인간 밖에 있는 것이 아니라 인간 안에 있으며, 인간 삶의 핵심이며 진주처럼 인생을 빛나게 하는 것 역시 죽음이라는 설명이다. 47세에 릴케는 비가를 완성하고 비가에 와서 비로소 죽음을 긍정하게 된다. 철학자 하이데거는 〈두이노의 비가〉를 읽고 내가 품고 있는 사상을 릴케는 시로 표현했다고 말했다. 릴케는 항상 죽음을 의식하며 살았다. 한밤중에 걷고 있는 사람에게서도, 어디선가 죽어 가고 있는 사람에게서조차 그는 자신을 향해 다가오는 죽음을 감지하고 있었다.

> 이 세상 어디에선가, 까닭도 없이 누군가
> 이 밤에 걷고 있는데
> 그것은 나에게로 오는 것이다.
> 이 세상 어디에선가, 까닭도 없이 누군가
> 이 밤에 죽어 가고 있는데
> 그것은 나를 바라보고 있는 것이다.
>
> — 〈마음 무거울 때〉에서

참으로 하나의 섬뜩한 경종이 아닐 수 없다.

어떻게 죽는 것이 좋은가? 어느 방송에서 질문을 받은 적이 있었는데, 그때 나는 릴케의 시 한 구절을 소개한 일이 있다. 소개라기보다 요약된 나의 답변이기도 하였다.

"주여, 저마다 자신의 죽음을 죽을 수 있게 하소서."
— 〈시도시집〉에서

함축적이고도 상징적인 이 말을 다 풀어 보일 수는 없었지만, 각자 자신이 죽음을 받아들이는 시점에 죽음이 와야 한다는 생각이었다. 방사능 오염으로 암에 걸린 퀴리 부인이 최후의 순간까지 묵묵히 원고를 쓰다가 죽는 모습이라든지 존엄하게 죽을 권리를 주장하면서 의료 거부를 한 재클린 케네디 여사, 촬영장에서 쓰러져 생을 마감한 율 브린너, 이들의 의연한 죽음을 찬미하면서 나는 지금도 화두처럼 이 한 구절을 곱씹고 있다.

"주여, 저마다 자신의 죽음을 죽을 수 있게 하소서."

시인 릴케는 그의 시 세계를 통해서 마침내 죽음을 극복한 것이었다. 어쩌면 그의 시는 죽음을 건너가는 뗏목이었는지 모른다. 베토벤은 나의 음악을 이해하는 자는 내가 겪어야 했던 고통을 넘어설 수 있을 것이라고 말한 바 있다. 릴케의 시를 잘 이해하는 자는 정녕코 죽음을 넘어서게 될 것이라는 해석도 무방하리라.

제네바에서 레만 호를 옆에 끼고 론 강 상류와 짝하여 달리다 보면 두어 시간 남짓 기차는 시에르역에 닿는다. 차를 타고 15분 정도 가다보면 그랑봉뱅, 프티봉뱅의 두 봉우리와 그 맞은편으로 절벽 같은 당드클레츠 산을 낀 뮈조트의 산간 마을이 나온다. 일조량이 많아서 산비탈은 온통 포도밭이다. 띄엄띄엄 흩어진 민가를 지나 외딴 성 앞에 서면 대문 기둥에 새겨진 당호는 뮈조트. 갑자기 이곳에 와서 릴케는 폭발적인 영감이 솟아나 나머지 비가(悲歌)들을 일주일 동안에 완성할 수 있었다고 한다.

이곳이 바람처럼 방랑하던 릴케가 닻을 내린 곳이다. 릴케는 우연히 어느 쇼윈도에서 뮈조트 성을 찍은 조그만 사진을 보고서 누군가에게 이끌리듯 곧바로 적막한 산비탈의 외딴 성을 찾아갔다. 릴케는 여기에서 말년을 보냈다. 떨어져 살았던 아내 클라라는 이 성에 한 번 다녀갔을 뿐, 그는 쉰 번째 생일을 뮈조트 성에서 혼자 쓸쓸히 보냈다.

릴케가 최후의 고향으로 이 뮈조트 산간 마을을 선택한 것은, 더 고독해지기 위해서였다. 사실 고독은 편안한 것이다. 성실함을 유지하는 데도 고독은 좋은 텃밭이라고 생각된다. 그 속에서 자연과 하나가 되는 일은 최상일 것이다.

> 은빛으로 반짝이는 눈 내리는 밤의 품에서
> 만물은 편안히 졸고 있다.
> 오직 끝없는 극심한 하나의 슬픔이
> 한 영혼의 고독 속에 깨어 있다.
>
> 그대는 묻는다.
> 왜 그 혼은 침묵하고 있는가.
> 왜 슬픔을 밤 속에 쏟아 붓지 않는가 하고.
> 그러나 혼은 알고 있다.
> 슬픔이 혼으로부터 올라가면
> 별들이 모두 사라지고 만다는 것을.
>
> — 〈제1시집〉에서

뮈조트 성에 아직 장미가 피어 있던 10월 어느 날, 그는 니메 엘루이베이를 기다리고 있었다. 그녀는 두 시간이 넘도록 오지 않았다. 릴케는 그녀에게 주려고 장미꽃을 꺾다가 그만 가시에 손을 찔리고 말았다. 그때의 상처가 화농 되어 급성 백혈증 증세가 나타났다. 그는 죽기 하루 전부터 혼수상태에 빠졌다. 12월 28일 오후 3시부터 자정까지 거의 의식이 없었다. 이른 새벽에 눈을 한 번 크게 뜨고 머리를 조금 드는 듯하더니 이내 푹 쓰러지고 말았다. 밖에는 흰 눈으로 덮인 알프스의 산봉우리들이 사방의 어둠을 에워싸고 있었다. 1926년 12월 29일이었다. 그의 죽음은 죽음과 위대가 하나의 일인 것처럼 혼연일치된 엄숙한 죽음이었다고 한다.

릴케는 뮈조트 성에서 그리 멀지 않은 라론 마을, 산 중턱에 우뚝 선 교회 묘지에 누워 있다. R. M. R이라고 쓴 나무 십자가 밑의 묘비에는 손수 골라 놓은 자작시가 새겨져 있다.

오, 장미여 순수하나마 서러운 모순의 꽃
이제는 누구의 것도 아닌 외로움을
고히 간직하고 있는 아름다움이여

이 묘비 앞에서 나는 "죽음을, 완전한 죽음을 끌어안고 깊은 잠에 드는 것뿐이다."라는 그의 음성을 듣는다.

장미를 사랑하다가 장미 가시 때문에 죽은, 장미의 시인을 위하여 누군가 묘비명 양쪽에 장미 한 그루씩을 심어 놓았다. 바람에 흩어지는 장미 향기가 그에겐 최상의 위안이 되리라.

"제발 자신을 사랑하지 말아 달라."고 그는 〈말테의 수기〉에서도 외치고 있다.

그는 그 누구의 사랑도 필요치 않은 단독자로 남고 싶었던 것이리라. 그리하여 영원히 홀로인 사람 단독자(單獨者), 라이너 마리아 릴케. 그는 자신의 예술론으로 생을 극복하려고 한 위대한 한 사람의 실존 시인이었다. 나는 그의 묘지를 떠나며 그 누구의 잠도 아닌 자신의 잠을 자는 위대한 영혼에게 장미 한 송이를 바쳤다. 이 세상 모든 장미의 소유권을 그에게 넘겨 준 것이라는 생각을 하면서.

아 육체는 슬프다
내 만 권 서적을 읽었건만
 – 말라르메

자신을 '순수시의 탐사자'로 명명한 스테판 말라르메(Stéphane Mallarmé, 1842–1898). 그는 순수시를 쓰기 위해 세속적인 모든 욕망을 버리고 순교자적 고행을 마다하지 않았다. 파리에서 태어나 잠시 영어교사를 지낸 뒤, 시 쓰는 일밖에 다른 일은 없었다.

베를렌느, 랭보와 함께 프랑스 상징주의의 3대 시인 중의 한 사람으로 손꼽히며, 프랑스 시단에서 가장 난해한 시를 쓰는 사람, 그리고 시에 대한 초종교적인 믿음을 가진 사람으로 평가된다. 완벽주의자인 그는 시를 평범하고 안이하게 쓰는 것을 싫어했다. 내용을 암시하고 대상을 환기시키는 상징적인 교감법을 사용했으며 그의 시어들은 치밀하게 계산된 것이었고 갈수록 난해한 연금술적인 시어로 구성된 시를 썼다. 그 난해성 때문에 주변 사람들로부터 이해를 받지 못했으며 무척 제한된 일부 엘리트만이 그를 찬양했다고 한다. 오히려 그의 매력은 그가 대중적으로 되지 않은 데 있을지도 모른다.

그는 시라는 것은 '독자가 그 열쇠를 찾아야만 하는 신비'라고 생각했다. "상징적인 문학은 독자에게 적극적인 읽기를 요구하고, 독자자신이 거기에 몰두하여 숨겨진 의미를 해독하고자 하는 생각을 일게 한다."라고 하였다.

나는 죽었다가, 내 정신의 마지막 보석상자의 열쇠를 지닌 채, 되살아났네.

> 무(無)를 발견한 후에
> 미(美)를 발견 했다네

그의 고백처럼 그는 죽음의 심연, 정신의 맨 밑바닥에서 보석상자의 열쇠를 찾아냈던 것이다. 그 열쇠로 그가 발견한 최후의 '미(美)' 그 '시(詩)'의 과즙을 나는 조금이라도 맛보고 싶었다.

따라서 2007년 봄, 프랑스문학 기행을(〈에세이문학사〉주최) 기획하면서 가장 염두에 둔 사람은 말라르메였다.

연필을 들고 백지 앞에서의 떨쳐버릴 수 없는 고뇌 때문에 한동안 실어증으로 괴로워하였다는 이 순수 시인의 절대 고독과 고행을 떠올리면 나는 지금도 알 수 없는 어떤 열망에 사로잡히게 되곤 한다.

문학에 대한 순수한 열정, 초인적인 그의 고행을 경외심으로 올려다보게 되던 것이다.

문학도 모르면서 문학의 언저리를 헤매돌던 1960년대. 은사 김구용(金丘庸) 선생의 배려로 성균관대학교에서 잠시 시론(詩論) 강의를 들은 적이 있었다. 내용은 잘 기억되지 않으나 그때 발레리와 함께 그의 이름이

들어와 박혔다. 그로부터 40년이 지난 어느 날, 보들레르와 에드거 앨런 포의 생가며 무덤을 찾아보다가 소스라치게 놀라고 만 것은 그들 영혼의 동질성 때문이었다. 보들레르는 에드거 앨런 포를 유난히 좋아하여 그의 작품을 번역하고 인물평을 썼는데 그 자신 깜짝 놀라 어머니에게 '자기와 꼭 닮은 사람이 여기 있다'고 써 보냈다. 유사한 영혼을 가진 작가들끼리의 계보를 알게 되면 반가움은 배가된다.

그런데 말라르메는 20대 초반부터 이들, 보들레르와 에드거 앨런 포에 심취하였으며 그들에게서 절대적인 영향을 받았다. 사상면에서는 보들레르의 영향을, 그리고 시를 쓰는 기교면에서는 포의 영향을 받았다고 했다. 포의 순수시 이론 덕택에 말라르메는 '시의 종교' '미의 종교' '이상의 종교'에 대해 눈을 뜨게 된 것이다.

말라르메는 '시의 종교'를 실천하기 위하여 엄격한 태도로 심사숙고하여 시를 썼다. ≪주사위 던지기≫는 30년의 각고 끝에 그리고 ≪목신의 오후≫가 완성되기까지에는 무려 16년이나 걸렸다고 한다. 평생의 대작인 ≪에로디아드≫는 1864년에 집필을 시작하여 1897년 발뱅에 정착해서도 다시 손을 대는 완벽함을 보인다. 말라르메 자신이 '철학적 보석'이라고 명명한 순수시 ≪에로디아드≫를 쓸 때는 친구 카잘리스에게 이런 서한(1864년 10월)을 보낸 일이 있다.

> 마침내 나는 ≪에로디아드≫를 시작했네. 무시무시한 일일세. 왜냐하면 필시 대단히 새로운 미학으로부터 생겨나는 언어를 만들어내고 있으니까. 그 새로운 미학이란 사물을 그려내지 않고 사물이 발산하는 효과를 그리는 것. 그리하여 거기서는 시가 낱말들로 이뤄지는 것이 아니라 의도로 이뤄지고 모든 언어는 그 감각 앞에서 사라져야만 한다네.(생략)

그는 이 작품에서 '새로운 시학'을 발표하는데, 그것은 한마디로 말해서 '어떤 대상을 그리는 것이 아니라 그것이 일으키는 효과를 그린다는 것'이다. 그러므로 시는 언어의 의미로 이루어지는 것이 아니라 언어의 의도로 이루어지며, 모든 언어는 그것이 불러일으키는 감각 앞에서 소멸된다는 것이었다.

> 나는 한 송이의 꽃이라고 말한다! 그런데 나의 음성은 아무런 꽃의 윤곽도 나타내지 못하는 망각 밖에서, 꽃받침과 다른 어떤 것으로서 모두 꽃송이는 없이 상쾌한 사상 자체가 음악상으로 떠오른다.

여기에서 그가 드러내보이고자 한 것은 눈에 보이는 현상으로서의 꽃이 아니라 어떠한 꽃다발에도 부재(不在)하는 꽃의 '이데'라는 것이다.

그는 사물의 현상을 재현하지 않는다. 우리가 그의 은유를 알아차리는 순간 사물현상은 이미지로 우리 앞에 존재한다. 따라서 그가 추구하는 이미지의 세계는 이미지의 드러냄이라기보다는 이미지의 사라짐, 이미지의 부재라고 할 수 있다. 부재에 이르기 위해 이미지 혹은 사물현상에 대한 '인상'은 제거되고 파괴되어야 한다는 그의 시론을 접했을 때, 내게 제일 먼저 떠오른 이름은 김춘수(金春洙)였다. 말라르메의 '한 송이의 꽃'에서 "내가 그의 이름을 불러주었을 때 그는 나에게로 와서 꽃이 되었다"는 그의 시 〈꽃〉이 떠올랐다.

김춘수 시인은 언젠가 '나의 문학 실험'에서 이렇게 밝힌 바 있다.

시는 관념으로 굳어지기 전의 어떤 상태가 아닐까 하는 시에 대한 새로운 인식을 하게 되었다고. 즉 관념을 의미의 세계라고 한다면 시는 의미로 응고되기 전의 존재, 그 자체가 아닐까 하는 인식에 이르게 되었다는 것이다. 그래서 그는 시에서 관념을 빼는 연습을 하게 되었는데 그 기간이 3~4년이나 걸렸으며 그의 뒷이야기는 이렇게 이어진다.

…있는 그대로의 사실(존재의 모습)을 그린다. 흡사 물질시의 그것처럼 된다. 묘사라는 것은 결국 이미지만 드러나게 하는 방법이다. 그리고 이때 의 이미지는 서술적이다. (생략) 서술적 이미지는 그 배후에 관념이 없기 때문에 존재의 모습(사실)이 그대로 드러난다. 즉 그 이미지는 순수하다. 이리하여 나는 이런 따위의 이미지로 된 시를 순수시라고도 하고, 무의미의 시라고도 하게 되었다.(생략)

또 한 명의 순수시인 김춘수의 그러나 '종내에는 이미지도 사라지고 리듬만 남게 된다'는 그의 시론은 독창적이라기보다는 말라르메의 수원 지에서 그 맥을 같이 한다고 보아야할 것이다. 하긴 전혀 새로운 예술 세계의 독창이란 없는 것 같아서다. 말라르메가 에드거 앨런 포에게서 순수시를 도용하듯 〈오디세이〉와 〈희랍인 조르바〉를 썼던 카잔차키스 역시 호머와 니체와 베르그송 위에 비로소 자신의 벽돌을 한 장씩을 올 려놓을 수 있었으니까.

작가란 동질의 영혼을 만나면 이렇게 서로 영향을 주고받는 유기적 관계를 형성한다. 그러면서 그 위에 자신의 벽돌을 한 장씩 올려놓는 게 아닐까.

아무튼 말라르메, 자신의 말에 따르면 그의 시적 추구의 목표는 '현실 에서 〈이데〉로의 신성한 전환에 있다.'는 것이다. 그러므로 〈이데〉는 말 라르메의 시적 추구의 목표이며 〈이데〉의 실현을 위해서는 언어의 의미 기능 이외에 언어의 음악적 힘이 필요하다는 것이다.

그의 시적 탐구는 첫째 존재의 근원에 대한 탐구이며 둘째 언어 본질 에 대한 탐구라고 할 수 있다.

존재 근원에 대한 탐구 과정에서 그는 필연적으로 부재(不在)를 만나 고, 언어의 본질에 대한 탐구 과정에서는 언어의 한계에 부딪치며, 이를 극복하기 위해 음악과 만난다. 그리고 그는 존재의 근원을 〈이데〉라는 말로 암시한다. 따라서 〈부재〉〈이데〉〈언어〉〈음악〉은 그의 시학을 이루는 주요 요소가 된다. 말라르메의 가장 두드러진 특징은 작품 어디에서나 〈허무〉〈무〉〈텅빔〉〈침묵〉등의 '부재 이미지'들이 발견되는데 그는 왜 그토록, 무엇 때문에 부재(不在)에 집착하게 되는 것일까?

유년이 행복하지 못한 탓이었을까. 현실 세계에 대한 그의 인식은 비극적이었다. 파리에서 토지관리국의 말단 공무원의 아들로 태어난 말라르메는 다섯 살 때 어머니를 여의고 15세 때 어린 누이동생의 죽음을 경험한다. 가난한 외조모 밑에서 자랐으며 결혼 후 하나밖에 없는 어린 아들마저 잃고 만다. 그의 앞에 펼쳐진 현실 세계는 우연으로 뒤덮인 무질서의 세계였으며 물질의 무게로 짓누르는 답답하고 고통스러운 세계였다. 인간은 한낱 '물질의 헛된 형상'일 뿐이며 '육체는 슬픈 것'이고 세상은 온통 환자들로 가득찬 하나의 거대한 병실이라는 비극적 세계관 속에서 말라르메는 '허무'에 집착하게 된다.

모든 존재는 한순간을 살다 덧없이 스러지는 파도의 물거품과도 같이 우연의 유희에 맡겨져 있다. 이 우주를 지배하는 유일한 절대의 법칙은 우연뿐이다. 모든 우연의 종말은 허무이고, 허무만이 진실이다. 우연을 폐기하고 언어에 의한 필연의 우주를 세우겠다는 그의 시적 추구는 이렇게 해서 시작된 것이다.

말라르메의 필생의 싸움은 허무와의 싸움이었다. 허무와의 싸움은 우연과의 싸움이며 시간과의 싸움이었다. 인간이라는 존재가 시간의 무화작용에 따라 어쩔 수 없이 속수무책으로 죽음이라는 허무의 심연 속으로 삼켜져 버리는데 그렇게 되기 전에, 그는 시간을 앞질러 허무를 만나러 떠난다는 것이다.

그는 20대 초반, 투르농에서 위기에 찬 고뇌의 한 시절을 보낸 후, 또 거대한 심연의 '허무'를 만난다. 자신이 체험한 무(無)의 세계를 불교에서 말하는 최고의 완벽한 법열의 상태인 '무'와 비교한다.

한때 자신의 무기력을 정복하기 위해 쓴 〈이지튀르〉에서 주인공 이지튀르는 신의 권좌에 앉으려 하였지만 자기 재능에 절망하여 미친 끝에 자살해버리고 마는데 그는 〈이지튀르〉에서 이렇게 쓰고 있다.

"자정(子正)이 울린다 ─ 주사위를 던져야만 하는 자정이다. 이지튀르는 인간 정신의, 계단을 내려가, 사물들의 바닥으로 간다. '절대' 그 자체로."

〈이지튀르〉 줄거리의 전부라고도 할 수 있다.
'주사위'는 '시(詩)'를, '던지는 행위'는 '글쓰기'로 그리고 '이지튀르'는 시인 '자신'을 지칭한다.

시 〈에로디아드〉를 파내려가다가 슬프게도, 나를 절망케 하는 두 심연(深淵)과 마주쳤다네. 그중 하나는 무(無)로서 나는 불교를 알지 못하면서도 여기에 다다랐는데, 아직껏 나는 너무도 큰 비탄에 빠져서 내 시(詩)조차 믿을 수 없고 다시 일을 시작할 수도 없게 되어, 결국 이런 짓누르는 생각 때문에 일을 포기하고 말았지.
그래, 나는 알고 있네. 우리는 물질의 헛된 형태에 불과하지만….

위의 글을 통해서도 그를 절망케 한 심연은 '우리는 물질의 헛된 형태'일 뿐이라는 인식이었다.
"존재했던 것은 물질뿐이다. 사유와 시, 자아의식, 세계와 신(神)의 즉자적인 현존 이 모든 것들은 꿈이었으며, 꿈은 존재하지 않았다. 하늘은 비어 있었다. 먼 곳에, 공간 속에 있는 관념들의 소재인 이상적이면서도

현실적인 어떤 세계를 상상하는 것은, 부질없는 일이었다. 순전히 정신의 환각인 이 관념들은, 소재(所在)도, 실재도, 심지어는 존재조차도 정신 속에 있지 않았다. 왜냐하면 정신 자체도 거짓이었기 때문이다. 그리고 정신적인 존재로서는 인간 존재 역시도 존재하지 않았다."라는 평론가 뿔레(Poulet)의 해석에서 나는 《금강경》의 요체를 대하는 것만 같았다.

'정신의 환각인 이 관념들은, 소재(所在)도, 실재도, 심지어는 존재조차도 정신 속에 있지 않았다. 왜냐하면 정신 자체도 거짓이었기 때문이다'라는 대목은 불교의 진아(眞我)와 가아(假我)에 대한 부연 해석에 다름아니었다. 형상(相) 없는 것으로 종(宗)을 삼고, 머무름이 없는 것으로써 체(体)를 삼고 있는 《금강경》의 '일체유위법(一切有爲法)은, 즉 세상은 꿈이며 환(幻)이며, 물거품이며, 그림자 같고, 이슬 같고, 번개와 같으니 응당 이렇게 볼지니라'를 환기시켜 보게 하는 것이다.

드뷔시의 아름다운 곡이 붙은 그의 걸작 《목신의 오후》 또한 여기에서 크게 벗어나지 않는다.

아카디아의 라도 강변에서 목욕하는 요정들이 목신(牧神)의 피리 소리에 놀라 도망을 치자, 요정들이 여자인 것을 알게 된 목신은 달려가 두 자매를 겁탈하고 만다. 이에 분노한 제신(諸神)은 목신을 깊은 잠에 빠뜨려 놓는다. 꿈에서 깨어난 목신의 의식은 꿈과 현실 사이를 내왕하는데 이 꿈의 세계에 대한 탐구가 이 작품의 주제라고 할 수 있다. 요정을 뒤 쫓는 목신의 내면에 존재하는 환각, 그로부터의 각성. 사랑과 육욕 사이에서 느끼는 그 육욕은 필경 환상에 불과한 것이며 또한 그 욕망이 전변(轉變)하여 미, 예술, 지(知)로 향하게 되는 것임을 그는 은연중에 암시한다.

말라르메는 일찍이 환상에 불과한 '물질세계의 헛됨'을 간파하고 시로써 자신의 가치를 확립하고 허무를 극복하고자 하였다.

절대고독한 이 시인의 순수시는 그리하여 세상의 헛됨을 덮을 수 있는 미와 예술, 그리고 지(知)의 전변을 위한 고행이었다고 말할 수 있겠다.

> 나는 죽었다가 내 정신의 마지막 보석상자의 열쇠를 지닌 채, 되살아났네. (…) 나는 자신있게 말하기 위해서 무(無)까지의 꽤나 먼 길을 내려갔었네. 거기에는 오직 미(美)밖에는 없으며 그 아름다움의 완벽한 표현은 단 하나뿐이네. 시(詩).

그의 육성이 이를 증명한다.

일생 동안 그는 시를 종교처럼 생각했고 시의 종교에 도달하기 위해 스스로 세속적 욕망을 버리고, 순교자적 고행에 삶 전체를 바쳤다. 순수시에 대한 초인간적인 집착은 그에게 일 년 동안 실어증의 고통을 안겨주기도 했다. 나는 무(無)까지의 꽤나 먼 거리를 내려갔었다는 그와 그의 '실어증'에 대해 마음이 편치 않았다. 선승(禪僧)들의 묵언과는 또 다른 선택 이전의 침묵이었기 때문이다. 시인이 언어의 성(城)에 유폐되다니.

이 절대고독한 시인과 만나고 싶었다.

열두 시간의 비행기를 타고 파리에 내린 것은 2007년 4월 13일 오후였다. 공항에서 제일 먼저 향한 곳은 파리의 북쪽 지역인 제17구 롬가 89번지, 바로 그의 집 앞이었다.

정문 위에 '시인 스테판 말라르메가 1875년부터 이 집에 살았다'는 석패가 붙어 있다. 프랑스에서 가장 아름다운 장시로 손꼽히는 그 유명한 ≪목신의 오후≫가 발표된 곳이다. 이 작품은 친구인 코페와 아나톨프랑스의 반대로 ≪현대고답시집≫에 수록되지 못했다. 이때 베를렌느의 시도 함께 제외되었다. 비평가들은 이 사실을 이렇게 기록했다.

"고답파는 이 시들을 거절하였다는 불명예스러운 어리석음을 연출함과 동시에 베를렌느, 말라르메를 쫓아냄으로써, 오히려 자신들의 괴멸을 초래하였다. 상징파는 이로써 결정적으로 고답파로부터 분리된 것이다."

≪목신의 오후≫는 2년 뒤, 마네의 삽화를 곁들여 출간되자 상당한 평가를 받았다. 말라르메가 콩도르세 고등학교에서 영어 선생을 하다가 파리에 올라와 처음 자리를 잡은 곳도 이 집이었다. 5층 건물로 89번지의 표지가 두 군데나 붙어 있다. 정문 옆에 세워진 흡사 밥주걱처럼 생긴 표지판에 그의 내력이 적혀 있었다. 이런 모형의 청동 표지판은 발레리의 집 앞에서도, 보들레르가 임종한 병원 앞에서도, 발자크와 빅토르 위고의 집, 베를렌의 집 앞에서도 만날 수 있었다.

말레르메 집 앞의 표지판

이곳에 꼭 와보고 싶었던 것은 바로 그 유명한 '화요회 모임' 때문이었다. 사진 찍기에 바쁜 일행들 틈에 끼여 나는 대문 앞을 서성거리며 이곳을 드나들던 당대의 인물들을 하나씩 떠올려 보았다. 그와 절친했던 화가 마네는 ≪목신의 오후≫뿐만 아니라 그의 책에 삽화 때문에도 이 집을 자주 드나들었다.

시인 베를렌느와 소설가인 앙드레 지드, 위이스 망스. 자국의 예술가들뿐만 아니라 미국인 휘슬러, 독일의 슈테판 게오르규, 영국인 조지 무어, 오스카 와일드와 W. B 예이츠 외에 말라르메를 평생 정신적 스승으로 받들고 그의 문하생으로 프랑스 상징주의의 지성적 맥을 잇고 완성시킨 폴 발레리가 있었다.

그들은 매주 화요일이면 이 집에 모여 그로그(럼주) 술을 들면서 ≪목신의 오후≫에 관한 해설을 듣거나 시와 음악에 대해 공부했다. 예술에 관한 자신들의 의견을 교환하고 작품에 관해 토론했다. 앙드레 지드는 이곳을 이렇게 회상했다.

아! 롬가의 그 좁다란 방에서 우리들은 바쁜 도시의 소음이나 정치의 풍설이나 책략이나 음모에서 얼마나 멀리 떨어져 있었던가.

앙드레 지드의 회상에 의할 것 같으면 살롱은 비록 조그만 식당방에 불과했으나 그곳의 분위기는 속세의 것이 아닌 정신의 높은 열락과 예술의 향연이 펼쳐지던 파르나시엥이었다고 한다.

누벨바그 기수들의 진정한 본거지이며 상징주의 문학의 산실인 이곳. 19세기 말에서 20세기 초에 걸쳐 이름을 날린 문학가로서 그의 집을 방문하지 않은 사람이 없을 정도라고 한다. 작가 이외에 화가, 배우, 음악가, 외국의 저명한 학자들도 끼여 있었다니….

도대체 무엇 때문에 그들은 화요일마다 그곳에 찾아들었을까.

그것은 다름 아닌 그 집 주인의 인품 때문이었다고 한다.

참석했던 모든 예술가들은 그의 우아한 성품이나 제스처, 낭랑한 목소

말라르메가 화요회 모임을 가진 파리 롬가 89번지.

리, 겸손하고 매혹적인 어조에 깊은 인상을 받았다고 한다. 말라르메는
벽난로에 등을 기댄 채, 손에 궐련이나 파이프를 들고 서서 좌중의 화제
를 이끌어 나갔다. 손님들은 의자가 모자라 방바닥에 주저앉은 채, 몸체
가 작고 야윈 이 시인의 고결한 담론에 조용히 귀를 기울였다. 말라르메
는 거기서 시인이라기보다 고대 그리스의 현인 같은 모습이었다고 전한
다. 기둥시계가 밤 10시를 치면 말라르메의 외동딸 즈느비에브가 어김없
이 차를 날라왔다. 밤늦게 모임이 파하면 말라르메는 촛불을 밝혀 들고
이 5층 계단을 내려와 일일이 손님을 배웅했다고 한다. 그때의 장면을
나는 상상하고 있었다.

그들이 말라르메를 찾았던 것은 문학적 명성을 추구하기 위해서라기
보다는 그를 대하면 정신적 고귀함과 순수의 지고의 표본을 보았기 때문
일 것이라는 것이다.

그가 죽고 나서 40년이 지난 어느 날, 발레리는 어느 강연장에서 '스테판 말라르메'에 대하여 이렇게 술회했다.

말라르메가 죽은 지 여러 해가 갔음에도 불구하고 (중략) 아직도 그 사람 말라르메의 이름을 높이고, 그의 작품에 영향력을 부여하고, 그의 편모에 움직일 수 없는 위용(威容)을 부여한 이유는, (중략) 그 사람이 참으로 심원(深遠)함과 동시에, 참으로 우아하고, 대단히 소박하면서도 아주 정연(整然)하고, 아주 범용(凡庸)한 신분에 있으면서 참으로 품격이 있고, 아주 고상하였던 때문이다. 또 그 태도, 그 시선, 그 대응(對應)하는 모습, 그 미소짓는 품위가 견줄 수 없을 정도였기 때문이다. 그가 지적덕성(知的德性)의 가장 순수하고 가장 진정한 본보기였기 때문이다. 그에게서는, 시가의 뛰어난 품격이 호흡을 하며 살아 있었다. 그와 마주하여 그의 얘기를 들으면, 그것이 아무리 재미있는 화제일지라도, 그의 모든 것이 어떤 비밀스런 또는 대단히 고도한 목적을 위하여 정리되어 있음을 느꼈다. 그리고 그 얘기의 목적이 대단히 드높은 것으로, 마치 신비스러운 종류의 광명, 또는 확실성으로, 그것을 성취시킬 것처럼 느끼게 하여, 물상(物象)을 변형하고 평가하고 소진케 하여 변모시키고 말았다. 나는 문학의 세계에서, 이와 같은 일은, 아직 한 번도 본 일이 없다.

그후 이 글은 1933년 4월 15일자로 ≪콩페랑샤≫지에 실렸다. 프랑스 상징주의의 풍토는 이렇게 말라르메의 화요회에서 형성되기 시작했고, 19세기라는 위대한 문학가의 세기는 1898년 말라르메의 죽음으로 이 살롱이 문 닫으면서 끝이 난다.

나는 어둠 속에서 그의 5층방을 향해 머리를 젖히고 올려다보았다. 좁다란 나선형 계단을 빙빙 돌아 올라가면 아직도 그가 그곳에 있을 것만 같다. 그 방에는 아직도 램프의 황량한 불빛이 켜진 아래, 글을 거부한 하얀 백지 앞의 고뇌로 인해 숱한 밤들을 지새워야 했던 그의 모습이 붙박여 있을 듯했다.

> ⋯악의에 찬 너의 쓸데없는 반항으로 어디로 달아날까?
> ⋯나는 미쳤다. 창공이여! 창공이여, 창공이여, 창공이여!
>
> — 〈창공〉에서

시인의 절규가 들려오는 듯했다. 글쓰기는 그에게 이런 아픔이었다. 〈불운〉에서 그는 시인의 정신적 좌절을 나타내며 〈종치는 사람〉에서는 목을 매어 자살하는 모습을 환기시키고 있다. 시인으로서의 무능에 대한 자신의 통절일 것이다. 그는 천생 글쟁이였다. 글을 제외하고는 아무것도 논할 수 없었으니까.

사르트르에 의하면 아무튼 말라르메는 '니체보다 더욱 짙게 더욱 훌륭하게 신의 죽음을 체험한 사람으로서 단 하루도 자살의 유혹을 받지 않은 날이 없었건만 자신의 온 존재로 시적 작업에 투혼했다. 그의 시야말로 무한한 성찰에 의해 자신의 근원적 고뇌에 답하는 한 존재자의 응답인 것으로 볼 수 있다.'는 평가에 필자 또한 공감한다.

그날 밤 나는 그 집 앞에서 〈창공〉이란 시와 유독 그의 실어증에 대해 생각했다. 그리고 작은 목소리로 '자신은 시인 라마르틴의 영혼을 가졌다'고 베를렌느에게 수줍게 고백한 그의 열정을 떠올리며 가슴 한쪽이 뜨거워지던 것이다.

내 눈앞에 축배의 잔을 들고 서있는 그의 단아한 모습이 나타난다. 말라르메는 《라 풀륌》지의 창간 일곱 돌을 기념하는 연회의 주재자였다.

나는 이 술잔을 들고 여러분 시인들 앞에 섰습니다. 나의 시는 허공처럼 아무것도 없으며, 빈 하늘처럼 순결한 처녀 같은 것입니다. 술잔에 이는 거품을 봅니다. 샴페인 거품에서 떠올랐다 사라지는 시의 영감을 봅니다. 그 거품은 마치 바다에 파도치는 포말 같고, 나는 그 파도 너머로 춤추며 가라앉았다 떠올랐다 하는 인어 떼들을 보는 듯 합니다. 그것은 깊은 바닷속에서 노래하며 헤엄쳐다니는 아름다운 시의 여신들입니다.

그는 이러한 뜻을 담아 나직한 음성으로 다음의 시를 낭송했다.

무(無), 이 거품, 순결한 시.
단지 술잔을 내보일 뿐이니
저 멀리 보이는 인어 떼들의
엎치락뒤치락 가라앉는 모습과 같다.

우리는 항해한다. 오, 친구들이여
나는 선미(船尾)에 앉아 있고
그대들은 멋지게 뱃머리에 자리하니
우레치는 한겨울 같은 풍랑(風浪)을 가르고 나아가네

나는 아름다운 취기에 끌려
배의 요동도 두려워하지 않고
반듯하게 서서 예(禮) 올려 인사하네

고독, 암초, 별
우리 돛의 하얀 근심에 값하는
모두에게 예 올립니다.
  - 〈인사〉

마지막 연의 '고독' '암초' '별'은 시작(詩作)의 어려운 과정을 간략하게 압축하고 있다. 외로운 항해를 하듯 백지 앞에서 보낸 숱한 불면의 나날, 그 고독과 장애물인 암초는 난파의 상징일 것이다. 무엇보다 나는 '돛의 하얀 근심'이라는 그가 마주한 백지 앞에서의 실어증에 자꾸 마음을 빼앗기게 되는 것이었다.

　나는 여러분과 함께 그 인어의 노래를 찾아 깊은 바다로 배를 저어 갑니다. 여러분들을 지도한다는 생각 따위는 털끝만큼도 없습니다. 나는 후미 뱃전에 다소곳이 앉아 있을 뿐이니, 그저 여러분들의 씩씩하고 멋있는 모습을 바라볼 뿐입니다. 이렇게 미덥고 겸손한 이를 좌장으로 한 화요회의 모임장소를 쉽게 지나칠 수 없었다.

　'사람의 일생이란 그 사람이 일생을 어떻게 생각했는가 하는 것'이라는 마르크스 아우렐리우스의 말을 떠올리며 말라르메를 생각했다. 그의 머릿속에는 오직 순수시를 위한 생각과 탐험과 고행이 있을 뿐이었다. 그것이 그의 56년 전생애였다.

　1896년 베를렌느가 죽고 말라르메는 "시인의 왕자"로 선출된다. 이 두 사람의 인연은 각별했다. 말라르메에게 처음 편지를 보낸 사람도, 그를 ≪르 테스≫지에 소개한 사람도 베를렌느였다. 말라르메는 베를렌느 무덤에 대한 헌시를 썼다. 이후 퐁텐블로의 웅장한 숲이 건너다보이는 한적한 시골마을 발뱅에 셋집을 얻어 ≪에로디아드≫를 손질하고 ≪주사위 던지기≫를 쓰며 창작열을 불태웠다. 그러다 갑작스런 후두경련으로 1898년 9월 9일 유명을 달리했다.

　죽기 직전 아내와 딸에게 그는 이렇게 써두었다.

　"방금 일어난 질식이 밤에 또다시 일어날지도 모르겠소 그땐 내 목숨을 앗아갈 것이오. 이 순간 내 오래된 원고들을 생각하는 것이 그리 잘못된 것 같지는 않소. 나 혼자만이 이해할 수 있는 이 원고들은 두 사람에게는 쓸모없는 짐이 될 뿐이오. 몇 해를 더 살 수 있었다면 작품을 완성할 수도 있었을 게요. 그러니 태워 버리시오. 거기엔 문학적 유산은 없다오. 누구의

손에도 넘기지 말고 호기심이나 우정의 개입도 거절하시오. 그들에게 거기
엔 아무것도 이해할 수 있는 것이 없다고 말하시오. 어쨌든 그것은 사실이니
까. 내가 남겨두고 가야 할 내 가족들이여, 한 진지한 예술가의 전 생애를
이토록이나 정성껏 보살펴 준 내 가족들이여, 내가 완성하려 했던 시는 대단
히 아름다웠을 거라는 걸 믿어 주시오….”

'몇 해를 더 살수 있다면 완성할 수도 있을 것' 이라는 그에게 시간은
주어지지 않았지만 그의 시는 충분히 가치 있고 아름다웠다. 조용한 이
시인이 즐겨 산책했다는 바티뇰공원이 바로 눈앞인데 그날은 사진 한
장도 남겨오지 못했다. 짙어지는 어둠 속에 우두커니 서 있을 수밖에.
7년 전의 열정이 식어 버린 파리에 다시 와서 나는 불편해진 다리를 끌며
식당을 향해 사거리의 건널목을 건너야 했다.

> “아, 육체는 슬프다
> 내 만 권 서적을 읽었건만….”
>
> — 〈바다의 미풍〉에서

그의 시 한 구절이 내 몸 안에서도 울려나오는 것 같았다. 세월의 풍화
가 비켜가지 못하는 덧없는 육체에 대한 탄식, 그 앞에 밤새워 읽은 책들
이 다 무슨 소용이란 말인가. 무의미로 다가오는 것들의 허위(虛僞), 이런
저런 회의에 젖게 되는 요즈음이다. 그가 수없이 지나던 거리를 되밟으
며 나는 말라르메에 대한 생각에 잠겨 있었다. 그러자 작가의 분신인
〈이지튀르〉가 불쑥 튀어나와 내게 작품의 결미를 속삭여준다. 그것만이
전부라는 듯이. 마치 그의 결별의 손 인사처럼 느껴지기도 했다.

> 무(無)는 떠나고,

순수의 성(城)은 남아 있다.

화두(話頭)의 답인 것처럼 나는 그것을 받아 입 안에서 몇 번이고 되뇌었다. '무(無)는 떠나고…'를 되뇌면서 사이가 벌어진 일행의 후미를 황급히 쫓고 있었다.

바람이 분다, 살려고 애써야 한다
- 폴 발레리

20세기 전반(前半)에 있어서 정신의 최고봉에 도달했다고 평가되는 폴 발레리(Paul Valéry, 1871-1945). 나는 그에 대해 잘 알지도 못하면서 박이문 선생의 번역으로 만난 ≪발레리 시집≫가운데에서 ≪석류≫를 좋아해 애송하는 정도였다. 1959년에 발간된 책이었다. 50여 년이 지난 지금 생각해도 그 한편 속에서 만난 발레리의 진면목은 그것으로도 충분했다. 딱딱한 껍질의 틈새로 얼굴을 내민 루비알. 석류를 보면 그가 떠오르고 발레리하면 ≪석류≫의 시가 생각나곤 했다.

≪석류≫를 읽으면 그의 뇌 구조가 연상되곤 했다

> 너무 많은 알맹이에 버티다 못해
> 반쯤 벌려진 딱딱한 석류여!
> 스스로의 발견에 번쩍이는

고귀한 이마를 나는 보는 듯하다   (생략)

또한 껍질의 메마른 황금이
어느 힘의 요구에 따라
찢어져 빨간 보석의 과즙이 되어도

그래도 그 빛나는 균열은
비밀의 구조를 갖고 있는
내 혼을 생각케 한다

이 견고한 구성의 치밀한 단어 사용은 그저 놀랍기만 하다. 정말이지 시인의 고귀한 이마를 나는 보는 듯 했다. 지성의 시인 발레리를 포함해 개선문 근처에는 작가들이 밀집해 살고 있었다. 개선문 우측으로는 발자크가 살았던 집이며 하이네와 마르셀 푸르스트가 생애를 마감한 집이 있고, 좌측으로는 보들레르와 빅토르 위고와 발레리가 임종한 집이 서로 가까이에 있었다.

2000년 5월, 나는 개선문 좌측의 넓지 않은 구도로를 따라 걷고 있었다. 보들레르가 숨진 돔 가(街)의 정신병원을 찾아가고 있었는데 도로 표지판 두 개가 눈에 띄는 것이었다. '아브뉘 빅토르 위고'와 '뤼드 발레리'였다. 이들이 살다간 마지막 집이었다. 위고와 보들레르의 임종 장소를 찾아보고 마지막 발길이 닿은 곳이 발레리의 집이었다. 그의 집은 발레리 가(街) 막다른 골목 끝 오른쪽에 있었다.

1871년 남프랑스 지중해안의 항구도시 세트에서 태어난 그는 몽페리에 대학에서 법학을 공부했으나 뜻은 일찍이 문학에 있었다. 13세부터 시를 쓰기 시작했으며 친구 피에르 루이스를 통해 앙드레 지드와 알게 되고 말라르메를 애독했다.

말라르메에게 발레리(19세)는 이런 편지를 보낸다.

"당신의 시는 칭찬과 숱한 비난의 대상이지만 시골(몽페리에)에 한 청년이 있어 당신의 시를 위해 평생을 바칠 각오가 되어 있다는 사실을 알아주십시오."

그 자신 선서나 다름없는 약속이었다. 이듬해 파리를 방문, 말라르메와 만난다. 화요회의 일원이 되어 그를 스승으로 추앙한다. 어느 강연장에서 그는 말라르메가 죽은 지 여러 해가 되었음에도 아직도 그의 이름을 높이고, 그의 작품에 영향력을 부여하는 것은 '그가 지적(知的)덕성의 가장 순수하고 가장 진정한 본보기였기 때문'이라고 술회했다. 그리고 시를 쓰는 일은 '오로지 자기 정신의 순수화를 위하여 살아가려고 결의한'데서 유래한다고 밝혔다. 그리하여 내게는 순수시의 계승자, 엄격한 비판 정신, 드높은 지성. 이런 낱말들이 자연스럽게 발레리를 수식하는 대명사처럼 생각되었다.

한편 그는 결벽증으로 집요한 데가 있었다. 침묵 20년이 그렇고, 51년 동안 지속적으로 써왔던 일지와 20년 동안 써낸 5권의 ≪바리에테≫가 그걸 증명한다. 순수 지성의 외곬인 삶이었다고나 할까. 아무튼 그 스승에 그 제자라고 할만하다.

1892년 10월, 그가 제노바의 친척집에 머물고 있을 때였다. 연애와 그 밖의 복잡한 일로 해서 심적 위기에 처해 있었는데 어느 날 밤, 갑자기 들이닥친 폭풍우와 함께 뇌성벽력은 온통 그의 마음을 뿌리채 흔들었다. 마치 '자기가 타자가 된 듯 싶은 느낌'이었다고 술회했다. 이 폭풍우의 하룻밤은 어리석은 정념을 버리고 '지성(知性)'을 우상으로 삼기로' 결심하게 한 사건이다.

그 밤으로 그는 시 쓰기를 포기한다. '지적능력'의 탐구를 위하여 몸을 바치리라 결심하고 1994년 파리에 정착, 수학과 물리학을 공부했다. 발레리의 이 위기의 체험을 문학사에서는 '제노바의 밤'이라고 명명한다. 이때의 침묵이 20년 동안이나 이어지는데 그러면서도 그는 매일 매일의 사색을 기록하는 ≪카이에≫를 쓰기 시작, 사망하기 전까지 51년 동안 쓴 분량이 무려 2백 61권, 약 4만 페이지에 이른다니 외곬인 그의 집념을 알만하다.

'제노바의 밤' 이후 시작(詩作)은 접은 채 그는 두 권의 산문집을 내놓았다. ≪레오나르드 다빈치의 방법서설≫과 ≪테스트씨와의 하룻밤≫이다. 만능인간 다빈치를 통해 보편적 정신을 분석하고 거기에 이르는 가능성과 방법을 추구한다. 레오나르드라고 하는 천재의 내적영위(內的營爲)의 구조를 자신이 지금 어떤 방식으로 상기하며 그려내려고 하는가, 그 노력을 이야기 형태로 자기 자신의 방법을 풀어나가는 글이었다. 즉 의식작용과 인식행위가 어떻게 전개되어 가는가 하는 그 기구(機構)를 정밀하게 뒤좇는 작품이라고 할 수 있다.

≪테스트씨와의 하룻밤≫은 테스트씨라고 하는 가공의 주인공을 내세워 자기의 의식세계의 내면을 정밀하게 탐색하는 글이다. 테스트씨는 (발레리) 무엇보다도 자신을 좋아한다고 고백한다. 그는 자신을 독자적으로 느끼는 기쁨을 맛보기를 원하며 자신에게 전력을 쏟아서 자신의 변화에 대한 연구에 천착한다. 그러나 자신 내부에서 변하는 것은 오직 의식이 통과하는 것이며, 무서운 규율에 복종해 온 이 총체는 자신의 내부 속에서 변하지 않는, 즉 자유로운 정신이며 의식이라고 설파한다.

테스트 씨는 자신의 ≪항해일지≫에 이렇게 쓰고 있다.

　'모름지기 모든 자신의 사고를 발전시켜서 자신속의 극한에까지 가려고 한다는 것' 이것은 말라르메의 '나는 죽었다가 내 정신의 마지막 보석상자의 열쇠를 지닌 채 되살아났네. (…) 나는 자신 있게 말하길 원해서 무(無)까지

발레리의 집 앞에서 표지판을 베끼는 필자

의 꽤나 먼 길을 내려갔었네.'를 연상하게 한다. 말라르메가 그의 친구에게 써 보낸 편지에서 '나는 무서운 일 년을 지냈다. 나의 사고는 그 정신을 사고 (思考)했다'에 이어 발레리는 "정신의 정신에 몸을 바쳤다"고 언급하며 테스트 씨는 '자기를 보고 있는 자신을 본다.'고 말한다.

그는 의식의 내부세계를 정밀하게 탐색하므로 그 정신의 조직을 정확히 파악하는 데 주력했다. 이 같은 정신활동의 비순수성을 깨달음으로써 20년간 문학적 침묵에 잠겨, 고등수학이라는 순수과학에, 그 깊은 고독 속에서 몰두하며 정확성을 바라보는 절망적 '지성의 훈련'을 쌓았던 것이다. 그의 절필은 순전한 지성의 결과였다.

앙드레 지드의 간곡한 권고에 그가 장시 ≪젊은 파르크≫를 내놓은 것은 46세 때의 일이다.

4년 여의 시간을 바쳐 완성한 512행의 장시 ≪젊은 파르크≫는 하룻밤이 지나는 동안의 의식의 변화를 다룬 작품이다 새벽녘에 별이 반짝이는 하늘 아래서 눈을 뜬 파르크의 회상과 자기 자신과의 대화로 이루어진 독백 형식의 글이다. 과거를 향해 시간을 역행하는 파르크의 의식 표면에 추억이 명확한 모습을 나타내는데 따라서 각성의 정도도 깊어 간다. 문답은 끊임없이 시간의 형식 속에서 발전해 간다. 이것은 정신이 눈뜨는 과정이며 의식 자체가 표면화되는 경로이다. 이 작품을 통해 발레리는 고독과 유혹, 꿈과 현실, 존재와 허무 사이에서 흔들리며 자아와 침묵과 영광에 도취된 청년 파르크의 얼굴을 그려내고 있다.

발레리의 시는 말라르메의 순수시의 지향을 계승하고, 전통적 시법의 고전적 규칙을 엄수하며 영감보다도 '의식'을 상위에 두고 완벽함을 추구해나갔다.

그는 말한다.

'시는 지성의 축제가 되어야만 한다.' '지성의 관계로써만 나는 세계의 사물에 흥미를 갖는다.'는 발레리의 시작품은 바로 이러한 원칙에서 비롯되었던 것이다.

발레리는 쌩보리즘의 극한과 슈르레알리즘의 무질서에 끼어 마침내 쌩보리즘의 마지막 유산을 완성하고, 현대시에 새로운 암시와 조명을 줌으로써 '20세기 최대 시인의 영광'을 차지한다.

막다른 골목의 한적한 분위기, 그의 집 주소를 확인하는 순간 이상한 친밀감과 반가움이 한꺼번에 솟구쳤다.

발레리가 40여 년을 이 집에 살면서 말라르메를 만나러 다니고 ≪해변의 묘지≫를 쓴 집이다. 그는 매일 새벽 4시나 5시에 일어나 커피를 한 잔 마시고는 글을 쓰다가 다시 커피를 마시며 생각에 잠기고 연신 담배를 입에 문 채 ≪해변의 묘지≫를 썼던, 그런 걸 생각하며 대문 앞을 서성거렸다.

대문 오른편에 '베르트 모리조가 지어 살던 이 집에서 폴 발레리가

살다가 죽었다'는 기념판이 보였다.

모리조는 인상파의 여류화가로 발레리와는 처가의 친척뻘이었다. 지금은 그녀의 후손이 이 집에서 살고 있다고 전한다.

그녀가 살 때는 마네, 르누아르 등 인상파 화가들의 집결소였고, 발레리가 살 때는 당대의 문인들이 드나들던 문학 살롱으로 유명한 집. 뻔질나게 드나들던 앙드레 지드의 집도 여기에서 멀지 않았다. 20세기 문학의 살롱, 당대의 인물들을 떠올리며 나는 표지판의 설명을 메모지에 옮겨 적었다.

발레리가 임종한 집(기념판)

"베르트 모리조의 조카딸과 결혼한 해인 1900년 이후, 폴 발레리는 이 건물 4층에 살았다. 1937년 파리대학 시론(詩論) 교수로 선출되면서, 그는 이 집에 대해 이런 멋진 정의를 내렸다.

"이곳은 말이 자유로운 집이다."

1945년 3월 25일, 아주 쇠약해진 그는 청강생들에게 마지막 수업임을 알렸다.

"나는 잘 것이다. 그리고 이제 더 이상 나를 보지 못할 것이다." 그리고 그는 그의 측근인, 의사에게 털어놓았고, 그 의사는 다음과 같이 증언했다.

"7월 20일, 운명의 아침, 파리에 아주 강한 뇌우가 몰아쳤다. 같은 순간 발레리는 마지막 숨을 내쉬었다. 창문이 깨지는 듯한 소리를 내며 열렸고 커튼이 소용돌이쳤다. 그때 나는 순간적이고도 충격적인 느낌에 휩싸였다. 이 강인한 영혼이 지금 막 폭풍 속으로 날아갔구나 하고"

그의 죽음이 알려지자 드골장군은 국장을 명령했다. 군대 차원의 경의를 표하고, 트로카데로 광장에서 공식 행사를 치르는 것과 함께, 장례식 밤샘을 위해 두 줄기의 빛이 에펠탑에서 팡테옹까지 크게 V자를 그리며 조사되어 상을 입은 도시를 유일하게 밝혔다.

그는 아나톨 프랑스의 뒤를 이어 펜클럽 회장으로 34년까지 있다가 전후에 재임되어 죽을 때까지 그 자리를 지켰다. 1차 세계대전을 겪으며 그는 수많은 문제들, 특히 현대 정신문명의 문제를 고찰하고 현대 문명의 위기를 경고했다. 아쉽게도 프랑스의 승리를 보지 못하고 1945년 7월 20일 74세의 나이로 이 집에서 생애를 마감했다. 횃불을 든 병사들이 개선문을 거쳐 그의 시신을 영결식장으로 운구했다. 그가 태어난 지중해의 아름다운 항구 도시 세트의 바닷가 공동묘지였다. 생 샤를 묘지로 불리던 공동묘지는 그가 묻힌 다음 '해변의 묘지'로 이름이 바뀌었다. 그의 명시 ≪해변의 묘지≫의 '충실한 바다가 내 무덤들 위에서 잠든다.'가 실제로 이행되는 셈이었다. 그러나 그가 이곳에 묻힌 것은 본인의 의도와는 아무 상관없는 일이며 가족들이 당연히 그렇게 결정했다고 한다.

전 24연으로 된 이 ≪해변의 묘지≫는 자서전적인 색채가 짙다. 고향에서의 추억을 그 고장 해변의 묘지를 무대로 하여 쓴 죽음에 대한 응시가 깊은 작품이라고 할 수 있다.

인구에 회자되는 마지막 구절을 외워본다.

'바람이 분다. … 살려고 애써야 한다.
거대한 대기는 내 책을 폈다 또 다시 접는다.
… 아주 눈부신 책장들이여, 날아가거라! (생략)'

여기에 말라르메의 시구가 자연스레 겹쳐지는 건 어쩔 수 없다.

깃발처럼 펄럭이는 순수정신의 표상, 책에 대한 아쉬움이기도 하다.

'아 육체는 슬프다.
내 만 권 서적을 읽었건만…'
— 말라르메의 〈바다의 미풍〉에서

눈앞의 환영, 그들이 쓴 눈부신 책의 낱장들이 흩어진다. 낱장이 흩어져 춤추는 사이로 ≪해변의 묘지≫ 23연의 시구가 그의 자화상처럼 내게 아프게 와 닿는다.

'…반짝이는 자기 꼬리를 씹는 절대의
칠두사(七頭사)여!'

순수 정신에 도달하고자 애썼던 한 시인의 뜨거운 열망이, 머리 일곱 개 달린 그 칠두사가 바로 발레리가 아니었을까 하는 생각을 지울 수 없었다.

나는 '말이 자유로운 집'이라고 말한 발레리의 그 집 앞에서 언어 이상의 감동을 혼자 쓸어 담고 있었다.

자기의 꼬리를 씹다니… 치열한 한 작가의 '빛나는 균열의 그 비밀의 구조를 갖고 있는 그의 영혼(뇌)'이 몹시 궁금했었다.

아직도 거친 바람 속에 서면 그의 시구는 내게 위안이 된다.

'바람이 분다.
살려고 애써야 한다.'

애쓰고 싶지 않을 때, 분연히 나를 일으켜 세운 이 한마디,
시인의 언어는 참으로 힘이 있다. 폴 발레리, 그는 위대한 시인이었다.

새로운 내일 오리라던 나의 말,
거짓은 없었는데
– 이시카와 다쿠보쿠

이시카와 다쿠보쿠[石川啄木 1886–1912]는 일본인이 가장 사랑하는 시인이다.

26세로 짧은 생을 마친 그는 오늘도 고향 바라기를 하며 모리오카[盛岡]에 있는 망향의 언덕에 홀로 서 있다. 고향이란 떠난 자의 가슴에 남아 있는 이름이며, 실패한 사람에겐 돌아가 눕고 싶은 땅이기도 하다. 그러나 그는 끝내 고향 땅에 묻히지 못했다. 자신의 말대로 "돌팔매에 쫓겨나 다시피" 떠나온 고향이었다.

그는 불행하면 불행할수록 고향 시부타미를 그리워했다. 1907년 보덕사 주지였던 아버지 잇테이[一禎]는 가족과 상의도 없이 가출을 해버려서 주지 복귀의 꿈은 완전히 사라져 버렸고, 다쿠보쿠는 고등과 학생들을 선동하여 교장 배척 스트라이크를 일으켜 교장을 전출시키고, 자신 또한

이시가와 다쿠보쿠

이시가와 다쿠보쿠의 책상

면직되었다. 이 때문에 그의 가족은 돌팔매에 쫓기다시피 고향 시부타미를 떠나오게 되었다. 이때 어머니는 마이타라는 사람의 집에, 아내와 딸은 모리오카의 처가로 돌려보내고, 다쿠보쿠는 여동생과 함께 홋카이도의 하코다테函館로 밀려왔다. 어느 날 그는 하코다테의 조용한 해변으로 나갔다.

> 동해 바다의 자그만 갯바위 하얀 백사장
> 나 눈물에 젖어
> 게와 놀았다네.

자살하려고 바닷가에 나갔다가 하얀 백사장 위에 조그만 게 한 마리. 거기에 눈이 팔려 게와 놀다가 자살할 마음도 잊었다는 이사카와 다쿠보쿠. 사람을 어이없게 만드는 그 천진무구한 동심, 바닷가에 나가면 딱한 그 시인의 마음이 생각나곤 했다.

나는 다쿠보쿠라는 사람을 알기도 전에 이 시와 만나서 그의 이름을 기억하게 되었다. 내게 처음으로 다쿠보쿠를 소개해 준 분은 노산 이은상 선생이셨다. 선생님이 나지막한 목소리로 암송해 주셨던 이 시는 아름다운 운율과 서정으로 절제된 슬픔의 미학을 내게 전해 주었다. 오래 전의 일이다.

시부타미를 떠나온 뒤, 다시는 고향 땅을 밟지 못한 다쿠보쿠 대신 내가 그의 고향 땅을 찾아 나선 것은 1999년 1월이었다. 나는 다자이 오사무(太宰治)를 찾아본 후 아오모리에서 모리오카로 가는 특급열차를 탔다. 해 질 녘에야 허름한 역사에 닿았다. 날은 저물어 어둑어둑한데 사방에 쌓인 흰눈이 우리를 갈 곳 모르게 한다. 역사 벽보에서 찾아낸 하나마기(花巻) 온천장으로 갔다. 눈이 쌓인 한적한 온천장은 음식과 시설이 그런 대로 괜찮았다. 눈 고장이라 아침 일찍 프런트에 택시를 미리 부탁 했다. 미야자마 겐지(宮澤賢治) 기념관에 가고 싶다고 말했더니 반색을 하며 여주인은 차를 내주겠다며 염려 말라고 한다. 여주인은 기름값조차 사양하면서 기사에게 겐지의 기념관까지 우리를 데려다 주게 했다. 그리로 덧붙이는 말, 자기네 문인을 찾아준 데 대해 감사하다는 것이다. 마주 서서 몇 번씩이나 그녀의 인사에 답례해야 했다. 내심 그들의 관심과 친절이 부러웠다. 겐지의 기념관과 동화 마을을 견학한 뒤 서둘러 하나마기역에서 다시 모리오카(盛岡)로 향했다. 모리오카, 다쿠보쿠가 살아서 숨 쉬던 곳이다. 도처에 시비가 있었고, 동상이 있었다. 우선 모리오카 역전 광장에서 그의 시비를 만날 수 있었다.

정든 고향 산마루 마주하니
할 말을 잃어
마음속에 오로지 고맙다는 말밖에.

다쿠보쿠의 동상은 이와테 공원과 신혼 살림집을 좌우 양쪽변에 두고 모리오카 중학교를 뒤로 한 삼각형의 밑변 그 어디쯤에 있었다. 그가 중학 시절 호반과 모리오카 성 돌담길을 따라 거닐며 시상을 가다듬던 곳이다. 희망에 부푼 가슴을 펴고 사나운 북풍 속에 서 있는 소년의 돌진하는 모습을 표현한 조각상이 보인다. 그 아래 좌대에 새겨진 시는 이러했다.

새로운 내일 반드시 오리라고 굳게 믿으며
장담하던 나의 말
거짓은 없었는데.

거짓은 없었는데 그에게 새로운 날은 오지 않았다. 운명의 여신은 그의 편이 되어 주지 않았다. 요절한 천재 시인 이시카와 다쿠보쿠는 일본의 동북 지방인 이와테 현 모리오카의 변두리, 히노토[日戸]라는 작은 마을에 있는 절 상광사(常光寺)에서 태어났다. 그의 아버지는 승려였다. 이듬해 아버지가 보덕사의 주지직을 맡게 되어 가족 모두 시부타미 마을로 이사를 하게 되었다. 다쿠보쿠는 이곳을 고향이라 부르며 평생을 그리워하였다.

두 딸 밑으로 늦게 얻은 아들인지라 부모의 사랑은 극진하기 이를 데 없었다. 훗날 씀씀이가 헤프고 반항기가 있어 어디서나 자주 문제를 일으키며 제대로 정착하지 못한 것은 어린 시절의 환경 탓으로 보기도 한다. 다쿠보쿠는 시부타미 소학교를 수석으로 졸업하고 모리오카 중학교에 입학하여, 상급생인 긴다이치 교스케[金田一京助]와 친해지면서 문학에 열중하였고 세츠코[節子]라는 소녀와 만나 깊은 연애에 빠진다. 다쿠보쿠는 졸업을 불과 1년 앞두고 자퇴서를 제출해야 했다. 두 번의 커닝 사건과 지나친 결석이 원인이었다. 더 정확히 말하자면 그는 낙제라는 상황을 감당할 수 없었기 때문이다. 매사에 지기 싫어하는 그의 반발은 드디어 자퇴를 불러왔다. 이것이 다쿠보쿠의 첫 번째 패배였다. 잘못 끼워진 첫 단추처럼 여기에서부터 그의 인생이 어긋나기 시작했다. 모리오카 중학교를 중퇴한 다쿠보쿠에게 맡겨진 일은 초등학교의 대용 교원, 지방 신문사의 기자, 신문사의 교정 담당 등 보잘것없는 일들뿐이었다. 이러한 일들은 경제적으로 만족할 수 없었을 뿐만 아니라 정신적으로도 만족할 수 없는 일들이었다. 그럼에도 생계를 위해 어쩔 수 없이 여러 가지 직업을 전전할 수밖에 없었던 그의 심정은 비통했고 자책감은 깊었다.

나의 마음은
오늘도 가만히 울려 하는구나.
친구는 모두 각자의 길 걷고 있네.

남자로 태어나 남자들과 사귀며
승부에 지고
그 때문인가, 몸으로 가을이 스미네.

중학교를 자퇴한 다쿠보쿠는 본격적인 문학 수업을 위해 동경으로 가요시노 테캉의 지도를 받았다. 잡지 ≪명성≫에 시 5편을 발표하면서 다쿠보쿠라는 필명을 사용했다. 본명은 이시카와 하지메다. 건강이 나빠져 동경에서 꿈을 이루지 못하고 귀향했는데 설상가상으로 아버지가 보덕사의 주지직에서 물러나게 되었다. 조동종 총무원에 납부해야 하는 종비(宗費) 체납이 그 원인이었다. 다쿠보쿠는 19세 때 첫 시집 ≪동경(憧憬)≫을 출간하고 모리오카로 돌아와 세츠코와 결혼하였다. 그곳에서 신혼 살림을 시작한 지 9개월 만에 시부타미 보통고등소학교 임시 교원에 임명되어 어머니와 아내를 데리고 시부타미 마을로 돌아왔다. 그의 생애

이시카와 다쿠보쿠의 신혼집

에서 가장 행복했던 시기였다. 세츠코와는 열세 살에 만나 사랑으로 맺어진 부부였다. 세츠코는 작문 점수가 뛰어나고 바이올린을 연주할 줄 알며 아름다운 목소리로 노래를 잘 불렀다. 결혼식 날 증발해 버린 다쿠보쿠를 비난하며 결혼에 대해 신중하게 생각해 보라는 권유에도 '저는 어디까지나 사랑의 영원성을 믿고 싶습니다.'라고 그에 대한 믿음을 확고히 밝혔던 그녀는 누구보다도 남편의 재능을 믿고 아꼈다. 다쿠보쿠와 결혼하고 나서 그녀가 제일 먼저 한 일은 전당포 출입이었다. 다쿠보쿠가 소설가를 꿈꾸며 홀로 도쿄로 갔을 때도 아무런 불평 없이 빚에 쪼들리는 생활 속에서 봉제 교사를 하며 생활을 꾸려 나갔다.

나는 이와테 공원에서 또 한 편의 시를 만났다. 소년 시절 그가 학교 창문으로 도망쳐 나와 문학 책과 철학 책을 읽으며 백일몽을 꿈꾸었다는 곳이다.

코즈카타 성 풀밭에 뒹굴면서 눈부시도록
푸른 하늘 보았네.
열 다섯 청춘이여.

바위처럼 둔중한 석비 안에 정사각형의 검은 동판을 넣고 그 위에 새겨진 글씨는 친구 긴다이치 교스케가 쓴 것이다. 교스케는 다쿠보쿠에게 가장 든든한 후원자였으며 후일 동경제대 교수를 역임했다. 다쿠보쿠의 시비는 그 외에도 몇 군데 더 있었다. 다쿠보쿠 '망향의 언덕'은 모리오카 시가가 한눈에 내려다보이는 이와야마 공원 그 한 모퉁이에 있었다. 그곳에는 이시카와 다쿠보쿠와 세츠코의 시가 청동판에 나란히 새겨져 있었다.

직사각형의 청동판에 오른쪽으로부터 다쿠보쿠의 시가 한 수 적히고, 세츠코의 시가 두 편 실려 있었다.

> 차창 밖으로
> 멀리 북쪽에서 고향 산이 보이면
> 자세를 바로 잡고 옷매무새 가다듬네.

다쿠보쿠는 기모노를 갖춰 입고 소매 속에 양손을 포개 넣은 채 이와테 산이 바라보이는 쪽을 향해 서 있었다. 이와테 산정에는 하얗게 눈이 쌓여 있었다. 만성복막염 수술 후, 그는 자신의 죽음을 예감하면서 고향 땅에 묻히고 싶다는 생각이 더욱 간절해졌다.

> 오늘도 다시 가슴에 통증을 느끼네.
> 죽을 거라면
> 고향에 돌아가서 죽고 싶다 생각하네.

그러나 그의 바람은 이루어지지 않았고 죽은 뒤에도 고향땅에 묻히지 못했다. 다쿠보쿠 기념관과 그가 태어난 상광사와 보덕사에 갔지만 그의 무덤을 찾을 수 없었다. 돌아와서 그의 연보를 살펴보니 아사쿠사 등광사에 묻혔다는 기록이 보이고, 기념관에서 사온 비디오 테이프를 틀어보니 말미에 다쿠보쿠는 홋카이도 하코다테에 묻혀 있다고 적혀 있다.

1980년, 첫 일본 방문길에 사왔던 신조문고판 ≪이시카와 다쿠보쿠집≫

이 생각났다. 하권 끝에 보쿠수이(若山牧水)가 쓴 〈다쿠보쿠 임종기〉가 속 시원하게 모든 의문을 밝혀 주었다. 다쿠보쿠의 어머니 카츠가 폐결핵으로 사망한 지 한 달쯤 지난 1912년 4월 13일, 다쿠보쿠도 같은 병으로 사망했다. 그가 떠난 지 약 1년 뒤 세츠코도 폐결핵으로 뒤를 따랐다. 일곱 살의 교코와 한 살도 채 되지 않은 후사에를 남겨 둔 채(후사에는 다쿠보쿠가 죽은 지 두 달 뒤에 태어났다). 어찌 눈을 감았을까? 세츠코의 당시 심정을 담은 단가(短歌)가 동판에 이렇게 새겨져 있었다.

교코 가련한
가련한 교코, 행복은 저 멀리에.
눈물의 원인은 부모에 있구나.

갈 뿐이로다.
흐르는 구름처럼 갈 뿐이로다.
눈물로 빚은 새를 선물로 남겨놓고

'갈 뿐이로다.' 심신이 소진될 대로 소진된 세츠코의 심정은 그녀의 단가처럼 그러했을 것이다. 27년의 삶도 그녀에게는 쉽지 않았다. 교코는 부모가 세상을 떠난 뒤 외할아버지 밑에서 쓸쓸한 어린 시절을 보냈다. 교코의 단가도 또한 우리의 마음을 아프게 한다.

어려서부터 가정의 차가움을 알게 된 아이.
황혼 무렵
방에서 어머니를 그리네.

불행한 가족이었다. 폐병은 가슴에 슬픔이 많은 사람의 병이라고 했던가. 카츠, 다쿠보쿠, 세츠코는 모두 폐병으로 죽어 갔다. 그는 홋가이

이시카와 다쿠보쿠가 친구 집에서 소설을 쓰던 곳

도 내에서도 직장을 따라 자주 거처를 옮겼지만 수입이 없게 되자 하는 수 없이 가족을 친구에게 부탁하고 혼자 도쿄로 건너왔다. 친구 긴다이치 교스케가 머물던 '세키신칸'에 얹혀 있다가 '가이헤이칸'으로 하숙을 옮겼다. 다쿠보쿠는 돈을 벌기 위해 각혈을 하면서도 소설에 매달렸다. 한 달 동안 무려 6편의 소설을 써서 출판사에 보냈지만 원고는 모두 팔리지 않았다.

> 별볼일 없는 소설을 써놓고는 즐거워하는
> 사내가 가엾구나.
> 가을 바람이 부누나.

허기를 달래가며 생계 방편으로, 또 자신의 입지를 펴보이고자 했던 소설에서마저 실패하자 죽고 싶다는 글을 쓴 곳도 바로 이 장소였다.

도쿄에 머물던 2004년 그믐, 나는 그의 심정을 헤아리며 그 '가이헤이칸'
을 찾았다. 도쿄 혼고도리를 따라 가스가도리와의 교차점에서 도쿄대학
방향으로 나아가면 왼편에 야트막한 기쿠사카(菊坂)라는 내리막길이 나
오고 이 막다른 곳에 '오에이칸'이라는 여관이 있었다. 당시 다쿠보쿠가
하숙하던 '가이헤이칸(蓋平館)'이 지금은 '太榮館'이 되었다는 표지판과
〈東海の…〉라는 시가 정문 옆에 가비로 서 있었다. 석비 하단에 게 한
마리도 그와 벗하고 있었다. 그가 거처하던 방은 다다미 석 장 반의 3층
방이었는데 "후지가 보인다. 후지가 보인다"며 몹시 기뻐했다고 한다.
그가 그리던 고향의 이와테 산이 꼭 후지를 빼닮았기 때문이다. 그가
집필하던 3층 방을 올려다보니 다쿠보쿠의 탄식이 들리는 듯했다.

> … 죽고 싶어졌다.
> 죽음 이외에 평안을 얻을 수 있는 방법이 없는 것처럼 생각된다.
> 생활의 고통, 그것도 나 혼자라면 괜찮지만 …

그는 미친 듯이 6월 24일 밤부터 6월 25일 새벽 2시까지 141수의 단가
를 지어냈다. 그때의 심경을 이렇게 밝혔다.

> 나는 소설을 쓰고 싶었다. 아니 쓸 생각이었다. 또 실제로 써보기도 했다.
> 그러나 결국 쓰지 못했다. 그때 마치 부부싸움에서 처에게 진 남편이 이유도
> 없이 아이들을 혼내기도 하고 괴롭기도 하는 것과 같은 일말의 쾌감을, 나는
> 내 멋대로 단가(短歌)라고 하는 하나의 시형(詩形)을 학대하는 것에서 발견
> 했다.

그의 가집 〈슬픈 장난감〉이라는 제목에서도 알 수 있듯이, 모든 일이
뜻대로 되지 않는 현실 속에서 단가만이 오로지 자신의 의지대로 할 수

① 이시카와 다쿠보쿠의 시에 묘사된 대로 지은 그의 기념관
② 그의 고향 시부타미역에서 이시카와 다쿠보쿠 기념관의 표지가 보인다

있는 유일한 장난감이었고 위안이었다. 인생에서의 쓰라린 패배로 쌓아 올린 찬란한 문학의 금자탑이었다. 나는 모리오카역에서 다쿠보쿠의 기념관을 찾아 시부타미로 가는 전차를 탔다. 다쿠보쿠가 모리오카까지 통학을 하기 위해 타던 전차다. 작고 허름한 전차 안에는 여학교 교복 차림의 통학생 네댓 명이 전부였다. 땡땡 울리는 전차의 쇳소리는 과거의 시간으로 되돌려 놓는 신호음인 양 나도 거기에선 여학생이 된 듯한 기분이 들었다. 철도 주변의 풍경은 우리네와 다를 바 없는 낯익은 농촌 풍경이었다. 기차가 멈춘 곳은 아주 작은 간이역이었다. 내린 손님은 우리 일행, 단 네 사람뿐이었다. 다쿠보쿠의 고향, 시부타미란 글자가

벌써 가슴을 설레게 한다. 그가 얼마나 돌아오고 싶어 했던 고향인가. 그의 심정이 되어 눈으로 역사 내부를 훑어본다. 허름하고 아주 작은 역사였다. 그곳을 빠져 나오니 후지산을 닮은 먼 산이 한눈에 들어온다. 산정의 이마를 덮은 흰 눈까지도 꼭 후지를 빼닮았다. 나는 그를 대신하여 이와테 산을 바라보며 가벼운 목례를 보냈다.

> 음력 시월에
> 고향의 이와테 산
> 첫눈이 눈썹까지 내려온 아침을 생각하네.

다쿠보쿠가 노래한 바로 그 고향의 산, 꿈에조차 그리던 이와테 산이다. 마음은 바쁜데 지리를 몰라 택시를 탔다. 시부타미역에서 걷는다면 30분 거리라고 한다. 다쿠보쿠 기념관은 목재로 지은 서양풍의 흰 양관(洋館)이었다. 다쿠보쿠가 〈우리집〉이라는 시 속에 지었던 바로 그 집의 이미지를 살려 지은 집이다. 그는 죽기 8개월 전, 궂은 병상에서 자신의 고향땅에 갖고 싶은 집을 한 채 지었다. 현실에서는 불가능했지만 그것이 작품 속에서라면 가능하지 않은가.

〈우리 집〉의 몇 대목만 옮겨 본다.

> 오늘 아침도, 문득 눈떴을 때
> 우리집이라 부를 집이 갖고 싶어져 (……)
>
> 장소는 기찻길에서 멀지 않은
> 푸근한 고향 마을 변두리 한구석을 골라본다.
> 서양풍의 산뜻한 목조건물 한 채.
> 높지 않아도, 그리고 아무 장식 없어도,

넓은 계단이랑 발코니, 볕 잘 드는 서재…
그렇다. 느낌이 좋은 안락한 의자도 (……)

그리고 그 마당은 넓게 하여 풀이 마음껏 자라게 해야지
여름이라도 되면, 여름날 비, 저절로 자란 무성한 풀잎에
소리내며 세차게 흩뿌리는 상쾌한 기분.
또 그 한구석에 커다란 나무 한 그루 심고
하얗게 칠한 나무 벤치를 그 밑에 두어야지
비가 내리지 않는 날은 그곳에 나가
저 연기 그윽한 향 좋은 이집트 산 담배를 피우면서
사오 일 간격으로 보내오는 마루젠(丸善)의 신간
그 책 한 페이지를 접어놓고
밥 먹으라고 부를 때까지 꾸벅꾸벅 졸기도 할 테지.
또 모든 일, 하나하나에 동그란 눈을 크게 뜨고 넋 잃고 듣는
동네 꼬마 애들을 모아놓고는, 여러 가지 이야기를 들려 줘야겠지….
(생략)

　다쿠보쿠는 시부타미에서 약 1년간 소학교 대용 교원 노릇을 했다. 비록 대용 교사지만 그는 아이들에게 온 정성을 쏟았다. 자신이 교단에 선 것은 단순히 독본이나 산술, 체조를 가르치고 싶어서가 아니라 될 수 있는 한 자기 마음속의 호흡을 고향의 제자들 가슴속에 깊이 넣어 주고 싶기 때문이라고 한다. 그런 이상을 품고 그는 교육에 임했다. 집으로 아이들을 불러모아 아침에는 책을 읽히고 가루다(시 낱말 카드)놀이를 함께 하며 매일 5분이나 10분씩 아이들에게 영어 회화도 가르쳐 주고 밤늦도록 아이들과 무용도 함께 했다. 그는 음악에도 조예가 깊어서 자신이 작사한 〈이별〉의 노래를 여교사 히테코의 오르간과 자신의 바이올린 반주로 아이들과 함께 합창한 일을 두고두고 못 잊어 했다. 그것은 아름다운 추억으로 다쿠보쿠의 마음속 깊이 새겨져 있었다. 그것만이

그의 생애에서 유일한 자산인 것처럼 보인다.

입장권을 끊고 기념관 안으로 들어갔다.

〈다쿠보쿠 문학의 요람〉이라는 코너에는 가족사진과 이름이 소개되어 있고 '동경의 세계' '임중(林中)의 생활' '북쪽으로의 표박' '동경(東京) 시대'라는 다섯 코너로 구성되어 있다. 첫 시집 ≪동경≫을 출간하던 고향 시절과 홋카이도의 하코다테에서 보낸 가장 절망스러웠던 1년과 1908년부터 1912년, 최후를 마칠 때까지 동경에서 지낸 5년을 포함, 대략 위와 같이 그의 생애를 망라할 수 있을 것 같다. 27년의 짧은 생애, 그의 고통스러운 삶의 흔적이 모두 담겨 있었다. 달필로 쓰여진 〈구름은 천재이다〉 그의 육필 원고지 위에 놓인 만년필은 쥐면 따뜻한 체온이 느껴질 듯하고, 그가 치던 오르간은 너무 낡아서 손을 대면 음계가 어긋날 것만 같았다. 나는 그가 쓴 차용증서 앞에서 이르러 쉽게 자리를 뜨지 못했다. 50원에 대한 차용증서였다.

왜 이렇게 한심해졌는가 하고
약해지는 마음 몇 번씩 꾸짖고는
돈을 빌리러 가네.

50원. 그는 빌린 돈의 액수를 일기에 적거나 따로 메모해 두었다고 한다. 최초의 시집 ≪동경[あこかれ]≫, 가집(歌集) ≪한 줌의 모래[一握の砂]≫, ≪슬픈 장난감[悲しき玩具]≫ 등 그가 남긴 저작물도 비치되어 있다. 특별한 것은 기념관 내에 다쿠보쿠 가루다(시 낱말 카드) 코너가 마련되어 있었고 그가 사용했던 나무로 된 가루다가 전시되어 있었다. 짧게나마 그가 교편을 잡았던 시부타미 소학교의 교사를 기념관 뒤쪽에 복원시켜 놓았다. 그리고 다쿠보쿠 가족이 한때 머물렀던 제등가(齊藤家)도 옮겨다

놓았다. 나는 다쿠보쿠가 환생하여 거기에서 편하게 살았으면 싶었다. 이번에는 대용 교원이 아니라 정식 교사로. 그에게 그런 날을 되돌릴 수 있다면 얼마나 좋을까. 허나 이 부질없는 짓들. 어둠이 일찍 내리는 산골, 저물기 전에 빠져 나오려고 어둑신한 마당에서 예약된 택시를 기다렸다. 모리오카역으로 가는 동안 그가 태어난 상광사와 보덕사에도 들러 참배했다. 어둑한 산그늘에 까마귀 울음 소리가 나그네의 심중을 매우 불편하게 했다.

흰 눈이 그대로 쌓여 있는 마당에 서서 회색빛 하늘을 올려다본다. 우뚝 솟은 이와테 산과 부드러운 히메가미 산이 멀리 바라보인다. 멀리에서 고향 산이 보이면 자세를 바로 하고 옷매무새를 가다듬었다는 이시카와 다쿠보쿠. 그가 왜 소망하던 땅에 묻힐 수 없었나를 설명해야 할 차례다.

다쿠보쿠는 1912년 4월 13일 타계. 14일 다비, 15일 도키 젠마로[土岐善麿]의 생가인 아사쿠사 동광사에 매장되었다. 한 달 전, 그의 어머니가 먼저 이곳에 와 묻혔다. 시인이었던 젠마로가 묘지 일부를 다쿠보쿠에게 제공했던 것이다. 이듬해 하코다테 도서관의 오카다[岡田健藏]가 젠마로를 찾아와 다쿠보쿠의 유골을 하코다테로 모셔 가고 싶다는 뜻을 전했다. 친구들은 다쿠보쿠의 유골은 시부타미 마을로 돌아가야 마땅하다고 주장했으나 그러나 오카다의 완강한 고집으로 하코다테로 가게 되었다(미망인 세츠코는 하코다테에서 죽었다). 동해의 푸른 바다가 내려다보이는 다치마치곶 언덕에 '이시카와 하지메'가(石川一家)의 묘비가 서 있다.

자살하려고 바닷가에 나갔다가 조그만 게 한 마리에 눈이 팔려 그 마음도 잊고 말았다는 이시가와 다쿠보쿠.

그는 병상에서 이렇게 되뇌었다.

인간의 최대의 슬픔이
이것인가 하고
문득 눈을 감아 본다.

병상에서 그가 인식한 죽음이다. 나는 세모의 끝자락에 서서 그의 족
적을 되밟으며

인생의 모든 결말은
이런 것인가 하고
문득 마음을 다져먹었다.

라고 써 둔 메모지를 꺼내 다시 읽는다.

인간은 고통받지 않는 한 그 누구도 자신을 알지 못한다
- 알프레드 뮈세

파리의 남쪽에는 몽파르나스 묘지가 있고, 북쪽에는 몽마르트르 묘지가 있다. 그리고 동쪽에는 페르 라셰즈 묘지가 자리잡고 있다. 파리 동쪽 제20구에 위치한 이 페르 라셰즈 묘지는 약 13만 평으로 규모 면에서도 프랑스 제일이다. 도시를 한눈에 굽어보는 언덕 위에 나무 숲으로 덮여 있는 아름다운 산책로가 많은 이 공원묘지가 파리 시민들에게 특별히 인기가 있는 것은 세계적인 화가, 작가, 음악가 등 수 많은 예술가들이 이곳에 누워 있기 때문이다.

샹송가수 에디트 피아프의 무덤과 대칭을 이룬 자리에 한때 그의 연인 이었던 이브 몽땅과 시몬 시뇨레가 누워 있고, 불행했던 천재 화가 모딜리아니, 들라크루아, 앵그르, 시냐크, 피사로, 꼬로, 도미에가 묻혀 있다. 작곡가로는 쇼팽, 로시니, 비제. 그리고 작가로는 알퐁스 도데, 오스카 와일드, 마르셀 프루스트, 발자크, 라퐁텐, 시인 뮈세, 아폴리네르, 극작가 몰리에르 등 이곳에 묻힌 수많은 이름들을 다 열거하자면 한 권의 작은 예술가 인명사전이 될 정도이다.

한 번의 걸음으로 이들을 전부 만나 볼 수 있다는 점 때문에 이 공동묘지 순례는 내게 벅차고도 합목적적인 중요한 행사로 여겨졌다.

페르 라셰즈 지하철역에서 내려 묘지의 중앙 입구로 들어섰다. 구역 번호가 매겨진 지도 한 장을 구입해 손에 펼쳐 들었다. 거미줄 같이 이어진 산책로가 사방으로 뻗어 있지만 우리가 들어선 길은 넓고 반듯한 직선 도로였다. 입구에서부터 얼마 가지 않아 만나게 된 얼굴은 하얀 대리석 흉상의 시인 알프레드 뮈세(Alfred de Musset, 1810~1854).

성스러움이 느껴지는 초월자 같은 모습에 부드럽게 넘겨 빗은 짧은 곱슬머리의 그는 창백하게 긴 얼굴을 하고 시선을 멀리에 둔 채 그윽하게 앉아 있다. 마치 왕관을 상징하는 듯한 조상이 머리 위를 장식하고 흉상의 아래 묘비에는 그의 시 〈비가(Elegie)〉의 전문이 새겨져 있다.

> 사랑하는 친구여. 내 죽거들랑
> 무덤가에 한 그루의 버드나무를 심어 주오.
> 늘어진 수양버들이 나는 좋다오.
> 푸른빛이 감미롭고도 정겹다오.
> 내 잠든 땅 위에 살포시 그림자를 드리울 것이라오.

신록이 아름다운 5월 하순. 어린 버드나무 잎새가 무덤가에서 반짝이고 있다. 불어시간에 "매 쉐르 자미 펑 즈 믈레(Mes chers Amis, quand je mourri)"를 소리 높여 낭송하던 때도 캠퍼스 안에 새 잎이 피어나던 5월이었다. 뮈세의 묘비에서 이 시를 만난 것도 반가웠지만 더 반가운 것은 무덤가에 정말로 버드나무가 심어져 있다는 사실이었다. 그는 왜

하필이면 무덤가에 버드나무를 심어달라고
하였을까?

영화 〈햄릿〉에서 실성한 오필리아가 물에
떠서 노래를 부르며 흘러갈 때에도 가녀린
버드나무 가지를 손에 쥐고 있었다. 시커먼
나무껍질에 연두색 속잎을 제일 먼저 틔우
고 나서 늦겨울 마지막까지 남아 있는 버들
잎. 때로는 몰아치는 비바람에 긴 머리 풀고
서럽게 흐느끼는 여인의 출렁이는 어깨와도
같은 이 버드나무가 섬약한 이 시인에게는
과연 어떠한 정서로 다가왔을까? 포류질(蒲
柳質)의 이 시인은 파리의 명문가에서 태어났
다. 뮈세는 18세 되던 해 낭만주의자들의 모
임에 참가했고, 20세 때 처녀시집 ≪스페인
과 이탈리아의 이야기≫로 데뷔했다. 그즈

알프레드 뮈세 동상앞에서

음 우아한 댄디즘과 관능적인 우울함이 뒤섞인 탁월한 공상력을 지닌 '무
서운 아이'로 이미 주목받고 있었다. 그러나 그의 운명은 한 여인과의 만
남으로부터 크게 빗나가 버리고 만다.

1833년 6월 어느 날, 미남 시인 뮈세는 잡지사가 베푸는 만찬회에서
여류 소설가 조르쥬 상드(George Sand, 1804~1876)와 만난다. 뮈세는 23세,
상드는 결혼 경력이 있는 6년 연상의 여인이었다. 여름 밤, 젊은 시인과
여류 소설가는 뜨겁게 불타올라 베네치아로 사랑의 도피 행각을 떠난다.
이들은 아름다운 베네치아의 이국정취에 흠뻑 취해 행복한 나날을 보내
고, 왕성한 의욕으로 집필 활동도 활발히 전개해 나간다. 뮈세는 그곳에
체재하는 동안 희곡 ≪로렌자초≫를 완성해 출간하고 베니스의 관능적인

밤의 풍물을 시 〈베네치아〉에 담는다. 그러나 누가 예견하였으랴?

허약한 뮈세는 폐병으로 몸져눕게 되고, 그의 치료를 위해 드나들던 이탈리아 의사 파쥘로는 상드에게 집요한 구애의 손길을 멈추지 않았다. 마침내 두 사람의 관계에서 심상치 않은 낌새를 눈치 챈 뮈세는 번민과 갈등으로 애를 태우다가 상드를 이탈리아에 남겨 놓고 혼자 파리로 돌아온다. 상드도 베네치아 생활을 청산하고 8월에 파리로 돌아와 재결합을 시도해 보았지만 두 사람의 연애는 파국으로 끝나고 만다.

자유연애를 구가하며 19세기 초에 벌써 페미니스트로 여성운동에 참가하고 프랑스의 여러 지성들과 거침없는 친교를 나누던 상드에게는 한낱 흘러가는 사랑에 불과하였을지 몰라도 뮈세에게는 너무나도 크나큰 충격이었다. 뮈세는 심신이 쇠약한 가운데 자신의 심경을 담아 〈사랑은 장난삼아 하지 않는다〉를 발표하였고 실연의 아픔을 연작시 〈밤〉 4편에 담아냈다. 장시 〈5월의 밤〉 〈12월의 밤〉과 그리고 이듬해에 〈8월의 밤〉 〈10월의 밤〉을 각각 발표하였다. 모두 조르쥬 상드와의 실연의 아픔을 풀어낸 글이다.

문학 평론가 랑송(Lanson, 1857~1934)은 〈밤〉 4편과 〈라마르틴느에게 보내는 편지〉와 〈추억〉 등 6편의 시가 쓰여진 것은 상드와의 어긋난 사랑의 선물이라고 평가했다. '어긋난 사랑'이 뮈세에게 와서 시가 되었다.

크나 큰 고통보다 더 우리를 위대하게 하는 것은 없습니다.…
이 세상에서 더할 나위 없이 처참한 절망의 노래야말로 가장 아름다운 노래입니다. 한결같은 흐느껴 울음인 불멸의 노래를 나는 알고 있습니다.
　　　　　　　　　　　　　　　　　　　　　　　　　　－ 〈5월의 밤〉에서

인간은 수련생, 고통이 스승이니,
고통받지 않는 한 그 누구도 자신을 알지 못합니다.
　　　　　　　　　　　　　　　　　　　　　　　　　　－ 〈10월의 밤〉에서

나는 파리에 머무는 동안 화가 밀레의 집을 보러 바르비종에 갔다가 아름다운 퐁텐블로 숲과 만났다. 그때 떡갈나무숲 속에서 상드와의 사랑을 회상한 뮈세의 유명한 시 〈회상〉이 떠올랐다.

보면 눈물이 흐를 것을 알면서 나는 여기에 왔다.
영원히 성스러운 장소여, 괴로움을 각오했는데도
오오, 더할 나위 없이 그립고 또한 은밀하게
회상(回想)을 자아내는 그리운 곳이여! (……)

여기였다. 이 언덕, 이 꽃피는 히드의 풀밭.
말 없는 모래밭에 남아 있는 은빛 빛나는 발자취.
사랑 어린 오솔길, 속삭임이 넘쳤고 그녀의 팔은
힘껏 나를 끌어안고 있었다.

여기였다. 이 초록색 잎사귀 우거진 떡갈나무 숲.
굽이굽이 굽이쳐 있는 이 깊은 협곡.
이 야생마 친구들, 옛날 그들의 속삭임에
마음 하느작이던 아름다운 나날. (……)

— 〈회상〉의 일부

상드와 헤어진 이듬해 뮈세는 〈세기아(世紀兒)의 고백〉이라는 소설을 발표했는데 이 또한 다분히 자전적인 작품이다.

뮈세와 헤어진 조르쥬 상드는 미셸 드 부르즈의 연인이 되었다가 리스트의 소개로 쇼팽을 만나게 된다. 둘은 곧 지중해의 섬 마요르카로 밀월 여행을 떠난다. 쇼팽의 건강이 좋지 않아 요양을 겸한 여행이었다. 쇼팽은 상드의 헌신적인 보살핌을 받으며 그녀와 같이 지내는 동안 〈녹턴〉 〈빗방울〉 등 불후의 걸작을 쏟아냈다. 상드의 6년 연하이던 쇼팽은 뮈세와는 동갑이었다. 우연히 두 사람은 폐병을 앓은 병력까지 일치하며 조르쥬 상드를 사랑하는 동안 창작의 샘이 넘쳐흘렀던 것도 일치했다. 그리고 그녀에게 버림받은 뒤, 황폐한 뜰처럼 시들어 버린 두 예술가의 영혼. 예술의 샘조차 고갈되고 만 일도 내게는 우연으로 보이지 않았다.

그런데 지금 두 사람의 무덤이 페르 라셰즈 묘지 안에, 그것도 멀지 않은 곳에 서로 마주보고 있다니. 상드라는 한 여인을 사랑하다 죽은 두 남자. 뮈세는 47세에, 쇼팽은 39세에 죽었다. 상드와의 파국은 이 천재 예술가들의 심신에 치명적인 영향을 미쳤다. 쇼팽의 건강은 급격히 나빠지고 음악의 샘도 말라 버렸다. 이렇게 쇼팽의 음악은 상드와 묶여 있었고 그녀와 헤어진 쇼팽은 결국 죽음을 향해 달려가고 있었다. 이 두 가지 사건만으로도 나는 괘씸한 조르쥬 상드를 용서할 수 없었다. 그래서 라탱구의 뤽상부르그 공원에서 상드의 조상을 보았을 때, 예쁘게 생기지도 않은 그녀에게 호감이 갈 리 없었다. 그러나 다시 한 번 뒤집어 생각해 보면 그녀의 어떤 점이 세계적인 예술가들로 하여금 그토록 열렬한 사랑을 느끼게 한 것인지 궁금하지 않을 수 없었다.

혁명기 프랑스의 여류 소설가로 문명을 날리던 조르쥬 상드. 그녀가 썼던 글의 제목인 〈사랑이 없으면 여자도 없다〉를 주목할 필요가 있다. 그녀는 여자에게 사랑이 없으면 여자라는 존재도 없다, 그러니 여자란 사랑을 먹고 사는 존재라고 규정하며 자유연애를 구가했던 사람이다. 그녀만큼 동시대의 많은 유명 인사와 연애를 나눈 사람이 다시 있을까?

시인 뮈세나 쇼팽은 이미 그녀의 포로였고 러시아의 도스토예프스키는 상드가 죽었을 때 그녀를 애도하는 장문(長文)의 조사까지 써서 바쳤다. 톨스토이, 독일의 니체, 하이네, 프랑스의 소설가 플로베르와 스탕달, 발자크, 위고, 화가인 들라크루아, 심지어 나폴레옹, 칼 마르크스 같은 정치인들과도 그는 친분을 나누었다. 그녀는 19세기 사상계와 문학계,

음악계 인사들의 정신적인 연인이었다. 이들 중에는 뜨거운 관계를 맺은 사람도 있었고 정신적으로 연정을 나눈 사람도 있었다. 그렇다고 그녀가 욕정에만 사로잡힌 요정은 아니었던 것 같다. 열렬한 공화주의자로서 정치와 혁명에도 참여한 자유주의자였으며 여성 해방을 외친 선구자이기도 했다. 무엇보다 그녀는 한 사람의 작가였다. 소설, 비평 등 180여 권의 작품을 남기고 노앙에서 72세의 생애를 마감한 이 활달한 남장 여인 조르쥬 상드. 그녀와 헤어진 후 뮈세도 많은 여인들과 사귀었다. 개중에는 연극배우도 있었고 유부녀, 소녀 등과 연애를 하지 않은 것은 아니나 그는 상드를 좀체 잊을 수 없었다. 6년 연상이란 나이 차이에도 불구하고, 뛰어나지 않은 외모임에도 불구하고, 뮈세는 그녀를 못 잊어 하였다. 세계적인 예술가들조차 그녀를 사랑한 것을 보면 그녀의 덧없는 육신이 아니라 빛나는 그녀의 지성과 예술적 감성과 정신의 향기를 그들은 사랑한 것이 아니었을까. 만약 뮈세에게 상드가 없었다면 그의 문학은 또 어떻게 되었을까.

뮈세는 말한다.

> 나에게 있어 시와 사랑은 오누이 간이다.
> 하나가 다른 하나를 낳게 하고,
> 이들은 항상 동시에 일어난다.

그러니 그의 생애에서 사랑이 없었으면 시가 없었고, 상드가 없었더라면 1000행에 가까운 연작시 〈밤〉의 네 편은 태어나지 못했을지도 모른다.

뮈세는 이 시구들을 통하여 고뇌의 감정을 표출함으로써 긍정적인 시각으로 인생을 새롭게 감싸 안으려고 노력했다. 쇼팽의 생애에서도 상드가 없었더라면 우리는 저 아름다운 〈빗방울〉이나 〈녹턴〉 같은 선율을 만날 수 없었을지도 모른다고 생각하니 상드의 존재가 오히려 귀하게 여겨진다. 예술은 역시 사랑을 모태로 하여 태어나는 것 같다. 그러니 실연의 아픔도 예술을 위해서라면 얼마든지 와도 좋은 것이 아닌가. 뮈세는 47세의 나이로 생을 마감하기까지 무절제한 퇴폐 생활로 이미 조로(早老)해 있었다. 폐렴, 늑막염으로 만년은 비참하기 이를 데 없었다. 1852년 아카데미 회원으로 선출되기는 하였으나 너무 때늦은 영광이요, 탁월한 재능을 헛되이 탕진하여 너무 일찍 소모시킨 까닭에 그의 시(詩)대로 '힘도 삶도' 잃어버린 결과를 초래했던 것이다.

뮈세는 방탕한 생활에 젖어 살았다. 어느 날인가는 르리슈 창녀의 집에서 소설가 메리메(〈칼멘〉의 저자)와 들라크루와가 지켜보는 가운데 25개의 양초가 불을 밝힌 침대에서 창녀와 교접하는 내기를 하기도 했다. 그리고 어떤 작가 모임에서 뮈세는 저속한 단어를 한마디도 사용하지 않고 가장 외설적인 소설을 쓸 수 있다고 장담했는데 과연 사흘 만에 〈가미아니 또는 폭력의 이틀 밤〉(1833)을 써내 사람들을 놀라게 하였다.

끝내 만족을 얻지 못하는 가미아니 백작부인은 고양이의 가죽 위에서 뒹굴며 그의 파트너들이 보는 앞에서 몸집이 커다란 개 메도르로 하여금 자신을 핥게 하고 남성적인 하녀 쥘리에게 자신을 애무하라고 시킨다. 그리고 그녀는 그들을 향해 말한다.

여러분 무엇을 원하죠? 나는 자연의 도리와 단절된 슬픈 상황에 놓여 있어요. 이제 나는 끔찍하고 기상천외한 것만 꿈꾸고 느낄 뿐이에요. 나는 불가능한 것을 추구하고 있어요.

그는 가미아니 백작부인의 입을 통해 이미 정상적이지 못한 자신의 어떤 생활의 일면을 드러내고 있다. 불가능한 것, 기상천외한 것만을 추구하던 뮈세. 그는 냉정한 비평가들에게 잊히고 마는 존재가 된다. 전락한 시인 뮈세는 자신의 죽음이 멀지 않음을 느낀다. 그는 "잠들도다! 나 마침내 잠들도다."라는 최후의 말을 남기고 비참한 생애를 마감했다.

그가 잠들어 누운 적막한 무덤가에는 버드나무 그림자가 일렁이며 그와 벗하고 있다.

> 사랑하는 친구여. 내 죽거들랑
> 무덤가에 한 그루의 버드나무를 심어 주오.

소리를 내어 크게 이 시를 읊조린 것은 그가 들어주기를 바라는 마음에서였다. '매 쉐르 자미' 나의 사랑하는 친구여를 부르니 신록이 아름답던 5월의 그 캠퍼스 안에 있던 우리들의 모습이 떠올랐다. 그리운 시절, 멀어진 시간에 손을 내밀어 본다. 당겨질 듯한 50여 년의 시간. 잠시나마 나이를 잊고 그 자리에 서 있었다.

미라보 다리 아래 센 강은 흐르고 우리들의 사랑도 흘러간다

- 아폴리네르

숲이 울창한 페르 라셰즈 묘지의 중앙 입구를 따라 곧장 들어가노라면 왼편에서 작곡가 로시니와 시인 뮈세를 만나게 된다. 조금 더 올라가면 거대한 납골당이 나오고, 납골당 조금 못 미친 곳에 샹송 가수 이브 몽탕과 그의 아내 시몬 시뇨레가 나란히 누워 있다. 87번 납골당의 바로 왼쪽 85번 구역에 마르셀 프루스트의 무덤이 있고 86번 구역에 아폴리네르의 무덤이 있었다.

아폴리네르(Guillaume Apolinaire 1880-1918)의 무덤 아래 그와 친했던 화가 들라크루아와 소설가 발자크가 지척에 누워 있다. 그리고 화가 꼬로와 도비니와 도미에가 가까이 누워 있는데 반해 아폴리네르만은 외롭게 뚝 떨어져 혼자였다.

1960년대 갓 스무 살의 우리는 아폴리네르의 시 〈미라보 다리〉를 즐

겨 암송했다. 파리의 상징인 에펠탑이거나 화려하기 이를 데 없는 베르
사이유 궁전도 웅장한 건축물에 지나지 않을 뿐, 미라보 다리처럼 우리
의 감성 영역을 지배하지는 못했다.

미라보 다리 아래 센 강은 흐르고
우리들의 사랑도 흘러간다.
그러나 괴로움에 이어서 오는 기쁨을
나는 또한 기억하고 있나니,
밤이여 오라 종이여 울려라,
세월은 흐르고 나는 여기 머문다.
손에 손을 잡고 얼굴을 마주보자.
우리들의 팔 밑으로
미끄러운 물결의
영원한 눈길이 지나갈 때
밤이여 오라 종이여 울려라,
세월은 흐르고 나는 여기 머문다.
흐르는 강물처럼 사랑은 흘러간다.
사랑은 흘러간다.
삶이 느리듯이
희망이 강렬하듯이
밤이여 오라 종이여 울려라,
세월은 흐르고 나는 여기 머문다.
날이 가고 세월이 지나면
가버린 시간도
사랑도 돌아오지 않고
미라보 다리 아래 센 강만 흐른다.
밤이여 오라 종이여 울려라,
세월은 흐르고 나는 여기 머문다.

소리내어 이 시를 읊조리면 거기 음조에 와 실리는 강물의 흐름과 시간의 덧없음과 가버린 사랑의 감각이 연결되어 우리를 서정적인 회상 속으로 데려간다. 기꺼이 나는 1960년대의 풋풋한 젊은 시절로 돌아가 잠시 그 다리 위에 서 있고 싶었다. 녹색 난간에 기대어 영원으로 이어지는 저 센 강의 흐름에 눈길을 주면서 나는 속으로 이 시구의 후렴을 '나는 가는데 세월만 남는다.'로 바꾸어 본다.

여기 한 줌 흙으로 돌아와 누운 아폴리네르. 사람은 가도 행적은 남아 그를 추모하는 묘비 앞에 나는 지금 서 있는 것이 아닌가. 족히 3미터는 넘을 듯한 우뚝 솟은 묘비는 마치 남근석을 방불케 한다. 거기에 쓰여 있으되,

기욤 아폴리네르 드 코스트로비츠키
26. 8월 1880 ~ 9. 11월 1918
자크린느 아폴리네르
1891 ~ 1967

두 사람의 출생연도와 사망연도가 행을 바꾸어 표기되어 있다. 아폴리네르는 자크린느 콜브와 결혼한 뒤 일곱 달밖에 함께 살지 못했다. 너무도 짧은 부부의 인연이요 아쉬운 생애, 그는 38세로 사망했다.

그의 정식 이름은 기욤 알베르 블라디미르 알렉상드르 아폴리네르 드 코스트로비츠키(Guillaume－Albert－Wladimir－Alexandre－Apollinaire－Kostrowizky)이다.

심상치 않은 그의 긴 이름은 평탄치 못한 그의 출생 내력을 의미하기도 한다. 그는 1880년 8월 26일. 로마에서 미지의 아버지와 익명을 요구받은 스물 두 살 난 어머니 사이에서 태어났다. 사생아였다. 어머니 안젤리카는 폴란드계 여성이었으며 아버지는 이탈리아의 대승정이었다고는

하나 그 또한 확실치 않다. 러시아 군의 장교였던 외조부 미셸 코스트로 비츠키는 이탈리아에 망명하여 교황청의 시종관이 되었다. 남자에게 버림받은 안젤리카는 두 아들 기욤과 알베르를 데리고 모나코로 이주, 도박장을 전전하면서 엑스래뱅, 리옹을 거쳐 파리에 정착했다. 계절 따라 돈과 도박과 애인을 좇아 이 도시 저 궁궐로 전전하는 참으로 자유분방한 여자였다. 기욤과 알베르는 안젤리카가 모나코의 도박장에서 만난 연하의 유태인 쥘베이유를 삼촌이라고 불러야 했다. 두 사람의 관계는 안젤리카가 죽을 때까지 지속되었다.

이들 가족은 일단 파리에 정착은 했으나 생계가 막연했다. 기욤은 막노동판에 뛰어들기도 하고 광고의 선전 문구를 쓰거나 학생들에게 프랑스 대혁명 당시의 작가들에 대한 박사학위 논문을 대신 써주며 돈벌이를 했고 한 편 에로 소설도 썼다. 〈미를리 또는 비싸지 않은 작은 구멍〉이라는 제목의 글을 쓸 당시 그의 나이는 불과 20세였다. 그 외에도 〈어린 돈환의 쾌거〉〈11,000대의 채찍〉 등의 글을 썼다. 그는 생계를 위해 독일 어느 가정집에 불어 교사로 들어갔다가 거기서 영어 교사 애니 플레이든을 만나 열렬한 사랑에 빠진다. 1년이 지나 애니는 영국으로, 기욤은 프랑스로 돌아왔다. 그는 그녀를 잊을 수 없어 런던의 뒷골목을 두 번이나 찾아갔으나 기욤의 협박에 애니는 아예 미국으로 달아나 버리고 만다.

잘 가거라, 뒤바뀐 거짓 사랑이여

그의 시 〈사랑받지 못한 남자의 노래〉는 이렇게 해서 탄생된다.

1907년, 그는 피카소의 소개로 어느 화상의 집에서 여류화가 마리 로랑상을 만나 한눈에 반하고 만다. 로랑상은 당시 스무 살. 그녀는 클리시대로에 있는 홈베르트의 아카데미에서 그림을 배우고 있었다. 로랑상의 얼굴 모양은 염소 같고 근시에다 코는 너무 뾰족하고 얼굴은 병자처럼 하앴다. 손은 기다랗고 붉었으며, 방탕한 소녀의 분위기가 풍기는 그런 여자였다. 자기 말에 도취하여 느릿느릿 말을 했으며 게다가 순진한 척 하기까지 했다.

시인 앙드레 살몽은 로랑상을 한 마디로 '예쁜 추녀'라고 요약했다.

이 새로운 사랑과 함께 아폴리네르의 문운도 슬슬 열리기 시작했다. 장 르와예르가 편집하던 잡지 〈팔랑쥬〉와 관계를 맺고 그의 대표 시집이라고 할 수 있는 〈알코올〉의 여러 시편들을 싣기 시작했다. 그리고 잡지나 주간지 등에 미술평을 쓰면서 미술비평가로도 상당한 명성을 얻게 된다. 아브르의 현대미술 그룹전 카탈로그에 서문을 쓰고 브라크의 청에 의해 그의 전시회 카탈로그에도 서문을 썼다. 그리고 그는 도처에서 모든 언어를 동원해 로랑상을 추켜세웠다. 〈새로운 화가들〉이란 글에서, "로랑상은 회화라는 주요한 예술 속에다 완전히 여성적인 미학을 표현할 줄 안다."라고 썼다.

아폴리네르는 그의 시집 〈알코올〉과 〈칼리그람〉의 한 부분은 마리 로랑상에게서 영감을 얻었노라고 말했다.

그러나 호사다마라고 했던가. 1911년 루브르 박물관에서 다빈치의 그림 〈모나리자〉가 도난당하자 아폴리네르가 그 혐의자로 체포되어 상테 감옥에 수감된다. 문인들의 탄원과 친구들의 도움으로 일주일 만에 풀려나오긴 했으나 이 사건은 그에게 정신적으로 큰 타격을 주었고, 로랑상과의 관계에도 적지 않은 영향을 미쳤다. 석방 후에도 일부 언론은 그가 외설 작가이며 불법 체류자라는 비난을 퍼부었고 전위예술의 선동적 이론가며 에로 소설의 편집자이고 러시아의 무정부주의자들과 손을 잡고 있다는 소문까지 나돌아 그에게 쏟아지는 시선은 사뭇 따가웠다. 1912년

1월의 궐석 재판에서 무죄가 확인될 때까지 그는 국외 추방 위협까지 느껴야만 했다. 해가 바뀌면서 로랑상과의 관계도 급격하게 악화되었다.

1914년 6월 마리 로랑상은 독일화가 오토폰 바이첸과 결혼한다. 이 불행한 사랑의 종말로 해서 아름다운 시 〈미라보 다리〉가 탄생되었다. 1914년 세계대전이 발발하자 아폴리네르는 12월에 제38포병연대에 자원 입대한다. 입대 전후한 시기에 그는 어느 화가의 집에서 루이즈 드 꼴리니 샤티옹 부인과 만나 언제나 그렇듯이 그녀에게도 그는 첫눈에 반한다. 전쟁 중 루우에게 수많은 연서를 보냈지만 그녀의 애정은 휴가가 끝나면서 벌써 식어 있었다. 1년 4개월이란 짧은 기간이었다. 그는 또 실연의 쓴잔을 맛보아야 했다. 또다시 〈사랑받지 못한 남자〉가 된 것이다. 〈루우에게 보내는 편지〉 모음에는 시를 곁들여 쓴 편지가 무려 220통이나 된다. 편지의 지문에는 다분히 포르노적이라고 할 수 있는 이런 구절도 보인다.

> 길들이기 어려운 아름다운 사람이여. 너를 죽음으로 몰아넣기 위해, 너의 엉덩이를 때려 주고 싶다. 내가 매질을 할 때 일락(逸樂)으로 꿈틀거리며, 열었다 닫았다 하는 너의 보드랍고 커다란 엉덩이를 피가 흐르도록, 밀크에 섞인 딸기색으로 변할 때까지 매를 휘두르자.

이들의 사랑은 정신적이라기보다는 육체의 향락, 일시적인 관능적 쾌락에 매달려 있었던 것 같다. 나이를 참고하자면 남자의 나이 34세, 첫 결혼에 실패한 이 여자의 나이는 33세였다. 1915년 3월, 전선으로 투입되기 직전, 마르세이유에서 마지막으로 루이즈를 만났지만 그녀의 마음을 되돌릴 수는 없었다. 휴가를 끝내고 포병대로 귀대하는 열차 안에서 그는 젊은 처녀 마들랜느 파제스를 만난다. 아폴리네르는 거의 매일 같이 정열적인 편지를 그녀에게 보냈고 결국 약혼을 허락하는 답장을 받았다.

그러나 11월 보병연대로의 전속 요청이 받아들여짐과 동시에 소위로 임관한 그는 중대원들과 함께 전선으로 이동하게 된다. 마침내 프랑스 국적을 얻은 1916년 3월, 그의 배속 사단이 최전방에 투입되던 날, 마들랜느에게 짧은 편지를 써 보냈다.

> 내가 가진 모든 것을 그대에게 유증합니다.
> 만일의 경우, 이것을 나의 유언으로 간주하시오.

그러나 그가 우려한 '만일의 경우'는 곧 현실로 나타났다. 3월 17일 오후 4시경 베리오박 근처의 뷔트 숲 속 참호에서, 150밀리 포탄의 파편 하나가 그의 철모를 뚫고 들어와 오른쪽 관자놀이에 부상을 입힌 것이다. 그는 머리에 박힌 파편을 꺼내기 위해 대수술을 받아야 했다. 가끔씩 기절을 했으며 신체의 왼쪽 부위에 마비 증세가 일어났다. 다시 두개골 절개수술을 받았다. 수술의 성공을 마들렌느에게 전보로 알린 다음 그녀에게 마지막 편지를 보낸다. 이미 옛날의 자기가 아니라고 말하며 약혼 취소를 통보한다. 그녀와의 관계도 겨우 일 년 남짓 만에 끝나고 말았다.

가슴에 무공훈장을 달고 머리에 붕대를 감은 아폴리네르의 모습이 몽파르나스의 카페에 다시 나타났을 때, 그는 이미 전위예술의 선구자로 크게 존경받는 인물이 되어 있었다. 이 무렵 〈상형 시집〉의 원고가 완성되고, 단편집 〈학살당한 시인〉을 발간했으며, 초현실주의 연극 〈테레시아스의 유방〉이 상연되고, 소시집 〈사랑에 목숨을 바치고〉가 발간되었다. 마티스—피카소 공동 전시회 카탈로그의 서문을 쓰는 등 바쁜 집필 활동과 잇따른 출판의 기쁨으로 모처럼 보람있는 나날들을 보내고 있었다. 그리고 생애 마지막이 될 여자 자크린느 콜브와 만나 그해 5월 2일, 피카소의 입회 아래 결혼식을 올렸다. 그는 새로운 가정을 유지하기 위해 여러 신문에 더 많은 기사와 작품을 쓰느라고 그는 골몰했고 중위로 국방성 검열국을 거쳐 식민성 장관 비서실에 근무했다. 그러나 부상의 후유증으로 허약해진 그는 당시 파리 전역을 휩쓸던 스페인 독감에 걸려 며칠 동안 병상에서 신음하다가 어이없게도 11월 9일 오후 5시에 숨을 거두고 말았다.

그가 이 페르 라셰즈에 묻힌 것은 그로부터 나흘 뒤인 11월 13일이었다. 아폴리네르의 관이 땅 속에 묻힌 후 그의 어머니 안젤리카는 아들이 한 번도 쓰지 않았던 중위 계급장이 붙은 새 군모를 어떻게 해야 할지 몰라 하다가 그것을 손에 꼭 쥐고 아주 천천히 페르 라셰즈 묘지를 내려왔다고 한다. 안젤리카도 넉 달 후에 죽음을 맞이했고, 아폴리네르의 동생 알베르도 뒤를 따랐다.

1956년 6월 8일 심장마비로 세상을 떠난 마리 로랑상의 유해도 페르 라셰즈 묘지에 매장되었다. 그녀는 자신의 유언대로 흰옷을 입고 손에는 장미 한 송이를 쥐고 가슴에는 아폴리네르의 편지들을 꼭 안은 채 조용히 땅에 묻혔다고 한다. 가엾은 아폴리네르는 이 사실을 알까? 적어도 그는 로랑상에게 있어서만은 영원히 사랑받지 못한 남자는 아니었다.

나는 그가 활보하고 다니던 몽파르나스의 생제르맹 거리를 거닐며 카페 플로르에서 멀지 않은 그의 집을 찾아보기로 하였다. 대문의 오른쪽에 202번지 표시가 확실해서 찾기는 어렵지 않았다. 그가 살다가 죽은 집이라는 표지판이 부착되어 있었다. 건물 아래층은 마침 카페였다. 커피를 시켜 놓고 아폴리네르가 분주하게 드나들던 길을 바라본다. 피카소와 자주 어울리던 몽파르나스와 몽마르트르. 왁자하게 떠들썩하던 정다운 그들의 목소리가 들려오는 듯했다.

피카소는 기욤의 사망 소식을 들었을 때, 거울 앞에서 자화상을 그리는 중이었는데, 그림을 도저히 완성할 수 없었다. 피카소는 그 후 다시는 자화상을 그리지 않았다고 한다. 거문고의 명인 백아도 종자기가 죽자 두 번 다시 거문고를 타지 않았다고 하듯. 이들의 우의가 그지없이 아름답게 느껴진다.

피카소가 만들었다는 아폴리네르의 동상을 보고 싶어 생제르맹 교회 안마당을 찾아갔다. 그러나 동상은 간 데 없고 그의 이름이 적힌 빈 좌대만 놓여 있어서 얼마나 허전했던지……. 남북으로 연결된 지하철은 몽파르나스에서 몽마르트르를 잇고 있는데 이곳을 오가며 화가와 시인들은 서로 어울려 시인은 화가를 노래하고 화가는 시인의 얼굴을 그렸다. 그 중에서도 피카소와 아폴리네르, 들라크루아와 보들레르, 에밀 졸라와 세잔느 등은 사이가 각별했다. 미술 평론집 ≪입체파 화가들≫을 쓴 바 있는 아폴리네르는 자신의 시에 입체파 미술의 양식을 적용하여 새로운 표현 형식을 모색하기도 했다.

〈루우에게 보낸 편지〉에서 발견되는 여러 장의 그림시(詩)도 놀랄 만하다.〈비가 내린다(IL PLEUT)〉의 입체파 시는 비오는 광경을 시각적으로 표현하기 위해 어순을 수직형으로 배열하여 비 오듯 다섯줄로 써 넣은 참신하고도 기발한 그림시였다. 그의 뛰어난 열정과 감각은 그의 무덤에서도 발휘되고 있었다. 우뚝 선 묘비 앞에 꽃으로 장식된 묘판, 돌로 된 묘판의 아랫부분에 하트 모양의 입체시가 음각되어 있었다. 오른쪽의 것은 '전도된 내 마음 같은 것'이라는 내용인 듯싶은데 하트 반쪽의 왼편 글씨는 나로서는 아무래도 해독이 어려웠다. 사진으로 그걸 담아 왔다. 문학사는 그를 일러 상징주의와 초현실주의 사이에 다리를 놓은 것으로 기록한다. 그러나 뒤늦은 상징주의이고 아직 덜된 초현실주의자인 것처럼 여겨진다고 말하는 평자들도 있었다. 이제 그가 겨우 살 만해졌는데, 프랑스 국적을 얻은 지는 2년, 결혼한 지 7개월 만이었다.

그리고 너는 네 삶처럼 타오르는 이 알코올을 마신다.
화주(火酒)처럼 네가 마시는 너의 삶.

— 〈알코올〉의 일부

아폴리네르의 인생을 대변하는 듯한 이 시구. 알코올램프처럼 고양되어 스스로 활활 타오르고 만 38년의 짧은 생애. 안타깝게도 그의 인생은 거기까지였다. 나는 가지고 간 장미 한 송이를 그의 무덤에 올려놓았다. 절로 그의 시구가 입 안에서 맴돌았다.

세월은 흐르고 나는 남는다.

따가운 햇볕 아래에서 내 짧은 그림자를 내려다본다.

영혼의 순례, 52명의 작가 묘지기행 ②

그들 앞에 서면
내 영혼에 불이 켜진다

인 쇄 / 2012년 2월 10일
발 행 / 2012년 2월 25일

저 자 / 맹 난 자
발행인 / 서 정 환
발행처 / 수필과비평사

출판등록 / 1984년 8월 17일 제28호
주 소 / 서울시 종로구 익선동 30-6
          운현신화타워 빌딩 2층 208호
전 화 / (02) 3675-5633, (063) 275-4000
팩 스 / (063) 274-3131
E-mail / essay321@hanmail.net

값 16,000원

ISBN 978-89-5925-957-1 04810
ISBN 978-89-5925-959-5 (전2권)

※ 저자와 협의, 인지는 생략합니다.
※ 잘못된 책은 바꿔 드립니다.